U0622517

中国历史文化名人传

碧霄一鹤

刘禹锡传

程韬光 著

作家出版社

中国历史文化名人传

出版说明

中华民族五千年文明史中，涌现了一大批杰出的文化巨匠，他们如璀璨的群星，闪耀着思想和智慧的光芒。系统和本正地记录他们的人生轨迹与文化成就，无疑是一件十分有必要的事。为此，中国作家协会于2012年初作出决定，用五年左右时间，集中文学界和文化界的精兵强将，创作出版《中国历史文化名人传》大型丛书。这是一项重大的国家文化出版工程，它对形象化地诠释和反映中华民族文化的基本精神，继承发扬传统文化的精髓，对公民的历史文化普及和建设社会主义文化强国都具有重要而深远的意义。

这项原创的纪实体文学工程，预计出版120部左右。编委会与各方专家反复会商，遴选出在中国文化发展史上产生过重大影响的120余位历史文化名人。在作者选择上，我们采取专家推荐、主动约请及社会选拔的方式，选择有文史功底、有创作实绩并有较大社会影响，能胜任繁重的实地采访、文献查阅及长篇创作任务，擅长传记文学创作的作家。创作的总体要求是，必须在尊重史实基础上进行文学艺术创作，力求生动传神，追求本质的真实，塑造出饱满的人物形象，具有引人入胜的故事性和可读性；反对戏说、颠覆和凭空捏造，严禁抄袭；作家对传主要有客观的价值判断和对人物精神概括与提升的独到心得，要有新颖的艺术表现形式；新传水平应当高于已有同一人物的传记作品。

为了保证丛书的高品质，我们聘请了学有专长、卓有成就的史学和文学专家，对书稿的文史真伪、价值取向、人物刻画和文学表现等方面总体把关，并建立了严格的论证机制，从传主的选择、作者的认定、写作大纲论证、书稿专项审定直至编辑、出版等，层层论证把关，力图使丛书经得起时间的检验，从而达到传承中华文明和弘扬杰出文化人物精神之目的。丛书的封面设计，以中国历史长河为概念，取层层历史文化积淀与源远流长的宏大意象，采用各个历史时期最具代表性的文化符号与雅致温润的色条进行表达，意蕴深厚，庄重大气。内文的版式设计也尽可能做到精致、别具美感。

中华民族文化博大精深，这百位文化名人就是杰出代表。他们的灿烂人生就是中华文明历史的缩影；他们的思想智慧、精神气脉深深融入我们民族的血液中，成为代代相袭的中华魂魄。在实现“中国梦”的历史进程中，必定成为我们再出发的精神动力。

感谢关心、支持我们工作的中央有关部门和各级领导及专家们，更要感谢作者们呕心沥血的创作。由于该丛书工程浩大，人数众多，时间绵延较长，疏漏在所难免，期待各界有识之士提出宝贵的建设性意见，我们会努力做得更好。

《中国历史文化名人传》丛书编委会

2013 年 11 月

刘禹锡

目录

第一章 奉功勋得名禹锡

大唐天宝末年的“安史之乱”，毫不留情地将这个强盛的王朝从繁荣的巅峰推了下来。连绵的战火摧毁了黄河上下千百年的文明积淀，大唐盛世如同泥沙随着浊浪而去。被后世称为诗圣的杜甫在“安史之乱”的颠沛流离中，写下“寂寞天宝后，园庐但蒿藜，我里百余家，世乱各东西”的悲怆诗篇，描绘出千里江山一片荒凉的哀状。

严重的战乱促发了中国历史上第二次大规模的人口南迁。自从西晋“永嘉丧乱”之后，大批北方移民将先进的文化和生产技术传播到南方，经过数百年的开发，南方——尤其是江南一带，因气候适宜，少受兵燹之灾，而成为支撑李唐王朝的钱粮柱石。较为安定富足的江南，也自然成为大批北方士绅避难的首选之地。

官宦之后刘绪世住洛阳，于天宝末年方举进士，毫无疑问是生不逢时的。他自幼习惯了中原腹地繁华富足的生活，早年立下的志向曾经是奉儒守官，光耀门第，延续盛世。孰料转瞬之间，刘绪便不得不收拾家产，在兵燹时起、纷乱不宁中，带领家人随着族众一同踏上逃避战乱的南迁之路。他恐怕没有想到，自己有生之年将再也回不到祖居之地；但他更没有料到，迁居江南，令他这样一位大唐帝国上下二百年历史中多如牛毛的普通地方官员，能在浩瀚的史书上有机会留下自己的名字。

大唐王朝虽然风流逝去，但天下大乱之时却正是国家用人之际，故而，这也是一个人才辈出的时代！来到南方之后，刘绪善于理财的本领正为江南税赋转运大计之急需，加之，他行事端正，品行高洁，自然被镇守江南的节度观察使所器重，屡被辟为幕府，掌管钱粮盐铁转运之事，渐而实授官职，名位益重。

唐代宗大历七年（772），刘绪在嘉兴任盐铁转运副使之职，诸多事务皆料理有序，颇得上下心意。使他耿耿于怀的心事莫过于：自他迁居江南近二十年，竟未得一子半女！也许，上天有感，“感其勤而赏其功”，这一年，刘绪终迎弄璋之喜。因其为人慈善有义，为官政绩卓著，又素有文名，多为江南才士称赞，而今中年得子，喜讯不胫而走。亲朋闻之，无不雀跃，贺喜之宾络绎于途。

李栖筠曾于大历初年任浙西都团练观察使，刘绪曾经为其从事。二人既有上官下僚之分，更有惺惺相惜之情。闻听刘绪得子，追忆数年前共事之情，李栖筠不无感慨，奈何远在他任，只好修书一封以示庆贺。贺喜之词不必细察，书中却言道，刘绪多年来署理地方税赋，监督河漕转运，兢兢业业，恪尽职守，使钱粮源源不断供给朝廷，可谓功高无量。得此男丁，岂非上天感其勤而赏其功？

刘绪接书拜读，至此一段，不由长笑，以为与自己心思相合。刘绪之妻卢氏出身范阳望族，亦习诗书，读李栖筠贺信，同感得子不易，更望此子承继门楣，光耀宗祠，当下便与刘绪商量：“世人常言，财者若水，治财如同治水，宜开源节流，因势利导。贤哉我夫，治盐铁转运经年，兴利除弊，不曾有分毫差池，正是功当其赏，方得此子。”见刘绪听得仔细，卢氏接道，“更是令我惊奇的是，生此子前夕，偶有一梦，梦中见圣人大禹赐子。《禹贡》曾云，‘禹锡玄圭，告厥成功’，乃是说舜帝赐予大禹一块玄圭，以表彰其治水之功。今我子可谓天赐之玄圭也！”

“三声定一世”，唐代特别重视孩子初生之时及孩童时期。以为人的身世来源昭示着未来命运。故而，刘绪大喜：“夫人言之甚佳！《诗·商颂·玄鸟》云：‘天命玄鸟，降而生商。’循之古礼，此子即为大禹所赐，当与‘禹锡玄圭，告厥成功’相合。我儿乃承我功德，应天而生，必为人间美玉，行君子之道，成将相之才！”

卢氏建议：“何如趁此嘉意，为我儿取下美名？”

刘绪正有此意，不假思索，为小儿定名“禹锡”，寓意功德圆满，更期待来日秉圭入相，青史流芳。

得子禹锡之后，刘绪夫妇再未添丁。虽是独子，刘家却未对禹锡假以娇纵。其家教甚严，家风正统，条理分明。诗书礼仪，经史子集，当习尽习，无有遗漏。禹锡不负父母之望，自开蒙后便刻苦有加，不稍懈怠。至建中二年（781）时，禹锡年方幼学，已能咏诗赋事，常令家中往来宾客赞叹不已。更令人称道之处，是禹锡好学求进之心。凡与刘绪往来者，只要学有所长，禹锡必会手执竹纸不离左右，呼师唤长，时时求教，字字载录。久而久之，禹锡好学尊师之事，多传于市井。人家有顽劣之子，尝哂之曰：“何若禹锡？”而赞人之子好学，必美之曰：“若禹锡也！”

刘绪于公务之暇，好与文人雅士交游。禹锡稍大，每行必携之同往。令禹锡见识大家风采，一则免其坐井观天，二则使其兼采众长。是年刘绪履官吴兴，下车伊始，便思往年曾与江南著名诗僧皎然、灵澈二人有书札往来，念及两僧诗文清丽，各具神韵，气象万变，却不曾当面切磋，常叹可惜。待安顿停当，刘绪便携禹锡同登山门，拜望皎然与灵澈。

僧人皎然俗姓谢，字清昼，吴兴人，为晋代大家谢灵运之十世孙，人皆尊称昼公。观皎然之诗作，吟咏山水，酬答唱赠，怡然清逸，确有谢灵运之风骨，江南诗人从其学诗之辈众矣。僧人灵澈辈份较皎然稍晚，常与皎然探讨请教诗歌创作技法，以师长礼待之。由于二僧同在一处，吴兴何山妙喜寺一时堪称江南诗坛圣地，文人墨客皆往妙喜寺听皎然、灵澈论诗，并以此为荣。

刘禹锡虽是年幼，亦曾闻得二位诗僧之名。今随父前去拜望，正是少年心愿。父子二人且行且游，方入何山，便见山径边竹亭中有三人围坐饮茶。两人为僧，僧衣素简，恬然自得。一人吟诵，一人笔录。另一人道士穿戴，面目清净，专心烹茶。时值夏初，山中暑气已盛。刘绪父子一路而来，正觉口渴，此时茶香飘至，直令人口中生涎，精神一振。

父子二人径往竹亭，来在亭前。两位僧人见来客气定神闲，一长一幼皆非凡品，不待二人开口，便热情相邀，共品芳茗。

刘绪施礼相谢，在烹茶者对面落座。细观两位僧人，一人年纪稍长，一人春秋鼎盛，二人面目慈祥，庄而可亲，必是释门高僧。烹茶者，仙风翕然，烹茶之术精纯稔熟，不似常见茶农之粗俗鄙陋。再看石台上，铺开着笔墨纸砚，两位僧人正在议论诗文。刘绪心头一热，莫非偶遇皎然、灵澈于此竹亭？又闻皎然深谙茶道，陆羽得其传授引导而著成《茶经》，闻名于世。陆羽者，莫非对面烹茶之人？

正思忖间，禹锡见两位僧人面前有诗数篇，便向二僧施礼：“请教二位上人，可否令小儿观上人诗作，或启蒙昧？”

二位僧人正是皎然与灵澈。前日得刘绪来书相约，又逢皎然之友陆羽来访，即于约定之日亲迎下山，在竹亭中备茶以待。见刘绪恍然有所悟，二僧会心一笑，相互便已明白身份。见禹锡稚气未脱而求知甚炽，澈上人心中欢喜，便以诗稿数张示之。

禹锡得上人赐诗，如获甘饴，细细品读一番后，又轻声诵道：“天台众峰外，华顶当寒空。有时半不见，崔嵬在云中。”

澈上人欲试禹锡学问，笑问：“小童可知诗中意味？”

禹锡闭目凝神，仿佛正站在东海之滨感受着扑面而来的海风，陶然而答：“此诗乃述天台山华顶缥缈云霓之景致，仿佛天上仙山一般，与太白学士‘越人语天姥，云霞明灭或可睹。天姥连天向天横，势拔五岳掩赤城’之诗意相类。”

灵澈与皎然闻言大笑，澈上人诵声佛号，对刘绪夸道：“阿弥陀佛，小童聪慧，果然为谢家之宝树！”

禹锡亦笑：“我知上人为谁了！”遂提笔工工整整地在灵澈诗下写了一首诗：

揽幽山门外，莺鸾翔碧空。父子逢上人，缘结竹亭中。

众人见诗，虽音韵尚不齐整，但诗意已然明朗，十岁幼童，无复苛求。见两位高僧颔首微笑，刘禹锡恭恭敬敬地跪拜：“小童禹锡，常闻人言江南诗僧谢昼公与澈上人为一代文宗，师从者必有所成，今奉家严前来求见，请上人提携晚辈，不吝赐教！”

如此孩童，谁人不喜？灵澈、皎然、陆羽与刘绪见过礼，相互述说敬仰，待饮完茶，五人同往山中妙喜寺中而去。

途中，皎然随手采药，刘禹锡皆能分类放于药囊，引起皎然注目：“自古以来，儒医相通。莫非禹锡潜研医道？”

刘绪应道：“禹锡为童儿时，体弱多病。保姆抱之，入医巫家，针烙灌饵，咺然啼号。待禹锡开蒙，每遇同龄伙伴武健可爱时，屡为自己羸弱之躯而羞愧，遂有学医志愿。”

刘禹锡点头：“小子幼时多病，饱受病痛之苦。尤不忍视慈母因我患病而煎熬，故而，在攻读四书五经时，留心医药典籍。诸如《本草》《素问》《药对》《小品方》等书，皆前人医病之宝典，不可不读。”见皎然赞许，刘禹锡接道，“若平素不知验方，一旦患病，便将自己交到医师手里。医师亦有良医与庸医之分，若病中所遇庸医，岂不悲乎？”

刘绪略带顺意：“禹锡自幼读些医书，学切脉‘以探表候’，对经络、穴位、药理、医道潜心探究。其母以为禹锡独子，医术可以保身长生。”

刘禹锡高声接道：“小子不为长生之道，而求人间医术，以期小以忠孝，大济苍生！”

“禹锡已略知法理。”皎然闻言，面带悦色，“我佛慈悲为怀，普度众生。弘法之要，医苍生之心；医学之要，医苍生之体。灵肉归一，乃佛法之大成。刘家世代守官，皆以孔孟之言入世济世，泽慧斯民，彪炳后昆。有禹锡如此，必可‘以天下为己任’。”

一路之上，灵澈、皎然与刘绪遇峰即诵，逢水便歌，偶尔谈论草木医术。刘禹锡手执笔砚，恭录诗文，并再三吟诵玩味，受益匪浅。三日过去，待到父子二人登程返回时，禹锡已持有数十篇诗文，也记下十数个药方。

离别之时，灵澈不忘对刘绪嘱道：“令郎才情卓越，尊师重道，某与昼公皆谓‘孺子可教’，今后刘郎可常令禹锡来寺中，得某等调教，来日令郎或为百代宗师，亦未可量！”

刘绪久蓄此意，既蒙澈上人主动要求，更是求之不得，遂命禹锡行拜师之礼，与两位诗僧结下师徒之缘。其后数年，禹锡凡得空皆往妙喜寺拜望皎然、灵澈。每当皎然和灵澈写诗，他便双手捧着笔砚，恭敬陪侍，一起吟咏。

刘禹锡早年以皎然、灵澈为师，对其后来的诗歌创作影响深远。皎然有《诗式》论诗，主张苦思锻炼，对词句加以精心锤炼之后复归自然，同时，重视诗歌意蕴深远而气韵朗畅高扬之境界，“取境偏高，则一首举体便高，取境偏逸，则一首举体便逸”。以为意境来自心境，“真思在杳冥，浮念寄形影”（《答俞校书冬夜》）。灵澈虽无诗论传世，但据权德舆《送灵澈上人庐山回归沃州序》所言，灵澈“心冥空无，而迹寄文字，故语甚夷易，如不出常境，而诸生思虑，终不可至……知其心不待境静而静”；又言灵澈常“拂方袍，坐轻舟，溯沿镜中，静得佳句，然后深入空寂，万虑洗然”。从中所见，灵澈重视在静默观照中，赢得意境的空灵深邃，而且语言追求自然，讲究字词锤炼，不露痕迹。刘禹锡以高僧为师，心中信佛，必得其中三昧。在很多年后，刘禹锡有诗“片言可以明百意，坐驰可以役万景”（《董氏武陵集纪》），前句即指语言的简练与含蓄，后句即指主体的观照与冥想。在《秋日过鸿举法师寺院便送归江陵诗引》中，刘禹锡曾写道：“能离欲则方寸地虚，虚而万景入；入必有所泄，乃形乎词。……因定而得境，故翛然以清；由慧而遣词，故粹然以丽。”以为：定，是排除杂念的观照；慧，是一种灵感的获得。如此作诗，便能内涵丰富，意境深远。

如果说刘绪对刘禹锡训教严格，奠定了他坚实的才学基础；禹锡在吴越一带所经历的“网鱼漉鳖，在河之洲，咀嚼菱藕，捃拾鸡头，蛙羹蚌臛，以为膳馐，布袍芒履，倒骑水牛”的少年生活，促成了他日后清新、豪迈的诗歌风格；那么，刘禹锡得名师指点，才更使其诗文自然流畅、简练爽利，同时具有一种空旷开阔的时间感和空间感。

禹锡师从皎然、灵澈之后，学问愈加扎实，才名更胜以往，于江南文人士子之间传为佳话。未几，这段美谈便传至淮南。淮南水陆运环卫掾曹权德舆与刘禹锡之舅卢徵为姻亲，闻知卢徵家有贤少年如此，权德舆喜不自胜，定要亲自去见识一番。人甫登途，书信已至，刘绪见权德舆书，忙命府中扫洒一新，以待贵客。

权德舆此时虽官位不高，但其士林地位业已显赫。权家世代为官，其父权皋因在安禄山幕府中识破叛逆图谋，冒险携家逃离，其忠义之举，受世人称颂。权德舆三岁知变四声，四岁能为诗，十五岁时已有文集数百篇，不及弱冠便已名满江左，其文章多为当世名儒所褒奖。因权德舆的台阁体文章著称于时，淮南黜陟使韩洄久闻其名，辟为从事，自此出仕为官。至此时，他正在淮南杜佑幕府中任职。又有传言，称德宗皇帝已闻权德舆之名，有意召他入京为官，真可谓前途光明。

因此，权德舆专为一试禹锡学问来访，刘绪既惊且喜。刘绪亦为江南士林名儒，因卢徵故，与权德舆有亲戚之情，又因同在江南执掌水陆转运之职，而有同僚之谊，二人之间颇有酬赠。权德舆年轻有为，前途无量，刘绪自知学问文章不及德舆，且自己中年才得一子，不得不做父母之谋。此番权德舆来访，正可有所托付。

刘禹锡闻权德舆之名，乃从其舅卢徵处所得。卢徵言，权德舆之文章风雅倜傥，行文守正不靡，意旨恢弘，意象广博，有当今文坛中已极其罕闻的盛唐气象。据说，王侯将相或一方豪绅物故，家人若请得权德舆为之亲撰墓志铭或文纪，则被人赞赏：尽孝已极矣！有卢徵美言在前，少年刘禹锡更日夜盼望当面受教，以遂志愿。

不数日，权德舆与卢徵同至刘绪府中。三人寒暄之语不必赘言，待各自坐定，权德舆直奔主题："某闻巷议，言令郎禹锡天资聪慧，幼学有成，近来师从皎然、澈上人学诗，知来者可期。今某虽不才，愿以薄技一试禹锡，请见之。"

刘绪心中欢喜，口中连称"过奖"，令家人唤禹锡来前厅说话。禹锡在内宅已等待多时，得父亲召唤，又令家人复整了衣冠佩饰，鼓足精神去往前厅。这一日，禹锡不着锦缎而着棉布，束两支羊角小辫，腰上缀着一支玉觿，左手拇指上戴着一枚精巧的玉扳指。玉觿光滑温润，想是久用常用之物，可见禹锡常作解绳之戏，必是敏于思而擅于行；扳指虽为装饰所用，然仍可见刘绪经历变乱，亦有使禹锡习取骑射以备报国之念。再观禹锡精神，无半分官宦子弟的纨绔习气，小子神清气朗，目涵乾坤，一股英气始萌于眉宇之间，风流气派已初具格局，若无诗书经义汲养润泽，焉能至此？只此一面，权德舆对往日耳闻之事便已有三分相信。

禹锡入堂来，先拜父亲刘绪，又拜舅父卢徵，再拜权德舆，三拜完毕，便站在刘绪一旁。刘绪见禹锡今日妆服恭谨，比往日更胜一筹，儒雅气象竟不似束丱小儿，却隐有宿儒之稳重，为人父者，心中自然欣慰非常。又观权德舆，见他神情喜悦，眼含赞许，便道："载之（权德舆字载之）贤弟，吾子禹锡薄有天资，向承家教，谬有虚名。怎奈愚兄才识浅陋，唯恐有误子孙。今蒙贤弟不弃，莅临敝府，令吾子闻教于当面，倘若小子肯虚心向贤，侥幸学得贤弟之万一，则一生受用不尽矣！"

权德舆答之以礼："兄言之过谦！近年尝闻某地有某童子可谓神童，德舆乃好事者，往往亲试之，皆不中意。欣闻令郎拜入妙喜寺澈上人门下，某与澈上人亦有往还，知其门槛颇高，入室不易，得其青睐者必为当世良材，特来相参。今日一见之下，果然状貌非凡，有腾达之象！"

刘绪自然心中得意，又问禹锡："我儿近日所读何书？若有疑问，可向权掾曹当面请教！”

禹锡答道：“近日方读完《毛诗》，现正读《尚书》。”

“《毛诗》《尚书》已非启蒙之书，而直达古圣先贤之意，如你这般年纪，可能读懂否？”

“家父治学严谨，素以儒学，小子奉侍，得其教导，《诗》《书》虽有艰难舛剥之处，必不为所阻！”

禹锡此言一出，引得刘绪、权德舆与卢徵三人大笑不止。权德舆与刘绪道：“兄长家风森然，为人称道，今日一见，果不其然！令郎以孝道为先，德才兼备，倘使天下有才之人皆得若此，则大道可行矣！”

权德舆亦以孝道所闻，于此更对禹锡另眼相看。但他此行毕竟以试禹锡学问为主，无论外表仪容，还是奉守孝道，只是在外表，学问深浅，仍需一试。此时，刘绪已命人取来《毛诗》，交给禹锡。德舆命道：“禹锡贤侄，你自将《毛诗》打开，任翻一页，选一首读来。”

禹锡信手翻来，念道：

嘒彼小星，三五在东。肃肃宵征，夙夜在公。寔命不同！
嘒彼小星，维参与昴。肃肃宵征，抱衾与裯。寔命不犹！

“原来是《小星》，”权德舆接着问，“贤侄可解此诗涵义？”

禹锡成竹在胸，语不稍滞：“此诗是一位小吏在披星戴月的劳碌之中所发出的哀怨之辞。诗中言，他自己就像一颗光芒微弱的小星，在浩浩夜空中不为人知，但他日夜都在为官家奔走忙碌，无法留恋温暖的被窝。他叹息自己的命运真是与那些达官贵人们不同，命不一样，活得也就不一样啊！”

权德舆微微点头，“贤侄所言，甚合诗意。却不知贤侄对此诗有何见解？”

禹锡合上书，叹惋道：“小子观此诗，所感者有二。其一，小吏乃朝廷之基础，若无小吏日夜奔忙，则民情弗上达于天听，圣意弗闻知于百姓。吏善则人谓朝廷善，吏毒则人谓朝廷毒，其任也重矣，当荣之以冠服、禄之以食货，治之以圣人之道。由此观诗中小吏，怨情已孳，恐天下已不稳矣；其二，《诗》皆作于先秦，彼时无科举正途，无察考奖擢之法，为小吏者，晋身无门，劳累无度，恣怨横生，岂无渎职之为乎？由此观之，圣朝大开科举之门，功名爵位悉凭学问而自取之，使民情大悦，四海归心，非盛世胸怀孰可为邪？方今天下战乱初弭，正应守律典以正科名，明察考以辨贤愚，则我圣朝中兴再造，亦可期也！”

刘禹锡一番议论，绝对出于权德舆的预料。若于常人，莫说总角小儿，即使是学富五车的翰林先生，讲《毛诗》不过照本宣科，亦难作出如此古今相参的见解。权德舆自忖如禹锡这般大时，竟无此般视野和胸襟，心中慨叹此子前途必定无可限量。

刘绪和卢徵大概也是第一次听到禹锡因一首诗而阐发议论，二人的惊讶比权德舆不少分毫。尤其刘绪，一向只知道儿子读书用功，学诗努力，却从不知道禹锡对时政朝局亦有留心，更不知禹锡能就一首古诗而论及当朝政策。细一思索，便也了然，定是禹锡平时从与自己交游宾朋之处非但习得诗文技巧，更有意倾听了他们聊天时所提及的朝局变动，或是从自己的公文邸报中了解时事要闻，再以所学进行思考，因而能得心应手，随问随答。再思禹锡所论，正合自己平日所见。吏者，在官员面前是奴仆，在百姓面前是官员，事务庞杂却命如草芥，对自己的身份定位常会发生分裂和错觉，恶吏、酷吏十有七八，仅就江南一带，二十年来虽未经安氏逆贼侵扰，但由恶吏引发的农民起义呈此起彼伏之状，邸报之中时有所闻，治吏之策，常有所思。刘绪只是无奈官职卑微，知转运而不知征敛，无力有所为而已。

“异乎其伦！异乎其伦！”权德舆不由得起身赞叹，向刘绪长作一揖，“汉时石公素以谨慎，起自微末而至上卿，月薪两千石。其有四子，皆受严教，品行善良，孝敬父母，不逾规矩，后皆为上大夫。父子五人月薪恰为一万石，传为美谈。今观之，刘公家有万石之训，教子有方，令郎真甘罗再世，有宰相器也！如此学问，只待一纪，必中高策！天下多子多孙者众矣，然何如此一子邪？”

刘绪闻权德舆如此盛赞，方从惊讶之中回过神来。禹锡在权德舆和卢徵面前大放异彩，真令刘绪大喜过望，当下吩咐仆人备下筵宴，款待嘉宾。酒酣之际，刘绪忽然又有些许疑惑:《毛诗》数百篇，为何禹锡偏偏翻中《小星》此节？莫非冥冥之中，有所隐喻？

自那日之后，权德舆与卢徵逢人必夸刘禹锡之才名。由此二人之故，杜佑、韦夏卿、李吉甫等名士时在江淮，皆对禹锡之才有所耳闻，众人亦颇待禹锡成年，抑或栽培成材。

第二章 结群英名闻长安

禹锡读书日积月累，渐渐竟至无可计数，待禹锡感觉自己需要从书海之中抬起头来之时，已是贞元六年(790)。禹锡正及弱冠，心存高远。刘绪亦改官浙西从事，本府就加盐铁副使，遂转殿中，主务于埇桥。当年权德舆曾言，禹锡不过一纪必中高策，如此算来，也只还有两年时间。刘绪春秋渐高，格外思念洛阳故土，常叹先人冢茔无人照料，又思禹锡经年苦读，在江南成名已久，理应在帝国的中心赢得应有的位置。禹锡亦感羽翼渐丰，正应是雏凤清鸣之时，祖居之地洛阳和帝国都畿长安才是属于他的舞台。恰逢乡邻父老与父母官皆推禹锡参加将于贞元九年（793）在长安举行的科举考试，长安之行，理所当然。

行程既定，禹锡弱冠之礼便一切从简，仅由父母及部分亲友见证。典礼既成，依照风俗，刘绪应为禹锡赐字，禹锡才正式成为一名成年男子。

刘绪心中已然有了主张，谓禹锡:“我儿取名‘禹锡’，乃取‘禹锡玄圭，告厥成功’之意，今取字，亦应与此意相合。按《孝经·钩命决》所云，‘命星贯昴，修纪梦接生禹’乃定‘梦得’二字。今汝得字，已是铮铮男儿，即日北上，一则祭祀祖先，二则往长安拜会贤达，以备科考。”

禹锡生于江南，长于江南，虽常在江湖走动，却不远行千里。刘绪为父，自然搜肠刮肚，与自己多年来所结交的在京好友一一修书相托，纵不能得遇伯乐，亦可令禹锡在远方有所依靠。

对于年方二十的刘禹锡而言，初次出远门便要奔赴长安，心中当然激动不已。长安，大唐帝国的核心，禹锡脚下的终点。往昔刘绪调度钱粮转运，禹锡往往随他同往漕运码头，送船队启程。从第一次望着漕船远去的白帆时，刘禹锡就已向往长安的风土人情，更向往施展才能的舞台。在他所能看到的任何一本书中，凡是提到长安，必然会用无数炫目缤纷的溢美之词加以描述，仿佛那是人间之外的胜境，那里有巍峨宏伟的宫殿，有昼夜喧闹的青楼教坊，有万国商人汇聚的商栈集市，还有威严圣明的天子，有天下撷萃的文武精英，甚至在街上随便找一个人，就能讲出个汉唐神采来。总而言之，那是一座梦幻之城，也是一座寻梦与圆梦之城！禹锡常这么认为，并且十分肯定。他想，眼前那些川流不息的漕船所满载的金银、粮食、绸帛等等的美好事物，都堆在了长安城里，铺满街巷，如果长安不是天堂，还能是什么呢？

怀着对天堂般长安的憧憬，年轻的刘禹锡踏上了进京扬名的旅程。因其母卢氏素来不喜江南水土，此次禹锡北游，她便一路同行，回归洛阳祖居。有母亲相伴，禹锡离家远行之情稍慰，但是没有走出数日，他就已对长安的状况发生了怀疑。

大运河显然是很久没有得到有效的整修与疏浚了。河岸残破，泥沙淤积，漕船数日不得前进。无奈之中，刘禹锡弃船登岸，转走陆路。但他更加怀疑，书中那沃野千里的中原怎么会是眼前这片荆棘横生的荒野？那些仓满廪实的村庄呢？那些载歌载舞的百姓呢？安史之乱结束已经二纪有余，纵使当年战祸惨烈，果真能祸及三代？渐渐地，一些他在父亲的邸报旮旯里瞥见过的消息，慢慢浮出脑海……

刘禹锡陪伴母亲历时月余，自江南回到中原故土。一路之上，觉得自己如同穿越大唐的历史。禹锡携母回到荥阳短暂停留，专一前往檀山原祭拜祖茔。

刘家祖茔原在洛阳。七世祖刘亮曾在北魏任冀州刺史、散骑常侍等职。孝文帝迁都洛阳时，刘亮带领全家追随孝文帝入洛，定居洛阳都昌里，并定姓“刘”。刘亮辞世后，安葬在洛阳北邙山。北邙山是历代官贵逝后争相殡葬的风水宝地，尺土寸金。刘家数代入葬北邙，以至难有卧牛之地，只好在荥阳的檀山原开辟新的茔地。刘禹锡的曾祖父刘凯官至博州刺史，自刘凯起，刘氏家人逝后，皆安葬在荥阳。墓地的坟茔排布有序，左尊右卑，序列分明。望着先祖的墓碑，如同沐着先祖期待的目光，禹锡心中暗含弘扬家风之志。

禹锡携母在荥阳檀山原祭拜了祖茔，又将母亲安顿在洛阳的卢氏旧居，便独自带着对大唐历史的疑问继续西行长安。直到长安萧瑟青灰的城墙出现在傍晚的薄暮中时，刘禹锡终于将藏在那些熠熠生辉的邸报中的一连串墨点，连缀成一幅焦黑的图卷……

经过唐肃宗与唐代宗两代人的努力，安史之乱的贼酋安禄山、安庆绪、史思明、史朝义相继伏诛，但朝廷为了迅速平叛，对贼酋的部将采取分化瓦解、封官拉拢之策，对平叛将帅，更是姑息纵容到了无以复加的地步。这些策略的恶果在唐代宗后期渐渐显现了出来：魏博军节度使田悦，成德军节度使李宝臣、李惟岳父子，淄青节度使李正己、李纳父子，山南东道节度使梁崇义，淮西节度使李希烈……诸如此类的藩镇豪强自恃骄兵悍将，父终子袭、兄亡弟绍之事往往有之，甚至牙军废立、暗杀篡夺之事亦不鲜见。至于相互攻伐，则时时不绝。

德宗继位之初，曾下定决心剪除藩镇。建中二年（781）正月，成德军节度使李宝臣病故，其子李惟岳向朝廷请求传袭父位。魏博节度使田悦同向朝廷上表，请求允许李惟岳继承父位，以此试探朝廷态度。德宗果然不允，李、田便知朝廷确有削藩之意，于是勾结淄青节度使李正己、山南东道梁崇义等阴谋起兵反唐。后李正己未反先亡，其子李纳以承袭父位为条件与朝廷谈判，被德宗拒绝，李纳终于下定决心与田悦、李惟岳等沆瀣一气，同日称王，将战事日益扩大。

建中四年（783）正月，割据淮西的李希烈起兵谋反，进攻襄城。德宗派哥舒曜讨伐，却被叛军击败并围困，德宗又调泾原兵去解围。泾原本与朝廷有隙，大军路过长安时，因赏赐不周，三军乱卒挟持节度使姚令言哗变，将长安洗劫一空。姚令言毕竟根基浅薄，泾原乱兵又请出朱泚主持大局。朱泚曾兼四镇北庭行营泾原节度使，因其弟朱滔意图谋反而被软禁在长安。变乱发生之后，德宗逃往奉天，朱泚被叛军迎出。此番游龙入海，朱泚立即自称大秦皇帝，后改称大汉皇帝，史称“泾卒之变”。

朱泚妄图将李唐宗室一举歼灭，亲率大军进攻奉天。所幸李怀光率朝廷援兵勤王，大败朱泚，迫使叛军退守长安。孰料李怀光为奸人所谗害，几近于不保。旦夕之间，救驾功臣反戈一击，竟与朱泚联合，进击奉天，德宗被迫逃往梁州。兴元元年（784）五月，唐将领李晟等攻克长安，七月迎德宗回朝。后朱泚被部下所杀，朱滔病死，李怀光兵败自缢，战乱方息。

经过这种种战乱，旧的藩镇割据势力不但未能扫平，其他藩镇见朝廷可欺，纷纷蠢蠢欲动，各地局势越发紧张。而在朝廷内部，德宗皇帝居然总结出一条奇怪的“教训”：文武官吏是不可靠的，可靠的只有他身边的人——宦官。显然，德宗皇帝已经忘记了李辅国、程元振、鱼朝恩等把持、祸乱朝政的这些前车之鉴。其结果是，外乱未平，内患丛生。渐渐地，德宗皇帝失去了甫登大宝时的锐气，变得刚愎而多疑，进一步恶化了大唐的局势。

长安城经过安史之乱和泾卒之变两场滔天巨祸，早已不复天宝承平之时的绝代风华，所遗不过淡淡几丝当年的风韵，却也飘荡在烟灰和血腥之中。若无刘禹锡从小所见的漕船转运之钱粮物资，和朝廷坚守长安龙脉的决心，恐怕那座曾经令禹锡神往的、饱经沧桑的古都早已沦为荒草丛中的断壁残垣，供后人凭吊而已……

因在荥阳和洛阳耽搁时日较多，且刘禹锡一路之上特意走访乡野民情，来到长安时，已是贞元七年（791）初春时节，正值当年科考放榜之时，整个长安城都在传诵一件足令天下士子们兴奋不已的故事。刘禹锡往吏部交纳省卷之时，恰见一群人在门口议论。

贞元七年，黄门侍郎杜黄裳知贡举。杜黄裳早年为郭子仪从事，耿直清正，功在社稷，为典守者之楷模，主持贡举乃时意所归。当时裴延龄为宰相，其人一意媚上，深得皇帝宠信，朝野内外无不避让。恰其子裴操这一年参加科考，应鸿词科，延龄为人之父，必然为之奔走。考官阅卷将毕，裴延龄早早便在吏部贡院外等候，一见杜黄裳出来，立刻迎上去探问情形。因自武后朝起，考生试卷均需糊名，裴延龄于是问道："请教杜黄门，今次鸿词科得中之文章中，可有以'是冲仙人'为赋头者？"

"是冲仙人"正是裴操答卷文章的赋头。

杜黄裳面无异色，问同行的苗给事："君可记得有此文章得中？"

苗给事不假思索地答道："应该没有！"

说罢，两人不待裴延龄说话，大步流星而去。裴延龄垂首顿足，仰头大呼"不得！不得！"悻悻而归。及敕书下达，裴操果然榜上无名。时议以为，裴延龄正当圣前恩宠方炽，呼风唤雨无不遂愿，杜黄裳依然能秉中守正，抵制其请托，坚持以文章优劣选拔贤才，而裴延龄亦无可奈何，可见朝廷重视科场纪律，天下贤才，无论寒门庶子或是朱门高第，均得同竞科名，岂非鼓舞人心之事？

刘禹锡听说此事，格外高兴。虽然眼前的长安并非早年梦中所想，但只要朝廷能令如杜黄裳之人执掌科考，选拔天下英才充实庙堂，那么弭平灾祸、再造盛世，又有何难？以自己的才学，他日得中高第乃探囊取物一般。高兴之余，禹锡见人群中述事者形貌伟岸，气质高贵，虽然同为布衣学子，但他言谈之间毕露一派领袖风采，身边众人无不有钦服状。待人群散去，刘禹锡方上前相拜。

“这位兄台，适才听你说杜黄门秉公拒延龄之事，在下深受鼓舞。又见兄台神采飞扬，出口成章，想来必有满腹文章。小弟姓刘名禹锡，字梦得，方抵京师，请教兄台高姓大名？”

那人一听是刘禹锡，十分惊喜，连忙纳礼：“贤弟竟是澈上人弟子刘梦得，愚兄闻名已久，不意今日偶遇，实乃幸事！不才赞皇李绛，字深之。”

刘禹锡见对方知晓自己是澈上人弟子，实出意外。李绛见他满脸惊讶，大笑释疑：“澈上人前年奉诏来长安讲禅，愚兄仰慕上人，曾与上人纵论诗歌。闻上人言，其有弟子名禹锡，江南之才子也，久怀报国之志，日后将与不才同登庙堂，为国效力。今日偶遇，贤弟果然一表人才，心中慰甚！”

原来李绛也是澈上人故交，刘禹锡顿觉亲切。见刘禹锡初到京城，人生地陌，李绛又约三五好友，为禹锡洗尘，顺便为禹锡讲解京城风物，时事人情，以助禹锡投纳行卷。傍晚时分，诸位才子纷纷而至，众人便于客栈中置一桌薄酒，共叙佳话。

长安虽饱经战火摧残，但毕竟贵为一国之都，天下才子云集，谁都无法预料，自己今日所交之人，哪一日便可飞黄腾达，因此，年轻士子往往爱好聚会，相互酬赠唱和，始终兴盛。尤其是负有时望者所邀之会，更是令人趋之若鹜。

李绛正是当时众望所归之人。以其学识声望，来年高中必然水到渠成。得其邀请者，亦非泛泛之辈，皆有进士之望。待众人到齐，李绛先引禹锡与大家相识：“诸位秀才，某今日邀集群贤，乃为江南刘秀才禹锡接风洗尘之故。诸位应闻吴兴妙喜寺诗僧澈上人之大名，梦得贤弟为澈上人入室弟子，深得传承，在江南负名已久。今日到京待考，实是幸事！我等早到长安，谬有薄名，高门高邸寻常出入，当为梦得指引，他日同登朝堂，共佐圣主！”

座中诸人多识澈上人，因而对刘禹锡的态度格外热情，一一起身行礼，互通姓名。第一人老成持重，自谓昌黎韩愈，字退之，以散文见长，时人重之；第二人为陇西李观，字元宾，家于江东，与韩退之相要好，文章功力在伯仲之间，世人正望二人于科场之上一决雌雄；第三人与禹锡同甲子，姓崔名群，字敦诗，行大，贝州武城人，为人温文儒雅，近仁复礼，时有雅望；第四人为太原王涯，字广津，博学广识，工于属文；另有四人乃从兄弟，禹锡在江南时已有耳闻，为婺州东阳“孝冯家”四子——冯宿、冯定、冯审、冯宽，冯家乃江南望族，家学显赫，时人瞩目。

引见完毕，众人推杯换盏，互以行卷相示，争相品读点评，诸君子心意诚恳，言之由衷，无为相忤者。谈笑间，李绛翻阅刘禹锡的行卷，不无惋惜地感叹：“梦得贤弟，今日聚会尚有缺憾！”

刘禹锡不明就里，以为自己文章有疵，因而问道：“今日群贤毕至，相谈甚欢，小弟荣幸非常，兄长何言有憾？莫非小弟文章……”

李绛发觉刘禹锡面有尴尬，忙答道：“非也非也！贤弟文章出众，无可挑剔。长安有河东柳氏，家有宝驹，名宗元，字子厚，少贤弟一岁，自幼为京城神童，文章学问早已为关内传颂。只因其父贞元初年在外为官，柳子厚随亲同往，不在京城。今日观贤弟诗文，竟与柳子厚旨趣相近，诗力相当，不免有怀旧友。”

刘禹锡听说柳宗元之文章与自己风格相类，志趣相投，却无缘得见，心中果有同感：“既然柳子厚学业已有所成，想必亦应回长安备考，相见之时，岂非不远？”

李绛笑道：“前月得子厚来书，说克日将归长安，以备来年科举。待到那时，才真可谓‘群贤毕至’！”

说起柳宗元之事，刘禹锡亦想起一人，谓之同为天下英才，却不能同聚长安，亦深以为惜，不禁长叹，自言道：“可惜白二十二郎竟不在此！”

刘禹锡提及“乐天”，其余众人无不知晓，皆恍然道：“果如梦得所叹，白乐天成名甚早，为何独不见人影？”

白居易与刘禹锡两家大略同时从北方南迁，白父白季庚与刘父刘绪二人宦况踪迹略同，白、刘二人同为江南闻名之神童才子，亦同甲子，早已相互往来，并引以为友。白居易十多岁时作《赋得古原草送别》："离离原上草，一岁一枯荣。野火烧不尽，春风吹又生。远芳侵古道，晴翠接荒城。又送王孙去，萋萋满别情。"后刘禹锡读之，自以为不如，遂越发与居易为善。贞元三年（787）时，白居易以十六岁之幼龄往长安拜谒顾况，又以《赋得古原草送别》名噪京城，妇孺皆知"赋得佳句，白居犹易"。此后，白居易在京城踟蹰三年，不得进退，只好回乡。正所谓雁过留声，白居易归乡年余，长安仍流传着他的才名佳声，座中诸才子亦有曾与白居易唱和者，深深为白居易早早回乡而觉意犹未尽。而可令诸人稍为宽慰者，乃本朝科举纲纪严明，历年时望所重者往往得中，不过早晚之事。

宴罢，众人各自为禹锡指点了几位相熟的长安名士，并写下荐书，方才散去。此后数月，刘禹锡先向朝廷上书，虽未得德宗垂恩，却引起当朝大儒注意。随后，禹锡又纳行卷于陆贽、董晋、郑珣瑜、顾少连等重臣，又拜访钱徽、李夷简等名士，皆因其文章工整而得礼遇甚隆。短短一年之中，刘禹锡便已扬名长安，为士林瞩目。

第三章 谒杜佑初识谋略

贞元八年（792），堪称德宗朝科举之大年。皇帝诏令大臣陆贽负责贡举大试，李绛、李观、崔群、韩愈、王涯、欧阳詹及冯家四兄弟等二十三人擢进士及第，因诸人皆为天下舆论所公认之贤才，朝野欢欣，喜称该年金榜为“龙虎榜”。榜出之日，刘禹锡受邀与众新科进士共庆盛事。许多年之后，当刘禹锡再次回忆起那日的心情时，甚至感到比后来自己高中时更加激动。纵观德宗一朝，科场拔萃堪称亮点，也可能是内忧外患之下唯一的亮点。裴度、李绛、令狐楚、王涯、韩愈、张籍、杨巨源、白居易、戴叔伦、元稹、吕温、韩泰、韦执谊、李景俭等对中晚唐历史产生巨大影响的人物，均在德宗朝中登上了历史舞台。刘禹锡身处这个人才辈出如繁星满天的大时代中，眼见与自己日夜唱和的好友荣被圣恩，行将腾达，焉能不心怀激荡、恃才自诩？而念身后又有无数后起之秀正在发奋用功、狼奔虎撵，刘禹锡又如何不觉朝夕必争、时不我待？

其后不久，淮南节度使杜佑入朝陛见。杜佑与禹锡父刘绪曾同在浙西观察、淮南节度使韦元甫幕府，相互引为知交，禹锡幼时即与杜佑相识，亦曾受其指点。杜佑爱其才，及入京，因而与禹锡相见。

禹锡此时才名已闻于长安，杜佑心中愈加喜欢，更以天下之谋而期之，因而少叙故情，便以朝政咨之于禹锡。禹锡平日常与崔群、李绛等人纵论时政，不过多为书生之谈，与一方藩镇节度使共话天下安危之事，则令禹锡精神为之振奋。

杜佑入朝，实因西戎背弃盟约，时时寇边，德宗命各方镇节度使上表言事，以佐圣裁。杜佑将边事详情说予禹锡，遂问："梦得世侄，依你所见，朝廷当如何应对？"

刘禹锡不假思索，脱口而出："西戎背信弃义，犯我王师，朝廷必发雷霆之势，遣虎狼，破贼虏，执贼酋，问罪于阙下，广谕之于天下，使四方蛮夷无以效尤！"

禹锡言之激切，杜佑却闭目不语。禹锡见状，乃知言必有失，复请道："小侄言之无由，但凭一腔热血，满腹赤诚，于运筹帷幄实无经验，恐有谬于讦谟，请闻杜世伯教诲！"

杜佑表情方有所松动，谓禹锡道："贤侄忠勇有加，但王略不足，所幸谨慎好学，仍为可造之才。今日可听某详述西戎因应之策，日后贤侄或可以此举一反三，青出于蓝。"

禹锡甚喜，遂备纸笔，即行恭录。

"自古以来，圣君治国必以恩泽布予天下，未尝有不忍小忿而招致天下大乱者。向如汉武之治，倾尽中国之力而图边陲，虽战功赫赫，却使国力枯竭。一旦国力枯竭，则靡费巨万所开之边陲焉能保全？所以圣哲之论史者，素来不以卫青、霍去病为功勋。

"孙子曰，'不战而屈人之兵，善之善者也。故上兵伐谋，其次伐交，其次伐兵，其下攻城，攻城之法为不得已'。今日天下之事纷乱杂芜，西戎寇边，朝议喧嚣，看似紧急，其实不然。若动辄发兵征讨，即便破灭西戎，只恐重蹈汉武覆辙，且使不臣藩镇有机可乘。孔子曰，'远人不服，则修文德以来之'。孟子曰，'威天下不以兵革之利'。我华夏上国，当强于昭信宏恩，非彼蛮夷之类。且西戎并非完全不识礼数之族，我朝仍可遵守盟约以愧其心，与之通商，以礼相待，以昭圣德，同时择精明强干之臣出使西戎，晓之以理，则烽燧可罢。一旦息兵，则宜选拔谨慎持重之将领，重开屯田，积聚粮草，厉兵秣马，以逸待劳，以威势镇敌；再以金玉之利赂之，以甥舅之礼抚之，使西戎安静，不为乱。待到疆内藩镇削平、风调雨顺之年，大军压境，宣谕来朝，则可望不战而屈人之兵。纵使西戎不识天数，亦可一战破敌，且不使之伤国本。”

杜佑议论边事，举重若轻，刘禹锡录罢，已是一身冷汗，低头盯着所录的杜佑论述半天不语。杜佑见状，又道：“贤侄年纪方轻，不谙时务，所学或尚未能融会贯通、运用自如，此为常情，并非窘事。令尊正有此担忧，才修书托杜某进京时以西戎事诫之。唯望世侄能时时自省不足，多与朝中功勋请益。待世侄来年高中之后，若有机会，可到某淮南幕府中来，届时某定将生平所学倾囊相授。贤侄天资优厚，今日之事且作警醒，万望铭记圣人教导！”

禹锡如梦方醒，纳头便拜：“多谢杜世伯妙语点醒迷梦中人！小侄愚鲁，书生空谈，不足发治国之论，至今终于初窥统筹全局、经略国策之奥妙，果真发人深省！惭愧惭愧！”

杜佑闻言十分满意，又命禹锡将方才自己所言所论，重新整理一番，润以文华，写成奏表。禹锡诚惶诚恐，一夜未眠，几经修订，终将一篇言辞诚恳、切中实务的《论西戎表》奉至杜佑案前。此篇是为刘禹锡初次代人执笔，撰写上奏表章。其时禹锡仍为布衣，由此可见其文章功力，已堪所用。表曰：

> 臣佑言：臣一辞阙庭，已经二载，官当重任，身受厚恩，既怀子牟恋阙之心，又负臧文窃位之责。思所以歌颂圣德，裨补箴规。尘露至微，不任恳迫。臣远祖诗，显名汉代，出牧南阳，谠言善策，随事献纳。忠醇之至，闻于中外，遗风可袭，有激愚衷。臣是以辄竭闻见，粗陈梗概，虽不尽陛下圣明万分

之一，然臣子之心，有直必献。

伏惟皇帝陛下，德合天地，道跻文武。弛张普博，上法阴阳。气均生成，人沾亭育；凡是氛沴，覆以春和。销除容纳，皆如圣意；宽宥肆赦，实赖皇明。河中诛锄，不劳兵革；淮右底定，不戮一人。庆浃万邦，事出千古。近又西戎背约，寇犯王师。陛下弘贷豺狼，矜其凶悍，布以恩泽，果此知惭，功因德成，不以兵革。故《诗》云“猃狁孔炽”,《书》称“蛮夷猾夏”。臣观自古帝王，不忍小忿以贻大患，故竭耗中国，尽力边陲。至如灭昆明之城，平大宛之种，岂足发挥皇猷，增荣简册？故圣哲之论，薄卫、霍之功。陛下镜历代无益之端，修大君文德之教，遂得北狄深藏，五城晏闭，百蛮向化，四海无虞。惟此小蕃，尚迷圣教。陛下示之大信，弘以旧恩。虽关防暂惊，而烽燧旋罢。

臣负恩方镇，初惧寇戎，正于忧迫之时，果闻仁圣之谕。攘却凶孽，不劳干戈。臣静思远图，为国久计，莫若存信施惠，多愧其心。岁通玉帛，待以客礼。昭宣圣德，择奉谊之臣；恢拓皇威，选谨边之将。积粟塞下，坐甲关中；以逸待劳，以高御下。重其金玉之赠，结以舅甥之欢。小来则慰安，大至则严备。明其斥候，不挠不侵。则戎狄为可封之人，沙场无战死之骨。若天下无事，人安岁稔，然后训兵，命将破虏。摧衡原州，营田灵武。尽复旧地，通使安西。国家长算，悉在于此。计熟事定，举必有功；苟未可图，岂得容易。此皆陛下朝夕倦谈之事，前后立验之谋。臣质性顽疏，筹画庸近。受恩非据，敢忘献忠？犬马之心，实所罄尽。

杜佑阅之，禹锡一夜之间便有长进，奏表条理清晰，逻辑缜密，且用词极合典仪，不仅将自己不愿擅起衅端、对西戎恩威并施之主张阐述明白，更将一片忠臣心迹表露无遗。倘使幕府从事为此文章，亦难有所超越。因此文章，杜佑在御前延英对策时独占鳌头，深得圣上嘉许。及其退朝，又有恩赏至府，于是杜佑更对禹锡青睐有加。唐时官员表奏由文士代笔乃为寻常事，禹锡之才因此始播于庙堂。有此事后，禹锡馆舍渐有朱紫出入，为人撰文，间或有之。

而于禹锡更添信心之事，乃贞元八年（792）时，权德舆由大理评事摄监察御史充江西观察使李兼之判官，蒙召入京任太常博士，参议禁中。刘禹锡闻讯，惊为天助之喜，心中不禁思忖：少年时，权德舆于己多有奖掖，时时鼓励，冀成大器，自己在江南之才名，大有德舆之功，今日在长安亦小有才名，权德舆来京必有所闻，谅亦欢喜，若有权德舆这样的朝中新贵在文武大臣甚至圣驾之前对自己有所褒扬，则未来仕途必然更加坦荡。

禹锡此念，乃唐时士林风俗，所谓“造请权要谓之关节，激扬声价谓之往还”，所凭者乃文章学识、人品口碑，与后世所谓“请托”“后门”绝非同类。况且权德舆乃禹锡父执，纵使禹锡无所倚望，刘绪亦已修书相托。

兴奋之中，禹锡提笔，新作一篇献书，欲订于行卷之首，书曰：

> 禹锡在儿童时已蒙见器，终荷荐宠，始见知名。众之指目，忝阁下门客，惧无以报称。故厚自淬琢，靡遗分阴。乃今道未施于人，所蓄者志，见志之具，匪文谓何？是用颛颛恳恳于其间，思有所寓。非笃好其章句，泥溺于浮华。时态众尚，病未能也，故拙于用誉；直绳朗鉴，乐所趋也，故锐于求益。今谨录近所论撰凡十数篇，祈端较是非，取关于左右。犹夫矿朴，纳于容范。
>
> 尝闻昔宋广平之沈下僚也，苏公味道时为绣衣直指使者，广平投以梅花赋，苏盛称之，自是方列于闻人之目。是知英贤卓荦，可外文字，然犹用片言借说于贤达之口，藉其势而后骧首当时，矧碌碌者，畴能自异？今阁下之名之位，过于苏公之

曩日，而鄙生所赋，或钜于梅花，则沈泥干霄，悬在顾间，其词汰而喻僭，诚黩礼也。繄游藩之久，觊尚书而霁严。禹锡惶悚再拜。

翌日清早，刘禹锡携行卷赴太常寺拜谒权德舆。权德舆自从贞元二年（786）改任大理评事摄监察御史充江西观察使李兼判官后，已有六年未见禹锡，又无书信往来。到京上任之后，权德舆接到刘绪来信，言称禹锡将于贞元九年（793）应试。德舆向来视禹锡如己出，又闻禹锡在京已有声望，于是愈加日夜盼望禹锡来访。及至禹锡恭拜于面前，权德舆已几乎无法将眼前的俊朗公子与当年的英黠小童相提并论。

禹锡难得在长安遇见故交长辈，又多年未见，不免述说旧谊，而后方将行卷呈上。权德舆多年不见禹锡诗文，正欲一窥禹锡长进，遂接过书卷，一一审读。

方读罢禹锡新作献词，权德舆心中感慨万分。所感者，十余年来禹锡治学未尝有片刻放松，因而所成文章厚重自然，收放自如，不加矫饰而犹胜于百万奢糜之辞，如此依然好学求进，以他人之劝诫、建议为绳规、为明镜，难怪文章学问果然日精月益。

又观献文，刘禹锡举前朝宋广平以《梅花赋》谒苏味道而成名之故事，阐发贤士亦须以文章受奖擢于贤达方能成就功业之道理，并以为权德舆远胜于苏味道，而自己或勉强可及宋广平，有意请权德舆为之关节往还。

献书虽短，意旨明确，既感旧德，又盼新恩，用典精当，文辞恭俭。权德舆阅之欣然，又读附后行卷之文章，果然段段风流，篇篇精彩，拊掌大笑夸道："梦得贤侄如今学业大成，可喜可贺！我大唐又多了一位青年才俊，真乃兴旺之兆！有贤侄如此，某若使锦衣夜行，岂非有眼无珠？"

禹锡闻言心中欢喜，又与权德舆话些家常，即归住所。后权德舆果不食言，于同朝文武面前多方褒奖禹锡之才华，尤其于即将知贞元九年贡举的顾少连处，不吝溢美之词。顾少连乃惜才之人，间或闻人言彭城刘禹锡乃当世之人杰，复有太常博士权德舆为之说项，刘禹锡之名遂深入其心。

由权德舆为之关节往还，刘禹锡越发可以沉下心来用功读书。到长安凡已两年，刘禹锡深感自己的学问文章仍有很大的提高空间，尤其时政对策亟须加以磨炼。自为杜佑代作《论西戎表》之后，禹锡每为大臣草拟奏表，必要认真从中观察微妙的朝局变化，细心感受这个王朝运转的哲学。虽然有消息不畅或不真的原因，但时常见到时局变化与自己的推测相悖，禹锡愈感为官艰险，一步天堂，一步地狱，的确只在转念之间。然而，这样的现状同时也激发了刘禹锡的斗志。在今日大唐王朝的儒生心中，魏征、姚崇那样以极言直谏而“致君尧舜上”的大臣才是忠君爱国的楷模，狄仁杰、郭子仪一般力挽狂澜功同再造的旷世巨贤方为公忠体国的精英。禹锡始终没有忘记当初来长安途中之见闻，那些十不存一的乡村、挣扎哀号的黎民，正等着他改造这个病入膏肓的王朝，除了鼓足勇气一往无前之外，没有任何其他道路能将他引向光荣的彼岸。

“功名希自取，簪组俟扬历”，当刘禹锡走进贞元九年（793）正月的礼部贡院时，他的心中充满着自信。这份自信，来源于权德舆不遗余力的上下奔走，来源于士林群贤的舆论公议，更来源于刘禹锡自己孜孜不倦的努力。当此天时、地利、人和之际，刘禹锡一试而中，考取进士，正可谓承顺人情，咸与相庆。此次共取进士三十二人，同期登第的还有柳宗元等人。柳宗元小刘禹锡一岁，后来二人终身为友，诗文互答，被誉作“刘柳”。

依照礼俗，新科进士要参拜座主，谒见宰相，同时，还要慈恩寺题名、大雁塔留念、曲江宴游、杏园探花宴等，尽享“一日看尽长安花”的喜悦和“朝为田舍郎，暮登天子堂”的荣耀。刘禹锡虽参与其中，心思却比同年进士平静许多。对他来说，这只是他向人生巅峰登攀的第一步。以唐代科举制度而言，进士及第也只是获得了出仕为官的许可，若要实授官职，仍需继续参加考试，或往地方大员幕府中任职。以禹锡之声望，选择继续参加贞元九年的博学鸿词科考试正是明智之举。

又试中第，令刘禹锡的声望达到了新的高度。唐代有俗语云，“三十老明经，五十少进士”，刘禹锡以二十二岁的年龄，同一年竟连登进士与博学鸿词两科，毫无疑问地成为贞元九年长安街闻巷议中一颗最闪耀夺目的明星。其时大唐官场上朋党之风渐起，有意权柄者无不注意延揽才士。刘禹锡虽已有名声，毕竟虚为布衣士子相互吹捧，但这次连登两科不啻为横空出世，朝中重臣竞相打听，邀约之函如雪片飞来。

第四章 听叔文东宫论道

在众多关注新晋进士的目光中，便有太子侍读王叔文。

王叔文曾任苏州司功，以擅长围棋入选为太子侍读。其人博学广闻，长于谋划决断，素怀治国平天下之大愿，时常在太子李诵面前诉说民间疾苦，深得太子信任。由于德宗皇帝多疑，王叔文时常劝导太子时时示弱，事事示忠，以保东宫之位。而王叔文则交通内外，于不动声色之间考察贤良，笼络志士，一旦皇位更迭，便可大展宏图。因此，刘禹锡出现在王叔文的视线中，是再自然不过的事情。

与刘禹锡同年登进士第的共有三十二人，其中便有一人与王叔文亲善，此人正是柳宗元。禹锡初到长安时便听说柳宗元之名，所憾迟迟不得相见，直到擢进士敕下，三十二人金殿面圣，方获相晤。同年之友相亲本为唐时惯例，两人互有仰慕，诗艺不分伯仲，志向趣味相类，大有相见恨晚之叹，因此三十二人中，唯刘、柳二人最为亲密。

柳宗元去谒王叔文时，将此事告知。王叔文正愁无人从中串联，不由大喜，但叔文行事一向谨慎，遂命宗元打探禹锡对朝局的看法，代为了解禹锡的政治倾向。

刘禹锡两科登第之后，着实度过了一段风光无两的时光。四方贺喜之宾纷至沓来，满朝贵臣亦有贺礼相赠。但于禹锡内心而言，虽连登两科，但仍有遗憾之处。

从李绛的身上，禹锡清楚地看到了自己的学识还有未足之处。李绛于贞元八年（792）进士及第，贞元九年与禹锡同登博学鸿词科，且李绛所中“甲科”，特被授予秘书省校书郎，而禹锡所中乃次等，仅予以出身，未能授予官职，仍需参加吏部拔萃科考试。禹锡并非与人攀比之辈，从朋友的腾达中，他所收获更多的是鼓励与鞭策，是看破眼前浮华的犀利目光。

眼见贺喜之宾中酒肉之徒渐多，禹锡有意闭门谢客，果然不多时日，便得清静。恰于此时，平定建中之乱、奉迎德宗还朝的大唐功勋李晟物故，百官至府吊唁，新科进士亦同在列。祭拜之事，无多赘言，礼仪尽毕，柳宗元与刘禹锡在灵堂外相遇，方得相互言语。

因李晟之故，二人言谈皆有哀意。李晟因建中巨功，诏拜司徒，兼中书令、三方雄镇节度使，晋爵西平郡王，御赐上第上田及林园，又有纪功碑立于东渭桥，可谓荣极人臣。奈何自古功臣多遭忌，贞元三年（787）后，李晟正拜太尉、中书令，但被剥夺兵权，除朝谒外无所事事，一言一行均在北司掌握之中，碌碌苟延而已。

刘、柳二人方中进士，本应是踌躇满志之时，但在李晟灵堂外，不免说些李晟故事，二人又同有持盈之叹。步谈间，李晟庭院中一尊欹器拦在面前。欹器本为上古之人灌溉汲引之器，孔子观周庙时，曾见到此物，知其“满则覆，虚则欹，中则正”，后引为礼器。

宗元心机一动，指着欹器，略有感慨：“不知太尉每日漫步庭中，见此欹器，心中作何感想？”

禹锡见此物，略加沉思，慨然吟道：

秦国功成思税驾，晋臣名遂叹危机。

无因上蔡牵黄犬，愿作丹徒一布衣。

——《题欹器图》

宗元复问:“兄台此诗何解?”

禹锡手抚欹器，答道:“李太尉功不可谓不高，然几近于不克自全，是自古功臣之宿命也。当年李斯辅佐秦始皇统一天下，权倾朝野，正思车同轨、书同文、度同衡、钱同制之时，谁料遭赵高谋害，被夷灭三族。史传李斯父子被押于狱中时，李斯回想一生经历，谓其子曰:‘吾欲与汝复牵黄犬，出上蔡东门，逐狡兔，岂可得乎?’父子抱头痛哭。而东晋时刘毅少年起义，平灭诸桓，屡建奇功，然而一朝自满，败于卢循，于是功臣亦作逆谋，事败身死。诸葛长民尝从刘毅起义，多作富贵之谋，闻其死，知自己亦难逃干系，遂叹道:‘贫贱常思富贵，富贵必履危机。今日为丹徒布衣，岂可得也?’向此二人，皆起于草莽，成不世之功，然最终死于非命，不正如眼前这座欹器一样，装满了功劳，而遭倾覆之祸吗?李太尉于庭院中置此物，应有悔意啊!”

此中典故，柳宗元自然明了，所问乃故意为之，意在试探刘禹锡在面对鸟尽弓藏的悲剧时，究竟会是何样态度，于是再问:“以兄台所见，有前车之鉴在此，我等官场新秀当如何自处?”

一提此言，刘禹锡仿佛脱胎换骨，目中哀伤尽褪，决然而应:“为人臣者，文死谏，武死战，如此而已，岂能因担忧自身安危而昏庸度日?有忠言而不进，临大义而逡巡，是有负于圣恩也!至于以直谏获罪、因功高遭忌，乃无人敢谏议、无人能立功之故耳，倘使朝野上下人人敢于进谏，文武百官人人皆可功勋，则圣聪益明、圣恩愈厚，何由可虑?观贞观、开元之治，莫不如是!”

柳宗元面露喜色，赞道:“梦得兄微言大义，激奋人心，闻君良言，真乃知己，日后宦海浮沉，唯望与君联翩，共辅圣主!”

禹锡忙拜谢回礼:“贤弟赞之过甚矣!你我置身乱世，建功立业，只待朝夕。方才所言，宜记于心而恒于行，不宜煊赫于言、铺张于外。”

二人又有片刻交谈，方才离去。柳宗元急赴王叔文处，将今日李晟灵堂外二人对话原番转述，王叔文听后，再想起权德舆曾言“禹锡有宰相器”，自此认定刘禹锡乃可用之大才。

柳宗元见王叔文频频点头，于是问道：“可否引梦得来与侍读相见？”

王叔文沉思片刻，摇头道：“却不着急！刘梦得出言豪壮，但不知临事之时可有决断，亦不知诗文制艺之外可有本领，仍待观察。不过你们为同年进士，可以多加交往，以结其心。当今圣上春秋鼎盛，龙体康健，我等来日方长，若刘梦得果然器堪大用，再见不迟！”

柳宗元欣然而归。不数日，刘禹锡向众人辞别，归家省亲。

刘母卢氏自江南还居洛阳，仍居于都昌里卢氏祖宅。禹锡登第喜讯传来，举族上下一片欢腾，日夜盼望禹锡归省。及至禹锡到达洛阳，满城豪杰无不登门拜贺。一连数日，宾客盈门，贺笺积尺。

刘母每日迎送宾客，看似风光无限，其实心中却有块垒。自古父母之心，莫过于开枝散叶，延续香火。禹锡已二十二岁，功名初成，婚娶之事却无眉目，刘母在洛阳遍访名门望族，只为寻得可与禹锡匹配之女子。怎奈缘分未到，刘母纵然着急，终无所获。

其时在洛望族之中，范阳卢氏与河东裴氏素来交好。禹锡归省乃卢氏喜事，裴氏族人自然不免登门道谢。为示两家关系亲密，刘母命家人专设宴席，令两家子弟可以沟通情感，以备相互汲引。

卢氏族中除刘母外，还有刘母的兄弟卢璠、卢顼，裴氏族中则有裴佶、裴武等人。在两家众位长辈面前，刘禹锡诗文应答流利得体，深受嘉许，又得许多溢美之词。酒过数巡，刘母又提起为禹锡选亲之事，欲托裴家兄弟加以关照。

闻听刘母愁虑，裴佶心思大动，向刘母建言：“刘夫人家有宝驹初放光华，天下女子谁不向往？卢、裴两家世代友好，常常联姻，只是最近三十年来天下纷乱，子弟流散，未再结有秦晋之好。所幸天下稍安，我族子弟归于洛阳者不在少数，待嫁之女亦有数人，若夫人不弃，何不于裴氏门中择一女子为媳，以令两家再结良缘？”

刘母正是求之不得，忙问道：“如此甚好！不知尊家哪位良子可嫁与梦得婚配？”

裴佶、裴武低头耳语商量一番，便有了人选，于是裴武应道："不瞒夫人，我家有一侄女，名雅卿，双十嘉龄，容貌端丽，知书达理。其父裴式，与我弟裴度乃从兄弟，在江南从事航运，家资甚丰，只是没有功名。近日裴式遣雅卿归洛侍奉家庙，又有手书托在下为雅卿觅一良婿，如此说来，岂非天赐的一段好姻缘？"

卢播大喜："我亦闻此女！当年我与裴度在刘公幕府共事时，他常夸此侄女娴雅恭顺。虽说门第稍有不同，但若能与梦得匹配，也必为天作之合！"

刘母脸上多日愁云一扫而光，当即应下婚事。禹锡一向孝顺，见母亲得偿所愿，亦自欢喜。翌日，刘母便遣仆人送去聘礼，两家议定了日程，各自筹备开来。望族联姻，婚礼奢华之状不需备述。卢、裴两家再度联姻之事，一时传为洛中美谈。

刘禹锡与裴雅卿在洛阳成婚之后，夫妻二人共往埇桥拜望刘绪。自从担任浙西盐铁转运副使、殿中侍御史之后，刘绪自知仕途荣宠已极，全部的心愿便集中于独子刘禹锡身上。禹锡自长安启程省亲之时，权德舆曾亲往送别，后深有感触，便作一首《送刘秀才登科后侍从赴东京觐省序》飞书刘绪，文中回忆与刘绪父子昔年交往，盛赞刘绪教子有方，断言禹锡必有光明前程。后月余，妻子卢氏又从洛阳捎来书信，将禹锡娶裴氏雅卿为妻之事备说端详。眼见禹锡立业成家，刘绪可谓无复他求，只日夜盼望儿子媳妇跪拜面前。

禹锡夫妇来到埇桥，先拜过刘绪，又往刘家亲朋好友处拜望一番，待人情事毕，便已近年末。禹锡心中挂念后年吏部拔萃科的考试，即向刘绪辞行。临行前夜，父子二人秉烛长谈。刘绪年事已高，埇桥距京师山高水长，往来不易，此番谈话，父子各怀忧伤，却无以言表，只将一腔亲情，付与家国之论。

刘绪为人之父，又久经官场，相较刘母更多关注禹锡仕途前程。虽然刘绪久居江南，不谙长安世故，但从朝廷征发调令的轻重缓急之中，却可窥见天下大势。以禹锡之才华，后年吏部拔萃科中得授官职乃意料中事，刘绪只怕禹锡甫登官场，失察于大势，遭风摧秀木之灾，因而于晃晃烛火下，谆谆嘱咐：“禹锡吾儿，汝父已老，不复为汝劈山架桥矣，却有数言，若吾儿长记于心，或可裨益决断，或可避险救困。”

禹锡望父亲神色凝重，忙跪于堂中，恭聆教诲。刘绪接道：“今日只有你我父子二人，便说些不可为外人道之语。方今天下皇威不振，州道节度使往往不奉朝令，相互攻伐致使生灵涂炭，百姓流离，种种惨状，吾儿往来长安道路之上必有亲见。有识之士，莫不痛心疾首，有志之士，莫不誓言匡扶。只是几十年来，朝廷屡发大军征讨，却往往无功而返，贼寇愈伐愈强，愈伐愈众，甚至伐寇之臣养寇自重，伐寇之师自成割据，岂无由哉？人言‘知子莫若父’，吾儿素怀经邦济世之心，为父知之。只是天下事务纷繁万端，若不能厘清头绪，抓住关键，即使有朝一日入朝拜相，只恐为人言所左右，碌碌终日而实无建树。”

禹锡在长安时，格外留意时事舆论，往往与人陷入一事一物的纠缠辩论之中，而一事尚未及辩明，另一事甚至几事又已发生，禹锡因而常生感叹，若朝堂上亦如此，即使满朝皆为死谏之忠臣，只怕人人以直相逼，日日有人撞死，人主枉担害贤之名，依旧不明何为治理之道。听父亲说及，禹锡更欲闻之。

“今上好疑多忌，士林已有公论，虽无明言，人谁不知？依为父愚见，此朝定无澄清玉宇之望。吾儿虽登科第，恐仍需耐心等待，以俟明主。”

“父亲要我等待？”禹锡原本踌躇满志，急欲速进，唯恐朝夕之间居于人后。

“正是！”刘绪强调，“‘晋臣名遂叹危机’，此非吾儿之诗乎？吾儿虽薄有才名，然而治国理政经验不足，急求富贵，必然投靠权要。当此主上昏庸之朝，常居权要者必奸佞媚上，如裴延龄之流。一旦皇恩有变，或新主登基，安得苟活？”

禹锡绝不愿与裴延龄之辈同流合污，于是问：“依父亲之见，儿当如何？”

“后年吏部拔萃科，可谓重之又重！吾闻当今太子贤良方正，有中兴之夙愿，有养晦之韬略，有敬贤之恳诚，更有容人之雅量。他日一旦龙飞九天，必为一代圣主。按大唐规制，吏部拔萃科中试者往往授太子校书，太子身边贤士极多，吾儿若得与太子亲近，必有大益。”

“我若不中，又当如何？”

“若不中吏部拔萃科，亦无大碍。”刘绪并未将刘禹锡的未来限定在一条道路上，“若无缘得中，吾儿亦可择一方镇贤臣，从事其幕府，学习盐铁、行军事务，亦可成就功名。”

“从事幕府？”刘禹锡两登科第后，虽然在一些来贺忠臣面前表露了愿为幕府的意愿，但多为场面应酬之语，从禹锡内心而言，仕途一片光明，何须为幕府刀笔小吏？

刘绪察觉了禹锡略显轻蔑失望的语气，淡笑道：“你少年得意，不以幕府为取士正道，其实大谬矣！你在京城辗转数载，定知京城出名不易，求官极难，天下才士不欲趋炎附势者纷纷云集明藩幕府，待功勋等身，再入庙堂。且不说别人，只说淮南杜公，当年科场登第后，长年在刘府公幕府从事，习得刘公理财之道，如今为朝廷倚重，为一方重臣。你舅舅卢徵亦是幕府出身，如今官居刺史，封在近畿。再如老父，以浙西从事本府就加盐铁转运副使，转殿中侍御史。有吾等先例，梦得必不可轻视幕府！万一时运所至，切勿坐失良机。”

刘禹锡淡淡一笑，不置可否。刘绪亦不多纠缠于此，继续说道：“无论在京城或是在藩镇，吾儿若想有朝一日立下再造乾坤之功，有两件事必要加以详察。其一为盐铁之利，其二为治军之权。无论何时何地，此二者为解决一切军国事务的根本所在。”

“请父亲为我细言！”

“为父在江南为官近三十年，常年与盐铁转运打交道。无论是当初平定安史之乱，还是近年的内外征伐，朝廷之所以能在战之不胜的情况下岿然不倒，一个重要的原因便是朝廷手中掌握的盐铁税赋比叛贼们多。安史逆贼以数镇之钱粮，欲养攻略天下之雄兵，可谓自不量力。甚至可以说，朝廷不是打败了叛贼，而是熬死了叛贼。以这个观点来看如今的藩镇，他们小心翼翼地守着一方领地，并无鲸吞天下的野心，其兵员并未超过本地钱粮的承受能力，因此才能够长期与朝廷周旋。”

禹锡却有疑惑，问道：“但是，朝廷可以数路大军并发，以众击寡，为何不见藩镇叛逆伏诛？”

“这便是掌握军权的重要性所在了！叛军以一镇之兵，按说绝不可能与朝廷抗衡，奈何朝廷黯弱，平叛只能以归顺之藩镇讨伐叛逆之藩镇，几路大军各怀心思，只思保存实力，不能合力进击，使叛逆可以从容应对，各个击破。试想，若各镇军队均由朝廷统一调遣，只奉朝廷将令，何由叛逆不破？”

“言之有理！”刘禹锡闻父亲言，如饮醴酪。

“收军权是一项大工程，不仅旷日持久，更需朝廷自身有强硬的支撑。”

“禁军！要靠禁军！”禹锡不禁呼喊。

“不错，关键正是禁军！”刘绪猛地一掌拍在桌上，“禁军拱卫京畿，理应由圣上本人亲自统领。我朝禁军原为南衙诸军，自建中之变后，神策军因护驾回京有功，擢为禁军。圣上昏聩，竟以宦官统领禁军，使神策军迅速堕落腐化，几无战力，却成京畿祸患。志士若有所图，必先从夺取军权、改造神策军下手。”

“那么，如何才能夺取军权呢？”刘禹锡进一步问道。

“呵呵，这又要说回到盐铁之利了。只有将盐铁之利牢牢地掌握在手里，朝廷才有能力在中外众臣中纵横捭阖，邀买人心，为我所用。须知世风日下之时，人皆重利，此乃常情，重利者非恶人也，可用之以其道也。若得人心所向，则神策军权可取，诸镇军权，亦可徐徐图之。而反过来看，只要军权在握，则利权更加稳固，如此，则世道相异，先贤治世之法可以施行，再蹈盛世之途矣。”

禹锡闻言，兴奋之情难掩于面，对父亲施礼谢道：“多谢父亲教诲！为儿今日方知，欲平天下，所持重者乃利权与军权，两者一而二，二而一，不可偏废。难怪父亲望我多加历练治军和盐铁事务，今反躬自省，二者绝非只知吟诗作赋的一介书生可以胜任。不过，若要如父亲所言，无论收利权还是收军权，都无法绕过宦官这道坎。只是今上对宦官纵容无度，信赖有加，看来，确实要等新君即位，才能有制衡宦官、褫夺其军权的希望了。”

刘绪见禹锡豁然开朗，心中十分满意，又鼓励道：“吾儿天赋雄厚，又兼勤奋努力，所成功名必不止于社稷。为父所忧虑者，唯吾儿仕途太顺，未经挫折而失兢惕之心，官场险恶啊！”

禹锡聪慧，何尝不知此理？为令父亲放心，禹锡说起月前从洛阳乘舟沿淮河东行时的见闻：

“淮河波长，水路遥遥，儿常与船工交谈，船工对儿说起之前亲身经历的一个故事。有一年，淮河水大浪急，但是他们的船却有些破损，可因转运期限不可拖延，只能等回来后再修补。于是一路之上，他们用破衣、棉絮堵住船底的漏洞，用泥灰加固修补过的地方，又用斗不停地将渗入的水倒出，其他船工要是懈怠了，船老大亲自动手。为了保证安全，他们晚上保持警惕，白天勤加维护，遇到雾霾天气宁可停下等待天晴，风向异常就赶紧停船避险。一路上如此战战兢兢，终于到了淮阴。这个时候，船工们终于松了一口气，都去逛热闹集市了，晚上也都睡得踏实安稳，谁知到夜晚，船底破损的地方被渐渐浸湿，泥灰溃散了，棉絮被冲走，水从船底喷涌进来，而众人直到水淹了床才发觉，仓促惊愕互相呼喊，慌乱之中急忙逃命，连鞋都没来得及穿。好不容易逃上岸，还没来得及回头看清楚，船便已沉了下去，坍塌在泥沙之中，再也无力挽救了。”

“可悲，可叹哪！”刘绪连连摇头，遂问，“吾儿从此事中有何感悟？”

“儿闻此故事，曾作一文以记之。”禹锡拿出行卷，翻至《儆舟》一篇，为父亲念道：

……向予兢惕也，汩洪涟而无害。今予宴安也，蹈常流而致危。畏之途果无常所哉！不生于所畏而生于所易也。是以越子膝行吴君忽，晋宣尸居魏臣怠，白公厉剑子西哂，李园养士春申易，至于覆国夷族，不可儆哉？呜呼！福，祸之胚胎也，其动甚微；倚，伏之矛楯也，其理甚明。困而后儆，斯弗及已！

"好！"刘绪听完禹锡的感触，心中已获宽慰，"勾践跪奉夫差而令夫差疏忽，最终灭吴；司马懿假病骗得曹爽大意，二子临朝；子西不信白公胜砺剑直言而哂之，果遭刺杀；春申君对李园养士不以为意，死于非命。吾儿倘可从此四例中体察到逆境中须忍辱示弱、顺境中应常持警惕之理，则为父再无所虑矣！"

父子二人又说些体己话语，不觉天已微亮，禹锡稍事休息，便登路程。贞元十年（794）春，刘禹锡离开埇桥，至长安途经洛阳时，又陪伴母亲一些时日后，西入长安。

第五章

咏华山志在特达

归长安途中，禹锡接到母亲来信，信中说舅舅卢徵在华州刺史任上不便离开守境，未及回洛阳为禹锡庆贺登第及成婚之喜，希望禹锡回长安途中能来华州相见。禹锡见信时，正要经过华州地界，于是改变行程，往州治而来。

卢徵从来喜欢禹锡。见昔日总角小儿今日已成朝廷良材，且与裴氏佳人婚配，卢徵以近畿雄州郡守之望，在华山脚下摆开筵席，广邀群贤，意在为外甥壮大声势，引见良朋，亦令自己面上有光。

才子佳人素为文人雅士所歌颂，接获邀请，华州名流无不欢跃，争相目睹禹锡夫妻的风采。恭维话语车载斗量，不足为道。筵席过半，众宾客正当酒酣，文人骚客不免豪言壮志，相互阿谀。禹锡身为后进晚辈，本不欲多言，怎奈众人热情，定要禹锡一抒胸怀。

刘禹锡持杯起身，向众人行礼，极目眺向云雾缭绕的华山之巅，道:“今高朋满座之宴，本无晚辈妄论志向之份。承蒙诸位长辈错爱，刘某亦恭敬不如从命，仰依古韵，试托身后巍巍华山，略言拳拳之志。”

禹锡诗名广有流传，见禹锡欲有吟哦，引得众人纷纷瞩目，屏息静听。只见禹锡踱来数步，浅呷一口酒，便吟道：

洪炉作高山，元气鼓其橐。俄然神功就，峻拔在寥廓。

“壮哉！”席中有人高呼一声，人们纷纷称赞，又有人评道：“梦得果然出口惊人！想那华山巍峨险峻，雄壮不凡，必为天地造化亿万年所生，而梦得独以为俄然可就，这岂非如梦得一般，谈笑之间得中进士与博学鸿词两科，成他人数十年未能得之功业，以此势头，前途无量啊！”

众人又是一片赞美，纷纷请酒，禹锡微笑，再轻啜一口，继续吟道：

灵迹露指爪，杀气见稜角。凡木不敢生，神仙聿来托。

此言一出，众人更是阵阵惊叹。卢徵赞道：“原来禹锡之志还有如此凌厉锋芒，不仅在于文章腾达，更欲扫平天下，使藩镇戎狄等等‘凡木’不敢恣意妄生，誓要将主宰大唐江山的圣人托入云霄！为此志愿，诸君如何能不同饮一杯？”

卢徵领衔，众人仰头痛饮。酒还未入五脏，禹锡接着又吟：

天资帝王宅，以我为关钥。能令下国人，一见换神骨。

“哎呀，妙矣！妙矣！”众人异口同声大赞不已，手舞足蹈几欲癫狂。一醉者喜极而泣道：“梦得欲以不世之才能，作社稷之壁垒，来日玉宇澄清，海内一统，梦得必以盖世功勋入凌烟阁供奉，受大唐百姓世代敬仰！我等愚鲁之辈，虽无望建功立业，然能与梦得共处一朝，共有今日之宴饮，足慰平生矣！”言罢，那人大哭不已。

禹锡情绪亦受其感染，将杯中残酒猛然饮尽，指着身后直插云霄的华山，慨然吟道：

高山固无限，如此方为岳。丈夫无特达，虽贵犹碌碌。

此四句一出，犹如雷霆炸响，霹雳当头，满场众人无不目瞪口呆，纵然是沉醉无状之人，亦顷刻惊醒，方才还热闹非凡的筵席，如同时间凝滞了一般。

“丈夫无特达，虽贵犹碌碌！”这是多么振聋发聩的表白，这是多么纯洁崇高的志向！古往今来，多少人在追求功名利禄荣华富贵的路上，残酷而决绝地将德行操守屠戮一净，最终成为一具锦衣玉食的戾气皮囊，又有多少人只顾独善其身而在国家危难当前之际，空谈道义却无所作为，做了个无是无非、随波逐流的枯枝残叶！可笑的是，有才无德的枭雄和有德无才的庸人往往占据庙堂，原本德才兼备者却两头得罪，备受排挤，只得时而以无德示人，时而以无才示人，终落得个德无所归、才无所用的下场。“丈夫无特达，虽贵犹碌碌”不正是对这种荒唐情形最严厉的指责和最放肆的耻笑吗？

众宾客这才明白，刘禹锡咏华山言志，立意绝不仅仅在于要令功勋如华山之高、富贵如华山之重，更在于立身如华山之恒久，使自己的品德与功绩相匹配。众人思之赧然无颜，于是愀然离席，匆匆道别。卢徵闻此诗后大病七日，病愈后如脱胎换骨一般，亲自刻下一方“特达”印章，随身携带，意以“高尚品德和出众才干”自励，并命匠人将刘禹锡所作《华山歌》刻于那日饮宴之山亭梁上，以俟后人瞻观警醒。

刘禹锡作《华山歌》语惊四座之事，比刘禹锡本人回到长安的速度还要快些，长安士林闻诗无不叹服。柳宗元见诗之后心潮澎湃，急切盼望刘禹锡早日到京，一叙知音之情。谁知久等刘禹锡不至，却有通事舍人崔抗差人来请。宗元整理衣冠，急急前往崔府，与一众年轻官吏相见于崔府门外。众人不知道崔舍人有何事，议论纷纷。正议论间，一辆马车疾驰而来，停在崔府门口，柳宗元定睛一看，车上下来的却是刘禹锡。

柳宗元喜出望外，上前招呼："梦得兄久违！小弟闻听兄长与河东裴氏喜结良缘，又在华州以一首《华山歌》备受推崇，如此多的喜事，只盼你早日归京，可与我等分享。谁知今日竟在崔府门口相遇，却是何故？"

刘禹锡一路奔波，这日晌午刚到长安住所，还未进门，恰有崔府家人来送信，请刘禹锡往崔府叙话。崔抗官居通事舍人，素有雅望，禹锡不敢怠慢，随即登车赶来。见到柳宗元，禹锡亦感惊喜。

"子厚贤弟，愚兄归省多日，不知京中情形。今日未入家门便被崔舍人召来，你可知是何急事？"

柳宗元双手一摊："却无分晓！"

未及片刻，崔抗亲自至府门迎接众人入府。虽数月不见，崔抗竟已鬓发苍白，大出刘禹锡所料。崔府中气氛压抑，上下人等面有哀色，无人喧哗，安静得令人毛骨悚然。

"莫非崔府有家人物故？"柳宗元不禁喃喃自语。

刘禹锡听到，低声答道："我看不然！府中虽然气氛萧索，哀气森森，但并未举丧，无人服孝，想必另有他事。"

众人来到崔府正堂坐下。禹锡往堂上看，堂中供奉一尊红木释迦牟尼佛像，像前香炉中积灰深厚，一把檀香燃烧正旺。片刻，仆人奉上香茗，众人不明就里，饮之无味。

崔抗作揖，语含沉重，为众人释疑："诸位均是近两年来登第的青年才俊，崔某今日贸然急邀诸位到府，实在是有不可不言之苦衷，还望诸公看在同朝为官的份上，务必救崔某一遭！"

说着，崔抗竟然当堂跪下，令众人惊讶不已，慌忙起身，七手八脚将崔抗扶起。崔抗泪如雨下，缓缓将事情一一道来。

崔抗家有一女，正值豆蔻年华，欢喜可人，被崔抗捧为掌上明珠。谁知一年之前，此女竟患心痛之症。其始偶有发作，只隐隐作痛，家人并未在意，后愈发愈频，愈作愈烈，崔抗遍请名医，名贵药材食用无数，病情却无好转。至本月初，崔女病情已入膏肓，垂垂将死。崔抗心急如焚，不仅请来郎中，甚至请来僧、道作法，只求救得女儿性命。有一道士作过法后，言称崔小姐乃是玉皇大帝身边侍女，只因爱书成痴，误端了冷茶给玉帝而被贬落凡间。若要救小姐性命，必得与一进士及第的凡人婚配，方可化解命中劫数。

众人闻言大惊失色，原来崔抗邀众人来府，是为了给自己将死的女儿选择夫婿。可是，有谁愿意娶一个将死之人？崔抗见众人只顾低头喝茶，绝望之情涌上心头，跌坐在椅中，垂泪不已。

柳宗元心生哀怜，自忖：虽然道士之言荒诞不经，未必可信，但崔抗救女心切，即使成亲之法不能救命，亦可使崔抗得以释怀。况且听崔抗所说，其女已时日无多，纵使与之婚配，不过形式夫妻，尽些人伦之道，说来也是功德一件。因此，柳宗元向崔抗拜道：“崔舍人何须苦恼，宗元无德，愿娶崔小姐为妻！”

崔抗喜出望外，拭泪：“子厚所言当真？”

谁知不待柳宗元回答，刘禹锡抢言：“崔舍人容禀！可否令在下近观小姐病状？在下自小广读医术，颇通药石岐黄之术，若能侥幸为小姐祛除病痛，岂不是省却了许多麻烦事？若在下才不敷用，再令子厚与小姐成婚，未知钧意若何？”

崔抗此时哪有什么主意，但凡言能救女儿性命者，他都愿意一试。其余众人见有柳宗元与刘禹锡出头，正是求之不得，忙趁机告辞。崔抗无意多留，草草辞了众人，领着刘、柳二人往后宅去了。

崔小姐的闺房已完全成了药房、道场，大小瓦罐里咕嘟咕嘟地滚开着药，几个和尚道士叽里咕噜地念经作法，刘禹锡一见便皱起了眉头，只是崔抗病急乱投医，禹锡亦不好多言，只往崔小姐床前近观，又为崔小姐把了脉，心中便有了分晓，叫来丫鬟吩咐：“烦请贵府取生地黄一斤，捣烂取汁，做成一碗冷面给小姐服下。”

“什么？”崔抗不敢相信自己的耳朵，“梦得，这都什么时候了，你还要小女吃生地黄冷面？”

刘禹锡笑容可掬："是啊！这正是救令媛性命的对症良药啊！"

崔抗跺脚摇头道："梦得休要玩笑！小女病发以来，请得郎中无数，所用皆名贵药材，尚且不得治愈，一碗生地黄冷面能有作用？"

刘禹锡坚持道："就是一碗生地黄冷面即可！崔舍人不必怀疑，照办便是！"

崔抗虽有疑惑，奈何终归心怀侥幸，打发了丫鬟去做生地黄冷面，同时又紧握柳宗元的手，安排家人筹备婚礼。

不多时候，丫鬟将一小碗生地黄冷面端来，先喂崔小姐喝了几口汤，崔小姐喉头震颤，腹中一阵响动。崔抗大为诧异，忙命丫鬟又喂了几口面。

众人围拢床前，但见崔小姐呼吸加速，开始不住地咳嗽，咳着咳着，竟睁开了眼，在丫鬟的搀扶下竟能自己坐了起来。忽然间，崔小姐一阵剧咳，咳出一团秽物，叫了声"害死我了"，便又瘫倒在床。众人再看崔小姐，已是病容尽去，容光渐渐焕发。

崔抗连连惊呼："梦得真是妙手仁心，药到病除啊！谁知文章出众的刘梦得竟还有回春之术，实乃天降异才！"

柳宗元在旁也看得两眼发直，好不容易回过神来，拉住刘禹锡问道："梦得又令小弟大吃一惊！却不知兄长缘何有此奇术？还请闻之！"

刘禹锡却处之淡然，先请崔抗和柳宗元坐了，又给崔小姐开了几服调理气血的药方，再与两人解释："其实并非刘某有意学习医术，实因从小体弱多病，家里又无兄弟姐妹照应，只好自学药石，博览医书，聊作保命之术。人常言'久病成良医'，当是也！"

柳宗元哑然发笑，崔抗见女儿起死回生，脸上亦带了笑意，复又问道："还请梦得赐教，小女病因何在？若再复发，是否仍可依法炮制？"

"崔舍人不必担心，此病今日根除，绝无复发之虞！"刘禹锡给崔抗吃了一粒定心丸，又解释道："此方在《海上方》中有所记载。据载，昔年曾有人得心痛病，二年遂亡。亡故前，此人深恨疾病，命家人于他死后剖其尸体，查找病因。后家人剖其尸，果然发现一只寄生虫，遂将虫子养在竹筒里。谁知儿童顽皮，用生地黄冷面喂此虫，不想那虫吃了生地黄冷面随即溃烂而死，于是人们得此方法。”

崔、柳二人恍然大悟。崔抗命家人取来金银绸缎相谢，却被刘禹锡婉拒。后崔女痊愈，与柳宗元不日成亲，登门拜谢之事亦不在话下。刘禹锡精谙医术令崔女起死回生之事，再成长安美谈。而崔抗无以为报，于是在朝中多方走动，为刘禹锡传扬美名，欲在吏部拔萃科考试中助其一臂之力。

第六章 鉴汉史纵论国策

一年时光如白驹过隙，刘禹锡与同曹士人往来更加密切，相互之间迎来送往，评书论文，常常通宵达旦，意兴方阑。在与天下英才的交往中，禹锡的诗力一日千里，征服了无数友人，他的声望日益显达，到了贞元十一年（795）吏部拔萃科开考之时，几乎每一个长安人都相信，刘禹锡是否中选，就是评价这次考试是否公正的标尺。

而刘禹锡果然不负众望，在竞争激烈的吏部拔萃科中技压群雄，射得高策，第三次在含元殿上接受皇帝的召见。从皇宫出来，刘禹锡望着熙熙攘攘的大街，一股前所未有的自信充盈着他的身体。

依照唐时习俗，集进士、博学鸿词和吏部拔萃三科于一身者，加官晋爵尤其容易。而此时，权德舆已任起居舍人，兼知制诰，权位益重，因而刘禹锡中吏部拔萃科后，如其父刘绪所期望的一样，禹锡得授太子校书一职，入东宫为官。少年得志的兴奋，是任何冷静沉着的教导都无法遏制的。

刘禹锡得入东宫为太子校书，其中亦有王叔文的一番努力。两年来，因柳宗元的不断推赞，王叔文对刘禹锡的了解日益加深，他越来越确信，刘禹锡是他宏伟的政治蓝图上不可或缺的一块拼图，他更加深信，他也是刘禹锡实现人生理想所梦寐以求的登天之梯。眼见科考事毕，新授官员纷纷向所属衙门报到，王叔文认为，正式与刘禹锡见面的时机，就要成熟了。

太子校书是东宫属官，负责校勘崇文馆书籍。此职看似清闲散漫，其实不然。古时典籍保存不易，需人工校勘、刻印、保存，往往易遭篡改。太子校书在所献书籍中若加入个人观点，则可直接影响到太子的思想，进而有可能影响到国家未来的方向。在信息保存与传播只能依赖书本的时代中，“校书”可谓是掌握着文明传承命脉的要职。

初得官职的刘禹锡并未想到那么多，他所看中的，是崇文馆里收藏的大量书籍，其中许多乃是外界无缘得见的善本、孤本，这可以进一步丰富他的学识。归省埇桥时父亲的教诲，禹锡始终记在心中。进入崇文馆履职之后，禹锡每日泡在书海里，从无数先人的智慧结晶中，一步一步地学习盐铁转运之法、学习行军布阵之术。

刘禹锡的一举一动，自然瞒不过王叔文的眼睛。王叔文见刘禹锡能很快从登第授官的喜悦中超然脱身，一心投入新的学习中，终于下定了决心，于是命柳宗元引刘禹锡往家中相见。

柳宗元欣然领命。宗元对王叔文推崇备至，又与刘禹锡为知己之交，早已期待与禹锡分享更远大的理想、更光荣的使命。

在王叔文府门前，刘、柳二人正要敲门，不防门内有人出来，乃是与自己同登吏部拔萃科而次第优于自己的韩泰。韩泰才干卓著，久已闻名，中拔萃科后，授官高于禹锡，是令禹锡敬佩之人。偶然相遇之间，三人相互问候一番，旋又告辞。刘禹锡一面同柳宗元进府，一面议论：“当今太子一向低调无争，王叔文为太子侍读，某未尝见之。今日到府，却见今年拔萃科之佼佼者亦在访问之列，莫非叔文府中果然别有洞天？”

柳宗元笑而不语，引禹锡径往后堂去。王叔文方与韩泰一番纵论，正在清洗茶具，见刘、柳二人进来，热情招呼：“原来是梦得和子厚到了！今日王某府中贵客盈门，真是令人喜不自胜！”

刘禹锡与王叔文同为东宫属官，而王叔文官秩较高，禹锡初见，以下僚拜谒上官之礼拜之。王叔文哈哈大笑，放下手中茶杯，谓禹锡道：“曾闻中书权舍人夸赞梦得少有万石之训，今日一见名不虚传。不过这里是王某私邸，并非庙堂，梦得与子厚来此均是贵客，当怡然自得，何须繁文缛节？”

禹锡看柳宗元，见宗元自取了茶杯放在面前，王叔文悠然地为宗元沏满一杯，于是放下心来，亦取茶杯，只是捧在手中，接茶之际，细观王叔文。王叔文乃越州山阴人，有一副典型的江南眉眼，令禹锡不免想起少时家乡之人，因而心生几许亲切。虽然王叔文在长安生活多年，但沉稳舒缓的官话中，仍不免夹杂着一些乡音土语，听来幽默有趣。再看王叔文与柳宗元，二人身份有天壤之别，却相待如家人一般，可见其人雅有海量，不以常理约束于人，称得上是京城官场上的一个异类。

王叔文一面沏茶，一面慢悠悠地问：“梦得初到崇文馆，不知有何感触？”

刘禹锡一时不知王叔文所指，只得答道：“下官履新未久，近来正在粗览馆中藏书，以备勘校。”

“嗯。”王叔文不置可否，从书柜中取出一本《后汉书》。禹锡把眼张望，那本《后汉书》虽然十分陈旧，但保存得很好，书里工整地夹着许多书签。叔文翻开书，禹锡瞥见书中空白之处密密麻麻地写满了批注。

叔文将书放在禹锡面前，禹锡一看，乃是《后汉书·灵帝纪》。禹锡心中一震，似乎明白了王叔文的用意，于是试探道：“我朝素有以汉言唐之习俗，虽不知起于何时何人，然下官尝读史书，惊觉我朝运数果真与汉朝有相似之处。两朝之始均有盛世，之后略有波折，继而再逢中兴圣主，不过……”

刘禹锡故作停顿，观望王叔文的态度。王叔文目光黯淡，眉头微皱，面露凝重之色。禹锡不敢再说，却听柳宗元道：“侍读面前，梦得但说无妨！”

刘禹锡清了清嗓子，把声音降低了三分，接道：“不过东汉自桓、灵二帝起，外戚、宦官相继干政，天下沸腾，两次党锢之祸压制了士林清流，黄巾之乱严重动摇了国本，平叛战争却造成了更危险的军阀割据之局面，最终导致了汉王朝的灭亡。”

柳宗元怅然接道：“昔日以汉寓唐者，不知是否也同时预言了大唐的未来？诸葛武侯作《出师表》，言刘备每每‘叹息痛恨于桓、灵’，谁知后人之论本朝，又将痛恨叹息于何人哉？”

刘禹锡赶紧摆手制止，王叔文并不以为意，反而问禹锡：“昔太宗之评郑国公时，语：‘以史为鉴，可以知兴替’，试以汉史为鉴，梦得以为以大唐今日之运势，比桓、灵之时如何？”

“这……”禹锡面有窘色，低头喝茶。其实禹锡心中已有答案，但毕竟第一次见王叔文，而王叔文与太子——未来的皇帝关系密切，虽然有柳宗元居间，可禹锡想起父亲的教诲，在这些敏感的朝政问题上，一个年轻人还是谨言慎行，是为上策。

见刘禹锡不敢再多言，王叔文并不勉强，又为禹锡添上茶，自言道：“梦得少年成名，珍惜羽翼，殊可理解。那就由在下来为梦得、子厚评说一番吧！”

刘禹锡暗窥柳宗元，见柳宗元兴致勃勃，毫无惧色，心中更对王叔文另眼相看，于是也更想听听王叔文对时局的见解。

“宦官干政，地方割据，是汉末与今世的相似之处。以某观看，当今天下虽然皇权安稳，地方藩镇逆少顺多，看似强东汉末年百倍，但细思量之，桓、灵、献三帝时，虽有宦官干政，但宦官并无掌握兵权，且与外戚、士林形成制约，若非地方诸侯坐大不可收拾，汉祚仍有回天之机。但是，你们看看今日的朝廷，却要凶险得多。如今，宦官坐拥禁军，又向各地派出监军、观军容使，控制地方军队，满朝文武均受钳制，不得与其争。地方藩镇为求自保，争相向宦官贿赂，形成内外勾结之势。而朝中百官，皆墙头匍草，不可倚靠。以此观之，今日朝局之凶险，甚于汉末百倍！”

刘禹锡问道：“请问侍读，既然宦官掌握兵权，又与藩镇有所勾连，为何他们不联手起事，谋求自立呢？”

“问得好！”王叔文提高了声音，“宦官与藩镇之所以尚未有大的动作，其原因无外乎有三：一、朝廷气数未尽，内外仍有一批仁人志士令他们忌惮；二、宦官虽然权势熏天，然毕竟为阉人，于理于礼均不宜执掌庙堂，想要保有富贵，最好的办法就是拥立皇帝，假皇权以谋私利；三、无论宦官还是藩镇，他们都还远远没有达到内部统一的境地，他们有分歧、有党派，这种内耗其实是制约他们不能进一步动摇皇权根基的最主要原因。”

柳宗元倒吸一口凉气：“这么说来，我大唐王朝的命脉之所以能延续下来，并不是因为自身的坚强，而是因为祸乱者的内斗？”

禹锡忍不住插话：“子厚所言差矣！所谓斗争，强弱攻守皆无常态，可以相互转化。既然宦官与藩镇不能合力谋逆，这便是朝廷发奋自强、图谋中兴的良机。”

王叔文大笑，巴掌重重地拍在刘禹锡肩上：“梦得果然耳聪目明，心思敏捷！天下时局虽号称纷乱，但在明眼人看来，其实不过一解绳之戏。我看梦得胸中应该已有主张了吧？”

柳宗元在旁鼓励道：“梦得切勿有所保留！侍读韬光养晦十余载，坚持不辍地向太子讲述民间疾苦，研习治国方略，为的就是有朝一日能扭转乾坤。奈何天意难测，太子久居少阳院，只在天子寝殿近侧，少与外人接触。尽管太子已小心翼翼，然东宫之位几为舒王李谊所夺。天下人多势利之辈，见此情形，更有意疏远，另谋拥立之功。但是，虽然太子人寡力薄，幸有王侍读十多年来遍察百官，细考众僚，仍得一批精明强干之臣聚拢太子麾下，图议大计。梦得为我朝百年难得之奇才，若果然有治国安邦之良策，还请畅所欲言！”

王叔文从书案上拿起一笺诗稿，深情诵道：“‘高山固无限，如此方为岳。丈夫无特达，虽贵犹碌碌！'梦得此诗震撼人心，足令天下庸碌奸佞之辈汗颜！君之心意，昭若日月，叔文虽不才，愿以五尺身、百分力，助君一展襟抱！"

刘禹锡惊讶道："下官偶然拙作，污人耳目，令侍读谬赞了，实在惭愧！"

"梦得当之无愧！"王叔文郑重言道，"自梦得初次进士登第起，叔文即非常关注，考察再三，于今更认定君乃我大唐复兴必不可少的忠臣良士！还请梦得能对叔文坦诚相待，言无不尽！"

王叔文与柳宗元言辞恳切，不容禹锡不为之所动。禹锡正坐，拜叔文道："常闻子厚言侍读有慕贤之心，有宰相之量，今日一见，深以为是！禹锡到长安三年来，谬以才名得以交游京城百官之间，但真正能以诚相待、令禹锡心生钦佩、愿以毕生之力追随者，侍读为第一人！"

"梦得所言当真？"王叔文大喜过望，紧握住刘禹锡双手。

"丈夫一言，驷马难追！"刘禹锡语意坚决，"大丈夫处世，必当内修仁德毅勇之心，外交中正智慧之友，行宇宙纵横之道，成垂范千古之功。得遇侍读，实为幸事！"

柳宗元见大事已定，三年心血终有所获，心中欢喜，便又问："既然梦得认定侍读为知己之交，那么可否与我等一谈胸中韬略？"

刘禹锡不再踟蹰，答道："实不瞒诸君，某去年归埇桥省父时，曾受家严教导，以为若要拯救此纷乱之世，需以掌握天下赋税之利为先导，以利权而收军权。一旦军权在握，与利权相互巩固，或攻伐、或安抚，内可以抑宦官，外可以平藩镇，世风逆转，则盛世可期。"

王叔文面有笑容，却未称赞，批评道："梦得此番韬略，正得其要，他日时机成熟，必用此谋。然而，梦得可有想过，当年刘府公执掌天下财赋大权，却为何不能令军国权柄归于至尊，反而落得死于非命的下场？"

刘禹锡顿时语塞，心中思索：王叔文之问确实刁钻！刘晏执掌大唐财赋转运数十年，为历代计相之楷模，其门生故吏至今仍掌握着大唐财赋的半壁江山，就连自己的父亲刘绪都是出自刘晏门下。但即使有刘晏这样杰出的人才，大唐朝廷不仅没有收回藩镇兵权，反而令禁军兵权旁落至宦官手中，刘晏本人亦遭谗毙。这又是何故？

“子厚，你可知道？”王叔文又问柳宗元。

柳宗元亦无以为答，便与刘禹锡一同再拜，二人请教道：“请侍读指教。”

王叔文见二人面露愧色，于是安抚道：“二位俊才不必羞愧，你们尚且年轻，资历尚浅，不知旧事，不是大过错。在下以亲身见闻为尔等趋吉避险，拾遗补阙，正是所求。方才你们二人进府时，料与韩吴兴（韩泰字吴兴）相遇，吴兴与梦得同于今年拔萃科登第，应已熟识，再看你们自己，难道就没有感受到叔文之用心吗？”

刘禹锡与柳宗元相互打量，再三思索。禹锡恍然大悟，答道：“侍读提点及时，禹锡险些堕入迷途！当年刘府公之所以未能以利权助朝廷收兵权，恐是因他势单力薄，虽掌握财赋，但众多关键官职上无人响应，致使他孤掌难鸣。时日稍长，圣上忌惮他独掌利权，宦官与藩镇亦怕他久而势大，遭谗毙命，可想而知。有此前车之鉴，禹锡过去竟不察之，哪知即使自己一人有通天之术，亦难敌众人，幸有侍读，当再谢之！”

禹锡再拜，王叔文这才满意点头，又叮嘱道：“梦得少年得志，不必急于立业，可在崇文馆中精读金玉之言，吸纳古今智慧。假以时日，叔文必为你道地，调入翰林，参与朝政，待站稳脚跟后，可领一州道建功扬名；功成名就之日，再入为郎官，即有入阁为相之望矣。此番历程，以梦得之才，短则十年，长不过二十年，彼时太子亦应已登基，那时，才有我等施展抱负的海阔天空啊！望梦得切记，你才二十四岁，外与河东裴氏联姻，内有中书权舍人与叔文相助，正是结交群贤、甄遴俊友的大好时机，万勿贪功求进，而成失足之恨！”

禹锡受教，千恩万谢，与柳宗元一同告退。他的眼前，一条金光大道已经铺就。正如王叔文所言，刘禹锡三中科第，荣光加身，母家卢氏和妻家裴氏均为世代卿相，自己又有父执权德舆、杜佑等重臣爱护，现在更得到了太子侍读王叔文的极大认可，试问又有谁能阻挡他金鳞化龙的脚步？

可是，偏偏就有人阻挡了刘禹锡前进的步伐。这个人不是别人，正是刘禹锡的父亲刘绪。当然，成为刘禹锡仕途上的阻力，并非刘绪本意，但是，有谁能因为自己善良的意愿而逃脱自然规律的束缚？

第七章 丁父忧仕途遇阻

刘禹锡担任太子校书的第二年，即贞元十二年（796），其父刘绪病逝于扬州。噩耗传来，禹锡痛不欲生，立即卸任辞官，千里回转，在扬州为父亲治丧。后按照父亲遗愿，护送刘绪灵柩回荥阳檀山原祖茔安葬。待丧事料理完毕后，禹锡便于洛阳刘氏旧馆中住下，以群书陪伴。身为独子的禹锡痛感失去父亲的悲哀和孤单，他只好将父亲自幼对他的教诲追忆，以强大内心。同时，细心奉尊母亲，开始了三年丁忧生活。

丁忧对于一个有思想和责任的臣子无疑是一个思考的时机。刘禹锡想起自己扶父亲灵柩由江淮回洛阳途中，看到大批流民扶老携幼，背着行李，扛着农具，满途奔走的景象，曾询问仆夫。仆夫回禀，都是宋州、梁州、亳州、颍州外出逃荒的人，他们是在返回老家。禹锡问起原因，灾民一致回答：是董晋到他们原籍一带做官了！

董晋曾在贞元五年（789）至九年（793）间做过一任宰相，宰相任后，为东都留守。又改授检校左仆射、同中书门下平章事，任汴州刺史兼宋亳颍观察使和宣武军节度使。董晋为相时，推行减轻赋税、罢停徭役之策，保护农桑，与民休息，使百姓的日子暂享安宁。此次董晋来做地方官，使当地百姓再次看到生活的希望！故而，他们不辞千里辛劳，结伴还乡。

刘禹锡深有感慨，并通过此事引发了关于“声”与“实”的政治思考。写下社稷七论之一《讯甿》。如文中所言：

> ……民黠政颇，须理而后劝，斯实先声后也。民离政乱，须感而后化，斯声先实后也。立实以致声，则难在经始；由声以循实，则难在克终。操其柄者能审是理，俾先后终始之不失，斯诱民孔易也……

假若政令松弛，导致百姓违法现象增多，必须先加强法制，然后再进行劝导。先有行动，后得声誉；倘使政令混乱，引起农民逃亡，则必须先安定人心，再进行教化，先有声誉，后有行动，就会收到成效。以政绩获得声誉不难，难的是一个良好的开端；已经有了声誉，要做到名副其实不难，难的是持之以恒。若能辨析政治声誉和实际行动二者之间有序不紊的关系，必能使朝廷政令畅通，百姓自然安居乐业。

刘禹锡的“声先实后”和“实先声后”论，虽然思辨的是“声”与“实”的关系，实际上，也是中国千年文化思辨中“经”与“权”的关系，“体”与“用”的关系，更是中国千年来的官民关系。《讯甿》深入浅出，反正互辩，直接反映着刘禹锡执政之念。其晚年任职和州、夔州、苏州、同州等地刺史，皆政绩殊异，为朝廷和百姓所颂。由此看来，此文意义深远。

虽是丁忧，毕竟洛阳为大唐东都，各级官吏均为当朝重臣，文人墨客往来频繁，天下各道消息无所不达，丝毫不逊于长安。禹锡在京结交的诸多好友，常往洛阳走动，自然带来不少时新消息。更因东都实无皇帝坐镇，舆论气氛相较长安更为宽松。因此，禹锡虽在家中闲坐，心思却未有片刻远离庙堂，目光更未有须臾脱离天下大事。

贞元十三年（797）时，友人从长安为刘禹锡带来一件可恼却又十分可笑之事。这年腊月，徐州节度使张建封进京陛见，言欲罢宫市之事。“宫市”顾名思义，乃为满足宫廷需求而购物于市场，先前由专任官吏主持，按价给钱，官民两便。后采购事务渐渐由宦官署理，宦官倚仗皇家权势，又有禁军撑腰，在市场上横行无忌，予取予求。刚开始时，主持宫市之宦官象征性地给一点钱，就像白居易在《卖炭翁》中所描述的那样，“一车炭，千余斤，宫使驱将惜不得，半匹红绡一丈绫，系向牛头充炭直”，但日后竟然变本加厉，连象征性的钱也不给，只使人在市场上左顾右望，公然抢夺，百姓憎恨，唾之曰“白望”。到了张建封入京之时，长安市面的商家平时都将上乘货物收藏起来，正常的交易像走私，而到宫市敕使出来采购时，就连卖豆浆烧饼的摊贩都闭门歇业，躲避掠夺。

宫市弊害，百姓病之久矣！言官御史不免时有弹劾，德宗皇帝虽不出宫门半步，但心中仍有所疑惑。张建封入朝具奏宫市之弊，德宗皇帝于是召来户部侍郎判度支苏弁问对。可恨苏弁一意奉迎宦官，竟然在皇帝面前大言不惭，说京城有数万户不事农桑的百姓，全都依靠宫市生活，如果宫市真的是无偿抢夺，京城哪里还能有百姓的活路？

如此弥天大谎比李林甫之“野无遗贤”有过之而无不及，德宗皇帝居然深信不疑。一向姑息藩镇的德宗，竟为了为非作歹的宦官而斥责了忠心谏议的节度使，使张建封恨恨而归。此后凡有罢宫市之言，德宗皆不听。

友人将此丑闻告知刘禹锡，刘禹锡亦哭笑不得，于是提笔给王叔文写了一封信，希望王叔文能劝导太子。信中建议太子当此风头切勿冒言犯上，王叔文回信称善。后果不其然，京兆尹吴凑又屡次上奏请求罢宫市，宦官怀恨，谗奏称吴凑所言皆是右金吾都知赵洽、田秀岩之谋，于是，吴凑贬官，赵洽、田秀岩被流放至天德军。于此案中，刘禹锡深感宦官势力之顽固，非有雷霆手段不足以斩草除根。同时，禹锡亦深虑张建封忠心进谏却遭昏君叱责，从此将生不臣之心，于是修书淮南杜佑，请他留意监视。

贞元十四年（798），宦官的权势更到了令人胆战心惊的地步。此年闰五月，长武城神策军作乱，虽侥幸得平，但德宗皇帝在平乱之后竟然命宦官口宣谕旨，不下敕书，令朝野一片哗然。须知，敕书尚且能由宦官篡改，口宣圣谕更让人不敢想象，这几乎等于将乾纲独断之权完全交给了宦官。从此，宦官随口一言便可假称圣谕，更加为所欲为。

随后不久，贞元十四年八月，神策军再行改革，增置左右统军。当时禁军戍边，赏赐优厚，边关诸将多请遥录神策军，其部故被称为神策行营，皆统于护军中尉。于是，神策军规模暴增，再加上京城富户虚占军籍者，神策军竟超过十五万人。增置左、右神策统军，名义上是为了管理这支庞大的队伍，但这实际上成为宦官与边将勾结串通公开化、合法化的象征。

贞元十五年（799），是刘禹锡在洛阳丁忧的最后一年。从各地往来的消息中，刘禹锡感到天下情势似乎真的到了时不我待的地步。此年二月，几番作乱的宣武军再次发生变乱，行军司马知留后陆长源和判官孟叔度被乱军戕害，遭食肉寝皮之烈祸。监军俱文珍调刘逸准为宣武大将，引兵入汴，方弭平叛乱。

宣武军叛乱刚刚平定，淮西节度使吴少诚又举叛旗，率兵接连攻陷唐州、临颍、许州、西华等地，掠夺百姓数万。朝廷严旨讨伐，但各路讨伐大军进退不一，调度不灵，互不救援，常自溃败。至年底，朝廷见短期平叛无望，于是议置蔡州四面行营都招讨使，专事讨伐之职。丁忧之中的刘禹锡闻听此讯，胸中涌动起一腔激情，欲在丁忧期满后投身蔡州行营，以威赫的军功重登大唐政治舞台。

在接连传来的败军战报中，刘禹锡迎来了丁忧洛阳的最后一个秋天。焦虑之下，刘禹锡常往乡村田野中散心，似乎只有金波荡漾的无边麦浪，才能让年轻的刘禹锡感到这个摇摇欲坠的王朝仍然勃发着生命的活力。

正是收获时节，刘禹锡习惯性地坐在田边，看着农民们静静地一茬一茬地将麦子割倒，捆扎，抬走。不知过了多久，一声低沉的牛叫声打破了天地间的寂静。禹锡顺声望去，见一老叟赶着一头跛牛，沿着田边的小路缓缓而来。

走到近处，禹锡见那头牛虽然已跛，但体格雄健，不失威武，于是问道：“老汉，你这牛何以如此强健？却又为何跛足？你这是要将它赶往何处？”

老叟见是个官人模样的年轻人，便停下来，把缰绳收了收，答道：“老朽此牛，饲之有方所以形貌强健，但驱使过度，致使它有伤病在足。”

“啊，太可惜了！你这是要送它去医治吗？”禹锡扼腕，又问。

“医治？”老叟笑了，“那就多跟你说几句吧。老朽以出租牛车为生，这头牛可以拉千钧重车，北登过太行峻岭，南蹚过商岭重山。我拉一下它就停，喊一声它就走，哪怕道路泥泞高低不平，哪怕车轮像莲蓬一样坑坑洼洼，它也照行不误。牛虽好，但如今已经废了。我看它虽然伤了足，但肉还很肥，我养着也没有用，不如卖给厨子。”

“卖给厨子？”刘禹锡惊呼，“我朝律法禁止屠宰耕畜，你怎么能卖出去呢？”

老叟憨笑道：“嘿嘿，前几日听说县官要设宴款待嘉宾，占卜者说今天是个好日子，我这正要前去，把牛卖给县衙的厨子！”

刘禹锡见那牛目光哀伤，大动恻隐之心，于是建议：“老汉，这头牛为你拉车养活了你一家，今日因足疾而要被卖至庖厨，实在太过残酷！可在下也没有太多钱财，若你不弃，我愿以身上皮裘赎这头牛，让它得归田园颐养天年，你看如何？”

那老叟一愣，像看怪物一样盯着刘禹锡，随即大笑不止，讥讽道：“你这秀才必是读书读傻了脑子！老朽卖牛得钱，可以饮美酒吃肥肉，可以给孙子买糖吃，可以给老婆买衣服穿，这样的日子何其安逸！我要你这件皮裘有什么用？况且我过去悉心喂养它，并非爱它，而是要让它给我出力，今日要将它卖至庖厨，亦非恨它，只因它能换取钱财。你啊，就别碍我的事啦！”

刘禹锡瞠目结舌，无言以对，用手杖叩了叩牛角，长叹一声。老叟已有不悦，呼了一声，牛便乖乖地跟着他一瘸一拐地走了。望着一人一牛渐渐渺茫的背影，禹锡又想起贞元九年（793）在李晟府中与柳宗元的对话，此刻更觉得利尽而身死非仅发生于朝堂，亦是世间普遍之理。回顾历史，伍子胥辅夫差称霸，却被赐属镂剑而自裁；李斯助秦始皇一统天下，却遭二世处以腰斩；白起长平一战威震天下，哪想到却在杜邮被逼死；韩信于垓下击溃项羽，谁知会丧于钟室内乱枪之下……禹锡复又深思之，这些功成身死之辈，身后就是立功之人了吗？非也！只是他们原有的才能已发挥毕尽，而又没有展露新的才能，失去了存在的价值。可见，人必须不断自省、不断学习，发展新的本领，才能永远立于不败之地。由是观之，“功成身死”之辈其实仍是“生于忧患，死于安乐”啊！

归家后，禹锡秉烛作一篇《叹牛》以记之：

刘子行其野，有叟牵跛牛于蹊。偶问焉：“何形之瑰欤？何足之病欤？今觳觫然将安之欤？”叟揽縻而对曰：“瑰其形，饭之至也。病其足，役之过也。请为君毕词焉。我僦车以自给。尝驱是牛，引千钧，北登太行，南至商岭，掣以回之，叱以耸之，虽涉淖跻高，毂如蓬而辀不偾。及今废矣，顾其足虽伤而肤尚腯，以畜豢之则无用，以庖视之则有赢，伊禁焉莫敢尸也。甫闻邦君飨士，卜刚日矣。是往也，当要售于宰夫。”

余尸之曰：“以叟言之则利，以牛言之则悲，若之何？予方窭，且无长物，愿解裘以赎，将置诸丰草之乡，可乎？”叟輾然而咍曰：“我之沽是，屈指计其直可以持醪而啖肥，饴子而衣妻，若是之逸也。奚是裘为？且昔之厚其生，非爱之也，利其力；今之致其死，非恶之也，利其财。子恶乎落吾事？”

刘子度是叟不可用词屈，乃以杖叩牛角而叹曰：“所求尽矣，所利移矣。是以员能霸吴属镂赐，斯既帝秦五刑具，长平威震杜邮死，垓下敌擒钟室诛，皆用尽身贱，功成祸归，可不悲哉！可不悲哉！呜呼！执不匮之用而应夫无方，使时宜之，莫吾害也。苟拘于形器，用极则忧，明已。”

第八章

赴淮南出仕幕府

像是宣告大唐最后的荣光逝去，又像是宣告一个混乱时代的开始，就在禹锡体悟到“功成身死”背后的真谛不久，又有一位大唐功勋驾鹤西去。贞元十五年（799）十二月二日，中书令、咸宁王浑瑊卒于河中。浑瑊是兰州人，十一岁时即以善骑射而闻名，后随朔方军李光弼平定河北，又随郭子仪收复两京，功勋卓著。建中年间（780—783），浑瑊在平定朱泚、李怀光之乱中战功尤著。但他性谦谨，虽位极人臣，却无自矜之色，所以能在漫天谗言之中，以功名善终，时论赞之可以媲美汉代金日磾。浑瑊于此时骤逝，对于朝廷而言，如同南天巨柱轰然倒塌。在刘禹锡看来，必须有人能挺身而出，方能顶起大唐摇摇欲坠的天空。

弹指之间，三年丁忧将满，刘禹锡不得不为自己的仕途而担忧和思考。原本禹锡欲往蔡州行营效力，不想到任的蔡州四面行营都招讨使却是韩全义。此人惯无勇谋，最擅以巧言令色阿谀媚上，此番出镇，非以重资贿赂宦官焉能为之？每当军中议事，韩全义只知奉迎监军宦官，常十几人争论半日而不得解决，军机要务一概贻误殆尽。禹锡闻之，以为蔡州行营绝非善地。而京城要职均无空缺，地方小吏又无光明前程。苦闷之中，杜佑的一封来信，点燃了刘禹锡的希望。

杜佑一直关心刘禹锡的状况，得知禹锡在洛阳丁忧，常有书信抚慰。贞元十三年（797）时张建封进京言宫市事遭叱后，禹锡曾写信提醒杜佑谨防张建封作乱，深得杜佑嘉许。又有禹锡登第前即为杜佑撰《论西戎表》之事，杜佑欲招禹锡入幕府之心，可谓久矣。因此，不待禹锡自请，杜佑便差人将聘书送到，令禹锡丁忧期满后，即往淮南节度使府赴任掌书记一职。

得入杜佑幕府，对刘禹锡来说不仅是得到了一个出仕良机，更是一个继续学习提升的大好机会。杜佑在淮南节度使任上多年，素有爱贤之名，幕府中多为贤臣良将。杜佑本人亦为当世大儒，博学古今，政治经验丰富，尤精于富国安民之术。在料理日常军政之余，杜佑不辍笔耕，积累了丰富的著作。杜佑之所以将禹锡招入幕府，一个重要的目的，便是要将凝聚了他数十年心血的皇皇巨著《通典》编订成书。

贞元十六年（800）初，刘禹锡辞别母亲，再次取淮河水路东下，正式担任淮南节度使府掌书记。孰料尚未与杜佑等人切磋学问，一桩紧急军务从天而降。

正如刘禹锡曾担忧的一样，徐泗濠节度使张建封自从贞元十三年言宫市事遭叱之后，心意已灰，其子张愔久蓄反志，借机在牙军中勾结党羽，图谋不轨。贞元十六年五月，张建封病逝，徐州判官郑通诚知留后，张愔等人频繁串联，蠢蠢欲动。郑通诚为防军乱，引路过州治彭城的浙西兵入城为援，哪知恰恰触怒徐州牙军，乱兵杀死郑通诚和大将段伯熊，软禁了监军宦官，拥立张愔为主。张愔尾大不掉，悍然上表请朝廷封其为徐泗濠节度使。适逢吴少诚叛乱正炽，山南东道节度使于由新成割据，朝廷不敢轻启恶例，养虎为患，于是拒绝张愔上表，而加杜佑检校左仆射同平章事，兼领徐泗濠节度使，令其出兵平叛。

敕令传来，杜佑虽荣加检校左仆射同平章事，各级官吏的官衔俱加兼徐泗濠节度使府衔，但淮南节度使府上下毫无喜庆气氛，所有人都投入了紧张的备战中。刘禹锡作为掌书记，当仁不让地为杜佑撰写了《让同平章事表》《谢同平章事表》并《谢手诏表》之后，又被杜佑召至府中议事。

禹锡来至节度使府，正逢节度参谋窦常在与杜佑议事。见禹锡来，杜佑道："梦得来得正好，速来同议！中行（窦常字中行），你接着说。"

窦常与禹锡相互见礼，接着说道："禀相公，淮南所属兵马正在动员，据报，各部人马基本齐备，军械充足，只是去年、前年两年淮南水灾严重，大军若要开拔征战，粮草被服必定不足，需立即向民间采购。然而，征集人马筹备军械已经耗费巨资，本府恐怕难以立即筹措到足够经费，该当如何，请相公示下。"

杜佑沉吟片刻，问："若截留本岁榷税、盐税以充军用，可乎？"

窦常答道："不可。现在已是五月，按朝廷之两税法，六月需将上半年所征赋税起运赴京，即使本府现在上书，待到朝廷下旨，必在六月之后。万一朝廷不允，耽误税赋转运之罪绝非儿戏。"

杜佑点头："中行言之有理。朝廷又有法令，两税之外不得擅自加征，即使加征，时间亦恐不及。"

刘禹锡建议："如此说来，是否可向朝廷上书，请借贷于国库，以补军用？"

窦常附议："下官亦作此议。本府可先行征集粮草，予百姓以凭据，待朝廷拨款下达，再向百姓兑付，如此既可不误军机，又可不负于百姓。"

杜佑思索再三，别无良策，于是命禹锡再作《请贷钱物表》，火速送往长安。其后数日，禹锡均协助杜佑征集粮草，赶制被服，配发三军。因杜佑镇淮南十二年来博有爱民之望，信誉卓著，百姓踊跃相助，备战工作有条不紊，三军渐露杀气。

大军紧张备战之际，中使南宫怀珍奉诏来到扬州宣旨——德宗同意从国库中拨付钱物，支持淮南出兵。杜佑大喜，在节度使府设宴款待南宫怀珍，并命三军主将及幕府心腹陪宴，刘禹锡正在其列。

席间，淮南众将官对南宫怀珍恭维有加，但南宫怀珍阴阳怪气，语中时时夹枪带棒，令人生厌。三巡酒后，南宫怀珍托大道：“杜相公可知，此番圣恩天降，赐淮南三军钱物，本为言官所阻，幸亏老奴力排众议，圣上心意方得回转。”

杜佑等人只得虚与委蛇，不断劝酒。谁知南宫怀珍越发狂妄，又饮了几杯，出言竟似凌驾于杜佑之上：“杜相公此番出战，可知其中利害？依老奴所见，虽然圣上赐下钱物，但圣上乃至群臣其实并无力战之心，只求小胜，之后便可体面地接受张愔的请封，进而令吴少诚等叛逆知朝廷信有恩赏，主动请归。所以啊，老奴以为杜相公出兵不可动作太大，否则非但劳民伤财，万一打急了张愔，令他铤而走险，与其他藩镇沆瀣一气共同作乱，那时杜相公不但苦无功劳，反而成为元凶祸首哦！”

三军将动之时，南宫怀珍出此动摇军心之奇谈怪论，众将官气愤填膺，不欲与之多言。刘禹锡首次参与征伐要事，正当踌躇满志，哪里听得如此消极谬论，虽压制怒火，但仍软中带硬地驳道：“中使此言，诚恳之至，下官等无不感念。然而兵法有云：‘侵掠如火，不动如山，难知如阴，动如雷震’，我大军一旦出动，无论全力攻伐，还是逡巡待战，每日同样耗费粮草，消磨士气。与其缓缓而动，使张愔以逸待劳，不如一鼓作气，扑灭凶顽，以儆效尤！”

南宫怀珍一怔，蒙眬醉眼却也还认得是三登科第的刘禹锡，不由冷笑一声：“呵，原来是天下闻名的大才子刘梦得，不知何时投到了杜相公帐下，正如猛虎归山。如今好大的口气，笑谈之间便要扑灭凶顽？你可知徐泗濠大军兵威将猛，训练有素，本是我大唐安定一方的定海神针。这样的一支军队，即使被你们淮南军击败，那也是我大唐的损失。若能令其不伤元气而重归于有司，则我大唐幸甚！况且，梦得是否忘了，宣武吴少诚亦在淮南之侧，若吴少诚与张愔联手夹击，淮南可敌否？”

刘禹锡心中暗自讥诮：“南宫怀珍果然信口胡言之辈！”然而，毕竟不能过分得罪南宫怀珍，禹锡又答道：“中使胸怀大唐社稷，目光自然高远，非下官区区一地方小吏可及。不过，徐州张愔正因拥兵自重而反，若不予以重创，岂肯就范？藩镇雄兵绝非朝廷可用，必当削之！至于宣武与徐州夹击淮南，确有隐患，但民间有俗语云：‘打得一拳开，免得百拳来’，只有以雷霆之势，一举击溃徐州乱军，才能震慑四方，此所谓‘以战止战’者是也！”

南宫怀珍气量狭小，在朝中习惯阿谀奉承，颐使指气，闻禹锡之言，心中不悦，便借酒劲对杜佑狂妄言道：“老奴一片好心劝告，不想杜相公帐中已有高士出谋划策，果真是老奴画蛇添足了！由此看来，倘若异日相公大军钱粮不济，亦无需老奴笨嘴拙舌枉置言语喽？！”

杜佑心中自有分寸，唯恐禹锡彻底触怒南宫怀珍，便打圆场道：“梦得年少，立功心切，中使勿怪！日后圣上面前若得中使鼎力相助，淮南上下必当报答！”

说罢，杜佑又命禹锡道：“梦得速作《谢贷钱物表》来，令中使观看！”

刘禹锡奉命，铺卷研墨，笔走龙蛇，洋洋洒洒作就一篇锦绣文章：

> 臣某言：中使南宫怀珍至，奉宣圣旨存问，兼赐臣墨诏。天光下济，睿泽曲流。衔恩未酬，居宠弥惧。臣某中谢。臣受任斯极，微功莫施。昨以封略未宁，干戈犹动，寿春固垒以备盗，淮甸兴师以扞奸。经费所资，数盈巨万。馈饷时久，供亿力殚。虑始图终，不敢缄默。辄陈管见，上黩宸聪。伏蒙圣慈，特遂诚请。远承如綍之旨，特假聚人之财。军须不愆，士气弥振。糗粮既备，永无半菽之虞；襦袴足颁，远超挟纩之感。是为说使，咸愿先登。臣忝总戎，倍百欣荷。伏以上分国用，俯济军兴。候清烟尘，谨备偿纳。

作完之后，刘禹锡恭敬地将表章奉至南宫怀珍面前。南宫怀珍览表后，忍不住赞了一声：“好文章！不愧才子之名！”

众人闻言，方才释然，更加殷勤劝酒。宴毕，众人离席时南宫怀珍叫住刘禹锡，耳语道："梦得确有才华，'灵迹露指爪，杀气见棱角。凡木不敢生，神仙聿来托'之诗句老奴亦得耳闻。不过且听老奴一言：君年少，锋芒过利，恐为人所诟，若要仕途亨通，还望戒之！"

南宫怀珍虽有万般不是，唯此临别赠言发自肺腑。刘禹锡微微一笑，鞠躬行礼，与众人同送南宫怀珍登车而去。

中使归京之后，杜佑坐镇中军，频频调度，大军展开阵势，厉兵秣马，只待夏粮收割完毕，便可催动雄师踏平反贼。禹锡日夜在杜佑行营，往来案牍书文皆由其操刀，深得杜佑信赖。

杜佑大军尚未出征，却有坏消息不断传来。五月十三日，蔡州韩全义大败于吴少诚，官军一触即溃，损折兵将不计其数。韩全义此败加剧了淮南侧后方的威胁。朝廷闻知败绩，又下公函询问杜佑，字里行间已有怯战之意。杜佑见朝廷决心已有动摇，决定立即出兵，以免夜长梦多，再使元凶逃脱。

大军方动，韩全义竟再传败绩，官军望风披靡，节节败退，吴少诚威风更炽。杜佑心忧如焚，命牙将孟准为前锋，具舟船以渡淮水，准备接敌。

谁知大军渡河消息走漏，张愔率军趁孟准所部登岸之时发动突袭。孟准所部刚渡过淮河，立足未稳，瞬间被张愔军冲乱。孟准勉强撤退，只以身免。

出师不利，令杜佑恼火，孟准被责以军杖。为挽回颓势，杜佑又命泗州刺史张任出兵攻打埇桥。孟准新败，张任士气不振，进攻乏力，又逢埇桥乃水路转运要冲，城池坚固，守军凶悍，张任所部在埇桥又吃一场败仗。

两番失利，三军锐气已折，速战取敌再无希望。杜佑在扬州如坐针毡，不得自安。朝廷本无决战之志，败讯传来，朝中议和姑息之声再度甚嚣尘上，德宗皇帝又发手诏，询问杜佑是否另有破敌之策。

杜佑于是召集众将官帐前议事。连失两阵，出乎所有人的意料，众人方寸始乱，只说些坚守待机之语，令杜佑不快。

自开战以来，刘禹锡除撰写文书之外，并兼负责整理细作谍报，对徐州军情颇有心得，见旁人无从计议，于是建议道：“杜相公容禀！禹锡日夜研判徐州军情，认为徐州张愔实与宣武吴少诚等不同。宣武军久乱不已，吴少诚四处攻城略地，野心极大；而张愔之反，不出徐、泗、濠地界，仅守本土，即使两胜我军，张愔严令追击，部将却按兵不动，其中莫非有叛军将帅离心、调度不灵之故？”

杜佑点头称是，禹锡更大胆道：“徐州素为要地，多为忠正重臣守之。昔张建封言宫市事遭叱，亦未曾造反，可见其律已甚严，治下亦有章法。为乱者，不过张愔及牙军中个别将领。他们以浙西兵入彭城为由，散布谣言，以威逼利诱而裹挟三军起事，其胁从者实无反意，不过自保耳。若相公可以申明大义，释清谣言，令叛军自行瓦解，则张愔之辈无复为患矣。”

禹锡一席话令满堂将官从颓靡之中惊醒过来，杜佑深为赞赏，自责道：“梦得目光敏锐，分析合理，甚得我心。我军久居安定，远道征伐，而敌军受谣言蛊惑，为求自保，又以逸待劳，则我军前小挫，当非意料之外。料敌不严，轻敌冒进，是本使之过，理当上表请罪！”

众人一番劝慰，禹锡再议论道：“方今军前受挫，朝廷不欲再战，恐不日即有敕书到来。依下官愚见，若如此罢兵回营，我淮南军威何在？禹锡斗胆，请杜相公亲赴前军行营，一则可以激励士气，重振声势，其二亦可与叛军直面对话，晓之以理，争取不动干戈而平定徐州。”

禹锡此议惊起一片反对之声，节度判官郑元议道：“相公乃三军统帅，坐镇扬州总务前后，方可稳定军心。亲赴行营，万一有所闪失，我等万死亦不可赎其罪！”

杜佑却深为禹锡建议所动，力排众议，决计亲赴行营。按朝廷规制，一方节度使若要离开治所，必须上表请行，于是禹锡当即作下一篇《请赴行营表》：

臣某言：臣自守淮渍，已周星纪。虔奉朝典，粗安遐方。

素效未闻，新恩荐及。身曳两绶，寄深一隅。蚊蚋负山，力诚不足，鹰鹯逐鸟，志则有余。臣再授兵符，夙参军幕。披坚执锐，虽未经于戎行，制胜伐谋，亦常习于事业。自忝藩翰，属时清平。无施汗马之劳，但咏橐弓之什。今则幸遇殊奖，委之专征。以身率先，是臣素志。况闻徐州士众，本无叛心。仓卒之间，危疑至此。臣请自临疆场，亲领纪纲。裂帛系书，谕其祸福。椎牛飨士，养以威声。冀宣皇风，煦兹蠢类。以忠义感胁从之伍，以含弘安反侧之徒。革面悛心，期乎不日。其扬州留务请令行军司马路应权知。伏乞圣慈，俯赐照鉴。

杜佑之《请赴行营表》加急抵京之日，恰有韩全义奏表一同送到。韩全义再败军阵，退守陈州，宣武、河阳等地皆沦于敌手。德宗皇帝终于意志崩塌，顺从了要求息事宁人的朝议，下旨罢兵，以张愔为徐州团练使，以张伾为泗州留后，濠州刺史杜兼为濠州留后。九月二十八日，封张愔为右骁卫将军，徐州刺史，知留后，后又拜武宁军节度使，统辖徐州。

第九章 习《通典》管窥宽猛

一场大战戏剧性地画上了休止符。杜佑大军无功而返，三军颇有怨声，所幸皇帝昏庸，以为藩镇归顺便是胜利，对杜佑不仅不加责罚，还赏赐钱物，犒劳三军。杜佑自然没能亲赴行营，将徐泗濠节度使之兼职卸去之后，又领濠泗观察使一职，以削弱徐州之权。

张愔归顺之后，吴少诚回军蔡州，上表请封。朝廷求之不得，以为天下将重归太平，便顺水推舟，赦免宣武军上下罪行，全军将士俱复官爵。果然一时间朝野内外莺莺燕燕，和风劲吹，满堂君臣都沉醉于这虚幻的承平之中。

而以谄媚主上、贿赂宦官而得蔡州四面行营都招讨使之职的韩全义，再次以荒唐的经历展现了他自己的无耻本色和大唐朝廷的赏罚错置。贞元十七年（801）正月二十一日，屡战屡败损兵折将的韩全义，以凯旋班师之姿态回到长安。左神策军护军中尉窦文场受了贿赂，在德宗面前指鹿为马，极言韩全义“能致少诚来归，便是大功，强似杀人如麻”，因使德宗礼遇韩全义甚厚，恩赏一番，韩全义得以全身而退，复归夏州。

消息传到扬州，刘禹锡等人自不免讥诮嘲讽，如送瘟神一般扔掉了各人止居数月的“兼徐泗濠节度使府”官衔。待善后军务处理完毕，杜佑终于有了闲暇，又将刘禹锡、段平仲、刘伯刍、李益、张登等人招至府中，合计审订《通典》之事。

为修《通典》，杜佑在府内专设一间大屋，内收天下文章典籍不可计数，又设坐榻书案，每日陶醉其中。此时《通典》已完成编撰，只待审定之后，即要贡献朝廷。

看到存放二百余卷《通典》的书柜，竟然占满了一面墙，禹锡等人惊叹不已。杜佑见众人惊叹之状，心中不无得意，命众人随意取阅，并说：“老夫本为一介儒生，唯嗜读书，幸赖圣恩眷顾，仕履坦途，阅人处事不可胜数。然时日稍久，常叹于今人往往重蹈前人之覆辙，思之皆因史书仅载其事而未加议论。倘人仅知史事而不知史论，终不可用于今世。因此，老夫立下志愿，誓要稽古录今，遍察历代兴衰存废，点评成败得失之要，言礼乐刑政之变迁，揭历代政成之大方，著录成册，上可以发振宸聪，下可以教化黎民，以为我大唐龟镜。我朝开元末年，阆州刺史刘秩常思富国安民之法，记下三十五卷读书心要，号曰《政典》，受人推崇。老夫细细研读，悉心寻味，总觉言犹未尽，遂动手加以扩充，变成了二百卷，谓之《通典》。不过，老夫毕竟学识浅薄，书中疏漏、讹误之处必定极多，不堪御览。因此，须请诸君不吝劳苦，为杜某细致审定，共襄盛事。”

众幕僚深感其志，面对二百余卷著作，无不由衷敬佩。禹锡略略浏览了其中一卷，其中正述子产论政宽猛之事，不由令禹锡联想到刚刚结束的徐州之役，于是叹息道：“治国之道，古之圣贤诚已备述矣！昔日子产临终时以宽猛之道遗于太叔，而太叔宽仁，致郑国盗贼为患，于是发兵征剿，方平盗患。治国之道，在于以宽政爱之、活之，以猛政律之、诫之，若今上能深明此理，二十年来恐已无藩镇作乱之事！”

杜佑亦有同感：“梦得所言，正是老夫所忧！古圣先贤言语简洁，评述散乱，阐发或未尽其意，或指东言西，非深居书斋、皓首穷经之辈，难以领会。况南面者需兼顾天下，何有闲暇？是故秦亡于暴政苛猛，而汉立于无为而治。然天下元气已复，仍施无为之治，又肇六国之乱，概无人鉴之于史而谏之于上，信也！今上御国，待宦官、藩镇过于宽纵，治百僚、黎民过于严苛，正是古人衰亡之兆，唯望此《通典》可稍规谏之。”

禹锡笑道：“宽猛之道，非但为治国之术，亦为养生之法。去年方到相公幕府时，正值夏日，下官自幼体弱，不慎染疾，不堪饮食，腹中火热。恰逢节度判官李亚来访，为我寻来名医。名医果有手段，须臾之间探明病因，予下官药一丸，并嘱下官曰：药中含毒，用之不可过量，一旦病症消退，即应停药。下官服药数日，果然药到病除。然而，有客谓我道，郎中往往挟术自重，遗病求财，既然药丸效力明显，不如多服几日，必可祛除病根。下官遂用其言，不料果然药毒发作，病情危急，幸得名医闻讯赶来，再施和缓之剂，下官方才康复。”

杜佑笑道：“杜某亦闻此事，并以为深可为诫！不知梦得可有文章记之？”

“有！”禹锡应道，“容下官诵于相公！”

> 刘子闲居，有负薪之忧，食精良弗知其旨。血气交沴，炀然焚如。
>
> 客有谓予：“子疾病积日矣，乃今我里有方士，沦迹于医，厉者造焉而美肥，跛者造焉而善驰，矧常病也，将子诣诸？”予然之，之医所。切脉、观色、聆声，参合而后言曰：“子之病，其兴居之节舛、衣食之齐乖所由致也。今夫藏鲜能安谷，府鲜能母气，徒为美疹之囊橐耳。我能攻之。”乃出药一丸，可兼方寸，以授予曰：“服是足以瀹昏烦而钼蕴结，销蛊慝而归耗气。然中有毒，须其疾瘳而止，过当则伤和，是以微其齐也。”予受药以饵，过信而腿能轻，痹能和；涉旬而苛痒绝焉，抑搔罢焉；逾月而视分纤，听察微，蹈危如平，嗜粝如精。

或闻而庆予，且哄言曰："子之获是药，几神乎！诚难遭已。顾医之态，多啬术以自贵，遗患以要财，盍重求之，所至益深矣。"予昧者也，泥通方而狃既效，猜至诚而惑劘说，卒行其言。逮再饵半旬，厥毒果肆，岑岑周体，如痁作焉。悟而走诸医，医大咤曰："吾固知夫子未达也！"促和蠲毒者投之，滨于殁而有喜；异日，进和药，乃复初。

刘子慨然曰："善哉医乎！用毒以攻疹，用和以安神，易则两踬，明矣。苟循往以御变，昧于节宣，奚独吾侪小人理身之弊而已。"

杜佑闻听，捻须赞道："天下病者众矣，独梦得能于此番经历中体悟到审时度势、宽猛迭用之道，可谓善哉！"

禹锡谦虚道："下官宦途尚浅，只能勤加思索，以求见微知著。"

"见微知著，便是本事！"段平仲赞道，"郑国乱而太叔知宽猛，代价何其高昂？梦得以一病而得之，才智敏捷，无由不令人羡慕！"

刘伯刍亦问："听闻梦得尚有数篇文章，与此《鉴药》共成《因论》，不知可有此事？"

"确有《因论》七篇，"禹锡答，"拙作数篇，若雨后之洼，《通典》浩瀚，若百川汇海，在相公面前，不提也罢！"

杜佑却有兴致，亦有雅量："梦得但请言之！子曰，'三人行，必有吾师'，梦得文章一向发人深省，而我欲令诸公审定《通典》，其实更是切磋学问，教学相长。我等同在圣人门下，但论学术短长，无论长幼尊卑！"

禹锡难却众情，思索一番，再道："下官尚有《原力》一篇，乃述人之力，各有所长，因其施用不同，而小大之辨不同。姑妄论之，请相公与众位贤达指正。"

于是禹锡诵道：

刘子于迈，舟次泗滨，维舴艋之于传。传吏适传呼曰：“乘驿者方来，谁何之？”

则曰：“力人也。”雅以力闻于吴楚间，中贵人器之，谓宜为爪士。献言于上，有旨趣如京师。顷其至，则仡焉五辈：咸硕其体，毅其容，动睛晔如，曳趾岌如，顾瞻迟回，饮啜有声。泗滨守伾，由将授也，说而劳之，飨以太牢，饮以百壶。酒酣气振，求试自矜，傍如无人，中若有凭。有荡舟如沿者，抉鼎如飞者，绚键如麻者，开两弧而脉不偾者，屣巨石而济如流者。异哉！果以力骇世而闻于上也。

异日，话于儒家者流，有客悱然自奋曰：“斯诚力矣，上之不过夸胡人而戏角抵，次之，不过倅期门而振袀服。我之力异，然以道用之，可以格三苗而宾左衽；以威用之，可以系六赢而断右臂。由是而言，彼力也长雄于匹夫，然由驿其騑，饩其食；我力也无敌于天下，亦当蒲其轮，鹤其书矣。”予诘之曰：“彼之力用于形者也，子之力用于心者也。形近而易见，心远而难明。理乎而言，则子之力大矣；时乎而言，则彼之力大矣。且夫小大迭用，曷常哉？彼固有小矣，子固有大矣，予所不能齐也。”客于邑垂涕洟。刘子解之曰：屠羊于肆，适味于众口也。攻玉于山，俟知于独见也。贪日得则鼓刀利，要岁计而韫椟多。”客闻之破涕曰：“吾方俟多于岁计也。岁欤岁欤！其吾与欤！

杜佑大赞：“梦得此论精妙，正与方才宽猛迭用之论相得益彰！向者子产与太叔均文弱之辈，然其长于谋略，使其居相位而力大，无敌于天下！”

刘禹锡感慨：“宽猛迭用，乃施政之道，小大迭用，乃用人之道。宽仁之政，需委之以仁爱之人，方可感化万民；猛烈之政，需行之以刚直之人，乃有禁止之效。唯有任人以其长，尽其无敌于天下之力，国方可治之。”

“好！”杜佑因禹锡之论而倍感欣慰，“梦得体悟精当，可成大器！此论可以编入《通典》，以俟观者。”

如此凡历数月，杜佑幕府中人人参与，终将《通典》审订完成，刻印之后贡入宫中。德宗御览后，对《通典》评价极高，降诏嘉奖，命崇文馆收藏并刊印天下。于是《通典》大传于世，士大夫争相阅读，竟成时尚。因二百多卷的《通典》卷帙过于浩繁，杜佑再接受刘禹锡建议，编写印缩本，即将其中要点辑录出来，自成一套《理道要诀》，利于阅读和普及。

杜佑进献《通典》有功，遂生功成身退之念。前番因讨贼不利，杜佑已萌生退意，只因实在不愿一生光明仕途以败绩收尾，这才等到嘉奖《通典》的圣旨到达，方命禹锡代撰《请朝觐表》，言“窃位时久，妨贤愧深”，“退归旧里，沐浴皇风”，乞归田园，了却余生。

纵观朝中官吏，杜佑之过可谓甚微，杜佑之功可谓甚厚，六十六岁的年龄正当入相为栋梁之时，其急流勇退之举，令刘禹锡不禁对自己在淮南幕府的前途感到担忧。只好每日处理了府中事务，便与幕僚们饮酒唱和，聊作解忧。

时值春日，风景正美，佳酿新成，保扬湖边画舫水馆乃是扬州城中赏景品酒的好去处。预感到在淮南时日恐不长久，禹锡择了一个良辰吉日，在水馆中设下一席酒宴，邀约了李益、段平仲、张登、李畅、张复元等同僚好友，权作一醉，以应嘉时。

明月东升之时，保扬湖比日间里更显风流倜傥。星罗棋布的灯盏蜿蜒在岸边，湿暖的春风里弥漫着酒味和脂粉的香气。画舫满载着客人离了码头，曼妙的歌声合着温婉的丝竹，暧昧的灯火诱惑了眺望人的遐想。淮南节度使府的高士贤才们自然不能免俗，一头扎进了这温柔乡中。

李益官资最高，先为众人吟唱初唐张若虚之《春江花月夜》一曲，拉开欢宴序幕。当此春深月明、银波玉涟之夜，又有美酒佳人相伴，众人才情格外敏捷，佳句迭出，联缀成章，又命歌妓立时歌咏。其间或有魂不守舍心随娇娘者，联句之时稍显迟钝，众人则不依不饶，罚以大杯饮酒，引得众人愈加恣意欢笑。

夜渐已深，保扬湖边游人慢慢散去，半夜欢乐亦已归于平静。人间的灯火渐次熄灭，唯有一轮明月孤独地挥洒着春夜最后的柔情。忽然间，湖边水鸟不知被谁惊起，长鸣一声，扑扑簌簌地飞到了远处。刘禹锡睁开蒙眬的眼，已不知这是什么时辰，更不知自己何时已在水馆中醉眠。再看馆中诸人，皆横七竖八，醉鼾震天。窗台上，熏香炉里积了厚厚一层金黄的香灰，桌上雪白的蜡烛只剩最后一点豆大的火苗。

禹锡兀自发笑，忽然格外想念在长安求学赴考的时光。是啊，长安！那里才是建功立业的疆场，何必因为杜佑欲引退而失去自己的方向？江南虽好，然大丈夫不可常恋酒色，我刘禹锡岂可安心做个悠游江湖之辈？

禹锡摇晃着站起身，抓起丢在地上的毛笔，在段平仲的枕头上写道《扬州春夜同会水馆夜艾独醒》：

寂寂独看金烬落，纷纷只见玉山颓。
自羞不是高阳侣，一夜星星骑马回。

写罢，刘禹锡悄悄出门，徜徉在春夜的扬州护城河边。他的心中反复思索着在淮南节度使府这一年多来的经历，推敲着杜佑教导的施政办法、文武之道。毫无疑问，两年幕府生涯对刘禹锡而言是极大的进步，他的所思所想，借助这个平台付诸了实践，禹锡再也不是只知纸上谈兵的秀才，他具备了担当更大责任的条件。

只是，未来的路会在哪里展开？禹锡的心中毫无把握。是要向杜佑坦明心迹，求其推荐吗？禹锡不敢作此奢望，却又忍不住作此奢望。踟蹰间，禹锡竟已沿着护城河绕了小半圈，来到南塘亭边。天已微明，河中沙尾屿隐隐可见，早起的渔民摇橹远去，只有淡淡的渔歌声仍自由地飘荡在薄暮之中。

禹锡心生无限感慨，提笔在亭柱上写下了自己惆怅中满含期待的心情：

淮海多夏雨，晓来天始晴。萧条长风至，千里孤云生。
卑湿久喧浊，搴开偶虚清。客游广陵郡，晚出临江城。
郊外绿杨阴，江中沙屿明。归帆翳尽日，去棹闻遗声。
乡国殊渺漫，羁心目悬旌。悠然京华意，怅望怀远程。
薄暮大山上，翩翩双鸟征。

——《晚步扬子游南塘望沙尾》

写罢，刘禹锡酒劲重袭，困意复生，于是回家休息。他刚离开南塘不久，早起的杜佑恰从此地经过。马车之中，杜佑迎着晨光看见南塘亭柱上好像有几行新鲜墨迹，再一细看，似乎是刘禹锡手笔，急忙命仆人停车，自己下车观看。待杜佑读完诗句，心中已经明了禹锡的心意。

杜佑是禹锡父执，禹锡又是杜佑十分看重的年轻僚属，于公于私，杜佑都不希望自己的引退给刘禹锡的仕途带来不利影响。回到公府，杜佑立即修书予朝中友人，拟为禹锡谋一京畿官职。

第十章 入京畿擢升御史

贞元十七年（801）行将结束之时，刘禹锡终于接到了调补京兆府渭南县主簿的命令。禹锡向杜佑辞别，感慨良多。随即西行洛阳，与母亲共度新年。而杜佑请求引退的上表，被德宗皇帝婉言拒绝，仍任淮南节度使。

新年伊始，刘禹锡辞别母亲，冒着风雪，一路跋涉，于贞元十八年（802）年初到渭南县主簿任上。渭南乃近畿县，比普通州县品级略高，比京县略低，主簿为正九品上。比得调近畿更令刘禹锡高兴的，是他又遇到了一位以儒术精深见长、以礼贤下士闻名的上司，此人便是京兆尹韦夏卿。

韦夏卿在苏州刺史任上政声斐然。前年徐州张建封卒时，朝廷本欲以韦夏卿任徐州行军司马而代之，只因徐州军乱而未能赴任，于是调回长安做了一年吏部侍郎，贞元十七年十月调任京兆尹。

对刘禹锡的才名和品行，韦夏卿早有所闻。如此才子来到麾下，使素来爱才识才的韦夏卿甚悦。他亲置酒宴，邀集文人雅士，为禹锡接风。在筵席上，刘禹锡再次见到了阔别已久的好友、现在蓝田县尉任上的柳宗元，二人久别重逢，感慨良多。实际上，他二人虽天各一方，却一直心心相通，书信不绝。禹锡在杜佑幕府期间，柳宗元得一品宝砚，谓之叠石砚，长尺余，有拇指般大小石粒三十六颗，宛如山峰，层峦叠嶂。宝砚左右为“高原”，中间被艺匠凿出一方砚池，云墨轻研，便呈烟岚。柳宗元将这件宝贝寄给刘禹锡，禹锡接砚欢喜不已，写下《谢柳子厚赠叠石砚》：

常时同砚席，寄砚感离群。清越敲寒玉，参差叠碧云。
烟岚余斐亹，水墨两氛氲。好与陶贞白，松窗写紫文。

刘禹锡、柳宗元执手相握，未及更多言语，有一人径向刘、柳而来，举杯敬道：“刘梦得、柳子厚二位大才重新聚首，可喜可贺！”

刘、柳扭头一看，原来也是旧人——韦夏卿的从弟、宰相杜黄裳的女婿、翰林学士韦执谊，禹锡又有惊喜。

禹锡任太子校书时，常在王叔文府与韦执谊相逢，二人话语投机，言谈甚欢。韦执谊亦是少年成名，二十余岁时即已进士擢第，应制策高等，拜右拾遗，召入翰林为学士，德宗皇帝尤其宠爱，常与执谊唱和诗歌。有一年，德宗华诞时，太子进献佛像一尊，德宗命韦执谊作画像赞，并命太子赐韦执谊缣帛为酬劳。韦执谊得赏赐后，往东宫谢礼。太子趁机向韦执谊介绍了自己的侍读王叔文，并赞王叔文有经天纬地之才，韦执谊从此与王叔文友好，交往甚密。在王叔文府中，刘禹锡、柳宗元、韩泰等人皆与韦执谊结下深厚的关系。

再见韦执谊，刘禹锡忙行礼道：“不知学士亦在此，下官失礼了！禹锡在外徘徊数载，如今方回正途，仍望学士垂顾！”

韦执谊与刘禹锡连碰两杯，然后问道：“梦得可去见了王侍读吗？”

“尚未，”禹锡答道，“到渭南时日尚短，不及拜谒。京兆韦尹又有表章相托，恐仍需时日，方得再见侍读。”

“好，我兄一向称赞梦得贤能，于此稍加时日，必再调长安。王侍读始终不忘梦得，他对你仍然寄予厚望！”

刘禹锡诚惶诚恐，连忙拜谢。三人又私语一番，方才散去。

在韦夏卿的关照下，刘禹锡每日公务清闲，多为韦夏卿代草表章而已。因韦夏卿好游宴，常请负有时望之辈来府讲学，刘禹锡常可聆听大家教诲，每每乐在其中。

刘禹锡与柳宗元、韩泰等时常同在韦夏卿府中听名士施士丐讲《毛诗》。施士丐讲学挥洒自如，随心所欲，绝异于前代经师之拘泥古板，他以丰富的学识和辩证的思考重新梳理毛注中《诗经》，饶有趣味，令人耳目一新。刘禹锡和柳宗元、韦执谊、韩泰、王伾等在追随施士丐持经考疑的同时，潜移默化地形成经以致用的学风和独立思考的精神，为他们未来倡导的政治革新，在思想上形成了共识和储备。

一日，诸人听完讲经，禹锡正欲回家，恰在韦府门前遇到了一位久未谋面的少时故人。那人一路打听，得知刘禹锡在韦夏卿处听《毛诗》，于是来到府门外等候，一见刘禹锡出来，便上前作揖：“梦得兄安好！十余年未见，君还记得符离白乐天否？”

刘禹锡一听“白乐天”三字，不由大叫一声：“乐天！你怎么才来找我？”

白居易以《赋得古原草送别》扬名京城后，家中多逢变故，直到贞元十六年（800），才登进士第。来见刘禹锡时，白居易方登贞元十八年书判拔萃科。闻听刘禹锡在京兆府渭南县，便来相见。两人少年时同为江南神童，早有交往，奈何成年之后境遇各异，十余年未有交往，不过时时仍有想念。

刘禹锡见白居易身旁另有一人，那人年轻俊美，温儒素雅，一派风流气象，不由赞道：“好相貌！却不知是哪里的俊才？”

白居易介绍：“此乃洛阳元稹，字微之，少你我七岁，亦是少年成名，十五岁便明经登第，二十一岁在河中幕府参谋军政，今年与我同登书判拔萃科，并授秘书省校书郎。我与微之一见如故，无所不谈而无所不合，今日来见梦得，特邀微之同来，料与梦得亦为知音！”

元稹与刘禹锡赶忙相互见礼。三人寻一酒肆，把酒言欢，十分畅快。自此，刘禹锡在渭南县好友遍布，更加如鱼得水。因与京城近在咫尺，禹锡的才名再度传响，仕途再进的希望，与日俱增。

贞元十八年（802）夏秋之交，因裴氏抱病，母亲自洛阳来书，思念甚殷。刘禹锡只好告假，怀着“夫忠孝之于人，如食与衣，不可斯须离也”之心，回到洛阳省亲。在母亲膝下，禹锡细心侍奉；在妻子身边，禹锡温情陪伴。离开表面繁华、内在腐朽的京师，暂脱表面平静、内在倾轧的官场，这是禹锡数年来最为美好的时光。然而，美好时光总是那么短暂，妻子裴氏不幸辞世，使禹锡顿时陷入“物莫失俪以孤处”！母亲见禹锡悲憾，便不时让他陪伴自己去洛阳白马寺或龙门遣散心绪；禹锡怕母亲伤怀，更是强作平静，侍奉母亲顺心顺意。母子相依，以佛释怀，使禹锡渐渐走出情感的低谷。

友人杨处厚听闻刘禹锡在洛阳省亲，前来拜望。当禹锡得知他因受株连之罪，被贬至蜀地邛州为大邑县尉八个春秋，屈居下僚，无望升迁之困时，不由为这位才华出众的友人掬一捧同情之泪。想起自己曾接受父亲“出为幕府而从吏”的建议，刘禹锡写下一首含蓄而委婉的诗，名义上是启示杨处厚到蜀川登临名山，实则在祝愿杨处厚此去能升入剑南节度使韦皋幕府，直上青云。

洛阳秋日正凄凄，君去西秦更向西。
旧学三冬今转富，曾伤六翮养初齐。
王城晓入窥丹凤，蜀路晴来见碧鸡。
早识卧龙应有分，不妨从此蹑丹梯。

——《洛中送杨处厚入关便游蜀》

贞元十九年（803），杜佑自淮南入朝，拜检校司空，同中书门下平章事，实掌相权。这再次成为刘禹锡擢升的契机。在杜佑的关注下，御史中丞李汶奏刘禹锡清正廉洁，官声上佳，辟为监察御史。监察御史品秩不高，为正八品上。但其执掌分察百僚、巡按郡县、纠视刑狱、肃整朝仪等实权，因此也有“八品宰相”之称，许多二三品的大员在街头望见监察御史，也都要下车回避。刘禹锡刚至而立之年便取得如此要职，以为从此便可一展抱负，不由兴奋地记载情状道：“望如何其望且惧！登灞岸兮见长安。纷扰扰兮红尘合，郁葱葱兮佳气盘。池象汉兮昭回，城依斗兮阑干。避御史之骢马，逐幸臣之金丸。”

仕途顺利使刘禹锡诗文更有影响。京师达官显贵皆愿与他往来唱和，以韵相酬。中元时节，刘禹锡受京兆府水运使薛謇之邀赴宴，席间写下“暮景中秋爽，阴灵既望圆。浮精离碧海，分照接虞渊”之诗句，碧空孤月之境打动在座诸人。薛謇有女正值芳龄，品貌端庄，闻诗睹人，对刘禹锡心存爱慕。得知禹锡丧偶，遂冲破门第陈轨束缚，与刘禹锡结为连理。二人置家光福坊一处宅院，琴瑟和鸣，夫唱妇随。

在御史台，刘禹锡幸运地与两位故友成为同僚，终于得以日夕相对。贞元十八年（802），韩愈由四门博士转监察御史，柳宗元则与刘禹锡同时自蓝田县尉擢为监察御史。此时三人年岁相仿，志趣略同，在御史台共事期间，结下了终生不悔的友谊。

为监察御史时日稍久，刘禹锡便发觉这“八品宰相”其实难为。大唐此时，早已不是纲纪严明、法令威赫。禹锡离开长安六年，这六年中，官风日下，民生凋敝。宦官及其党羽横行于市，根本不在监察御史管辖之内，就连地痞恶霸也多有以宦官为后台，令执法者徒叹奈何。更讽刺的是，德宗皇帝对监察御史们并不信任，命北司宦官刺探百官行止、民间议论，就连御史台也在北司的监视之中。禹锡虽怀革新之志，却也只能按捺雄心，等待时机，将更多的时间用于和韩愈、柳宗元讨论学术、切磋诗文之中。三人不仅相互研习，且同往《春秋》大家啖助、赵匡、陆质等人处登门求教，学习王霸之术。尤其在陆质处，辨析研究陆质自成一家之言的《春秋微旨》《春秋集传纂例》《春秋集传辨疑》，刘禹锡不仅拓展了眼界，更与凌准、吕温、韩晔等人相识、相知，结为莫逆。

因在长安，刘禹锡、柳宗元又可常与王叔文等人走动，韦执谊此时亦已升任吏部郎中。在王叔文的主导下，越来越多的人才聚集在东宫周围。感受到日益澎湃的时代脉动，刘禹锡心中的期望愈烧愈烈，期待着有一日可以将满腔的烈焰喷吐而出，焚尽一切腐朽肮脏的历史尘埃。

贞元十九年（803）冬，一桩冤案从天而降，着实考验了刘禹锡、柳宗元与韩愈的友情。

刘、柳二人与韩愈虽为文字知己，但在政治理想上却是根本不同的。刘、柳主张激进，希望加强皇权，以强力手段抑制宦官和藩镇，而韩愈虽然也希望加强皇权，但他认为应由宦官统军对抗藩镇，以不战为上，相对保守。所幸三人均识体明礼，所争无涉于所善。尽管如此，因刘、柳与王叔文等人的交往神秘，韩愈颇有不屑，以为二人急求骤进，谀附太子，有失节之嫌。又因德宗年事已高，喜怒无常，猜忌更甚，以至民间不敢欢宴，朝士不敢过从，刘、柳与王叔文等人定为死交，失节是小，遭忌是大。韩愈几番规劝无果，便也作罢，只是心中暗存疑忌。

韩愈为人持重，观念保守，素有直名，身为监察御史，不免直谏时事。贞元十九年，关内大旱，百姓饿殍遍野，而官吏却一面虚夸灾情，一面贪污赈资。韩愈见百姓嗷嗷待哺、恶吏脑满肠肥之状，心绪难平，写下“臣窃见陛下怜念黎元，同于赤子：至或犯法当戮，犹且宽而宥之，况此无辜之人，岂有知而不救……”之《谏宫市扰民状》；同时，不忍百姓苦难，写下“臣伏以今年以来，京畿各县夏逢亢旱，秋又早霜，田种所收，十不存一。陛下恩逾慈母，仁过春阳……”之《论天旱人饥状》，指斥朝廷不恤百姓之苦，请求朝廷罢除宫市，减免赋税。

韩愈直言上谏，极大地触动中贵和京畿官僚利益，纷纷构陷韩愈“妖言惑众”，使自认为中兴之主的德宗异常震怒，随将韩愈贬为连州阳山县令。连州远在岭南，气候恶劣，瘴气弥人。韩愈忽然被贬往此处，可谓异甚。

德宗在韩愈心中一直是明主，对此番遭贬他没有任何思想准备，无异于晴天霹雳！百思不得其解时，韩愈想到自己因不满刘、柳与王叔文交往之事，规劝刘、柳不过数日，便有敕命下到御史台，莫非刘禹锡和柳宗元将他昔日酒席上不敬于上的“天若浑浊无光，万物凋残；君若昏庸无道，万民受难”此类过激言辞泄露所致？

韩愈启程之际，其妹尚在病中，皇命催迫，百般恳请缓行，也未获得应允。时间紧迫，韩愈没能来得及弄明白真实的原因，便吟唱着：“同官尽才俊，偏善柳与刘。或虑语言泄，传之落冤仇。二子不宜尔，将疑断还不？”带着莫名的怨恨，远赴连州。

实际上，韩愈对刘禹锡和柳宗元存怨毫无根据。刘、柳为人正直，“非掩人以自售，近名以冒进，欺谩于言说，沓贪于求取，未尝狎比其琐细，媒孽其僚友，矫激以买直，漏言于咨诹”。若言言辞过激，刘禹锡和柳宗元的言辞“上苍之状不可更易，人君之意却可改变。所谓天，无非草木禽兽一类，岂能闻得人言？凡事还在于人为”岂非大逆不道？

德宗年老，喜怒无常，对臣下多有疑猜。一日，太子李诵与侍读学士聚谈，有人数说宫市扰民和五坊小儿恶行，李诵愤然作色道：“区区中官，竟然如此嚣张，来日面圣，必当告发此辈。”众人交口称赞并出言献策。唯有侍棋学士王叔文却品茶沉思，一言不发。待众学士散去，李诵留住王叔文问道：“王君今日何故，但只品茶不语？往常论及国事，可是意气风发。”王叔文应道：“太子侍奉皇上，奏问衣食安稳之外，不应再有其他事情。陛下在位多年，太子年已不惑，倘若小人乘机离间，陛下以为太子急于皇位，收揽臣僚人心，太子将如何洗清自己？武后朝，来俊臣诬告睿宗，明皇朝，李林甫中伤肃宗，都是前车之鉴。”李诵仰面思之，颔首称谢：“寡人有所明白。若非先生，何处闻得真言。”

连太子李诵亦不敢犯上直谏，担心让父皇起疑。而韩愈一封《论天旱人饥状》奏疏弹劾了京兆尹李实，并请蠲除关内徭役，由此得罪了李实。与此同时，韩愈又上《谏宫市扰民状》一表，奏请罢停宫市一事，此举无异于触了天子逆鳞，再加上宦官、李实的共同颠覆，韩愈才遭远斥恶地的厄运。而这些背后实情，直到后来刘禹锡与韩愈相逢于江湖之中时，方才得以大白。

就史而论，刘禹锡对忠君爱民、敢于直谏的韩愈非常敬重。评价韩愈“高山无穷，太华削成。人文无穷，夫子挺生。典训为徒，百家抗行。当时勍者，皆出其下。古人中求，为敌盖寡。贞元之中，帝鼓薰琴。奕奕金马，文章如林。君自幽谷，升于高岑。鸾凤一鸣，蜩螗革音。手持文柄，高视寰海。权衡低昂，瞻我所在……”将韩愈比作高山，誉为古今文人之典范。刘禹锡对韩愈的评价，也成为后人对“百代文宗”韩愈评价的基础。刘禹锡交友向来“择其善而从之”，韩愈后来与其冰释前嫌，终生为友。

第十一章 近枢要忽成权门

因王叔文直言善谏之故，太子李诵对其倍加信任。一有要事，便与王叔文相商。王叔文暗自对李诵进言，“本朝自安史之乱以来，历四十载，积弊与日俱深，早晚危及国本。在朝高官显要，均系陛下旧臣，且多为老迈庸碌之辈，不足以倚重，当拣选当世少年才俊位卑者，共图来日大业”。李诵接受建议，遂密使王叔文察访人选。

受此重托，王叔文首先想到共商大事的人就是刘禹锡。

韩愈遭贬之后，刘禹锡对监察御史的生涯不抱任何期望，每日应卯之后，便与柳宗元等人纵论诗歌，或为京城权贵们代拟表章。待无人之时，便与王叔文、韦执谊之辈密议时政，谋划大局。

因韦执谊位在吏部，有选士之便利，因此常命刘禹锡、柳宗元察访名士，尤其是京城闻名的年轻才俊，欲将有意革新者选在近旁，以备来日能迅速在朝中要害之处安排得力人手。此事稍以时日，京城内外皆知韦执谊乐于褒拔人才，而刘、柳正为人才之罗网，求名之辈往往主动来谒，禹锡门前渐有川流之宾客。

其时长安之南、下杜樊乡有才子，姓牛名僧孺，字思黯，家有良田数顷，拥书千卷，寒窗数载，十五岁时即有才名入于长安。韦执谊听闻牛僧孺曾作有“地瘦草丛短”之句，大异其能，便命刘禹锡和柳宗元前去访问。

刘禹锡亦为“地瘦草丛短”之句而惊讶不已，与柳宗元一路议论。贞元十九年（803）时，关内大旱，秉政者不许官民议论，韩愈遭贬正有此原因。牛僧孺却以“地瘦”而寓旱情，以“草丛短”而令人想知稼穑绝迹，更可喻见饿殍满地、百姓流离之惨状，虽无一字有涉灾情，而字字均令人不忍细品。

来到樊乡，刘、柳二人发现，牛僧孺的声名可谓家喻户晓。在三五小童引领下，访至牛僧孺舍前。

刘、柳虽长牛僧孺数岁，但二人皆以为“地瘦草丛短”之诗主必有悲悯之胸怀、深沉之文才，及至见面，果然少年老成，敦厚持重，令刘、柳欣然爱之。再看牛家园庄，田亩之中阡陌井然，家中简洁朴素，藏书汗牛充栋，不愧是安心读书之处。

牛僧孺正在家中整理行卷，以备来年开春入京投谒。刘禹锡随手翻看，果然字字珠玑，佳句连篇，不觉赞道：“思黯才茂，退之去后，可为文坛盟主！”

柳宗元览卷后，亦连连称道，“韦公执谊素有慕贤之心，今为吏部郎中，为国选贤义不容辞，大开府门以迎天下才士。韦郎中久闻思黯之名，亟欲见之，今特遣某与梦得二人来访，请思黯与我等同回长安，韦公必定倒屐相迎。”

牛僧孺受宠若惊，遂与二人同回长安。韦执谊闻讯，果然亲自在府门口迎接，见到文质彬彬的牛僧孺，执谊长舒一口气：“果然是了！”后韦、牛、刘、柳四人相谈甚欢，约定来年必援牛僧孺登第。

贞元二十年（804），看似是个太平年份，但随着德宗皇帝几场病恙，朝野内外都嗅到了一丝异样的气息，各怀所图的人们在谋划着，行动着，期待着。大势将变之前，帝国的政治版图已经开始了活跃的重构，朝中每一个人事任命，都会牵动一群人的进退取舍。今日投甲门下，明日为乙上宾；今日相为仇雠，明日共谋他人，事虽可笑，无日不有。

刘禹锡与王叔文之党相善，此时已经是朝中众人皆知之事。前因刘禹锡协助韦执谊检拔才能，便使禹锡门庭若市，此时更有欲投机取巧拥附太子者蜂拥而至，禹锡自感身负重责，不敢怠慢，每有来者必待之以礼，详加考察，如此一来，刘府更为喧腾之地，禹锡亦常感不胜其扰。

又是春暖花开季节，刘禹锡退朝而归。行至御沟，见雨后的垂柳婀娜摇曳，满眼新绿，禹锡心中经月积累之宦海埃尘一扫而净，随口吟道：

> 紫陌夜来雨，南山朝下看。戟枝迎日动，阁影助松寒。
> 瑞气转绡縠，游光泛波澜。御沟新柳色，处处拂归鞍。
>
> ——《春日退朝》

“哈哈！好一个‘御沟新柳色，处处拂归鞍’！梦得难得有此雅兴啊！”

禹锡身后传来爽朗的笑声。虽多年不见，但禹锡仍能分辨，必是王涯回朝了。

“原来是王十二兄到此！禹锡一时兴起，信口胡诌，不想污了兄台耳目，惭愧惭愧！”

与王涯见了礼，王涯又调笑道：“梦得如今宾客盈门，不去款待，为何有兴致在此吟诗？”

刘禹锡心知王涯有意讽刺，谦虚道：“兄台勿要取笑。禹锡在外耽误数年，回京不易，求进心切，望君体谅。”禹锡又往四周看，见无人在旁，又与王涯耳语，“如今朝局内外交困，已到不变不足以振国祚的地步。兄已入翰林为学士，将充内职，难道不想为大唐社稷黎民建功立业？”

王涯收了笑意，严肃答道：“梦得切勿操之过急！国之困境，愚兄了然，但变革之道，非一时可为。王叔文之辈虽有雄心，终究不过江南小吏，下不曾牧州郡，上未有掌台省，空谈不仅误国，更易误已。须知宦官之中亦有争斗，藩镇之间常相攻伐，若要图之，必行合纵连横之计。”

刘禹锡却不以为然：“兄言差矣！引宦官、藩镇内斗而渔其利，绝无可能。李辅国、程元振、鱼朝恩之流，前后相代，大权未尝归于至尊。而今日之势，更甚前朝，藩镇与宦官勾结，若不从速斩除，只恐十年之内，将预九重废立之事。”

王涯自有主张，刘禹锡亦是信心坚定。虽然如此，二人毕竟交谊深厚，王涯入翰林后刘禹锡尚未道贺，于是口占一首，以代贺礼：

厩马翩翩禁外逢，星槎上汉杳难从。
定知欲报淮南诏，促召王褒入九重。

——《逢王十二学士入翰林，因以诗赠》

王涯得诗，却忧虑禹锡前程，两人又言许多肺腑，方才散去。

刘禹锡回到府中，果然见一众宾客在堂相候。见禹锡来，皆有谄媚之状，阿谀之词潮涌浪滚，禹锡避之不得，摆下蔬果酒食，虚与委蛇。席间，忽有门人来报，牛僧孺携书来访。禹锡想起去年曾邀牛僧孺，嘱待其行卷作成之后，引其拜谒当朝宰辅，此次必是履约而来。无奈禹锡正与宾客周旋，见牛僧孺来，只点头致意，命僧孺叨陪末座。及至酒席散去，禹锡想起此事时，亦已不见牛僧孺踪影。

怅然间，仆人忽然抱怨：“这是什么客人，好不懂规矩，竟在桌案上涂鸦！”

刘禹锡闻声而去，果然见桌上写有两行文字。禹锡取来灯火，念道：“求人气色沮，凭酒意乃伸。”

禹锡不禁吃了一惊，此两句着实令他后悔。“求人气色沮”之句满含无奈之怨气，似责备主人未加重视，有伤颜面，而“凭酒意乃伸”则言不用别人垂顾，只需一杯酒，自己便能重振意气，其中志向足可撼人。酒席之中竟有人能写出此等诗句，而自已却未发现，刘禹锡十分懊恼，问仆人道：“可知这是何人座位？”

仆人答:“不知名姓，只知是最后来的那位年轻公子。”

“哎呀！”刘禹锡连连叫苦，“除了牛僧孺，谁能有此意气？”

此后，刘禹锡多次差人邀请牛僧孺，但牛僧孺每每避而不见，令禹锡抱憾不已。

大唐即使到了日薄西山之时，仍是人才辈出。任何一派政治势力，都凝聚着一大群当世豪杰。经过一段时间遴选，刘禹锡和柳宗元将物色好的数位才俊，向王叔文汇报，并通过叔文上禀太子李诵。

刘禹锡、柳宗元将选才名单交予王叔文，王叔文览毕，又交翰林院王伾细看。王伾书法卓绝，胸怀治国之术，时政对策皆合太子李诵心意，刚自杭州被召入翰林院任太子侍书。二人看到名录上有：前吏部侍郎吕渭之子，河中人吕温，字化光，现为左拾遗；韦执谊，现任吏部郎中；韩泰，现任户部郎中；前宰相韩滉之侄韩晔、汉中王李瑀之孙李景俭、郑县尉程异、侍御史凌准、研究春秋史的大学问家陆淳等。这些人个个博学多闻，政事练达，才识卓异且胸怀大志，皆为可用之才。如此，太子李诵周围逐渐形成一股强大的政治势力。

恰于此时，王叔文一党遭遇了极大的危机。

一日，沉闷的御史台中，刘禹锡收拾笔砚，预备收班，王叔文的仆人飞步赶来递上名刺:“王待诏有请先生。”

刘禹锡赶至翰林院，未及施礼，王叔文便急切地发问:“梦得，左补阙张正一诽谤我等结党，你竟不曾听闻？”

刘禹锡吃惊:“张正一？此人身为文士，又新近召入朝廷，尚不至于广泛结交，妖言惑众？”

“着实恼人！”王叔文面带怒色，“张正一原是以上书被当今皇上召纳。其奏谏中，将我等平日所言择其害而用之，可见一斑；朝堂上，其提到在下之名时便压低声音，可见其心虚伪意。我等革新之士虽已人才济济，惜手中尚缺权柄。若为奸人陷害，岂不遗恨千古？此事韦郎中已知。”见刘禹锡不语，王叔文加重语气，“我等必须先发制人。”

刘禹锡思索片刻，存疑道:“仅是听到姓名就疑人偷斧，对其下手，传扬出去，于我辈声誉，百害而无一利！”

王叔文道：“当今圣上对文臣一向多有猜忌，况乎往昔结党惹祸之事屡见不鲜，即使无伤，亦需警惕。万一发生诬告，轻则贬逐，重则夺官，甚至命悬朝堂之时，你我何以应对？况我等事小，若牵扯太子，必将使朝堂不稳，黎民遭殃。”

刘禹锡恍然大悟：“若张正一等人果真与我等为敌，使我等壮志未酬，岂不遗恨无穷？”

王叔文颔首：“张正一蒙广陵王所荐，而广陵王素不喜朝中结党。我等虽说因关乎社稷福祉而联系紧密，但未必能得广陵王之心。”

刘禹锡长叹一声，只好道：“既然王兄、韦郎中主意已决，梦得也只好随从。”

王叔文遂授意韦执谊上一道奏疏，奏张正一、王仲舒等人妄议朝政、结党营私，着请御史台查察。德宗闻之，遣宫中密使一番暗访，最后以“私结朋党，图谋不轨”之罪名，将张正一、王仲舒等七人逐出朝廷，远贬僻地。

曾写下“远水澄如练，孤鸿迥带霜”诗句的张正一素有文名，突遭朝廷贬斥，使得朝野传言纷纷，皆将矛头指向韦执谊。刘禹锡深知内情，表面上也只能装作若无其事，内心却对朝廷之未来充满忧虑。

春去秋来，天下人的目光一刻不辍地紧紧盯着皇宫中的风吹草动。德宗皇帝卧病更多，健康更少，内外众臣，每日都如决战一般，加紧了分班站队的动作。之所以能在众多政治势力角逐的舞台上独领风骚，王叔文之党最大的优势，就是拥有太子的储君地位。只要太子能安然即位，王叔文等人便是站在了封建法统与道德的最高点上，胜算远大于旁人。但是，这一切的可能性，都寄托在太子李诵一人身上。

在王叔文的耐心劝导下，太子度过了无数的危机，挫败了舒王李谊的夺嫡企图，暂缓了广陵王李淳迈向皇位的步伐，眼看就要获得最后的胜利，可是，随着贞元二十年（804）秋风而至的一场突如其来的变故，将王叔文等人火热的希望推进了寒冷的深渊。

第十二章 太子病朝堂惊魂

德宗临朝日久，李诵也已做了二十五年太子。年过不惑之人本就易患疾病，况且太子长年累月在压抑中度日，更易损伤心肺。贞元二十年（804）九月，太子李诵突然中风。王叔文与王伾听到李诵身边亲信宦官李忠言通报，大惊失色，遍寻名医为太子医治。虽然太子侥幸保住了性命，但只能卧床，且不能言语。

此消息一经传出，不啻为大唐朝野中的一次强烈地震。太子病重，本来毫无悬念的皇位继承问题，忽然变得扑朔迷离起来。原本看好太子的大臣们立即疏远了与王叔文等人的距离，广陵王李淳先父登基的呼声再次高涨。王叔文深知自己不为广陵王李淳所喜，不愿十数年心血功亏一篑，日夜谋划对策。

见太子病情稍有稳定，王叔文立即引太子侍书王伾与刘禹锡、柳宗元等人密室议事。多日来，众人内外交通，传递消息，基本稳固了太子初病时混乱的局势。王伾身居内职，先通报了宫中动态，然后急切向王叔文问计。

王叔文对刘禹锡道："梦得通医道，曾入东宫为太子切脉，以探表候。不知太子病情究竟如何？”

刘禹锡低声道：“太子此番病势猛烈。”

王叔文不由长叹一声，问道：“可有疗法？”

刘禹锡点头：“虽说病情沉重，但也有疗法。”

王叔文略有安慰：“如此说来，太子之病尚可痊愈？”

刘禹锡道：“俗语云：病来如山倒，病去如抽丝。虽说太子是吉人自有天相，然此病猛烈，虽可医治，却需时日。”

王伾压低声音：“只是当今圣上年事高迈，亦在病中，万一……这将使朝局青黄不接，难以为继……”

“吉人自有天相！”王叔文截话，“即是不虞，我辈皆非庸人，岂会束手无策？”

王伾面带忧容道：“虽说侍棋胸有韬略，我等皆有肝胆，然一旦局势突变，必是权力角逐。我等参议人才虽多，毕竟品秩较低，重权未握，如何对抗重臣中贵，掌控朝廷大局？”

柳宗元面带焦灼之色，附言：“我等忧虑皆在于此。”

刘禹锡慎言：“在此关节之时，须延揽才智之士，先于朝廷立足，为我所用。若能顺势登辅要津，必益于朝局之变。”

柳宗元接道：“梦得所言极是。宗元推荐老师凌准，字宗一，浙东新城人，富谋略，有志节，颇有文才，擅长著史。其所著《后汉春秋》《六经解围》及《人文集》等，为士人推崇。其现任浙东观察使判官，择时被擢升翰林院也未可知。”

王伾颔首道：“我知此人。弱冠之年心存大志，思谋建功立业，上书宰相以自荐。宰相召之属对，‘日试万言’，遂用为崇文馆校书郎。其有清名，颇受圣上瞩目。我等奏请凌宗一回朝任职，不是难事。”

王叔文赞同此举，又议道：“如今朝局格外纷乱，敌友莫辨。不过王某以为，这几日正可考验来归之人是否真心向我，目前仍拥护太子者，方可谓真忠义之士，可以性命相交！梦得乃杜相公门下旧僚，素与相善，我意以此为关节，立将心腹之人调入要职，以防事变，不知可行否？”

“不可，”刘禹锡异议道，“圣上健在，若将太子门人俱调枢要，恐遭所忌，反招贬黜。杜相公位高权重，不宜冒此风险。”

柳宗元支持刘禹锡，道：“以眼下情形，圣上殡天之后，嗣立之事恐起纷争。若杜相公在位，其人公忠体国，可为太子外援。”

刘禹锡又议道：“非但如此，杜相公职掌计司，为天下利权之关键。我等若要举事，则杜相公居于此位，强似他人百倍。”

王叔文亦表赞同，复又计议：“既然如此，我等则需广布舆论，以人伦纲常为利刃，斩断他人觊觎嗣位之妄想。朝中仍有许多重臣未曾表态，其类虽不附我，亦不恶我，只要向其阐明利害，使其不附于恶我之辈，则太子可保，社稷可保。”

王伾亦有此意：“侍读所言正是。善我者，不言而善，恶我者，虽言亦恶。唯有中间观望者，可左右大局，我等众人非止要自相团结，更应以争取观望者为要务。”然后又对禹锡道，“除奏请凌准回朝外，新任御史中丞武元衡，温雅沉静彬彬有礼，与朝中百僚酬唱颇多，博有雅闻，亦有宰相望，可以与之相近，寻机探其口风，俟为所用。”

柳宗元接道：“武中丞虽有雅闻，然其为世家子弟，素以清高，未必愿意与我等结交。”

王叔文道：“其能中立，便可为用。”

武元衡，字伯苍，河南缑氏人，出身豪门。少时天资聪颖，才华横溢，诗赋文佳，曾列进士榜首。深得德宗赏识而官运亨通。此时，任职御史中丞，乃刘禹锡上司，文章瑰奇美丽，世人称之。自到御史中丞任上后，与禹锡有所唱和。禹锡欣然领命。众人又作些议论，便各自离去。

翌日升朝，禹锡早早往御史台应卯，与武元衡谈诗论文，相处甚欢。日上三竿时，阁中僚属俱已到齐，待议完了日常诸事，见众人因朝局之事闷闷不乐，满面愁容，武元衡道：“诸位同僚每日辛苦，元衡亦知监察御史往往为难。不过我等俱食朝廷俸禄，自然要为君分忧，虽然近来朝野议论纷纷，谣言四起，还望诸公能摒弃杂念，一心向公，此乃趋吉避险之锁钥！”

众御史唯唯称是。武元衡引众人往御史台外，共眺远山碧林，赏台下荷塘，因发诗意而道：“元衡愿赋诗一首，聊与诸公共勉！”于是吟道：

宪府日多事，秋光照碧林。干云岩翠合，布石地苔深。
忧悔耿遐抱，尘埃缁素襟。物情牵局促，友道旷招寻。
颓节风霜变，流年芳景侵。池荷足幽气，烟竹又繁阴。
簪组赤墀恋，池鱼沧海心。涤烦滞幽赏，永度瑶华音。

——《秋日台中寄怀简诸僚》

吟罢，武元衡意犹未尽，问道：“元衡恣意所吟，不成大雅，未知哪位同僚有佳句愿与之唱和？”

众人皆推道：“非梦得莫属！勿辞！”

元衡因而命道：“既然众望所归，梦得可以吟来！”

刘禹锡稍加推让，又向武元衡作揖，然后慷慨吟道：

退朝还公府，骑吹息繁阴。吏散秋庭寂，乌啼烟树深。
威生奉白简，道胜外华簪。风物清远目，功名怀寸阴。
云衢念前侣，彩翰写冲襟。凉菊照幽径，败荷攒碧浔。
感时江海思，报国松筠心。空愧寿陵步，芳尘何处寻。

——《和武中丞秋日寄怀简诸僚故》

“哦？感时江海思，报国松筠心！”武元衡反复玩味，不觉大赞，“梦得诗力非凡，远胜元衡，不过究竟梦得是何样‘江海思’‘松筠心’，元衡倒要一窥！”

武元衡对自己的和诗满意，正在刘禹锡的意料之中。同僚面前不宜再有他言，禹锡适时而止，再待良机。其后禹锡常为武元衡代拟表章，元衡对禹锡日益信任，并推荐刘禹锡在监察御史任上兼领监祭使一职，后又加崇陵使判官。

古之君王祭祀，乃天下要事。“天子大社，必受风霜雨露，以达天地之气也。”祭祀既有皇帝对天地、先祖之敬重，亦有对天下太平之祈祷。黎民称颂皇帝祭祀，乃有期盼皇上施行仁政之念。更是幻想通过皇上祭祀，能为民祈福，天下太平。故而，监祭使一职虽品秩不高，却是显要。其职责是对器服、乐舞、礼数等诸多祭祀事宜全程监督，对不合礼度之处，追究祭官之责。宗庙典礼，郊野祭祀，往往观者云集，热闹非凡。刘禹锡在《监祠夕月坛书事》诗中写道：

西皞司分昼夜平，羲和亭午太阴生。
铿锵揖让秋光里，观者如云出凤城。

刘禹锡所在御史台，因较少猜忌和倾轧，故而，其闲暇之余，常与柳宗元、韦执谊、王叔文、韩愈、牛僧孺等交游，与令狐楚、广宣等外地友人书信唱和，并为宰相杜佑、东都留守韦夏卿等代为撰写表、状，颇得众人青睐。

临近年关，德宗病情加重，而太子病情亦无好转，使得王叔文忧心不已，时与刘禹锡、柳宗元、韦执谊等商议对策。禹锡虽说仕途顺畅，却也无心再听西凉友人米嘉荣之乐，潜心观察朝局之变。在韦执谊等人的一再奏请下，凌准被德宗从苏州召回任翰林学士。如此，朝中之事皆在王叔文耳目之下。

贞元二十一年（805）正月初一，本应是普天同庆之日，但此时的德宗皇帝已在弥留之际。尽管如此，德宗仍旧挂念着太子的病情，王公大臣前来朝贺，德宗亦无心思，只是久久地哽咽、流泪。当得知太子尚在病中，无法言语，德宗长叹一声，眯上眼睛，老泪连连滚落，颤动嘴唇想说什么，却又停了。他吃力地挥手，让所有人退去，独自斜倚在宽大的龙床上，心海翻波，难以平静……

唐德宗李适一生中，无论是性格还是行动，都充满了矛盾和悲剧色彩。他的少年时代，正是大唐帝国昌盛繁华的辉煌岁月。然而，天宝十四载（755）爆发的安史之乱使大唐帝国陷于一场亘古少见的大动乱之中。在大唐帝国的盛衰变迁中，德宗饱尝了战乱和家国之痛，也亲身经历了战火的洗礼和考验。

其父唐代宗即位之初，李适被任命为天下兵马元帅，肩负起与安史叛军余孽最后决战的使命。平定叛军之后，李适因功拜为尚书令，和平叛名将郭子仪、李光弼等八人一起被赐铁券、图形凌烟阁。战乱使德宗深知安定的可贵，他登基以后，大有图强复兴的雄心壮志。即位之初，为了实现政治理想，他实施革新，果敢有为。但是，很多措施皆因安史之乱后的积重难返而收效甚微。当德宗的一番改革遭遇挫折后，他的雄心竟然消失殆尽，由即位之初信任宰相演变为对大臣的猜忌，并形成了拒谏饰非、刚愎自用的性格，导致其徒有宏图壮志，而不能实现救国兴邦。

建中四年（783）十月，准备调往淮西前线平叛的泾原兵马途经长安时，因为没有得到梦寐以求的赏赐，兵士发生哗变，这就是历史上著名的“泾师之变”。德宗仓皇出逃到奉天（今陕西乾县），成为唐朝继玄宗、代宗以后又一位出京避乱的皇帝。泾原兵马拥立朱泚为帝，年号应天。朱泚进围奉天，前线李晟、朔方节度使李怀光等军从河北撤军勤王，削藩之战被迫终止。

兴元元年（784）正月，德宗痛下“罪己诏”，声明“朕实不君”，“失其道”致天下大乱。在诏书中，所谓“朕抚御乖方，致其疑惧”，故而赦免李希烈、田悦、王武俊、李纳等人叛乱，表示今后“一切待之如初”。从此，德宗开始调整对藩镇用兵之策，对藩镇由强硬转为姑息，使解决藩镇问题的大好形势和良好机遇，转瞬即逝。藩镇割据专横更炽，遂成积重难返之势。

在遭遇“泾师之变”出逃避难中，德宗因禁军将领在叛军入城时竟然不能召集到一兵一卒保卫宫室，仓促逃亡时，身边最可以依靠的，竟然是内侍宦官窦文场和霍仙鸣及其所率的百余名宦官，德宗从此改变即位之初疏斥宦官的态度。兴元元年（784）十月，德宗重返京师未几，便将神策军分为左右两厢，以窦文场和霍仙鸣为监神策军左、右厢兵马使，开启了宦官分典禁军之先河。德宗对宦官态度的转变，使宦官由刑余之人而口含天宪，成为德宗以后政治中枢当中重要的力量。德宗之后，顺宗、宪宗以及敬宗、文宗皆是死于宦官之手。宦官专权也成为唐中晚期政治腐败和黑暗的表现之一。藩镇割据和宦官专权最终将皇皇大唐推向毁灭的深渊……

而此时躺在宽大的龙榻上的德宗在宦官俱文珍、刘贞亮、薛盈珍等人劝阻下，渐渐收泪，哀伤道："今天下不靖，合当图治。然天不假年，太子却又突然罹病，言语不能。苍天啊，为何待朕如此刻薄？"

刘禹锡官秩不高，新年朝贺时只能远远望一眼病榻上的皇帝。想起同在病榻上的太子，刘禹锡格外感叹岁月如刀，衰老无情。当年德宗即位时，何尝不是励精图治之君？是时光，把一位精力旺盛意志坚定的君王，变成了一个昏庸多疑、垂垂将死的老朽；亦是时光，偷偷地将一位勇气过人志在中兴的太子，变成了一个失语病卧、力不遂心的傀儡。想及此处，刘禹锡兀然发现，自己已经三十四岁了。而立之年，却是只有满目浮华的八品监察御史，谁知时光将会把自己变成哪般模样？

仪仗彩旗猎猎飘扬的宫阙之下，刘禹锡遇见正在等待觐见的柳宗元，柳宗元已转为礼部员外郎。与柳宗元说起此感，亦满三十三岁的柳宗元同为之所伤。望着远处领班入觐的白头老臣们，刘禹锡心生感伤，吟诵道：

彩仗神旗猎晓风，鸡人一唱鼓蓬蓬。
铜壶漏水何时歇，如此相催即老翁。

——《阙下口号呈柳仪曹》

就在刘禹锡发出老之将至的感慨后，令所有人既期待又忧虑的事情，终于发生了。贞元二十一年（805）正月二十三日，德宗皇帝驾崩于会宁殿，未能留下有关继任者的遗诏。谁应即位？这是一个天大的问题。

守在德宗灵柩之侧的，只有德宗内侍，但如此惊天动地之事，如何能瞒过那无数双紧盯宫廷的眼睛？各有背景的内侍们召来了翰林学士郑絪、卫次公，太子侍读王伾、王叔文，太子内侍李忠言，殿中侍御史凌准，神策中尉俱文珍、刘贞亮等宦官亦同在列。深深的夜里，皇位继承之战虽无四溅的火光，却是无比的激烈。

众人赶到会宁殿，先向德宗灵柩行哀挽之礼，而又转往金銮殿中。众人关闭殿门，立即争论起来。

翰林学士卫次公先问："大行皇帝殡天之际可有遗诏？"

值守内侍答道："未有。"

俱文珍狡诈，抢道："这几日禁中有所计议，然终未及定。"

王叔文心中吃了一惊，便知俱文珍不欲太子继位。"议未定"，意在肯定德宗皇帝有意更换继承人，要否定太子继位的当然合法性，从而为另立他人埋下伏笔。然而俱文珍掌握宫廷禁军，王叔文不能与之硬斗，于是论道："既然大行皇帝没有遗诏，而太子仍在，理应令太子殿下继皇帝位，无由他论！"

俱文珍狞笑道："侍读操之过急了吧？太子病重，不能言语，天下谁人不知？其若为皇帝，莫说诏书，连口谕都不能下，难道由你王侍读代为口谕吗？"

王叔文据理力争道："太子继位乃合天道人伦，为不辩之选！太子虽然中风，然而恢复神速，目前已无大碍。"言及此处，其声加重，"只要无人加害，相信稍加时日，必可痊愈无恙。"

说到"无人加害"四个字时，俱文珍的眼角抽搐了一下，他就像没有听见一样，对郑絪和卫次公道："两位学士，太子病情不明，不宜继位。不过，太子府广陵王李淳青春茂盛，广有贤名，素怀臣望，为皇孙中之佼佼者，即使太子继位，广陵王亦东宫之不二人选。未若令广陵王提早继位，以安天下。”

王叔文大惊。广陵王李淳一向不喜叔文之辈拉党结派，密谋议事，而自有一套人马拥护。王叔文本打算待太子继位、大权在握之后再寻机与广陵王改善关系，或干脆废黜，不料俱文珍此时提出令广陵王继位，可谓正打在了王叔文的痛处。

凌准、王伾赶忙反对：“太子尚在，何有令皇孙继位之理？即使要立广陵王，亦应是太子继位之后，广陵王入主东宫，如此方合人伦纲常。若令皇孙继位，如此倒行逆施，恐遭天谴！”

双方争执不下，眼见天将放亮，众人便将决策重任交给了从不阿附权贵的翰林学士卫次公。

卫次公、郑絪等人实是广陵王李淳背后的支持者，无论是太子继位，还是广陵王继位，都是他们乐于见到的结果。然而，若令广陵王继位，则与道统不合，或使心存不轨者借题发挥。卫次公权衡再三，建议道：“太子虽有疾病，但毕竟是大行皇帝的嫡长子，中外臣民莫不归心，得良臣辅佐亦可理事。况天下名医如云，何忧病不能痊？除非万不得已，才应立广陵王，不然天下必定大乱。”

俱文珍、刘贞亮、薛盈珍等仍欲翻覆，极尽强词夺理之能事。一连三日，众人吵作一团，皇统延续之事久久不能决之。

王叔文深知宦官掌握禁军，内外俱有响应，久必生变，于是决意兵行险着，令人往太子宫中探视。

雨雪飘零的正月二十六日，众人仍在争吵不休。忽然间，一声咳嗽传来。众人四下寻找，猛然发现，不知何时太子李诵已坐在金銮殿上。原来，王叔文差人去探太子，见太子病情稍有好转，便请太子亲往金銮殿，以证身体无虞。太子深知事大，不顾病体，强行前来，从后门进了金銮殿。王叔文等人大喜，上前扶住太子，其余之人见太子来，一同跪迎。

太子喘了几口气，艰难地斥道：“先皇已去，尔等岂有秘不发丧之理？”

俱文珍连忙跪地应道：“回禀殿下，并非秘不发丧，只是大行皇帝无遗诏，这皇位……”

李诵怒上心头，叱道：“寡人尚在，何人敢作非议？”

王叔文趁机喝道：“太子病愈，何人再敢散布谣言，当以谋大逆论罪！”

俱文珍如霜打一般，王叔文趁热打铁，与王伾、凌准、李忠言大声宣布：

“皇太子宜于柩前继位！”

见太子能言语、能走动，郑絪、卫次公等亦认可了太子继位的合法性，于是大开金銮殿门。宫中卫士见果然是太子端坐殿中，纷纷山呼万岁，入内参拜。

贞元二十一年（805）正月二十六日，顺宗李诵的登基大典举行。

太极殿里，鼓乐齐鸣。百官在庄严肃穆的乐声中，分两列入殿。顺宗身穿孝服，足蹬麻鞋，由两名内侍在背后暗暗搀扶，缓步坐上宽大华贵的御座，接受百官朝贺，改年号为永贞，为永贞元年。俱文珍、薛盈珍等中贵已无力回天，只得恨恨作罢，装模作样地朝贺新君，另作谋划。

第十三章

说元衡禹锡碰壁

唐顺宗李诵性格宽仁，富有谋断。在建中四年（783）朱泚作乱时，他常身先禁旅，乘城拒战，督励将士，无不奋激。在朝廷政局动荡时，他暗中支持以陆贽为首的正直敢言之士和以裴延龄为首的奸佞之徒展开斗争。在刚愎自用、猜忌功臣的德宗面前，李诵既要自保，又要尽力维持时局，使他深深认识到人才的作用。也正因如此，王叔文、刘禹锡、柳宗元等有志之士方能聚拢在他的周围。

德宗驾崩，李诵在风雨动荡中登基。正值天下大治之时，也正是李诵一展抱负之际，自己却突然患疾，中风不愈，怎不令他心存忧虑和紧迫？他是多么想将那许多推演了无数次的筹划从纸上、从心中变成现实，实践于大唐的山河黎民！

十余年的等待中，王叔文无数次与顺宗谈论历代兴衰治乱之道，深知朝廷时弊，更知顺宗革新图治的决心。所以，当太子顺利即位的消息传到御史台时，正在紧张等待中的刘禹锡、韩泰和李程等人兴奋至极。很快，以王叔文为首的革新集团进一步巩固，充满着执政之锐气，革新之志气，迫不及待地酝酿着顺宗执政后大刀阔斧的改革。

而此时，兴奋之中的刘禹锡却不慎做下一件足令他追悔终生的憾事，埋下他人生更加跌宕起伏的祸端。

禹锡因代武元衡撰写数篇表章之故，为武元衡所器重，两人关系貌似亲密。但刘禹锡实在高估了这种关系的层次，因而想当然地认为，现在正是将武元衡最终引入即将飞黄腾达的革新集团之最佳时机。

“中丞，天下已变。”刘禹锡找到武元衡，面有喜色地对他说了这样一句话。

武元衡心中虽有隐约预感，但没有想到事情就发生在这一刻，更没有想到是刘禹锡——自己的僚属来告诉自己。

“梦得如何得知？”

狂喜中的刘禹锡没有觉察到武元衡语气之中微妙的变化，不无得意地答道：“禀中丞，大行皇帝已于正月二十三日夜殡天，宫中急召太子侍读王叔文等入宫，其间或有宦官欲立广陵王，幸得翰林卫学士和王侍读等据理力争，太子此刻已在柩前即位，不久将诏告天下。”

“呵！”武元衡面无表情。

刘禹锡继续说道：“下官斗胆上启中丞！太子登基，必有新政。禹锡尝闻太子在东宫时虽讷于言语，但目光所及甚于常人，朝政内外弊端无不铭记在心，与王叔文、王伾、韦执谊等经天纬地之才计议久矣，今为君上，必要施展。然而，新君身边毕竟缺少贤能，若要举振朝纲，必得士人之心而可为之。叔文久仰中丞栋梁之才，因命下官聊表敬慕之心。若中丞不弃狷狂，我等愚鲁之辈必当随扈左右，而中丞必为宰相之位！”

“哼，王叔文身边有贤能如君者，何用元衡？”武元衡勃然大怒，“王叔文好大的口气，一介江南小吏，不过倚仗太子权势，今日还未实封官爵，便敢封官许愿，利诱本使，与那恃宠擅权的宦官有何两样？我若应允，岂非也成了攀附新贵之徒？况尔等铲除异己，不容清言，非元衡之同道！”

“这……”

武元衡如此抢白，令刘禹锡尴尬不已！禹锡不由想起去岁张正一等被贬斥之事。张正一与武元衡时有诗文唱和，二人皆对朝中结党怀有不满，说不定张正一谏书的背后，就有武元衡的影子！

武元衡恼怒，心中已将刘禹锡视为攀附新贵的龌龊鼠辈，更将刘禹锡划入结党另类！刘禹锡心中懊恼，然话已出口，覆水难收。禹锡正要解释，武元衡已拂袖而去！

禹锡呆立片刻，已有宫中敕使匆匆前来，宣刘禹锡等人入宫。

见到王叔文，刘禹锡连连称贺，一扫被武元衡拒绝的阴霾。同在宫中的还有王伾、韦执谊、韩泰、陈谏、柳宗元、韩晔、凌准、程异等人。这一众人等，堪称王叔文集团的核心精英，今日相聚，心情与往日绝不相同，大有宇宙乾坤皆决于我手之快感。王叔文将心腹之人召来，最后敲定了各人的新任命。议完事，王叔文不无担心地嘱咐众人道："今日太子登基，可谓险中求胜，虽胜亦危！我看卫次公、郑絪等人乃意在使广陵王入嗣而拥立太子，实与我等不同。而那俱文珍、薛盈珍、刘贞亮等巨宦只是不得不从大势，背后定有文章。我等宜速行决议，以雷霆之势压之，否则宦官与朝野内外有不臣之心者形成串联、沆瀣一气，我等绝难应对。"

"正是！"王伾亦是喜中有忧，"我等唯有以快取胜！记住，速度就是我们的生命！我们决不能给宦官们反应的时间！"

"谨遵之！"众人异口同声而应。

刘禹锡建议："新政伊始，当下紧要之处在于人权、财权和人心。人权在于丞相，财权在于度支，人心在于废去苛政。"

王叔文首肯："杜佑相公，声望隆重，治事有方，冢宰之职，可以任之。梦得曾在他麾下征伐徐州张愔，又有旧属之谊，可辅佐之。"

凌准建议："新政伊始，必结百姓之心。百姓对宫市积怨已久，对五坊小儿更是恨之入骨，当以霹雳手段，速罢宫市，遣散五坊小儿，以博名声，停止各道进奉，以慰人心。"

韦执谊接道："若如此，必使中贵不满。"

王叔文定道："我等皆知朝政痼疾，乃中贵乱政，地方割据。今审时度势，宜行敲山震虎之策。"

"罢宫市，遣散五坊小儿。"刘禹锡附议，"再选定若干罪恶昭彰之阉官，予以严惩，以示皇威。如此，使中贵巨宦不敢轻举妄动……"

待安排妥当，朝廷终于向天下昭告了新皇登基之事，同时命杜佑为山陵使，统筹德宗丧仪，武元衡被任命为副使。随后，一轮风风火火的人事调动大潮席卷而来。

顺宗听政时，并没有坐在御座上，而是在座后另设一张软榻，榻前垂帘，以点头或摇头示意，由中官李忠言传宣旨命。宫中侍候李诵即位时的太监只有他一人，李忠言也是唯一理解和支持王叔文、王伾、刘禹锡、柳宗元等改革新政的宦官，故对王叔文所奏要事，皆呈顺宗首肯，使得王叔文得以顺利地安置人事及行使财权。

很快，顺宗连续下诏，命王叔文为起居舍人，充翰林学士。以王伾为左散骑常侍，充翰林学士。出入禁中，参与机密。

在王叔文的主导下，杜佑再拜检校司空，以同平章事兼领度支盐铁使。如此安排，一是因杜佑久有计相之望，职掌利权可塞公议；二因杜佑早已有引退之心，性情散淡，不愿多涉朝政，易于控制。因此，王叔文在任起居舍人、充翰林学士之后，仍任度支盐铁副使，背后掌握盐铁利权。

为了更牢地将财政大权抓在手中，王叔文又有进一步的安排。刘禹锡因与杜佑交谊深厚，可作王叔文与杜佑相交通的桥梁，被任命为屯田员外郎，兼判度支盐铁案，实际掌握赋税征调文书案卷；凌准由翰林学士参度支，调发出纳；陈谏为仓部郎中；程异为扬子院留后，亦参盐铁事。四人密切配合，协助王叔文管理财政。

在王叔文集团中，韦执谊最有宰相之望，因此，韦执谊被擢升为尚书左丞、同中书门下平章事，负责制置文诰，管理六部，推行新政上命下达、监督执行之事。

其余众人，亦安排在紧要之处：柳宗元为礼部员外郎，掌管礼仪、享祭、贡举之政，在德宗国丧期间具有特殊的作用。其余东宫师傅亦选在官班。如此，王叔文主决断，王伾主管往来传授，韦执谊负责文诰，刘禹锡、柳宗元等人采听外事、谋议唱和的全新朝廷机构已然形成。

王叔文特别器重刘禹锡和柳宗元，常引刘禹锡及柳宗元入禁中，与之图议，而言无不从。王叔文、王伾、刘禹锡、柳宗元形成了革新集团的核心人物，朝野上下号为“二王、刘、柳”。

王叔文又虑其心腹毕竟少数，且以御史台和六部中下级官员为主，声名时望尚不足以折服群臣，定鼎全局。于是，王叔文又有主张，将因正直敢言得罪德宗而遭贬斥的名臣，如陆贽、姜公辅、郑余庆、阳城等人，召回朝廷再充高位。果然，此计一出，士林为之振奋，持公议者无不称赞，而王叔文等革新集团核心又居翰林清流，士人大善之，革新集团的声望日益高涨。几道敕令便收得士子之心，王叔文推行新政的决心得到鼓舞。

王叔文集团在长期的观察和思考中，已经将大唐的局势看得明白，德宗朝后期以来，天下苦病之弊端，主要集中在宦官和藩镇两大毒瘤之上。革新集团毕竟根基不深，因此必须得到百姓的支持，巩固来之不易的权力，才能聚精会神地解决宦官和藩镇。

以“二王刘柳”为核心的革新力量在顺宗的全力支持下，逐渐拉开了对德宗时期经济、政治、军事等各方面的弊政的改革序幕……

王叔文集团首先代顺宗颁布诏令，宣布蠲免关内百姓所欠诸色课利、租赋、钱帛，再次重申两税法，禁绝各种杂税及例外进奉。消息传出，京兆百姓无不欢呼雀跃。同时，将贞元二十年（804）时瞒报灾情、民愤极大的京兆尹李实贬黜为通州长史，抄没全部家产。查抄李实的家产合计两千多万缗，再加上多年来属下进奉之数，竟达三千万缗之多。朝廷对贪官污吏动手啦！消息一出，朝野街巷，欢声雷动。百姓得知李实出京的路线，将石头藏在袖里，成群结队地在道路上等着，几乎将李实砸死在车中。

百姓之困，又在徭役过重。王叔文常在江湖，自然心知，于是又作主张，放出后宫宫女三百人及掖庭教坊歌舞乐女六百人，令她们与家人相聚。一时间，宫门外哭泣跪谢之声震动宫室，百姓闻之，无不感慕圣恩。

通过蠲赋税和减徭役两项措施，新政迅速获得了百姓的支持，王叔文等人大喜过望，迅速将斗争的目标瞄准到宦官身上。

宦官之弊，千头万绪，宫市之罪，首当其冲。所谓“白望”已横行多年，京城百姓初享新政之惠后，无不翘首以待，期盼着新君能一举剪除宫市之害。

百姓的呼声就是对新政最好的支持。二月初六日一早，罢除宫市和放逐五坊小儿的敕令眨眼之间传遍了长安的大街小巷，百姓奔走相告，难以置信。及至每日敕使出门之时，百姓们不见平日耀武扬威的敕使们出宣徽院大门，却发现内侍郭忠政垂头丧气地领着十几个人走了出来。宣徽院门口贴出了告示，百姓们纷纷围观，方知郭忠政等十九人因宫市“白望”败坏皇家声誉，已被罢职，赶出宫廷，而宫市之事，即行罢停。当日，宫中又裁撤了翰林医工、相工、占星等常以怪力乱神而乱政者共四十二人，令宫中气象为之一新。召回贞元时被无辜贬逐的正直之臣陆贽、阳城，当得知他们已经死于贬所时，朝廷即赠官以示褒奖，又使得翰林清流人情大悦。一连串的改革新政令满朝文武眼花缭乱，随之而来的，是京城百姓震天的欢呼之声。王叔文集团的革新政策，获得了超乎想象的完美开局。

然而，王叔文等人更加清楚，这一切不过是铺垫而已，随着民心向背的趋势日渐明朗，与宦官和藩镇的真正决战亦已迫在眉睫。但令人担忧的是，宦官和藩镇仍然不动声色，不禁令人疑虑重重。客观而论，王叔文等人此时已被接踵而来的小胜冲昏了头脑，失去了对轻重缓急的判断。宦官之害，宫市只是表象，军权才是核心。从宫市下手，尽管赢得了百姓的欢呼，但百姓的支持并不能带来决定性的制胜力量，反而打草惊蛇。在对斗争残酷性的认识上，王叔文之辈存在着严重的轻敌失误。时间是革新的生命，这是王叔文集团的共识，轻敌冒进之情更令他们忽略了应有的严谨。

王叔文素与泗州刺史张伾相善，急于召其入京为右金吾卫大将军，掌握兵权。却不料诏书将至泗州，张伾却突然病故，事发蹊跷。更令王叔文不安的是，隐隐约约听到张伾之死与宫中巨宦不无干系。

事情紧迫，王叔文将刘禹锡、柳宗元等众人召至府中，议论朝政。

柳宗元不平道："吕化光《功臣恕死议》所言，'考诸古训，其异端欤；稽诸时事，其乱本欤！'原京兆尹李实欺凌群僚、残害百姓、聚敛民财，罪不容诛！却以贬官了事，如何慰抚黎民？"

韦执谊摆手道："事不可急，急则生乱。李实乃帝室宗亲，所犯又非谋逆之罪，即便上奏诛之，皇上未必应允，反使得皇亲贵戚皆以我等不驯，势必不容。"

"子厚且请平静。我曾闻，子厚与梦得曾为李实下僚，亦曾受李实器重。然情系社稷，不敢徇私，着实令人感佩！"凌准感慨，"只是《功臣恕死议》是对异姓功臣和起于屠贩、陇亩、行阵之间的微贱之人而言。皇家之亲，天子贵胄，非叛逆大罪不宜诛杀。今朝廷抄其家产，得三千万缗巨资，亦可解梦得理财之急。"

刘禹锡感叹："我等皆知，财权乃治国之本。虽一财易得，然万财难求。"

"今日不议李实，免误视听。"见刘禹锡岔开话题，王叔文接道，"梦得熟稔盐铁事务，经过数日案牍劳顿，想来已将盐铁新政之事筹谋在册。"

刘禹锡道："禀舍人，禹锡以为，如今政通人和，施行大刀阔斧的改革，已经成为可能。眼下之计，正在于收利权。虽然朝中关键部位俱在我们掌握之中，但我朝惯例往往以地方节度观察实掌握盐铁转运事务，江淮租赋及榷税往往不能尽归中朝。禹锡建议，置诸道盐铁转运使于中央，专司盐铁转运，使地方节度观察无以预盐铁之利，此举既可收回利权，又可削弱藩镇，当速行之！"

恰在此时，仆人来报："有客求见大人，说是从浙西远道而来。"

“何人？”

仆人回禀：“客人有信在此。”

王叔文拆开书信，细想良久，猛然想起：“来者是曾密报张正一妖言惑众之人，也是远支皇亲，不得不见。”

诸人闻言，便行告辞，王叔文将刘禹锡叫住：“适才梦得之言，颇合心意。且进内室稍待。”

刘禹锡听得脚步声响起，目送众人离去，自己闪身避入内室。

来者见到王叔文，呈上书信。“鄙人实乃浙西观察使李锜大人麾下部将，奉李观察密令有要事相求。”

王叔文此时方知告密者真实身份，忽然醒悟：曾密告张正一之事可能有诈！一种受骗上当的感觉陡然而起，但事已无法挽回。只好冰冷地问道：“李观察何事要在下效劳？”

来者道：“李观察乃帝室宗亲、忠烈之后，于朝廷大事义不容辞。时下河北三镇拥兵自重，居心叵测，正需忠义之士臂助，而李观察兵微将寡，恐一旦有事力不从心。王公深受皇上信用，若代为美言一番，请将镇海节度权柄授予观察，事成必将重谢！”

王叔文这才知道对方来意，遂强忍怒气：“如此重大事体，须容在下细加思量。”

“静候佳音。”那人一揖到地，含笑告辞。

刘禹锡刚从内室出来，王叔文恨道：“真是嚣张已极！浙西观察使、盐铁转运使集于一身，天下财利已然在握，还想再要兵权，岂非明目张胆地造反不成？”

刘禹锡却平静道：“李锜贪图节旄，给他便是。”

王叔文惊异地看着平素暴烈倔强的挚友，仿佛不认得刘禹锡：“梦得，你……何出此言？”

刘禹锡道：“无论任用何人，王公必握其权。有夺必有赐，将节旄授予李锜，可安其心，不致速反。我辈根基未稳，无论京军还是外藩，将帅均无交谊，战端一开，将何以应之？况王公正欲得财权，何不借此收回盐铁使之职？故李锜节旄可授，盐铁使必解。”

“节旄可授，盐铁使必解。”王叔文凝视刘禹锡片刻，猛然一拍棋枰：“梦得真乃宰相之器也！”

王叔文、刘禹锡遂当即与韦执谊商议，先从浙西观察使李錡入手，下令解除其盐铁转运使之职务。李锜见朝廷新政迅猛，不敢妄动，只得解去盐铁使之职，交出利权，再行观望。

眼见利权在握，王叔文集团不免考虑最终解决宦官问题。要达到这样的目标，势必一举夺取禁军之权。如此重任，以才干卓著而闻名的韩泰当仁不让，毛遂自荐：“取军权一事，非下官而莫能为之！经年以来，宦官久掌禁军，若我等骤下制令，命我辈接掌军权，恐遭其抵制。”

王叔文道：“此乃我之心病！我素与泗州刺史张伓相善，急于召其入京为右金吾卫大将军，掌握兵权。却不料诏书将至泗州，张伓却突然病故，事发蹊跷。更令我不安的是，隐隐约约听到张伓之死与宫中巨宦不无干系。然疏无把柄，未能严查。”

“正因如此，下官以为，”韩泰顿了顿，熟思道，“学士若取兵权，可行缓兵之计：以一神策军中旧将虚而帅之，另任一人实而副之，暗度陈仓。倘使军权在握，内可以驱逐宦官、掌握禁宫，外可以抵御强敌、征讨藩镇，则大事可定矣。”

王叔文深觉有理，于是问道：“可有合适人选？”

韩泰答道：“右金吾卫大将军范希朝与下官素有交情，其人正直忠诚，曾是神策军中将领，料与宦官无忤。若使范希朝为神策统军，将京西诸镇神策行营人马归于其节制之下，而由下官以行军司马之职主理军务，必可遂我偷天换日之计。”

“好！便依韩七郎！”王叔文当机立断，韦执谊立刻制诰，任命范希朝为右神策统军，充左右神策京西诸城镇行营兵马使，另命韩泰为行军司马。韩泰领了制命，随即动身，带着革新集团的希望，前往奉天京西诸镇行营节度使府。

第十四章 永贞党内生嫌隙

与“二王、刘柳”为核心的革新集团进行大刀阔斧的改革的同时，宦官与藩镇新的勾结，也正在黑暗中酝酿着高潮。

中贵俱文珍欲拥立广陵王未果，心中便深怀不满。攀附宦官的李实被贬黜，宫市又遭罢，其亲信郭忠政被赶出宫廷，更像是打在他脸上的一记又一记耳光。看着王叔文集团的革新政策一招接一招地连环迭出，俱文珍深知，终有一招会朝自己、朝这个宦官当权的体制而来。因此，俱文珍广布耳目观察王叔文之党的一举一动，整日与薛盈珍、刘贞亮等商议对策。

范希朝被任命为右神策统军、韩泰被任命为行军司马的消息不出意料地走漏了。韩泰还未出禁宫，俱文珍便已得到消息。薛盈珍、刘贞亮大骇，喋喋咒骂，“若如此，兵权必为王叔文所夺，吾属必死其手！”

俱文珍呵斥道：“骂有何用？这不过是早晚的事情！”

刘贞亮道：“如今他们把刀举起来了，咱们也不能示弱，否则必定死无葬身之地！”

薛盈珍建议：“中尉言之有理！可先着人快马加鞭去奉天京西诸镇

行营节度使府宣令，使其不奉范希朝将令。只要神策诸军还在我们手中，就不怕他们要翻天！”

“这还像句明白话！”俱文珍怪笑道，“密令使者告诸将：‘无以兵属人’。”

“不过，久不奉命，朝野必有非议。”刘贞亮目露凶光，“依老奴看来，斩草还要除根！”

薛盈珍故作面露难色：“莫非中尉要向王叔文一党动手？这些人近来时望颇高，恐不易下手啊。”

俱文珍狡黠地笑着：“中尉之意，恐怕还不在王叔文之流，而在……”

薛盈珍愕然：“莫非要对圣上有所图谋？”

俱文珍面露轻蔑：“怎么，你害怕了？你想一想，以往不论是王公大臣还是皇子皇孙，觐见先帝时谁不先向我等问安？今上居于东宫时，却未尝对我等有过好脸色，且常劝先帝对我等严加管束。今日之事，恐怕他已谋划许久。止去一王叔文，不足以令我等高枕无忧！唯有作废立之谋，方可转危为安！”

刘贞亮再出阴险之议：“作废立之谋，需造成非常之情势。其中要点，内在于圣上疾病必不可愈，外在于藩镇重臣掀起朝议，内外共举，乃可成事。”

俱文珍深许之。三人极尽阴谋，遂定下滔天恶事。遂暗命薛盈珍前往太医院处活动，自己则与相友好之藩镇将帅修书吩咐。正如古人所告诫的一样，危机总是从不起眼的小事之中引发。宦官与藩镇的联合反扑，在无形中已张开罗网。

顺宗继位之后，病情本有好转，孰知忽然之间，他的病情毫无征兆地出现重大反复，再度卧床，不能言语，更无法接见群臣。幸而在病榻旁侍奉的嫔妃牛昭容和宦官李忠言都是久在东宫之人，与王叔文相善，因此，王叔文派王伾居于禁中，从牛昭容和李忠言处领取圣谕，然后宣布于外。

与顺宗旧疾复发几乎同时，朝中立刻出现了一种声音：要立太子！为首者正是俱文珍、刘贞亮之辈。而郑絪、卫次公、王涯、李程等近侍大臣之所以支持顺宗登基，本就另有所图，亦以为皇帝病体悬危，册立太子有利于巩固国本，安定臣民，于是纷纷赞同。

王叔文、韦执谊深知顺宗病情岌岌可危，不免加紧联络，未雨绸缪，使得京城中真真假假的消息搅得人难辨是非。俱文珍、郑絪、卫次公等人极为忧惧，但面见顺宗的请求几次三番被王伾拒绝，请立太子之事就这样被一日复一日地拖延下来。这令他们确信，王叔文之党已有废立之谋！

情急之下，俱文珍绝不允许自己暗地中的勾当被王叔文坐收渔利，他要作亡命一击！

俱文珍以其知内侍省之便，传令宫中侍卫、宦官回避，亲自率领主张立太子之众臣来到顺宗寝殿之外，大声禀报："老奴俱文珍，求见圣上！"

王伾慌忙跑出来，见门外侍卫无一在旁，下意识地将宫门掩在身后，警惕地喝问："你等何得如此放肆！圣上病卧静养，不见外人！还不速速退去！"

俱文珍轻蔑地冷笑一声，讥讽道："王翰林果然忠心！老奴听闻学士最近好风光，朝野内外大小官员云集门下，以一睹学士尊容为荣，不惜破费万金，致使学士一家晚上睡觉都不得不睡在成箱金银上！如此忙碌，却还在此忠于职守，护着圣上，真令老奴等人感动不已！"

众人皆哈哈大笑，王伾涨红了脸，说话时吴腔更浓："何人造谣，待本学士查出，定斩不饶！圣上寝宫非尔等放肆之地，再不退去，休怪侍卫无情！来人，来人哪！"

俱文珍心知王伾乃虚张声势，也不愿与他多作纠缠，只挥挥手，两名宦官便上前来，将王伾架开一旁。俱文珍引人一面进宫，一面鄙夷地叱道："哼！连官话都不会说的东西，还想垄断圣意，简直该死！"

王伾阻拦不住，只得高声喊："李内侍，有人闯进宫去了！"

宫内传来瓷器摔在地上清脆的破裂声。李忠言慌忙跑出来，将俱文珍等拦在堂中。

“俱文珍，你们要做什么？擅闯禁宫可是死罪！”

“擅闯禁宫是死罪？”俱文珍却不畏惧，反唇相讥，“那你等软禁圣上，岂不是要夷灭九族？”

“你……你……”李忠言未料俱文珍竟给自己扣上“软禁圣上”的罪名，自先泄了气。而俱文珍不知顺宗情形，亦不欲与李忠言更添矛盾，见他软了口气，便又笑道：“老奴说笑而已，李内侍不必惶恐！我等久不见圣上龙颜，心中实在挂念，今日来此，只求龙榻前问安即可，请内侍通融！”

俱文珍话虽和气，但并不容李忠言阻拦，率领众人再向内闯，直来到顺宗榻前。此时，顺宗面前只有牛昭容奉药侍候。见一众人等气势汹汹而来，牛昭容吓得赶忙退避偏殿。

虽然俱文珍、郑絪、卫次公等人并不喜欢顺宗皇帝，但是，看到病榻上这个病入膏肓又哑又聋之人，他们的心中仍然揪了一下。这样的人坐在皇帝宝座上，简直就是个傀儡！

郑絪在纸上写了“立嫡为长”四字，呈到顺宗面前。多日以来，顺宗发现王叔文等人似有挟天子以令诸侯之势，除李忠言和牛昭容外并不见旁人来侍，心中正有所担忧，恰有俱文珍等闯入，顺宗思索，若有太子对王叔文之党亦是制约，便轻轻颔首，表示了同意。

李诵的嫡长子，正是为王叔文集团所忌讳的广陵王李淳。然而，立嫡为长乃封建纲常，王叔文刚以此为由使李诵继位，自然无由反对，只能期望顺宗病情好转，令李淳的太子之位有名无实，异日再做计较。

于是李淳顺利入主东宫，改名李纯。王叔文毕竟思虑周全之人，为防万一，他令陆质为太子侍读，希望以陆质的学术权威，将新政的必要性和正当性灌输给太子，获取太子的支持。不过太子李纯并非三岁孩童，早已有了自己的主张，尤其对王叔文结党非常厌恶，故对陆质的试探予以严厉的驳斥。陆质将太子态度回禀王叔文，王叔文并不感到意外。太子的强硬态度却也让王叔文加快了部署的动作。

作为革新集团的刘禹锡在短期内，屡有调升。已和王叔文、王伾、韦执谊一起，参议国家机密大事，运筹帷幄之中。

在朝内，刘禹锡利用和宰相杜佑的昔日僚属关系，帮着杜佑实际上帮着王叔文掌握全国财政大权；在朝外，和同党诸人探听消息，制造舆论，结纳人才；再加之，禹锡富于文采，朝廷政令及重要奏文多出自禹锡之手。如此一来，禹锡门前，“昼夜如市”，多有“射利求进者，填门排户，百不一得”。而刘禹锡怀着“感时江海思，报国松筠心”，把这场改革弊政的革新运动看作重整社稷、实现政治抱负的大好机会，故“争先利途……希和贵意”。

刘禹锡作为革新集团的核心人物，表现出特殊的才干。府上门吏接纳书信，日有数千，刘禹锡不辞辛劳，皆亲自回文。以至于世人传说，刘府每天消耗一斗面制造糨糊，用来缄封。

夫人薛氏为刘禹锡生下贵子，作为家族一件大事，禹锡也只能于忙碌间隙为儿子取名咸允，写在笺上，遣童仆送给夫人……

在王叔文、刘禹锡等人努力下，德宗末年之乱政逐渐清明。“百姓相聚，欢呼大喜。”貌似王叔文集团革新新政迭出，高歌猛进，其实不然。

由于俱文珍为首的宦官集团之暗中活动，更由于王叔文新政本身发生了急躁冒进之失误，朝中元老宰辅纷纷辞官抗议，众臣之中讽议之声渐渐高涨。在这新旧政治势力即将决战之际，不料想，王叔文又犯了一个致命的错误：王叔文以为自己有挟天子以令诸侯之威势，又自认为手握天下之公义，这种绝对的自信导致了他对持异议者的绝对的不宽容，他开始利用手中的权力强力镇压一切反对的声音，弄得京城中人人自危，惶惶不堪。

俱文珍之辈不由偷笑：王叔文已自掘坟墓矣！

一直在权力之外的白居易此时虽为一个九品闲职的校书郎，却已敏锐地看到革新集团潜在的隐患。尽管官小名微，白居易对王叔文、韦执谊、刘禹锡等人的政治主张和朝政措施极为赞成，甚至认为也是自己的一贯主张。于是，激动难抑的白居易撰写一封数千言的《上宰相书》。信中进劝韦执谊，要以天下人之耳为耳，以天下人之目为目；不应闭目塞聪，自以为是，或被左右之人所蒙蔽；应接近士人，广开言路，改变明哲保身、不敢直言的社会风气；应对百官惩恶劝善，赏罚分明，升黜得当；应举贤任能，明辨是非。得人者赏，谬举者罪。对于天下户口日耗，兵马日多，僧徒游手无所事事之人日众，生产不增，赋税益重，边境不宁，水旱兵戎屡兴等等情形，宰相应该“补既往之失，图将来之安”。

白居易中肯地建议韦执谊要利用当下“时、权、位、宠”之利，抓紧时机，施展抱负。日月逝矣，岁不我与。时之难得而易失，在于疾行而已矣。明年不如今年，明日不如今日……

可惜白居易的《上宰相书》并未引起革新集团的重视，甚至被言官弹劾其“越级言事”而遭到叱责，这也使白居易躲过一场政治漩涡。

尽管有高压政策，但朝中总不乏以直求名之辈，欲生事端。侍御史窦群，便是一例。窦群早年有些文名，欲仿盛唐先人，以隐逸而待寻访，谋求出仕。这在党援与贿赂横行的中晚唐时代，完全是一个笑话。所幸的是，窦群遇到了爱好延揽贤士的韦夏卿，令其得偿所愿，征拜为左拾遗，迁侍御史。

身处御史之位，窦群更将其古怪性格展露无遗。凡权宰所命者，悉皆反之，凡权宰所恶者，悉皆善之，又好以祸福进退之徇俗恒言往来于士大夫之间。在御史台时，刘禹锡、柳宗元、韩泰等人皆不喜此人，而窦群更不欲附之。及至王叔文用事，窦群又四处扬言，攻击新政，禹锡等几欲将其贬黜外地，韦执谊却认为留此无实权之人在朝，可以显示新政宽宏，招徕人心，因而，数劝禹锡等人视而不见即可。

窦群见王叔文集团迟迟不重视自己，而依附新贵之人往往一日千里，迅即升迁，他终于也坐不住了，主动去拜谒王叔文。

王叔文听说窦群来谒，忙将其迎进，待之甚礼。窦群虽意在求进，然而嘴上却道：“王学士，如今您主导的新政看似百花齐放，其实尚存未定之数。不测之祸，恐在眼前。”

王叔文便问：“是什么？”

窦群又做清高状，答道：“去年，李实倚仗先皇信任、又有宦官撑腰，权倾一时，何人敢非议之？那时，学士您不过是东宫小吏，逡巡于路旁。今日改天换地，学士您权震朝野，与去年的李实何其相似？您又如何能不防备，路旁有像去年的您一样之人？”

王叔文闻言，却心中暗笑：“窦群果然自矜之辈，作此放诸四海而皆准之论，欲以直求宠，其实恐无真本事。”

于是，王叔文只与窦群敷衍应付，终无所授。窦群讨了没趣，怏怏而归。

回到御史台，武元衡见窦群神情不悦，便问端详。窦群正愁无处发泄，于是将王叔文、刘禹锡等人慢待自己之事和盘托出。武元衡听后冷冷笑道：“窦侍御直言进谏，凛然大义，无知骤进之辈何能听之？依某所见，王叔文等妄擅国是，窃权弄政，军国大事不议于门下省而决之于翰林院，置乾坤社稷于危途，我等官司风宪，若熟视无睹，则何以报皇恩于万一？”

“中丞言之有理！”窦群愤愤道，“我欲拼死上奏，弹劾王叔文一党，纵使一死，亦可为天下人惊醒！”

“且慢！”武元衡阻之，建议道，“王叔文与今上相洽十余年，贸然上奏，必无成效。若要力挽狂澜，需先去其手足，然后可以成矣。”

“果然如此！”窦群恍然大悟，又思量一番：“刘禹锡八品小吏，蹿升枢要，主管财政，正是王叔文之臂膀！其人自恃才华，倨傲不逊，携邪乱政，不宜在朝！下官这就表奏，以闻于上！”

武元衡又为其稍加指点，遂成一篇奏章，上达宸听。

依照唐朝制度，群臣上奏的表章均需经过门下省，才能上报，而门下省的首脑正是韦执谊。见到这份弹劾刘禹锡的奏章，韦执谊十分重视，即请王叔文、刘禹锡、柳宗元至门下省相商。刘禹锡、柳宗元见奏章行文，颇有武元衡之风，于是议道：“窦群不过侍御史，虽素与我等不谐，然其必无此胆量。而今竟敢逆势而动，观其文中似得武元衡指点，必是武元衡从中挑唆，欲以此事坏新政大计！”

王叔文切齿道：“武元衡无视百姓欢呼拥护，多番大放厥词攻击新政。现在又教唆他人诬奏贤良，若不去此人，则风宪终不利于我，当贬之！”

柳宗元家族与武氏有世仇，因而也极力主张将武元衡贬斥。面对王叔文等人强烈要求，韦执谊却有不同意见，论与众人道：“诸公请暂息怒火，听执谊一言。武元衡虽为守旧之人，但有忠君之心。新皇登基，武元衡亦表支持，并非与俱文珍等同流之辈。且元衡久负名望，为朝中持重求稳官员之代表，正是我等应着力争取的中间势力。若因弹劾禹锡而将窦群并武元衡一同贬斥，则士林将视我等为何人哉？本官以为，仍可令与元衡相熟之人，再行沟通，即使元衡仍不附我，亦可使天下人知我等有容人之量、用贤之志。”

王叔文虽不甚同意，却也不得不顾及韦执谊的宰相权威，只好暂且忍下，命禹锡道：“梦得可再谒武元衡，修好关系。元衡正为山陵仪仗使，你可自荐为判官，以示恭敬之意。”说完，王叔文瞟了韦执谊一眼，又狠狠地补充道，“若武元衡再不识好歹，无论何人阻挠，叔文必贬之！”

柳宗元仍不服气道：“梦得已为杜相公之山陵使判官，职权已重，岂能复为仪仗使判官？”

刘禹锡见王叔文与韦执谊气味紧张，赶紧装作无意道：“大局为重，小节为轻，若禹锡俯身可结元衡之心，为之无妨！”

议罢此事，王叔文又问韦执谊：“韦相公可知剑南西川节度使韦皋派其支度副使刘辟来京之事？”

韦执谊从奏章中检出刘辟代上的韦皋奏章，递与王叔文。

“学士问得正巧，本官方欲与诸公讨论此事。刘辟现正在府外等候，欲见学士。”

王叔文粗览表章，见韦皋于表章中历数军功，又极言边事紧迫，欲求兼领剑南东川与山南二道。叔文心中火起，即命人将刘辟召来。

刘辟本为狡狞之辈，久在藩镇，常事贿赂，闻王叔文、韦执谊共同召见，以为事成，满心欢喜而来。见到王叔文，刘辟大言不惭，又将韦皋历年军功摆评一番，说到得意处，竟忘形狂语:“我家太尉闻学士荣居权枢，心怀至诚，无日不思有所报效，因此特命下官来谒学士，请学士做主，将剑南三川尽归于太尉麾下，则我大唐必能蹈西南如平川，再无吐蕃边患，令学士可以安心推行新政。只要学士予以方便，我家太尉定有厚礼酬谢。不过……”

“不过如何？”王叔文拍案而起。

刘辟虽见王叔文恼怒，却仍无所惧:“若学士有所疑虑，不愿使三川一统，我家太尉亦有说法！”

王叔文大喝一声，怒而叱道:“区区支度副使，竟敢威逼利诱本学士！韦皋纵有军功，不过大唐臣子，亦已封为南康郡王，焉可再有奢望？君不予，臣不求，乃本分耳！如今竟敢居功自傲，邀领三川，明日岂非要列土封疆、分庭抗礼？本学士正欲与藩镇计较，恰好你们就撞上门来，好！本学士就要拿你开刀祭旗，明日便发大军，兴师问罪！卫士何在？”

门外卫士闻命，大步流星闯入堂中，立时将刘辟拿下，捆绑起来，便要推出斩首。刘辟不但不知求饶，反而提高声骂道:“王叔文鼠辈好无人情！我家太尉看得起你，方才好言结纳，你却不识好歹！杀了我不要紧，太尉闻知，定要提兵来与你讨个说法！只怕那时你等众人要遭夷族灭门之祸！”

王叔文更怒，欲亲斩刘辟。韦执谊、刘禹锡等人赶忙将其拦下。韦执谊先命卫士退下，然后与王叔文劝解道:“学士且先冷静！方今新政甫立，朝中非议沸腾，武元衡之辈尚且时时阻抑，更兼俱文珍等虎视眈眈，将有所为。韩泰与范希朝去神策军中，还无消息，军权尚不在我手。此时正是内患未平之际。而韦皋治蜀二十年，势力顽固，虽有重敛苛赋之过，然而治军有方，屡破吐蕃大军共计四十八万余，论其威势，剑南三川无人可及。军功不可倨，而其军力实为其狂妄之根本。本官初入宰辅，便加其检校太尉，正有安抚之意。若待朝中局势完全平定，神策军权归于我手，再论韦皋功过不迟。至于刘辟，不过为人走卒，还是放回去吧。”

王叔文气恼道：“刘辟狂徒，不杀何以警诫韦皋？他正是趁我们立足未稳之时，刻意求取三川，令其非法之治得到朝廷承认！此例一开，则藩镇可以相互攻伐，然后请朝廷认可，我大唐岂非成了东周列国？今必杀之！”

韦执谊固劝道：“学士切勿意气用事！韦皋者何人，执谊固知，不过时势逼人，需以今日之忍让换取筹谋的时间。韦皋既已势达三川，从之无妨！学士再请深想，韩泰赴奉天谋取神策军权，前途未卜，万一失败，我等何有替代之策？若能以三川之地而结韦皋以为外援，三川之兵足与神策诸军抗衡，朝中反对势力闻之，必不敢轻举妄动。”

“断然不可！”王叔文气极道，“天下事，无非公义二字！我等正直不阿之辈，若割三川以结藩镇，则失公义！失公义而事必败！”

韦执谊仍不附议，再劝道：“此事学士请勿再论，且由本官做主，驳回韦皋请封，放回刘辟即可。”

不待王叔文再议，韦执谊便下令放了刘辟，并令其将不许韦皋统领三川的制命带回。

刘辟捡了条性命，大摇大摆地出了门下省。王叔文没有料到韦执谊竟会自作主张，怔怔地半天才开了口：“韦相公，你好主张，好主张啊！”

说完，王叔文满脸铁青，拂袖而去。刘禹锡和柳宗元居间十分尴尬，韦执谊叹了一声，提醒道：“梦得还请速去武元衡处周旋。今日之事，恐怕要外树强敌。我等争取盟友的时间不多，要快！”

禹锡、宗元皆去。韦执谊反复思量今日两次与王叔文相忤之事，左右皆觉不妥，尤其擅作主张，放走刘辟，令王叔文作为革新集团首脑的颜面十分难堪。思来想去，韦执谊密令心腹去王叔文府中，表达了绝不敢负盟约、必报引进之恩的意思，并再次解释今日之所为俱是为革新大计而不得已之事。

但是，王叔文已经怒火中烧，虽不言语，心中却另有了想法。

第十五章 刘梦得再说伯苍

为减少政敌，刘禹锡虽领命前往御史台来见武元衡，却也十分为难。前者武元衡已对刘禹锡有所厌恶，后更主使窦群参劾自己，今日见面，将以何言？

武元衡见刘禹锡来，心中便知弹劾之事必无结果，于是讽刺道："原来是刘员外！听说尊驾不日即有出将入相之望，腾达在即，不知为何到此小衙，可有何事要吩咐于元衡？"

刘禹锡赶忙还礼："武中丞说笑了！禹锡不过略尽绵薄，为国效力，终不过中丞之下一僚属耳！"

武元衡冷笑："刘员外好客气！人闻用事者常赞'某可为将，某可为相'，有宰相之器者，非员外而谁？元衡无德无才，不敢以上官自居。"

刘禹锡闻此阴阳怪气之论，如芒在背，却不得不干笑着应道："中丞取笑！下官谬以浅薄为权臣所用，只知报答皇恩，实无他望！今日来谒中丞，实为感念中丞教导，求为中丞之仪仗使判官。"

武元衡嗤笑道："君欲为我之仪仗判官？可笑！君已为杜相公之山陵使判官，位权已重，小小之仪仗判官，何用君为？且君若果有此意，可直接求于杜相公，何求于元衡？”

刘禹锡不善假意奉承，索性直言不讳道：“启中丞！禹锡年少轻狂，前日言语冒犯，行事鲁莽，令中丞不悦，而后心中一直懊恼，欲寻机再进诚恳之意。若之前中丞尚对王学士之新政有所怀疑，今日岂不见百姓欢庆之盛况？禹锡求为判官，正为与中丞再修和好，共建功勋。”

武元衡嗤之以鼻：“宰辅重臣谁人不知朝政弊端？不过时机不到，隐忍待发而已。王叔文一介腐儒，纸上谈兵，自以为能再造乾坤，不过治标不治本，看似出手迅猛，实际只会激化局势，令宦官与藩镇加速勾结，反而威胁大唐社稷。如此窃权乱政，实不足取！梦得以八品监察御史暴迁财赋权要之位，朝野内外不平之声驰溢于道，诚所谓‘众口铄金，积毁销骨’！足下已处累卵之势，却还不知谦冲自牧，居然跑来游说元衡，莫非不知激切贾祸、大难将至吗？”

禹锡再拜答道：“中丞金玉良言，禹锡心深感之。自禹锡参与革新以来，亦有友人规劝下官锋芒显露，致来谗嫉，不过，且容禹锡为己一辩。刘禹锡自袖中将《明贽论》呈与武元衡。其中写道：

> ……耿介之志，唯士得以行之。何也？务细而所试者寡，齿卑而所蔽者众。言未足以动听，故必激发以取异；行未足以应远，故必砥砺以沽闻。借令由士为大夫，舍雉而执雁，其志也随之，故耿介之名不施于大夫矣，况其上乎？……予以执贽之道得其分，苟推分明矣，求刑赏之僭滥得乎？

武元衡读后，连连摇头道：“梦得虽有耿介之志，奈何只是书生意气！以激发取异之言、砥砺沽闻之行，不过博取时论而已。时论者何如？梨园歌妓耳！欲笑则笑，欲嗔则嗔！梦得当真认为足以撼动宦官、威慑藩镇？以士人之志而执卿相之权，难怪行事如此不顾大局、不虑首尾！罢也，罢也！看在同台为官份上，元衡再劝一次：梦得若肯听我言，当远离王叔文之辈，若不听我言，亦勿复来。”

御史台之行，无果而终。刘禹锡回去向王叔文复命，王叔文正欲寻事以验韦执谊之忠诚，于是再去韦执谊处，直言欲将武元衡贬斥。韦执谊不愿与王叔文再添矛盾，只好同意，遂将武元衡贬为太子右庶子，算是与王叔文修复了关系。只是谁都没有料到，贬谪武元衡，只是二人关系掀起滔天波澜前平静的假象而已。

武元衡被贬官，不仅使革新集团多出一个政敌，也引起出身高门的权贵们不满。宦官集团抓住这个绝好的机会，四处散播流言，诋毁出身寒微的王叔文、王伾之辈结党营私，排斥同僚，交结藩镇，怀邪乱政……一时京师流言四起。

窦群自遭王叔文冷遇，一直心存不满。武元衡为官素有声望，今突遭贬官，窦群以为口实，每每与人讥谤于市。这一日，他又在酒肆中向人高谈阔论，忽然有人高喊了一声："说得好！"

窦群一看，原来是自己的同年好友、宣歙节度府巡官羊士谔。羊士谔与窦群正可谓臭味相投，亦是好以惊人之语而领风骚者。此时羊士谔奉命来长安公干，刚入城中，便听到许多人在议论新政，似乎贬多褒少，恰见窦群。

窦群与羊士谔均有文采，羊士谔还是很有名望的诗人，言谈举止颇有高士之风，甚能蛊惑人心。两人一唱一和，半据现实半缘想象，说得慷慨激昂，天花乱坠，甚至将王叔文在江南时的种种旧事一一道来，直将王叔文说成祸国殃民、万死不足以赎其罪的十恶不赦之徒，更将新政抹黑得一无是处。旁听者不加分辨，将流言再次传播……

不过数日，原本京城百姓人人称道的有利舆论，竟一夜之间风向转变，指责之声渐渐高涨。更令王叔文气恼的是，这些指责往往避实就虚，不提新政本身，而是攻击王叔文、王伾等人的出身和官资，甚至方言，又编造许多无可考证的风流艳史，令人防不胜防，自白无门。

失去了百姓的舆论支持，不禁令王叔文心乱如麻。他隐约地感到，有人在暗中行事，故意散布谣言，为更大的动作铺垫。联想到昨日早朝，窦群上奏"禹锡挟邪乱政，不宜在朝"之事时，若巨石击水，朝臣骚动，有人惊讶，有人愤激，有人议论，有人询问，有人点头，有人观盼……更使他相信，一个更大的阴谋正在形成。

正于此时，官差来报，窦群和羊士谔公然讽刺新政并王叔文等人，轰动京城。

王叔文正为舆情逆转大为光火，立即命人将羊士谔拘捕下狱，欲要问斩。韦执谊闻讯大惊，和刘禹锡、柳宗元一起，立即要去拜见王叔文。却不料王叔文已在韦执谊府前下轿，款步而入府门。

韦执谊连忙迎上，王叔文劈头便问："宗仁（韦执谊字宗仁）身为宰执，可闻听近日流言纷纷，诋毁我等？"

韦执谊故作轻松道："无非是称我等排斥同僚，交结藩镇！学士海量，岂能因犬吠而止步？"

"非也！兹体重大！若不彻查，必使民心游离。"王叔文怒道，"如今京师流言漫天，宰执可知其详？"

韦执谊道："近日公务异常忙碌，宗仁不知其详。"

"市井传言，称本学士青云直上，羞于提说旧日弄臣贱职，将翰林待诏一体罢黜，以灭痕迹！又言王常侍广纳贿赂，贮于大柜，夫妻为防失窃，夜卧其上！至于藩镇，不止交结，还以钱易职，面谈价格！"王叔文难遏怒火，手擂桌案，"还有窦群敢在朝堂诬陷梦得，任用私人、怀邪乱政。如此，我辈岂不在他们眼中成了一帮奸党？我等每日食不甘味，寝不安席，却招来此类流言，真是岂有此理！"

刘禹锡道："谣言生于何处？如此无中生有，可恨至极。定要查个水落石出！"

柳宗元叹道："梦得为政事竭尽公忠，心力交瘁，却也无端遭人弹劾，直要驱逐。实在令人愤慨！"

韦执谊却淡笑道："《诗经·青蝇》有言，营营青蝇，止于樊，止于棘，止于榛。谗人罔极，交乱四国。岂弟君子，无信谗言，小人不容君子，自古如此。我辈以天下为己任，大业若成，流言自息。若夫此时大事追查，人心惶惶，岂不正中小人下怀？"

刘禹锡脸色阴沉下来，“韦相此言，在下不敢苟同。窦群立意与我辈为敌，必是倚恃权要，故而敢于妄为。在下在《救沉志》中曾称，‘善人在患，不救不祥；恶人在位，不去不祥’。窦群之流，正是拙文中落水之虎，连慈悲为怀的佛门弟子也不愿救助，何况我辈治国平天下之臣！”

王叔文暂压怒火，折中道：“窦群身为侍御史，规谏朝政当具以表章，当众讥讽却是何故？即便不与他计较，而羊士谔一介藩镇小吏，竟敢公然非议朝政，不杀何以振国威？请韦相公立即下令，处羊士谔以弃市！”

韦执谊近来正为王叔文越发依赖高压政策而忧心不已，又闻王叔文欲以言论杀人，虽见其怒火中烧，仍不免谏道：“学士切勿因此小吏而动怒。如今羊士谔讥讽新政之事闹得沸沸扬扬，满城皆知，如若杀之，岂非在长安百姓面前自毁形象？现在长安城中舆论风声鹤唳，百姓心中忧惧，须知形势若乱，则百姓更易倾向保守，大大不利于继续推行新政。还请学士高瞻远瞩，暂且忍耐。”

“又是忍耐！”王叔文非常不满，“韦相公自从身居相位以来，从未杀一人，行事越发保守，对不法之徒愈加纵容！叔文甚至不得不怀疑，相公莫非已有二心？”

韦执谊急忙辩解：“学士何出此言？执谊时时处处无不志在新政，岂言二心？那羊士谔虽然官职卑微，但毕竟是宣歙观察府巡官，所谓打狗还要看主人，若因此人而开罪于方镇，则时局更不利于我。”

王叔文哪里能听得进去，反唇相讥道：“韦相公真是好筹谋！我看你不是不敢得罪藩镇，而是看这羊士谔，还有上次的刘辟，他们与你都是甲族进士出身，你是有意庇护！说到底，你还是看不起叔文这等幕府小吏！”

韦执谊大惊：“学士此言太重，执谊绝难担当！执谊一向敬重学士，从不敢以出身而自矜！”

“哼！”王叔文哪肯相信，“如此畏首畏尾，还谈何新政？今日叔文必杀羊士谔！若恐弃市惊惧百姓，则在大理寺中就地杖杀！”

“万万不可！”韦执谊态度坚决，命在旁的刘禹锡和柳宗元道，“梦得、子厚，请将学士请回府中，好言安抚，执谊改日再登门谢罪！”

刘禹锡和柳宗元一向敬重王叔文，而又新受韦执谊提拔，正是两面为难，不知所措，只得分头安抚。王叔文气得浑身发抖，一掌推开刘禹锡，指着韦执谊痛斥道：“执谊蝇蚋，忘恩负义！若非我在圣上面前时时推崇，常常维护，安得有你入相之尊？如今方居相位，便背叛盟誓，只以自家富贵为念，你忘了当初在我面前是如何慨陈时弊、立誓革新的吗？”

绝出乎所有人意料的是，王叔文不仅大骂，甚而几步跳到韦执谊面前，抡起巴掌，当众狠狠地打了韦执谊一记耳光，暴怒地吼道：“韦执谊，你就不怕我斩了你吗？！”

清脆的声响震得众人大惊失色，刘禹锡赶忙上前拉住王叔文。韦执谊却不动声色，唤书吏前来，当着王叔文的面，下令将羊士谔贬为汀州宁化县尉，着即出狱，赶赴任上。

韦执谊如此淡定，王叔文纵有天大的怨气也无处发作，只好叹气摇首，拂袖而去。刘禹锡、柳宗元呆立片刻，见韦执谊埋首不语，也只好拱手告辞。这一日的冲突，最终以不欢而散告终。韦执谊和王叔文的关系，彻底破裂了。

望着王叔文消瘦的背影，踉跄的步履，出身豪门的韦执谊摸着火辣辣的脸，心中积满了怨愤，甚至还有一丝悲哀。王叔文有恩于自己，但因此就能颐指气使吗？大唐立国二百年，宰相挨打恐怕还是头一回。韦执谊心绪难平，以颤抖的手指书空写下“事急必败、革新难成”的字样，不由一声轻叹。恰此时，有官员来报：

“相公，剑南进奏院送来剑南西川节度使韦皋所进奏章，请相公批阅。”

“韦皋进表？”韦执谊顿时警惕了起来。果不其然，韦皋此次共进两封奏章，其一为《请皇太子监国表》，另有一份《上皇太子笺》。

韦执谊细览表章，惊见《上皇太子笺》中有言道：

> 伏以圣上嗣膺鸿业，睿哲英明，攀感先皇，志存孝理……但托付未得其人，处理多亏公正。今则群小得志，隳紊纪纲，官以势迁，政犹情改，朋党交构，荧惑宸聪。树置腹心，遍于贵位，潜结左右，难在萧墙。国赋散于权门，王税不入天府，亵慢无忌，高下在心。货贿既行，迁转失叙。先圣屏黜赃犯之类，咸擢在省寺之间。至令忠臣陨涕，正人结舌，遐迩痛之，人知不可。伏恐奸雄乘便，因此谋动干戈，危殿下之家邦，倾太宗之王业。

执谊思忖道，韦皋在上太子的表章中竟直言不讳，指斥今上，而又指名道姓，称当权者为“群小”，其胆大之至，若无人背后指使，谅不至此。而有胆量命一方节度重臣写下如此忤逆表章的，除了宦官俱文珍，还能有何人？看来，俱文珍之辈早已动手了。

此时，公差又来禀报，有河东节度使府和荆南节度使府的公文送到，韦执谊又是一惊，已经闻到了宦官与藩镇勾结的气味。执谊打开缄封，果然发现河东节度使严绶和荆南节度使裴均所上的奏折，同样是《请皇太子监国表》，其中内容与韦皋之表如出一辙。

“看来，天下又要变呀！”摸着仍旧火辣的脸庞，手中握着韦皋、严绶、裴均三个藩帅请权令皇太子亲监庶政的上表，不由想起四月初六日，顺宗驾临宣政殿，正式举行册立太子大典之事……

当赞礼宦官宣读“广陵王淳，体仁秉哲，恭敬温文，德协元良，礼当上嗣。即日更名皇太子纯……”时，阶下群臣的反应差别鲜明：身着紫、绯两色朝服的高品显贵之人面露喜色，山呼庆贺；另一些人面色冷然，庆贺之声也较低弱，其中除韦执谊、王叔文、王伾、刘禹锡、柳宗元等人外，皆是着青色朝服的低职微官。

大典结束后，伴着杂沓的脚步声，议论声像沸水般响成一片——

“太子神清气爽，仪态庄重，至大尊荣加身，不露一丝喜笑，真乃天子之器！”武元衡赞叹。

“社稷有望，苍生之幸呀！”卫次公应和。

“天佑我大唐，得有圣主！”郑絪竟然喜极而泣。

旁闻官员皆是一片颔首附和之声。

目睹立储大典上的革新派之孤立情景，韦执谊感到寒意四袭，在宽阔的龙尾道上，同辈诸人的脚步声亦显得那么无力和轻微……他的脑海中不知怎地，忽然跳出杜子美的《蜀相》诗句：出师未捷身先死，长使英雄泪满襟……宏图未成一半，权柄却要落于他人之手！他隐隐约约地感到自己和王叔文、刘禹锡、柳宗元为大唐天子重振朝纲、为社稷百姓兴利除弊的革新，将要功败垂成！

韦执谊不甘心失败！曾嘱咐刚任命为太子侍读的陆质，趁为太子讲解经义之机试探其态度，却不料在陆质应命去东宫讲解《论语》时，因多说句“圣王明主遴选有才之臣，不在于高门寒素。譬如度支副使王叔文出身寒微之门，至尊崇信，宰相倚重”，遭到太子的呵斥：“此非《论语》，汝敢妄语？！”

“看来，太子对王叔文一党厌恶至极。”想到这里，韦执谊打了一个冷战，收住思绪。顺手再拿起韦皋的另一封奏折《上皇太子笺》再看，更是心惊。韦执谊左思右想，纠结着、矛盾着是否去找王叔文及同辈诸人商议……

正在此时，文吏送来圣上任命“王叔文为户部侍郎，赐紫服，免去翰林学士职”的诏书。韦执谊身为宰执，事先却不知王叔文加官，心中不由怨愤：“王叔文依仗圣上器重，视我无物？”韦执谊做梦也想不到，为王叔文加官之举，竟是宦官集团的阴谋。“免去翰林学士职”，意味着王叔文再也不能随时出入禁中，面见圣上。

“宦官藩镇相勾结，必使天下有变。我为宰相，当顺大势。”韦执谊下定决心，起身吩咐文吏，“快去寻找剑南刘副使。”

第十六章 革新派进退维谷

话说当日，刘辟侥幸捡了一条性命，却不甘受辱，极思报复，于是又去拜谒俱文珍。俱文珍正在给当年同在窦文场门下效力的老友——荆南节度使裴均写信，请他上表要求皇太子监国。见刘辟狼狈来访，俱文珍不禁窃喜天遂人愿，却故作惊讶，问道："刘副使千里而来，为何如此狼狈之状？"

刘辟愤愤地将在门下省险些为王叔文所杀之事讲来，俱文珍假意流了几滴泪，又宽慰道："刘副使今日可见了那王叔文如何跋扈吧？韦太尉功在社稷，刘副使衔命而来，却遭如此羞辱，若让此类宵小得志之徒久居庙堂，你我之辈恐怕不能每次都有副使今天的好运气啦！"

二人正交谈间，有小宦官来报："禀中尉！河东监军使李光辅来信，称河东节度使严绶愿奉中尉差遣，请中尉示以良策！"

刘辟听见，唯恐落于人后，拜俱文珍道："莫非中尉已有主张？下官代我家太尉请中使示下！若不除王叔文之党，何以慰我剑南三川将士忠诚之心？"

俱文珍赞道："刘副使真英雄气魄！实不相瞒，老奴已安排门人在各地散播消息，若不出意料，数日之内，长安大街小巷将传遍王叔文一党的丑事，百姓再提王叔文之名，必唾之。当然，区区人言不足以成事，老奴胸中还有一策，必可将王叔文一党连根斩除！不过此计确需韦太尉相助，不知可否请刘副使代为转达？”

刘辟大喜，满口应允。于是俱文珍将方才写给裴均的表章草稿誊抄一份，令刘辟快马送回成都。剑南进奏院效率不俗，旬月之内，便已来回，将韦皋亲书之表章送到韦执谊案前。韦执谊“顺应大势”，将韦皋等人表章上奏。

翌日，满朝文武都收到了门下省复奏画可、加印转发的剑南西川、河东、荆南三镇节度使所上《请皇太子监国表》，朝野舆论顿时又为之一变。有三镇雄兵在后，反对新政者振奋不已，仿佛真理在握，非议之声如洪水破堤，一发而不可收拾。而持中之辈见形势逆转，亦更偏向保守。

韦执谊突如其来的“顺应大势”，着实打了王叔文一个措手不及。王叔文不禁后悔，他打在韦执谊脸上的耳光不过红肿片刻，而韦执谊回敬的这一招却能要了他的命。这时，王叔文全部的希望都寄托在身赴奉天的韩泰身上，只有令神策军入京戡乱，才能转危为安。

可是，早已被俱文珍识破计策的韩泰，有可能从空荡荡的神策行营节度使府带回一兵一卒吗？韩泰带回的消息，敲响了王叔文革新失败的丧钟。

王叔文正愣愣地盯着门下省转来的《请皇太子监国表》，韩泰轻轻推开门，黯然地来到案前。王叔文见状，心中便已凉了，却还抱有侥幸，问道：“韩七郎此时回来，莫非事有不顺？”

韩泰落泪道：“禀学士，我与范希朝到奉天左右神策京西诸镇行营节度使府后，先后发出四道将令，命各部将领前来奉天听宣圣旨，然而各部均无人至奉天听旨。下官又派出多批人马传令，谁料传令之人亦不见回转。下官预感事有不妙，因此回京向学士报告。”

“唉……”王叔文长叹一声，将手中《请皇太子监国表》扔在地上。

韩泰看后，捶胸顿足，无计可施。看看已到百官回府时分，忙差人去请刘禹锡过来计议。

刘禹锡进了王府，一见王叔文，吃了一惊：数日不见，王公两腮塌陷，神采消减，目光浑浊，发丝灰白，憔悴得如同一片枯叶。

刘禹锡突感一阵悲凉，刚想说几句劝慰的话，却听到一个衰弱而低沉的声音："梦得，今藩镇与宦官勾结，韦执谊又首鼠两端，形势虽不利我等，然若假以时日，必能扭转。"

刘禹锡安慰道："学士为圣上得用以来，自春至秋其所施为，人不以为当非。"

王叔文已是双目含泪："梦得，只是家母忽患喑风，状候非常，今虽似退，犹甚虚惝。恐……"

刘禹锡闻言呆立！若王叔文在此关节丁忧，一旦去职，群龙无首，谁来挽救危局？他只恨自己于权术谋划不曾深研，无法应对危局、扭转乾坤……

王叔文见他此般神情，勉强挣出一点苦涩的笑容："梦得，事到临头，愁也无用。我只顾公务，老母弥留之期，未能榻前尽孝。实在说，今日还府，尚不知能否见到母亲最后一面。"王叔文再次落泪，"我深知，自己一旦辞官，那帮奸邪立刻便会肆无忌惮地进行反扑，我却只能眼睁睁地看着同辈任他们宰割，却难以救拔……自己孝是尽了，可是这样的尽孝于公于国意义何在？唉，人生不如意事常有，大不了和同辈挚友阴曹相会，还能朝夕相伴！"

刘禹锡安慰道："《诗经》云：'周虽旧邦，其命维新。是故君子无所不用其极。'唯其艰难，更显勇毅。学士切莫过于伤感！常言道'尽诚可以绝嫌猜，徇公可以弭谗诉'。圣上依仗学士，必会'夺情'或'起复'，使我等为社稷尽力。"

王叔文点头："但愿吧！"

傍晚时分，王叔文府内传出一阵阵隐约的嚎啕声。在王叔文的强力压制下，才最终停了下来。

连月的忙碌令他甚至无暇探望病重的老母，可就在他连遭重创的时候，母亲也离他而去。丧母之痛，令王叔文几乎失去了坚持的勇气。王叔文一人独自跪在母亲的灵柩前，反思着，忏悔着，而另一个更为严重的问题，浮现于他的脑海中。

父母去世，子女需丁忧三年，为官者需辞去官职。除非圣上下令“夺情”或“起复”，否则概莫能外。革新事业刚刚起航，正在滔天巨浪中摇摇欲坠之时，王叔文的丁忧将令新政彻底失去主心骨。

“怎么办，怎么办……”王叔文的心中反复追问着。

翌日，王叔文在翰林院中置办了丰盛的筵席，令人执度支使之笺，请宫中诸内侍前来赴宴。李忠言、俱文珍、刘贞亮、薛盈珍等人陆续到来，但他们并非给王叔文面子，而是给度支使这个官衔面子。随后，翰林诸学士亦到席中。

众人坐定，皆一言不发。王叔文亦不言语，在席中走了一圈，向每人手里塞了一枚硕大的金元宝，然后归位。

“来，诸位请满饮此杯！”说罢，王叔文先饮。

俱文珍等人却不动眼前酒杯。这些人深谙鸩酒害人之道，唯恐今日是鸿门宴，因此格外小心。

王叔文却不管许多，自顾自地说道：“叔文久侍东宫，蒙今上不弃，得参军国要事。自任度支盐铁副使以来，可谓夙夜在公，兴利除弊，收利权以归中央，国用日趸，有目共睹！”

刘贞亮接道：“无人可夺足下之功。况食君之禄，忠君之事，是份内所应为。”

俱文珍把玩着手里的金元宝，与身旁众人笑言戏语：“利权果真已收归中央！”

王叔文不加理会，接着说道：“叔文母病，以身任国事之故，不得亲侍医药，今将求假归侍从。一旦去归，百谤交至，谁肯见察以一言相助乎？”

俱文珍冷笑道：“学士既然是为国尽心，又何虑他人诽谤？”

王叔文瞟了他一眼，继续平静地道："叔文自分掌度支以来，以兴利除害为己任。夺李锜盐铁使职之后，退其亲信，起用干员；出八千缗钱加固郊县堤防，至今未生水患；又屡减税赋，百姓解困甚多。叔文自思无愧于心。"他将目光转向众学士，"望诸位也能知叔文之心。"

郑文明、卫次公等人依旧沉默不语。

凌准觉得王叔文确实鲁莽，只好接道："我辈虽居显位，一心只为兴国安邦，并无害公误国之行，诸位当可明鉴。"

刘贞亮扫众人一眼，略有不屑地道："是'起用干员'，或是'进用私人'？在下未敢断言。"

王叔文顶道："我辈罢宫市、五坊小儿，贬李实，不知各位中官可知所为何事？"

刘贞亮没被镇住："我辈本是卑贱宫奴，只求奸佞退、朝纲正，安心服侍天子即可，不问旁事。"

王叔文向天拱手道："'周虽旧邦，其命维新'。叔文推行革新以来，心系社稷黎民，不避危难，苍天可鉴！"

薛盈珍敷衍道："如此便好！便好！"

众人皆不敢言语，只顾饮酒。俱文珍心思狡诈，命人四下查探，果然听见王叔文府的轿夫议论道："学士母亲新故，却还有心思在这里饮酒！"

俱文珍闻报，心中大悦，知王叔文之必败无疑，于是畅怀饮酒，大醉而归。及宴席散去，王叔文愕然发现，他所赠送的金元宝，全都原封不动地放在酒杯旁。

百般无奈，王叔文只得将母亲丧事公开，以丁忧去职。王叔文素有经邦安国之志，又深知百姓疾苦。执政以来，起用刘禹锡、柳宗元、韩泰等当世才俊，整改时弊，使朝政气象为之一新。今守制尽孝，不再干政，便让昔日被他压制的宦官势力强力反弹，顷刻间，朝中气氛已经风声鹤唳。

刘禹锡、柳宗元、凌准、韩泰等人日夜商议，众人计出百端，却无一所成，在朝中渐渐已成孤立无援之势。

在刘禹锡的同辈陷入深深的忧虑和恐惧之中时，禹锡依然勤于公务，间或为王叔文“起复”奔走。禹锡求于杜佑，但此时杜佑亦对王叔文之党密谋擅权心怀不满，故对禹锡冷面，不予援手。甚至不问青红皂白，依市井流言为据，告诫禹锡。刘禹锡满含委屈，予以辩解，但杜佑未加理会。

夫人薛氏深知刘禹锡之困境，欲借岳父薛謇出任殿中侍御史入朝谢恩之际，为刘禹锡走宫中薛盈珍门路，脱离王叔文一党，留朝任事。虽说岳父薛謇是宫中巨宦薛盈珍的族人，然刘禹锡不愿迎合薛盈珍，更不屑“大丈夫能屈能伸”之论，以“折腰摧眉，壮士不为”之辞，严拒岳父的援手。

在刘禹锡心中，自己和王叔文等人心存社稷黎民而推行新政，即使粉身碎骨，也无愧天地。若去摇尾乞怜阉党，不仅遭世人唾骂，还让同辈的“奸恶”得到证实，纵然厚颜苟活于一时，又如何评说于千秋万世？况且，禹锡相信，太子也非平庸之辈，一旦登基，亦必将以铲除藩镇、振兴朝纲为要务。凭自己和子厚的真才实学、政务历练，还有凌准的超群史才，韩泰的通晓兵机，陈谏的理财能力……太子即使嫌恶王叔文，亦不会将王叔文一党一网打尽。

在革新派进退维谷之时，宦官进一步与藩镇相勾结，在朝廷内外形成重压，加快了王叔文革新集团的崩溃步伐……

王伾本为王叔文集团沟通禁中的关键人物。随着情势变化，王伾与宫中的交流越来越难，直到有一天，王伾入宫时发现，李忠言神秘地消失了，宫中就像从来都没有过这么一个人似的，平静得令人心惊胆寒。不仅李忠言失踪，牛昭容也不见了踪影。王伾被拒绝在皇帝寝宫之外，呆若木鸡地站立了很长时间，忽然口吐白沫，倒在地上。翌日传出了消息，王伾中风，卧床不起，从此闭门谢客。

王叔文丁忧后，取代他任度支盐铁副使的是潘孟阳。潘孟阳正是与王叔文新政相恶之人。陈谏作为潘孟阳的下属，不堪刁难，被贬为河南少尹。

七月，王叔文复出无望，内不得奉圣谕，外不得居要职，新政已成危局。俱文珍等则节节进逼，准备予以王叔文决定性的一击。又过半月，三方节度使的上表形成的舆论狂潮进一步发酵，得到了朝臣的一致支持。

见大势已定，俱文珍、刘贞亮、薛盈珍与东宫内侍西门珍密议之后，终于决定动手……

秋夜，黑云压顶，玉蟾遁形，星汉消隐。咸宁殿外空无一人，亦无灯火，四下静谧，诡异非常。俱文珍等人带着郑絪、卫次公、李程、王涯四人，深夜入宫。

入宫后，俱文珍遣散殿内宫女侍卫，手执一盏昏暗灯火，走近龙榻。卧在龙榻上的圣上虽面色愁苦，却无法言语，只能听任众人摆布。

俱文珍站立榻前，三分启奏、七分颐指，尖声道："圣上容禀！自胡酋为乱，社稷涂炭，两都陷于贼人，宗庙几于倾覆，幸赖肃宗、代宗两代先主英武，率四方勤王之师，得八年而平弥天之祸。然贼师方平，奈何功勋坐大，勤王将帅乃生不臣之心，豢亡命而觊觎九五，大行皇帝图治多年而未果，此诚所谓危急存亡之秋耶！今陛下方登大宝，本当鼓舞精神，振作朝纲，不意天妒英才，陛下病风且喑，何堪神器之重？戎狄闻之，蠢蠢欲动，藩镇闻之，以为可趁。今老奴冒死启奏：大唐安危，系于一人，皇统有续，则国人安心，戎狄臣服。广陵王纯，陛下长子耶，已立太子位。殿下秉性敦厚，慧颖英睿，毅勇果决，传承高祖嫡脉，颇具太宗之风，老奴等以为可当军国大任，为陛下分忧。"

俱文珍抬起手，薛盈珍将一纸拟好的诏书递到他手里。其余众人齐道："太子可堪大任，请陛下册皇太子监国，并早登宸极！"

俱文珍虚意跪奏："陛下为太上皇，迁居兴庆宫静养，必享千秋之福！"

榻上顺宗皇帝口不能言，身不能动，心中屈苦，却无办法。

在殿中诸人注目之下，刘贞亮取来玉玺，俱文珍将诏书铺在榻上，伙同刘贞亮强按着顺宗皇帝之手，在诏书上用了玉玺。顺宗涕泪纵横，奈何不得。

忽然，太子李纯身着龙袍置身大殿，径直来到龙榻边。俱文珍等人见了，闪开道路，跪拜两边。榻上顺宗见儿子身着龙袍，心中便已明白了几分："人言广陵王信孝，今日却如何做出这等僭越悖逆之事？"

李纯面无表情，简单冰冷的话语中毫无父子之情、君臣之分："禅位于我，可保大唐江山。"

俱文珍在旁附和："还是殿下思虑周详！陛下久病不愈，尚需静养。而今军国之事刻不容缓，宜教太子殿下早登宸极，顺天应人，是为上策！"

其余人等亦附和："请陛下远效尧舜，近法玄宗，禅位太子，以成万世贤名！"

眼见一群宵小围住龙榻咄咄相逼，顺宗无力，流泪点头。众人见状，皆向李纯行大礼，山呼"万岁"。李纯已取得禅位诏书，面含天子威仪，受众人跪拜完毕，由郑絪、卫次公、李程、王涯四学士相送，一起转身，消失在重重宫门的幽暗之中。

待李纯等人离去，俱文珍等人还不罢休，于侧室窃窃密议，全然不顾躺在内屋龙榻上的圣上。

俱文珍道："今日事，不足与外人道，若有泄露，恐授人以柄，你我不免遭那'清君侧'之祸。"

众人回道："我等亦知要害，当死守之。"

俱文珍点头，又道："你我具乃一心，可无虑矣，新皇得我等拥立，必以回护，亦无虑矣。所虑者，止一人耳。"

众人惊问："何人？"

俱文珍回手一指："正是此榻上所卧之人！若他一朝疾病稍愈，将今日之事公诸天下，则你我必死无葬身之地。而新皇忤逆不孝，事发之日必为天下大乱之时。你我之辈，将何以自处？"

众人面面相觑，各自心中已定打算。薛盈珍做忠直状，劝道："将军思虑深远，我等何可及耶！窃以为，我等当以家国天下计，为皇上分忧。要免日后徒生变乱，只有未雨绸缪，决断于当下！”

俱文珍点头称赞：“正是此理！你等众人可是同心？”

那众人等齐声道：“承将军提携，我等自当一力跟随！”

俱文珍狞笑一声，嘱咐薛盈珍：“此事甚大，关乎我等性命。待太上皇转入兴庆宫后，便可行事，一了百了！”

翌日，翰林学士郑絪、卫次公、王涯等人入太极殿奉诏。俱文珍大势在握，居高临下，对翰林学士们宣布：“圣上口谕，令皇太子权勾当军国政事，即刻草拟文诰，昭告天下。”

此谕正合郑絪等人心意。七月二十八日，皇太子监国诏书发下，普天皆知。

王叔文等人这时都已清楚：大势去矣！

唯一值得庆幸的是，坐以待毙的煎熬没有持续很久。太子李纯监国之后，所需“勾当”的头等军国大事，莫过于再进一步：即登基称帝，名正言顺地成为大唐帝国唯一的主人。东宫内侍西门珍与吐突承璀奉命入内侍省，与俱文珍等一拍即合。八月初四，只当了七个月皇帝的李诵，发了禅位诏书，退居兴庆宫，称太上皇。

就在软辇里的太上皇被内侍们抬着，步步沉重地往兴庆宫迁移之时，尚未登基的新皇帝李纯便已迫不及待地掀起了对王叔文革新集团的迫害浪潮。

八月初五日，李纯下制命，贬王伾为开州司马，王叔文为渝州司户，驰驿发遣，即行递解出京。

八月初九日，李纯即皇帝位，大赦天下，史称唐宪宗。

九月十三日，新帝下诏，贬屯田员外郎刘禹锡为连州刺史，贬神策行军司马韩泰为抚州刺史，贬司封郎中韩晔为池州刺史，贬礼部员外郎柳宗元为邵州刺史。其余众人，俱贬为边远下州刺史。两月后，又因故再贬诸人为司马，史称“二王、八司马”。

遭贬之人黯然离去，朝野内外则又是一片欢呼之声，人们仿佛送走了瘟神一般，享受着天下大赦的节日气氛。闭门不出的权臣们好像都成了力挽狂澜、支撑社稷的功臣，相互诉说着遭受王叔文集团排斥和迫害的苦楚，又相互赞颂着不畏强权、坚贞不屈的节操。总而言之，大唐似乎得救了。

在满朝众臣弹冠相庆之中，持续仅一百四十六天的永贞革新宣告失败。“二王八司马”背负着一切元凶巨恶的骂名，沦为宪宗施展雄才大略的垫脚石。平心而论，“二王八司马”俱为人中龙凤，不可谓无才无德，但是在封建时代中，士大夫们若想有所作为，必然要依附于皇权。无论他们的心中对这片土地的热爱有多深刻、对人民的怜悯有多真诚，一旦所依附的皇权崩塌，等待着他们的必将是不见天日的黑暗。

第十七章 遭贬谪禹锡远走

刘禹锡作为王叔文革新集团的首要人物之一，在大唐的权力中枢度过了人生中最跌宕起伏的五个月。从骤升权贵到忽坠深渊，刘禹锡还来不及体悟其中的万般滋味，便已身在千里谪途之中。待到刘禹锡从大起大落的浑浑噩噩中渐渐大梦方醒时，眼前风光仍是一片葱郁，与关内秋意萧瑟之状大不相同。

“三伏。”刘禹锡一路上沉默寡言，忽然开口，令跟随他的仆人三伏惊讶不已，赶忙应道：“员外，您有什么吩咐？”

刘禹锡茫然地问：“这是到哪里地界了？”

三伏答道：“咱们已到荆州，前面便是白碑驿。”

“哦……”刘禹锡心中一动，“白碑驿北有后梁宣明二帝陵，太宗朝宰相萧嵩树有二帝碑在此。既从此经过，何不一游，以吊古人？”

三伏见刘禹锡不仅开口言语，更有兴致游玩，正是求之不得，于是加快行程。临近傍晚时，已来到后梁宣、明二帝碑堂之下。

三伏看看天色，又嘱道：“员外，天不早了，看着似乎还要下雨，咱们四处看一看就走吧。”

“我已不是员外了，我现在是刺史……”刘禹锡一面往碑堂中去，一面答道，“路过先朝帝陵，如何不去拜谒？”

然而，此刻在刘禹锡面前，号称后梁二帝碑堂的这座小庙一样的建筑，实在破败得与普通的山神土地庙不相上下，毫无帝王气象。石碑树立不过百余年，然而碑体磨损，有些字迹已不可辨识。禹锡趁着黄昏最后的光亮，依稀将碑上铭文通览一遍，心中悲念蔓延。

萧詧与其子萧岿被称后梁宣、明二帝。南朝末年，萧詧因不满南梁皇统承继，举荆襄之地而称藩于西魏。后北朝更迭，南梁亦向北周和隋朝廷称藩，但其所辖之地，仅剩江陵一州而已，国亦改称后梁。尽管后梁萧氏对隋室忠心不二，受隋室礼遇甚厚，然而，天无二日，国无二圣，后梁三世萧琮在登基的第二年，即被隋文帝征召，率其臣下二百余人赴长安朝觐，废后梁帝号，拜为柱国，封莒国公。

碑上铭文所述皆为这段往事，其中谀颂之词在刘禹锡看来，尽是对骨肉相残、引狼入室的犀利批判，是对后梁帝胄为人傀儡、徒拥虚名的绝妙反讽，更是对萧氏困守一隅而终不能继、最终亡国覆庙的无尽挽歌。念及此处，刘禹锡怎能不有古今相预之联想？

走出碑堂，天空中飘下了沥沥秋雨，更将宣、明二帝陵园中弥漫着的亡国气息浇得凄苦不堪。声声子规啼鸣是在召唤萧琮客死长安的灵魂回到这里吗？禹锡更生悲怆：萧琮的孤魂尚有这一片陵园可归，而自己那一颗忠于大唐、悲天悯人的赤子之心又将归于何处？焉知未来是否也会有这样一方谀词褒颂亡唐之君忠于他人的石碑，在等待后人凭吊的孤寂里，漫没于时光之中？

刘禹锡不堪悲切，回到堂中，用手沾了香炉中陈积已久的香灰，在廊柱上题下诗句：

玉马朝周从此辞，园陵寂寞对丰碑。
千行宰树荆州道，暮雨萧萧闻子规。

——《后梁宣明二帝碑堂下作》

题罢，刘禹锡登车，绝尘而去。

荆州之地乃七省通衢，历来为兵家必争之重镇。自东晋之后三百余年，因金陵常为帝都，荆州拥兵上游，遥绾朝政，往往为王气升腾之地。梁元帝久恋于此，不肯还都建康，在此大营宫室。可是如今呢？当刘禹锡的马车行走在荆州古道上时，映入他眼帘的只有些斑驳陆离的残墙旧瓦。昔日禁宫所在，已化为车马如龙的官道。路上的行人若是累了，便在当年君王们点兵阅将的楼台下歇脚，说些个帝王将相的趣闻轶事。人去楼空已百年的城郭里，如今野草丛生，倒另有一派生机盎然的景致。

一只野鸡蓦然从刘禹锡的马车前飞过，驾马惊得长嘶一声，停了步子，任三伏如何驱赶，都不愿前行。

三伏满头大汗，喊道："主人，马受了惊，又饿，看来得歇一会儿了。"

刘禹锡于是跳下车来，信步揽古于繁盛的荒草丛中，细细感受着岁月轮转、造化变迁的点滴痕迹。萧萧的秋风拥着飘零的落叶，给远道而来的失意之人献上了一段逝去已久的风流歌舞，却终于在一口干涸已久的宫井中消散不见。荒野中似乎有先人遗冢的痕迹，可惜已被野火烧毁，只剩一些孤零零的封土堆。禹锡不禁莞尔，可怜庾信在咸阳整日愁苦，思念荆州乡土，若他见到如今这般光景，将会作何感想？更不知自己心中时时所念的长安，待到自己得归朝堂时，又会是哪般模样？

这时，三伏在路上高声叫道："主人，可以走啦！"

马车载着刘禹锡，又驶上了南行的旅途。车轮的吱呀声中，和着刘禹锡意味深长的吟诵：

南国山川旧帝畿，宋台梁馆尚依稀。
马嘶古树行人歇，麦秀空城泽雉飞。
风吹落叶填宫井，火入荒陵化宝衣。

徒使词臣庾开府，咸阳终日苦思归。

——《荆州道怀古》

颠簸之中，刘禹锡上路已近两月，却似乎仍未从那日夜奔忙的革新时光中走出。尽管眼下除了每日赶路、一日三餐之外，概无他事。梦里，刘禹锡又看见了那些积累在案头亟待处理的公文，却发现盆中封缄所用的面糊又用完了，于是大声唤仆人："三伏，快去再和些面糊来！"

仆人三伏果然来应，但刘禹锡赫然发现，这并不是在长安的公府中，而是洞庭北岸一个不知名的小渡口，自己正睡卧一所简陋的客舍之中。

三伏含泪道："员外，您……"

刘禹锡坐起身，自嘲一笑，再次纠正道："哪里还是什么员外？如今我已是连州刺史！为一方父母，忧一方百姓，虽说身上有责，但比起朝堂日夜喧嚣，倒也安逸！"

此时，天刚蒙蒙亮，刘禹锡兴致忽起，穿戴了衣服，走出馆舍。笼罩人间的黑暗尚未完全褪去，东边的天空已被尚未升起的太阳照亮，赤艳的朝霞映红了波涛滚滚的长江。江边的草木含霜凝露，刘禹锡感到一丝寒意，不禁裹了裹衣服。极目而望，天地之间一股苍茫之气恣意纵横，禹锡胸中那股郁结之气像是产生了强烈的共鸣，猛然上窜，化作一声怒吼喷涌而出。

"哈哈哈！"刘禹锡大笑，着实吓坏了三伏。

三伏担心地问："主人，您因何发笑？"

刘禹锡见三伏满脸担忧，更觉可乐。好容易笑足了，禹锡才答道："三伏且放宽心！方才我见江中沙渚上飞鸟慵懒而起，但我们已经身在远游之途，这让我不禁想起长安的那些人，此时可能也刚刚听到晨鸡打鸣吧？那些昏昏欲睡贪恋温暖被窝与松软枕头的人，哪里能看到这天地之间生机勃勃的元气？你深吸一口这令人神清气爽的空气，有没有觉得耳聪目明，更能洞察这世界的真谛？你看这川泽形势，如此神奇奥妙，赏玩其中，必定令人感到筋骨轻盈！走吧！那濒临大海的连州虽然偏远，却也是高士隐逸的地方，正是刘某欣然向往之所在啊！”

三伏见刘禹锡果然无碍，便才放心，于是稍作收拾，将行李挑上船，主仆二人往岳阳而去。刘禹锡傲立船头，一路吟唱：

> 轻阴迎晓日，霞霁秋江明。草树含远思，襟杯有馀清。
> 凝睇万象起，朗吟孤愤平。渚鸿未矫翼，而我已遐征。
> 因思市朝人，方听晨鸡鸣。昏昏恋衾枕，安见元气英？
> 纳爽耳目变，玩奇筋骨轻。沧洲有奇趣，浩然吾将行。
>
> ——《秋江早发》

刘禹锡在岳阳登岸，听闻韩愈已自阳山令量移江陵法曹掾，此时亦到岳阳，不由心生他乡遇故知之慨叹。然而，未及与韩愈重逢，便又有噩耗从天而降。这波澜壮阔的一年掀起了最后的一波巨浪，拍向失意于江湖的人们。

事情缘起于刘禹锡等人遭到贬斥之后数日。陇右经略使刘澭惊叹朝局变幻莫测之际，府门前忽然有人求见，自称从京城而来，有关社稷之要事，必须单独面见刘澭。刘澭久在官场，值此太上皇内禅不久、天下尚且传言纷纷之时，他不能不提高了警惕。

刘澭应其所求，在耳房中单独见了来人。那人自称罗令则，乃山野侠士。

“山野侠士？”刘澭上下打量罗令则，又问：“罗侠士来敝府有何指教？”

罗令则笑道：“某特来给使君送一桩天大的功劳。”

刘澭却笑不出来，更加警惕，问：“刘某不知功在何处，将焉取之？”

罗令则正色道：“某奉太上皇密旨来见使君，请使君着即点齐人马，随山人进京勤王！”

刘澭大惊，心想果然来者不善，而又问道：“你说奉有太上皇密旨，何不请出密旨令刘某当面奉旨？”

“山人所奉乃是口谕！太上皇被监禁宫中，病体危堕，印绶俱为内侍所夺，只能趁山人入宫驱邪时，有口谕相授。”

刘澭冷汗涔涔，强作镇定道：“空口无凭，叫人如何相信？”

罗令则凛然道：“使君博古通今，不妨请想！自尧舜之后，宫廷禅让之事，安有果出于圣意者乎？且说本朝，玄宗禅位，乃计出于李辅国，而今为李辅国之谋者，非俱文珍而得谁乎？太上皇如今居于兴庆宫，正是当日李辅国软禁玄宗之所！其中奥妙，使君果不察乎？还望使君勇担社稷重任，斥逐奸佞，令天命所归者得居正位。如此擎天巨功，使君焉有不取之理？”

刘澭再问：“却不知天命归于何人？”

罗令则从袖中抽出一纸书文，摆在刘澭面前。“山人已将讨逆檄文写好，使君可传檄天下，号令诸侯！”

刘澭看完檄文，忽然脸色大变，拍案怒斥：“大胆妖人，竟敢伪构妄言，假称圣意，欲图唆使本使造反谋逆！来人，将其拿下，缚解京城，请圣上发落！”

刘澭身为封疆大吏，头脑格外清楚。朝中局势孰强孰弱，谁为可靠之山，局势明白无误。罗令则之来，正可为刘澭向新帝纳投名状之功劳。罗令则在大理寺狱中备受拷打，又供出同谋者十余辈。宪宗果然厚赐了刘澭，并将罗令则等人一并杖杀。

罗令则等人虽被杖杀，宪宗仍然怒气未消。其时天下舆论幽幽难调，对宫廷内禅之事影射甚多，质疑宪宗有悖孝道之说广为流传。又逢朝中议论王叔文一党贬斥太轻，于是宪宗就将满腹怒火迁怒于已在贬途的刘禹锡等人身上。

十一月，宪宗追发敕命，再贬刘禹锡为朗州司马，贬柳宗元为永州司马，贬凌准为连州司马，贬陈谏为台州司马，贬韩晔为饶州司马，贬韩泰为虔州司马，贬程异为郴州司马。韦执谊虽与王叔文分道扬镳，且有岳父杜黄裳入阁秉政，然而终归没有能够幸免，被贬为最远恶的崖州司马。史称“二王”“八司马”。

制命传来，刘禹锡正与前来接风的岳阳友人相晤于酒肆之中。闻知再贬，禹锡如万箭锥心，却与前来相会的友人玩笑道：“如此甚好！朗州不过在长沙之下，省却禹锡许多路途颠簸，甚好！刺史劳碌不堪，司马清闲有加，甚好甚好！”

说罢，禹锡仰天尽饮一杯，却不知是烈酒难驯，还是悲从中来，竟闭目垂首，久久不能自拔。众人虽欲劝解，怎奈张口结舌，不知言将安出，只好默默饮酒，唉声连连。

“梦得向来豪爽，为何今日却作萎靡之态？”韩愈步履如风，登上楼来，大声唤刘禹锡。

刘禹锡闻声惊醒，向韩愈拜道：“退之兄，久违了！睽违一载，谁料你我竟这般相逢，何不令人感叹世事无常！”

韩愈与刘禹锡之境遇可谓截然相反。虽然韩愈在御史台时亦有谏罢宫市与奏抑藩镇之举，但他与刘、柳道不相合，对王叔文集团喜好密议密决的作风十分反感，而永贞革新期间又远在谪籍，因此，方获量移江陵法曹掾，旋又赦出谪籍，征为国子博士。

前者韩愈被贬离京时，曾以为刘禹锡与柳宗元向权臣告密，此事已随着李实的倒台而真相大白。然而，韩愈毕竟远在江湖，对于京城中惊心动魄的那五个月知之甚少，一见禹锡痛苦万分之状，一切政见分歧尽行抛诸脑后，只为老友失意而感同身受。

刘禹锡毕竟是坚毅之人，绝不会为悲伤情绪左右许久。在刘禹锡的心中，报君保民的信念绝不会坍塌，这种信念是源源不绝的活力，是包容万象的海洋。再贬朗州司马固然是从天而降的巨大块垒，投在海洋中虽可激起滔天巨浪，终不过是一时汹涌。推杯换盏之后，满席又尽是欢声笑语。

韩愈久离京城，不免向刘禹锡这个亲历者询问种种变化之缘由。禹锡不愿过多回忆，只将贬斥李实和罢除宫市两事略作叙述，然后又向韩愈作推心置腹之论：

"韩十八兄回京之后，想必会听到诸多关于二王刘柳等人的故事传说。正所谓欲加之罪，何患无辞！我等在位时，尚不可消弭，我等遭贬后，恐更无制。兄若知我，可不信之，兄若信之，我亦理解。小弟所虑者，唯君忠正刚直之秉性也。去年敢弹劾御前受宠之佞臣，又敢复言先帝禁言之宫市，天下人无不钦佩。然而，此时不若彼时，新皇登基，对持异议而惑众听者，绝无宽贷，倘若兄果真明了禹锡等蒙冤在身，亦望切勿直言恳谏，免触圣怒。若禹锡所料不错，定有好事者以叔文革新之事问之于退之兄，兄可尽遂其意，先求自保，我与子厚绝无半点怨言。"

韩愈这才泪下，深感禹锡为真友人，于是连碰三杯，论道："方才听梦得言说革新之事，愚兄虽对王叔文之人有所不齿，然其敢于贬斥李实并罢停宫市，确实令人瞩目。只不过可怜贤弟高才，坐累遭贬，可惜，可惜！"

"何惜之有？"刘禹锡却不以为意，"禹锡过去从未治理郡县，骤擢台府，百官难以心服，备受讥议亦在情理之中。此次贬为司马，一旦量移可望获授刺史，正可弥补履历欠缺。异日政绩在手，重登阙廷，再为大唐建功不迟！"

"好！如此，方是豪气盈天之刘梦得！"韩愈十分感动，"朗州为屈子旧郡，桃源胜地，人文深厚，景致怡人，梦得可以陶醉其间，权作修身养性。不过，梦得也不能以钳口自绝为智，以甘心受诬为贤，兼然自咎，求知于默？彼李斯逐焉而为上卿，邹阳囚焉而为上客。二子者，岂默以求知者邪！若可诉而不言，则陷于畏；可言而不辩，则邻于怨。畏与怨，君子之所不处！"

"而我处之哉！"刘禹锡苦笑，"禹锡可诉而不言，可言而不辩，实因朝廷对我尚有怨气，时机未到。"

韩愈紧握刘禹锡双手，安慰道："想来再有两月，就将改元，朝廷必有大赦，贤弟便有量移之望。待时过境迁，圣上怨怒消散，愚兄在朝定为贤弟活动。以贤弟高才，不出两三年，必回朝堂！"

刘禹锡赶忙拜谢。自贬谪以来，路上数遇友人，然仍愿为禹锡援手者，只有韩愈一人。因禹锡情绪恢复，众人兴致再起，一夜畅饮，方才散去。翌日清晨，刘禹锡仍是习惯性地早起，为韩愈留下一首诗，以代话别：

马踏尘上霜，月明江头路。行人朝气锐，宿鸟相辞去。
流水隔远村，缦山多红树。悠悠关塞内，来往无闲步。

——《途中早发》

韩愈见“行人朝气锐”“往来无闲步”之诗句，亦被其中满含的豪情感染，鼓舞起精神，昂扬北上。

第十八章 求援手致信杜佑

刘禹锡到朗州时，已是十一月。朗州当年刚经历一场严重的水涝灾害，州治武陵城中狼藉未消，疮痍满目，灾民流离失所，塞于道路。但朗州偏远，州小财寡，赈济不利，刺史宇文宿只见了刘禹锡一面，简单寒暄几句，便又忙于筹措赈灾钱粮之事，只令几个衙役随从禹锡而已。

按《唐六典》所定，州司马应主管本州纪纲众务，通判列曹，本该是州内举足轻重的官员。但到了中唐之后，州刺史职权强化，司马渐渐成为闲官。尤其是边远下州，州司马一职往往成为安置贬谪官员的选择。不过，州刺史们都明白，这些从京城被贬谪下来的司马，知交故友遍及朝野，无人不有达官显贵在朝中伺机援引，或许明日便会再度飞黄腾达。因此，刺史们不仅不敢以上官自居，反而将其视为与当朝权贵结交之便利。如韦执谊到崖州后，崖州刺史委之以州务，事事皆与执谊相商而后行之，使执谊虽殁于崖州，亦有政绩相传。

朗州刺史宇文宿当然也是这般想法。只是宇文刺史对刘禹锡的敬仰结纳之意，没有选对表达方式。他没有想到，刘禹锡满含一腔保境安民的热情，每日见闻灾民啼苦号寒，惟愿克尽全力，咸与赈务，哪怕搬砖和泥，亦甚心甘。因此，宇文宿只命衙役跟随照应却不授禹锡以实务，令禹锡只能袖手旁观，使他殊为痛苦。

然而宇文宿一番好意，刘禹锡不便回驳，只好将时间用于寻找住处。按朝廷规制，州司马不得居于官府馆驿，需自寻住所。刘禹锡遍览武陵城内外，将住址选在沅水之畔招屈亭边的一处老宅。

对于荆楚百姓而言，招屈亭无疑是一个满含悲伤的地方。昔日楚三闾大夫屈原因“信而见疑，忠而被谤”，被楚怀王放逐江湘，屈原于此怀玉投江，乡民们在此建了招屈亭以为纪念。秦朝末年，群雄割据，楚义帝被项羽暗杀于郴州，武陵人民咸服缟素在此祭拜，天下义之。从此之后，招屈亭便成为郁郁不得志者吊古伤今的所在。刘禹锡选此处居住，自然有此寓意。当然，在他心中，更深的动机恐怕还在于其时临近年末，一旦改元大赦，自己就将量移他处，大动土木必然靡费甚多。虽然刺史宇文宿已吩咐一应开支均由府衙承担，但毕竟赈灾情势紧张，刘禹锡不愿枉占灾民的救命钱。

刘禹锡本以为边远下州之民蛮荒未脱，却忘了屈原之所以被荆楚百姓传诵千年，正是因为他将繁荣兴盛的楚文化传授给了这里的人民，时至今日，仍有《九歌》传唱于民间。安史之乱时，北人南迁亦使朗州受益，地方文化教育获得了空前的发展。作为例证，刘禹锡的才名在朗州虽非家喻户晓，仍算知之甚众。闻刘禹锡到此为州司马，豪家富户无不往来拜谒，邀作贵宾。刘禹锡惊讶地发现，本地大户人家颇知礼仪，家以藏书丰富为荣，普通百姓崇圣敬学，儒风深厚。

因此，刘禹锡本来担心到朗州后无人可以唱和、无人可以论学的情形，实际上并没有发生。朗州非但有博学广闻之辈，学问大家亦不在少数。《易经》大家顾彖寓居朗州，居所就在沅水上游。其十五岁研究易经，积六十年之功力，吟读《系》《象》，精于卜辞占卦。禹锡常与之来往，辩论易学，每每讨论，无不尽兴。武陵人董颋曾任弘文馆校书郎、大理评事，年老退居沅水之畔。其自幼嗜好诗歌和郊游，年轻时曾与杜甫、卢象、包佶等人唱和。杜甫曾有诗“当念著白帽，采薇青云端”致董颋，如今更是学通百家，飘逸洒脱。董颋与刘禹锡一见如故，谈古论今，见地极深。又因顾象、董颋之辈久居朗州，观察天下的视角与常在京城的刘禹锡往往不同，所言所论，令他大开眼界。

在刘禹锡热切的盼望中，元和元年（806）的改元大赦敕文终于传到了朗州。宇文刺史接到敕文，亲自去向刘禹锡报喜。

宇文宿到刘禹锡宅中时，正逢顾象、董颋在向禹锡讲述朗州历史变迁。见刺史到来，顾象、董颋各自行礼，然后董颋向禹锡恭贺道："梦得贤弟，今日刺史满面红光来到府上，必有喜讯！想必是贤弟回京有望了！"

刘禹锡按捺着心中的狂喜，拜过宇文宿，问："宇文刺史，可是改元大赦的敕文到了？"

"正是！梦得久等了吧？"宇文宿直人直语，将敕文递给刘禹锡。禹锡双手接过敕文，激动得声音颤抖，打开念道：

"……大赦天下，改元曰元和。自正月二日昧爽已前，大辟罪已下，常赦不原者，咸赦除之。元和元年正月丁卯。"

宇文宿喜上眉梢，建议道："梦得贤弟，可记得去岁韩大人所言？今大赦敕文已到，你还不速速修书，请大司徒杜公及时援引啊？"

禹锡这方从喜悦中缓回神来，连忙向三位贵客道谢，却一时提笔忘字，不知该如何书写。刘禹锡之所以无从下笔，实因他无法确定，已官拜司徒、同中书门下平章事、封岐国公的杜佑，是否还会愿意为他这个得罪了皇帝的人再求官职。

见刘禹锡提起笔来却满脸忧心，宇文宿十分不解，又问："梦得，你是杜公门下旧僚，令尊又与杜公是旧相识，致书求助，理所当然，因何却做为难状？"

"咳……"刘禹锡放下笔，重重地叹了一声，解释道："诸公有所不知，我与杜公虽相识多年，曾经深受杜公信任，然而，去年杜公为度支盐铁使时，王叔文为度支盐铁副使，叔文有架空杜公、自专其政之意，因命在下为判度支盐铁案，经受之书案，往往绕过杜公。如今想来，确实不妥。其时正是百谗交至，群议沸腾，杜公纵然亲我，奈何人人谤我，焉能不疑我有背叛府主、攀附新贵之心？至于贬斥出京，杜公未置一词，禹锡离京前登门道别，却吃了闭门羹……”

顾彖听了禹锡的担忧，却劝道：“贤弟不必担忧！当时朝局紊乱，杜公身处高位，不能不有所权衡。况且顾某听闻，杜公对王叔文的革新其实有明冷暗热之意，大司徒所作《通典》往往为王叔文之党援引为立策依据，思之绝非偶然。再者，若大司徒无意支持革新，以其权位，区区王叔文焉能以副使制之？”

“这……”刘禹锡回想往事，顾彖所言非虚。当日二王、刘、柳等人密议朝政时，的确往往引据《通典》，杜佑亦常有模棱两可、一语双关之提点。且杜佑自始至终从未反对新政，与武元衡、俱文珍等保持了很大的距离。

顾彖又劝道：“即使杜公身边有小人进谗言，相信数月已过，司徒早应悟透真相。梦得致书，正可消除误会，只要言辞恳切，若韩大人所言‘子宜呼于有力而呻于有术’，相信杜公必然能体察贤弟之冤！”

禹锡苦笑，却经不住三人热情鼓励，再次提笔。孰料提起笔来，已是悲怆满怀。回顾监察御史的生涯，满朝官员大多以谨慎中庸为处世之道，于家国天下无一言以裨益，却以因循苟且而自矜，与之相比，禹锡果断参与革新事业，却为大唐国运中兴牺牲了大好的前程，堪称烈士！

胸中不平骤起，刘禹锡下笔如怒海游蛟，一挥而就：

故吏守朗州司马、员外置同正员刘某，谨斋沐致诚，命仆夫持书，敢献于司徒相公阁下：昔称韩非善著书，而《说难》《孤愤》尤为激切。故司马子长深悲之，为著于篇，显白其事。夫以非之书，可谓善言人情，使逢时遇合之士观之，固无以异于它书矣。而独深悲之者，岂非遭罹世故，益感其言之至邪！

小人受性颛蒙，涉道未至，末学见浅，少年气粗。常谓尽诚可以绝嫌猜，徇公可以弭谗诉；谓慎独防微为近隘，谓艰贞用晦为废忠。刍狗已陈，刻舟徒识，罟获随足，怅然无知。事去凝想，时时自笑。然后知韩非之善说，司马子长之深悲，迹符理会，千古相见，虽欲勿悲可乎？

大凡恒人之所以灵于庶类，以其能群以胜物也。烈士之所以异于恒人，以其伏节以死谊也。然则交相丧者，世与道，难合并者，机与时。是以有死谊之心，而卒不获其所者，世人悲之。获其所矣，而一旦如不得终焉者，君子悲之。世人之悲，悲其不遇，无成而亏，故其感也近；君子之悲，悲其不幸，既得而丧，故其感也深。其悲则同，其所以为悲则异。若小人者，其不幸欤！

写到此处，禹锡却停了笔，暗自思量。给杜佑写这封信，难道是为了求得杜佑的怜悯而赐予自己一官半职吗？不，绝不是这样！刘禹锡岂是求官要职之辈？若非大唐百姓亟盼天下承平，若非刘禹锡心中仍保存着盛唐的荣耀，谁愿在那众目睽睽、不胜危寒的中枢权要之地斗得你死我活？写给杜佑这封信，不是为自己辩解，而是为大唐黎民求一个岁丰人安的希望！

于是，刘禹锡继续写道：

间者昧于藩身，推致危地。始以飞谤生衅，终成公议抵刑。旬朔之间，再投裔土。外黩相公知人之鉴，内贻慈亲非疾之忧。常恐恩义两乖，家国同负。寒心销志，以生为惭。虽欲沥血以自明，吁天以自诉，适足来众多之诮，岂复有特达见知者邪？遂用诅盟于心，不复自白。以内咎为弭谤之具，以吞声为窒隙之媒，庶乎日月至焉，而是非乃辨。

会友人江陵法曹掾韩愈以不幸相悲，且曰：“相国扶风公之遇子也厚，非独余知之，天下之人皆知之矣。余闻初子之横为口语所中，独相国深明之，及不得已而退，则为之流涕以诀，又不得已而谴，则为之择地以居。求之于今，难与侔矣。抑余又闻曩子之介于司徒府，奉诚敬于山园上，公亟称于人，以为不懈于位。今则有修仪以赞其诏相者，有备物以赞其容卫者。七月礼毕，一朝庆行。诰言扬之，授以显秩。子独足趾一跌，而前劳并捐。祝网之辰，动结疏目。可封之代，乃为穷人。斯常情之所悲，矧知子之厚者？夫踣者思起，必呼而求拯；疾者思愈，必呻而求医。子宜呼于有力而呻于有术。如何以钳口自绝为智，以甘心受诬为贤，嗛然自咎，求知于默？彼李斯逐焉而为上卿，邹阳囚焉而为上客。二子者，岂默以求知者邪！若可诉而不言，则陷于畏；可言而不辩，则邻于怨。畏与怨，君子之所不处。子其处之哉！”韩生之言未及竟，而小人不知感从中来，始赧然以愧，又缺然以栗，终悄然以悲。悲斯叹，叹斯愤，愤必有泄，故见乎词。敢闻左右，投所闵也。

写着写着，刘禹锡的泪水竟模糊了双眼。七尺男儿，心中亦有百般委屈！若他人受流言蛊惑而恶于禹锡，他无可怨言。然而，杜佑为刘禹锡父执，可谓亲手调教成才，引上仕途，最终却在外人的谗言中放弃了对刘禹锡的信任，这是多大的讽刺，又是多大的悲哀！造谣之人固然可恶，然而那些不负责任的传谣之人更是不可原谅，若非此等人添枝加叶、以讹传讹，怎会招致舆论倾覆、革新夭丧？难道不是这些人造成杜佑对禹锡恩义不终的吗？刘禹锡不由慨叹道：

嗟夫！人之至信者心目也。天惟者父子也，不惑者圣贤也。然而，于窃铁而知心目之可乱，于掇蜂而知父子之可间，于拾煤而知圣贤之可疑。况乎道谢孔、颜，恩异天性。是非之际，爱恶相攻。争先利途，虞相轧则衅起。希合贵意，虽无嫌而谤生。鲁酒致邯郸之围，飞鸢生博者之祸。伯仁之杀由偶对，伯奢之冤以器声。动罹险中，皆出意表。虽欲周防，亦难曲施。加以吠声者多，辨实者寡。飞语一发，胪言四驰。萌芽始奋，枝叶俄茂。方谓语怪，终成祸梯。

刘禹锡可以料知，自己被贬斥之后，朝中定有无数以忠诚仁义自居之徒登堂入室，窃居要津。可是，他们的忠诚就是真的忠诚吗？二王、八司马的罪过真的就是罪过吗？忠奸善恶的分辨，真的就是他们说的那样吗？禹锡并不这么认为：

呜呼！人必求知，不能自达。何投分效节，有积尘之难，何谮行爱弛，有决防之易？何将进之日，必自见其可而后亲？何将退之时，乃人言其否而遂弃？良由邪人必微，邪谋必阴。阴则难明，微则易信。罔极泰甚，古今同途。是以前修鉴其若此，姑以推心取信，不以循迹生嫌。由是求忠臣于孝子，求良妇于骂已。食子，尽节也，推其忍可以疑心；放麛，违命也，推其仁可以属国。若谓其孝于亲未必能忠，专于夫未必能贞，忍于子未必能忍于其他，仁于兽未必能仁于其类，则是天下之人尽不可信，而尽可诬，固不然也。

刘禹锡的回忆如开闸洪水般不可收拾，昔日在杜佑淮南幕府中的往事历历在目。遥想那时，刘禹锡在杜佑幕僚中可谓佼佼者，无论人品、学识，几无出其右者，无人不赞其贤能。而如今，正是这些回忆支撑着他心底最深的自信，更是他希望重获杜佑垂顾的砝码。

凡人之行已，必恒于所安。苟非狂易，不能甚异。小人自居门下，仅逾十年，未尝信宿而不侍坐。率性所履，固无遁逃。言行之间，足见真态。伏惟推心以明其迹，追往以鉴于今。苟谓其尝掩人以自售矣，尝近名以冒进矣，尝欺谩于言说矣，尝沓贪于求售矣，尝狎比其琐细矣，尝媒孽其僚友矣，尝矫激以买直矣，尝沾讘以取容矣，尝漏言于咨诹矣，尝败务于簿书矣。有一于此，虽人谓其贤，我得而刑也，岂止于弃乎？苟或反是，虽人谓其盗，我得而任也，庸可而弃乎？

刘禹锡所求，其实只有公道二字。无论为官或是为民，只要能得到公正的对待，摆脱被强加的罪名，刘禹锡都将视杜佑为再造之父母。然而，杜佑是否能顾及旧日恩义，再施援手呢？刘禹锡只能寄以无限的期望。这样的期望落于纸上，更显得卑微而心酸：

由是而言，小人之善否，不在众人。所以受谴已还，行及半岁，当食而叹，闻弦尚惊……

……猿哀鸟思，啁啾响异。莫夜之后，并来愁肠。怀乡倦越吟之苦，举目多似人之喜。

俯视遗体，仰安高堂。悲愁惴栗，常集方寸。尽意之具，固不在言。身远与寡，舍兹何托？是以因言以见意，恃旧以求哀。敢希末光，下烛幽蛰。孤志多感，重恩难忘。顾瞻门馆，惭恋交会。伏纸流涕，不知所云。禹锡惶悚再拜。

书文既成，刘禹锡的志向、人格、委屈、坚持，俱在其中。宇文宿、顾彖、董颋三人读之，莫不感同身受，默默拭泪。宇文宿命官差快马加鞭，将这封寄托了刘禹锡巨大希望的书信送往长安杜佑府中。

杜佑心中，何尝不是时时想着刘禹锡呢？

虽然杜佑没有亲自参与王叔文集团的革新，但他实际上以自己的思想为参与革新的人们指明了方向。杜佑在《通典》中，通过对历代朝政得失的评判，明确地指出：先贤们的价值观应当作为指导今人思考问题的方法，而不能将其作为当前社会必须遵循的行为规范。杜佑主张朝廷必须积极有为，以澎湃的热情去管理国家事务，强化《唐律》的权威，让老百姓在尚有衣食的前提下，按照《唐律》的规范自由地生活。为了反复强调这些思想，杜佑特地在撷萃《通典》的文集——《理道要诀》中着以浓墨。刘禹锡等人熟读杜佑著作，自然将杜佑视为领导和激励他们的精神源泉。

而实际上，王叔文集团核心成员中，有半数都在杜佑治下任职，杜佑对革新的暧昧态度是王叔文集团得以在短时间内掌握国家财政大权的根本原因。但是，杜佑毕竟宦海沉浮数十载，老辣的政治经验是王叔文之党无法企及的优势。王叔文等人将杜佑的暧昧理解为默默的支持，实在是犯了一个巨大的错误。

在杜佑看来，如果王叔文的革新获得了成功，他便是再造盛唐的精神领袖，功在社稷；如果王叔文的革新失败了，那么他就是被王叔文集团架空夺权的受害者，只消几篇声泪俱下的控诉奏章便可化身为拨乱反正的功臣。不动声色之间，无论谁赢谁输，杜佑都将是最后的赢家。

事情的发展果然和杜佑的预判一致。王叔文的革新夭折了，杜佑向新登基的宪宗上了一篇表章，严厉控诉了王叔文架空自己而为非作歹的恶行，并揭发了王伾贪污国库的罪过。而宪宗正需要杜佑这样的朝中元老支持，于是下诏抚慰，拜杜佑为司徒。惊涛骇浪的朝政在杜佑这里显得和风细雨。

但是，杜佑却并不以自己的谋算而高兴。这只是朝中党争倾轧的一段小小篇章，他几乎是凭本能做出了最有利于自己的选择，然而，这样的选择真的是符合圣人之道吗？杜佑反复观看刘禹锡的来信，他猛然感到，背后那满墙的《通典》正在熊熊燃烧，火焰吞噬了他亲笔书就的金玉良言，燎灼着他的灵魂，控诉着他的冷血和绝情。

是的，在杜佑心中，刘禹锡和自己的孩子一样。当他下定决心要给予王叔文致命一击的时候，曾有过那么一瞬间，他犹豫了。他知道，一旦落井下石，刘禹锡必将与王叔文一道陷入万劫不复的苦厄之中。可是，在残酷的现实面前，杜佑的犹豫绝无可能变成刘禹锡的一线生机。

朝中的地位保住了，但杜佑的心中却烙上了对刘禹锡深深的愧疚。一想起刘禹锡被贬斥离京时向他辞行，被他无奈地拒于府门外的情形，杜佑心中更是如同针刺……

刘禹锡致书杜佑时，必定没有想到，杜佑见到改元赦文后，就像抓住了拯救自己灵魂的稻草，立即向宪宗上书，为刘禹锡求取宽免。时值夏绥银节度留后杨惠琳作乱，宪宗诏令征讨，正是钱粮调运用人之际，而宪宗登基后尽废革新，却独独保留了财赋转运之策。杜佑认为，刘禹锡以理财之能而受改元大赦之恩，理应量移，于是大胆上奏。但他不知道的是，宪宗在东宫时，宦官们为鼓动宪宗行不孝之事，编造谎言，称刘禹锡曾为王叔文作另立东宫之谋，因而使宪宗对刘禹锡恨之弥深。看到杜佑的上书，宪宗勃然大怒，不仅驳回了杜佑的请求，更罢了杜佑盐铁转运使之职，从此，杜佑只能空守司徒、同中书门下平章事的名号，尸位素餐而已。

回天无力的杜佑不知该给刘禹锡回复什么样的言语。他清楚，宪宗正忙于镇压叛乱，等他腾出空来，必然还有针对刘禹锡等人的制裁措施。于是，纠结之下的杜佑干脆不予回信，任禹锡在殷切的期盼中苦苦煎熬。

在朗州的刘禹锡，自从信使走后便关注着从长安传来的每一条消息。在很长一段时间内，每一条消息在他看来都极大地增加了他回京的希望。

自从去年末开始，夏绥银节度留后杨惠琳和剑南西川节度留后刘辟先后发动叛乱。虽然宪宗对待王叔文革新的态度令刘禹锡有所不满，但宪宗的确表现出了与其祖父德宗完全不同的治国理念。在刘禹锡看到的塘报中，朝廷果断发兵征讨，仅三个月就平定了夏绥银叛乱，而高崇文等人的大军一路势如破竹，眼看刘辟在剑南西川的统治已是摇摇欲坠。接连而来的喜讯几乎令刘禹锡忘记了自己身在谪籍，每有捷报传来，他都要置酒庆祝，仿佛明日就将身赴国用，再建新功。

可是，刘禹锡的喜悦在漫无尽头的等待中渐渐降温了。朝廷大军已成胜势，功勋荣誉即将各归其主，一个漂泊于江湖之中的武陵迁客还能有机会为国效力吗？无论悲喜，刘禹锡需要的仅仅是一个答案而已。

这个答案，在元和元年（806）八月，终于摆到了刘禹锡面前。

元和元年八月壬午，宪宗下诏：左降官韦执谊、韩泰、陈谏、柳宗元、刘禹锡、韩晔、凌准、程异等八人，纵逢恩赦，不在量移之限。

这样一道诏书，决然堵死了刘禹锡等人重归朝堂的希望。但对于刘禹锡而言，在接二连三的打击之下，一道“纵逢恩赦，不在量移之限”的诏书实在已是乏善可陈。只可怜王叔文，一生惟愿辅佐先皇励精图治，最终却落了个下诏赐死的结局。相较之下，刘禹锡等人已是幸运万分。

第十九章 失坐骑悲情龙渊

令刘禹锡欣慰的是，刺史宇文宿并未因这道几乎断了他仕途希望的诏书而慢待于他，身边的朋友们也未因此而疏远他。刘禹锡真切地感到，在朗州这个偏远的小地方，却有着京城中绝难寻觅的简单纯净的人际关系。这样的一丝闪耀着纯真人性的文明之光，非但在黑暗的困厄中为刘禹锡指引着希望的方向，更令刘禹锡坚信，盛唐时代那种博大宽容的恢弘情怀，依旧隐匿在这片土地之上，存在于每一个人的心中。“人之初，性本善”，古人诚不我欺也！刘禹锡已清楚地看到，令人们纯净的心灵受到蒙蔽的，是争权夺利的阴霾，争权夺利则是礼乐崩坏、秩序丧失的必然结果，而古法不恤今用，又是礼乐崩坏、秩序丧失的原因。革新，只有不断地革新，通过革新将执政者与国家和民族的命运融为一体，才是一个王朝永葆强盛的不二法门。

因此，元和元年（806）八月的这道诏书，成为刘禹锡看这个世界的一面镜子。他从中看到了仍未泯灭的人性伟岸，看到了革新事业的光明未来。从此之后，刘禹锡即使对不公的遭遇有牢骚、有怨言、有不满、有悲伤，但他一生之中对大唐人民蓬勃向上的精神力量的坚定信任，从未产生过丝毫的动摇。

董颋听说了刘禹锡不得量移的消息，遂约顾象前来探望。二人来至招屈亭，恰见禹锡坐在亭中，捧着手中宝剑，满面愁容。两人大惊失色，以为禹锡欲寻短见，赶忙奔上前去。董颋从禹锡手中夺下宝剑，喝道："梦得何故如此？不过在朗州多住几日，难道与我等相处令梦得感到羞愧吗？"

刘禹锡一惊，见董颋、顾象气势汹汹，不禁捧腹大笑："二位兄长莫非以为小弟要寻短见？非也非也！近日春深日暖，小弟忽发兴致，欲舒展筋骨，于是携剑来到沅水之滨，本想舞上一番。谁知南方湿气阴沉，剑身竟然锈死在剑鞘中。我好不容易将剑鞘剖开，可剑身真是惨不忍睹！铁锈像鱼鳞一样布满了剑身，看着就像结了痂似的，令人厌恶不堪，正令小弟发愁。"

董颋闻言，自称有办法，然后往近旁民居中讨来一方磨刀石，并一些草腴和乌膏。片刻之间，董颋便将禹锡宝剑磨砺一新，又将草腴和乌膏混合后涂抹在剑身上。禹锡接过剑，果然焕然一新，舞动起来银光闪闪，威武生风，轻轻一弹，磬然有声。

禹锡荡开宝剑，舞过一套剑法，浑身舒泰，于是向董颋谢道："多谢庶中（董颋字庶中）兄！若非兄台，小弟几乎要失去这柄宝剑了！"

"一方磨刀石，便可以令贤弟宝剑再生光华，重展威势。"董颋捋须笑道，"记得汉代梅福曾言，荣华富贵，是天下的磨刀石。汉高祖通过赐予功臣们荣华富贵，令他们变得敏锐精明。"

刘禹锡听出董颋话中有话，于是引二人在招屈亭中坐下，沛然有感道："庶中兄微言大义，禹锡谨受教诲。二位今日之来，定是闻知'纵逢恩赦不在量移之限'的旨意，方才夺我剑去，亦是怕我自寻短见。不过请二位兄长放心，禹锡绝非心胸狭隘之辈！禹锡虽有些许才华，然而永贞一年中经历许多，方知自己身上仍有许多瑕疵，正如宝剑生锈，自然无法上阵杀敌。而贬谪于这武陵山水之中，岂非天赐禹锡以自砺之磨刀石？你们看这宝剑，一旦打磨精锐，便又能上阵杀敌！由此可想，禹锡在此正可以砥砺心志，磨炼精神，焉知无有再当大用之时？”

董颋频频颔首，悦然赞道：“人言刘禹锡豪迈，今日一见，果然不虚！”话锋一转，“据在下观察，今上雄心勃勃，必将有一番大作为，区区刘辟、杨惠琳之流，不过是开刀祭旗。而德宗时朝纲不振，能臣良将散落江湖，今上必以爵禄为砺石，广选天下良材以充实庙堂。以贤弟之能，在朗州稍待时日，今上必有差遣之处！若贤弟宝心不死，还请将此事作文记之，以为时时惕励！”

“言之有理！”刘禹锡奔回屋中，取来笔墨纸砚，行云流水，一挥而就：

南方气泄而雨淫，地慝而伤物。媪神噫湿，渝色坏味。虽金之坚，亦失恒性。始余有佩刀甚良，至是涩不可拔。剖其室乃出。溯阳眇眂，传刃蒙脊，鳞然如痏痂，如黑子，如青蝇之恶。锐气中锢，犹人被病然。客有闻焉，裹密石以遗予。沃之草腴，杂以乌膏，切劘下上，真质焯见。踌躇四顾，逌尔谢客：“微子之贻，几丧吾宝。”客曰：“吾闻诸梅福曰：‘爵禄者，天下之砥石也。高皇帝所以砺世磨钝。’有是邪！”余退感其言，作《砥石赋》。

我有利金兮，以利为佩。遭土卑而慝作兮，雄铓为之潜晦。如景昏而蚀既兮，与肌漆而为疬。顾秋蓬之不可剸兮，尚何游乎髋髀之外。利物蒙蔽，材人惆怅。俾百汰之至精，蟠一检而多恙。岂害气之独然兮，将久不试而然！彼屠者之刀兮，猎者之铤。不灌不淬兮，糅错衔铅。日鼓月挥兮，刲腴击鲜。睨爗爗以耀芒，蓊淫夷而腾膻。岂不涉暑而蒙沴兮，鼎用之而成妍？

有客自东，遗余越砥。圭形石质，苍色腻理。刬其鳞皴，滑以滫瀡。如衣澣垢，如鼎出否。雾尽披天，萍开见水。拭寒焰以破眦，击清音而振耳。故态复还，宝心再起。即赋形而终用，一蒙垢焉何耻？感利钝之有时兮，寄雄心于瞪视。

嗟乎！石以砥焉，化钝为利。法以砥焉，化愚为智。武王得之，商俗以厚。高帝得之，杰才以凑。得既有自，失岂无因？汉氏以还，三光景分。随道阔狭，用之得人。五百余年，唐风始振。悬此大砥，以砻兆民。播生在天，成器在君。天为物天，君为人天。安有执砺世之具，而患乎无贤欤！

“好，好一篇《砥石赋》！”董颋、顾象览赋大赞，既叹刘禹锡玲珑之心思，又感刘禹锡飞扬之文采。

三人于招屈亭中品茗赏春，相互评说近日读书的感悟。而有可托以发感悟者，又莫过于禹锡之境遇。适逢沅水边有卜者招揽生意，引得一众乡民围观，禹锡有感道：“《左传》有云：‘卜以决疑，不疑何卜。’看那卜者生意兴旺，莫非乡中邻里常常混沌于疑虑之中？”

“不尽然！”顾象精通《易经》，然而这门阐述世间万物相互联系与相互影响的精妙哲学，在大多数普通百姓看来，似乎只能用于占卜吉凶祸福。因此，顾象门前常有前来求签算卦的淳朴乡民，这虽令顾象哭笑不得，却也给了他很多与普通百姓交流的机会。

“以顾某观之，人来求卜者，实因不辨利害而不果于抉择，因此来求占卜，只为下一决心而已。”

刘禹锡诧异道：“如是说，则其人非不知孰可为之，而是不敢为之？”

“然也！”顾象叹息道，“常人不辨是非，因而不知利害、不测吉凶。一事者，在此为吉，彼或为凶；此或为害者，正彼之利也。若庄子所言：‘此亦一是非，彼亦一是非’，孰能无惑也？于是巫筮之术盛矣！”

刘禹锡思之良久，论道：“庄子曰‘此亦一是非，彼亦一是非’，然则何以为正？禹锡言之，世间是非，有人人之是非，有天下之是非。人人之是非为私，各执主张，孰是孰非可因人而异，但天下之是非为公，是则恒是，非则恒非，天下不变，而是非不辩。天下之是非既明，百姓循之，则天下可以治矣。”

顾象闻言赞许道：“善哉梦得！世人苦恼，常常在于以人人之是非而代天下之是非，以无常之方法而求有常之因果，岂不谬乎？”

禹锡更由此引申道：“他人若以人人之是非而谤我，我何惧哉？以人人之是非而美我，我何喜哉？以无常之是非而考之，必为无常之吉凶、无常之利害，不足虑矣！我所执者，唯天下之是非，固无惑也！”

董颋深为禹锡之论而折服，又道：“梦得高论，令我等乡野村夫心胸豁然！贤弟胸怀天下之是非，心目愈明而意志愈坚，正可谓才当所用，只待时机！”

刘禹锡兴致再起，文思复涌，提笔道：“今日与两位贤者讨论是非，心有所触，便借那卜者之口，作下励志文章，以为武陵后学警诫！”

董颋、顾象以手镇纸，随禹锡笔尖默默念道：

余既幻惑力命之说兮，身久放而愈疑。心回穴其莫晓兮，将取质夫东龟。楚人俗巫而好术兮，叟有鬻卜而来思。乃招而祝之曰：“嘻！人莫不塞，有时而通，伊我兮久而愈穷；人莫不病，有时而间，伊我兮久而滋蔓。吾闻人肖五行，动止有则。四时转续，变于所极。一岁之旱，人思具舟；三月之热，人思具裘。极必反焉，其犹合符。予首圆而足方，予腹阴而背阳。胡形象之有肖，而变化之殊常？经曰‘剥极则贲’，居贲而未尝剥者其谁？‘否极受泰’，居否而未尝泰者又其谁？鹤胡不截，凫胡不裨？夔何罚而踸踔，蚿何功而扶持？纷纭恣睢，交作舛驰。似与似夺，似信似欺。孰主张之？问于子龟。”

卜者曰：“招我以粗，问我以微。有天下之是非，有仁人之是非。在此为美兮，在彼为蚩。或昔而成，或今而亏。君问曷由？主张其时。时乎时乎，去不可邀，来不可逃。淹淹兮孰舍孰操？鸟喙之毒堇，鸡首之贱毛，各于其时而伯其曹。屠龙之伎，非曰不伟，时无所用，莫若履豨；作俑之工，非曰可珍，时有所用，贵于斫轮。络首縻足兮，骥不能踰跬。前无所阻兮，跛鳖千里。同涉于川，其时在风，沿者之吉，溯者之凶；同艺于野，其时在泽，伊穜之利，乃穋之厄。故曰，是也非也，主者时也！谅淑恶之同出兮，顾所丁之若何。夫如是，得非我美，失非我耻。其去曷思，其来曷期。姑蹈常而俟之，夫何卜为？”言讫，执龟而起。

予退而作《何卜赋》。于是蹈道之心一，而俟时之志坚。内视群疑，犹冰释然。

逢恩不原的诏书令刘禹锡得以安下心来待在朗州。州司马本无甚要务，刺史宇文宿亦不加苛求，刘禹锡闲来无事，便有意寻访荆楚胜迹，排遣心中郁气。怎奈朗州春季多雨，不得远行，禹锡只得蜗居宅中读书度日，好容易盼得云消雨霁，已是初夏时节。见天气晴好，刘禹锡便着差役去请宇文刺史，相约同去探寻陶渊明笔下的桃源胜境。

刘禹锡在招屈亭边的宅子没有马厩，自到朗州后，他一直将坐骑托付给附近农家照料。因要出游，禹锡自然要将坐骑领回。当他刚到乡邻家篱笆外，便听见里面有妇女咒骂：“你这该死的田舍奴，一向自夸擅养牲畜，刘司马重金将他的坐骑托与你照管，你却怎的把马养死了？没有了马，你可让刘司马的官怎么做？”

一听马死了，刘禹锡大骇，连忙推开篱笆门进去，果然见自己的坐骑倒在马厩里。农妇哭花了眼，正指着农夫的鼻子破口大骂。见刘禹锡来，夫妇二人赶忙磕头，农妇号道：“司马老爷，都怪我们没本事，没能养好您的马。您要是不嫌弃，我把我们家套车的那匹马赔给您吧！实在不行，就让这没用的田舍奴去给您当牛做马……”

说着，农妇搡了呆若木鸡的农夫一把，农夫不防，猝然摔倒。刘禹锡本无意与他们夫妇为难，只是惊讶自己这匹骑行多年的坐骑，为何才月余不见，竟死于非命。

禹锡上前观看马尸，见此马身形消瘦，鬃毛也失去了光泽。蹊跷的是，那匹马已经消散了生命光辉的浑浊双眼，圆圆地睁大着，望向北方。

“此马死前有何征兆？”禹锡不忍再看，扭过头来问农夫。

农夫嗫嚅着答道：“司马老爷，您这匹宝马自从送到我们家之后，小人用最精的料、最净的水来饲养，厩里铺垫的干草一天就要换一次，每天都给它梳理皮毛，马粪更是随时清理，对它真比对自己的儿女还要尽心。可这匹马也真奇怪，它总是不爱吃东西，天天要不是没精打采的样子，要不就是烦躁不安，身体一天比一天羸弱，这几天干脆什么都不吃了。今天早上我来看时，发现它已经死了。司马老爷啊，小人若有半句谎言，就叫雷劈死！”

刘禹锡听完农夫的陈述，好言劝慰了几句，嘱咐农夫将马尸火化了，又用坛子装了些骨灰，然后谢过农夫，便告辞而去。

出得门来，刘禹锡正好撞见匆匆赶来的宇文宿。宇文宿闻听沅水边有人火化马尸，又闻是本地农家养死了刘禹锡的坐骑，于是急忙来了解端详。

见刘禹锡抱着坛子，宇文宿忙上前问道：“梦得这是去哪里？我听说你的坐骑暴毙，不知是哪家如此大胆，竟敢慢待朝廷官员的坐骑？”

刘禹锡赶紧阻拦，解释道：“刺史切莫误会！乡民淳厚，待我马甚好。只是禹锡之马生于北方、长于北方，不习江南水土，又常居厩中，丧于疾病，亦在理中。”

宇文宿惋惜道：“梦得坐骑甚是雄健，去年初见时曾令愚兄十分羡慕，咳，可惜啊……”看到刘禹锡怀中的坛子，宇文宿又问，“我听说梦得在沅水边火化了马尸，却是闻所未闻，不知是何用意，还请梦得赐教！”

刘禹锡抚着怀中土坛，答道：“刺史有所不知，此马乃大宛血统，随禹锡多年，与我感情深厚。当年在朝为官时，同僚多蓄马三五匹，而禹锡独此一匹，涉水踏沙，蹚崎岖如履平地，谁人不赞我马威武？后有道人观之，言我马本为渊中之龙，与我有知遇之缘，于是禹锡更加珍爱。不意禹锡陡招祸患，连累此马随我劳顿千里，羁留山水之间，再不得奔驰于广阔的原野之上，终而与我缘尽于此。禹锡心有不忍，念及道士言语，于是将其烧化，封入土坛，欲投之于县南山中龙渊泉，令其重归龙宫。”

宇文宿闻此奇论，心知荒诞，却毫无讥笑之意。他当理解，刘禹锡必是以此马而自喻：昔日驰走天下，风驰电掣，行人瞩目。然而一朝落难，流落荆楚，无适口之饮食，有荆棘于路途，纵有通天之本领，却只能哀鸣于马厩。长此以往，只恐骏马不得战死于疆场，而横死于槽枥之间！呜呼哀哉！禹锡投土坛于龙渊，岂非寄托他仍旧要立大志、兴大道，即使身死朗州亦要魂归京洛之志？以渊中之龙自比，禹锡之豪情令宇文宿肃然起敬而愀然生怜。

在宇文宿的坚持下，刘禹锡没有反对他带着衙役们跟随自己一同往龙渊泉葬马。从县城到南山，每一步禹锡都在思考着。他想起永贞革新时与自己并肩奋斗的好友们，想起他们遭受到的不公待遇。在皇帝眼中，难道只有温驯乖巧之人才是可用之才吗？难道皇帝不知道，名士求马，都要访问乡野，与最性烈的野马相互较量一番后，才能得到一匹绝世名马。马尚且如此，人才岂非更加难得？纵使王叔文之党得罪了今上，难道今上就没有广阔的胸怀去包容这些视大唐国祚为生命的忠臣志士吗？若这些人都像自己的坐骑一样，在异乡水土上闲置而亡，岂不是大唐最可悲的笑话！

龙渊泉深不可测，正如真龙天子的心。禹锡抱着白色的土坛，就像抱着自己纯洁的心愿。土坛落入水中，激起道道波澜。刘禹锡焉能不希望自己的殷殷之志亦能感动宪宗而降下奇迹？可是，土坛的影子很快便消失在碧绿的泉中，刘禹锡也明白，空有这一片报国之心，在宪宗的心中必然是石沉大海，得不到任何回应。看着水面的涟漪渐渐消失，刘禹锡感到了空前的惆怅和悲凉。

宇文宿适时安慰道：“梦得不必忧心！须知千里马常有，而伯乐亦常有！千里马遇伯乐，是机缘也！愚兄坐骑虽然粗劣，然而颇适本地水土，梦得若不嫌弃，可先将就骑之。待来日机缘一到，梦得再寻宝驹，亦不为迟！”

刘禹锡感激地向宇文宿深深作一揖，不仅为宇文宿借马之慷慨，更为宇文宿着意抚慰之言语。

见刘禹锡恋恋不肯离去，宇文宿又建议道：“梦得文才博雅，诗赋文章往往蕴理其中，今日若有所感，何不作来，正可为宝马之挽词。”刘禹锡正有此意，于是折苍翠竹枝为笔，蘸龙渊泉水为墨，在岸边青石板上书《伤我马词》：

马，龙类，盖健而善驰，君子之所宜求为兽也。故法求于力，或逸而善骇。法求于和，或乾而易仆。由德称者鲜焉……

……汉之歌曰：龙为友。武陵有水，曰龙泉，遂归骨于是川。且吊之曰：

生于碛砺善驰走，万里南来困丘阜。
青菰寒菽非适口，病闻北风犹举首。
金壶已平骨空朽，投之龙渊从尔友。

刘禹锡《伤我马词》诗意是痛悼病死之爱骑，实际上是为自己被贬朗州，不得骋其骥足、一展所长、报效社稷而悲伤。

第二十章

品香茗书怀武陵

刘禹锡葬马龙渊事毕，已至正午。众人在一农家用过午饭，宇文宿建议，县南苍山距此不远，此时今春新采的苍溪茶谅已做成，往苍山品茶应是一桩美事。刘禹锡初到朗州时，便在《朗州志》中读到，县南苍山中有一条溪流，名曰枉渚，枉渚流经之茶园所产茶叶驰名荆楚，禹锡久有品茶之念，于是欣然应允。

苍山南麓有数十个茶园，其中数扼守枉渚上游的苍溪茶园地理条件最为优厚，所产“苍溪茶”是远近茶园中之佼佼者。茶园的主人姓卢名振初，原是京兆渭南人，家传制茶技艺，本司宫廷供奉，只因父辈误供陈茶，被流放至朗州。卢振初自小在朗州长大，虽得脱流籍，却恋此地山水，于是在枉渚之畔开辟一片茶园，建起竹楼三五间，令祖传技艺在此生根发芽。

卢振初闻刺史宇文宿和司马刘禹锡同来茶园游玩，受宠若惊，随即命人沏上本年新茶，亲手奉至二位官员面前，恭敬地请道：“宇文刺史，刘司马，此茶名为‘苍溪酥春’，乃用初春新芽，以我家祖传贡茶手艺精制，是我苍溪茶园中最上品。小人又命茶工往枉渚上游水源处新汲了泉水，为二位大人冲泡，请二位大人品尝！”

卢振初一开口，仍有几分渭南口音，这便勾起了刘禹锡在渭南任主簿时的诸多回忆。再品手中香茗，亦似果真有几分渭南贡茶的气韵。轻啜一口，忽有一片葳蕤茂盛的茶林花海盛开于心田，扑面而来的暖风裹着甘甜的芬芳，携着品茶人的身心在青山碧水之间飞舞、徜徉。此刻，这一盏清茗，便是全世界所有的满足与欢愉。

刘禹锡又饮数盏，元神大振，连连称赞。然而，看茶园中只有几间普通的竹楼，刘禹锡心中不解，于是问道：“卢园主，你这‘苍溪酥春’品位非凡，即便贡入宫中亦能独占鳌头，贾于京洛可值万钱，可为何你这里……”

卢振初笑道：“司马可是觉得小人这里简陋，不似茶商巨贾？”

“正是。刘某从小生长在江南计司之家，江南茶叶榷税年入亿万之巨，可见茶商获利丰厚。但园主的苍溪茶非但籍籍无名，且看似未有远销，不知何故？”

宇文宿也插言道：“我也奇怪。去年本官曾有意推荐苍溪茶作为贡品，园主却坚决固辞，后因水灾而未及详察，今日到此，不妨与我说个清楚。”

卢振初一面沏茶一面回答：“禀二位大人，小人家祖祖辈辈皆以制茶为生，焉能不知茶利丰厚？记得儿时小人家在渭南堪称大户，每年进贡御茶，何等风光？然而祖父一时失误，将隔年陈茶贡入宫中，宫中贵人雷霆震怒，将小人一家抄家流放。从荣华富贵到家徒四壁，看遍了世态炎凉、人情冷暖。倒是来到朗州之后，此地蛮荒未开但山水相宜，乡风原始却人情浓厚，对我们这一家罪人如远来的客人。不知二位大人是否能理解，这样强烈的境遇反差对小人的内心产生了何样的冲击！”

“当然理解！”禹锡心中震颤，脱口而出。

卢振初微微一笑，又接着说道：“儿时记忆，历历在目。数十年来，小人不愿重归故土，亦不愿贩茶牟利，只愿在此打理这片小小天地。若无朗州乡邻无私相助，小人哪能坐拥如此一片丰饶茶园？又因本地乡邻过去只能以打鱼狩猎为生，每逢捐课颇有为难，于是小人收徒传授制茶技艺，聊以报答这片水土养育的善良人民。至于不愿以苍溪酥春入贡京城，只因千里贡茶靡费颇巨，徒增百姓负担，我所不欲也。”

刘禹锡闻言，沉默不语，只是品茶沉思。宇文宿一面为卢振初的茶而惋惜，一面又为他与众不同的人生选择而叹服。两人言语往来之际，刘禹锡凭栏观望，只见黄昏的薄雾中，远方的群山燃起点点火光，于是问道：“宇文刺史，那边莫非就是在烧畲吗？”

宇文宿抬头望了一眼，答道：“正是。朗州荒蛮未开，耕地少而薄，因此乡民往往在山中放火，烧出一片土地。耕作两三年后，地力减退，便又在山中烧出新地耕种。由是名为烧畲。”

卢振初也接着说道：“烧畲可是本地百姓一年一度的盛大节日！二位大人不妨就在我竹楼中用些晚饭，迟些便能听到四周烧畲之民踏月俚歌之声。小人知道刘司马曾在京为官，常参禁中，定曾闻得梨园歌舞，但小人敢向司马保证，朗州乡音俚曲生动活泼，更耐得品味。”

刘禹锡道：“屈子放逐此地时，‘怀忧若苦，愁思沸郁’，而作《九歌》。歌中多有送神祭祀之境，想来与朗州俚曲歌舞不无关联。我今于此地，欲效先贤，再作新词。”

“善哉！”宇文宿笑着催促，“既然如此，你我既蒙主人相邀，还不前往竹楼？”

趁卢家准备饭食的空闲，刘禹锡又往其他几座竹屋中参观。虽说卢振初没有从茶叶贸易中赚取暴利，但毕竟是州郡名茶，卢家也算十分殷实。卢家的孩子们这时方散学归家，难得见到生人到访，高兴地围拢上来。颇令禹锡惊讶的是，卢家子女虽多，却都知礼仪，试以诗文考之，竟能对答如流。

卢振初深为这群子女感到自豪，在刺史和司马面前夸道：“二位大人，先父心中，不以贩茶赚钱为意，却常憾于无有诗书传家之风。朗州虽然荒蛮，近些年来也常有出仕为官之辈。至小人成家立业以来，立誓令诸子女习读诗书，将来考取功名，再不做空有家资的土财主。”

宇文宿大笑道:“卢园主好志向!你这许多子女，若是都做了官，你岂不是皇帝了?”

卢振初也笑答道:“刺史说哪里话!小人一家流落至此，若不多生儿女，令家族壮大，怎能长久立足呢?”刘禹锡听二人对话，深觉有趣，若在长安，何人敢拿皇帝说笑?

忽然，对面山上响起鼓乐，间或呐喊之声。刘禹锡闻声望去，见山坡上人群攒拥，手持火把，载歌载舞。卢振初笑着指点:“大人，此地习俗，燎火烧畬，伐木杂草，刀耕火种。先以鼓乐歌舞，以驱榛中虫兽;再以奠酒烧纸祭天，赐降‘天火’;最后以艾蒿火绳点燃柴草烧畬。在畬火尚有余烬时，山民便上山‘点种’，撒下五谷种子‘过天火’，如此，来年种下的五谷鸟雀不敢啄，虫豸不会淫，落雨沤不烂，日晒而不枯。地也‘显灵’，不须施肥锄耕，就会苗齐秆壮，穗粗粒丰，地无杂草，果不生虫。”

宇文宿笑道:“烧畬如此玄妙壮观，似一幅图画，描绘出山民辛劳之美。”

刘禹锡拱手一笑:“万事之美在于人造，万事之恶亦由人生。”

卢振初家人已将晚饭备好，三人落座，酒酌茶叙。随后，在宇文宿与卢振初说话时，刘禹锡便看卢家书房，果然藏书齐备。想到来朗州后只在刺史府略略翻过几页地方志，禹锡便从书架中抽出《朗州志》来，细细阅读。

宇文宿见刘禹锡在读《朗州志》，便提议道:“梦得，你看这方志中所载，朗州自古便是文人骚客往来之地，风物人情俱成诗赋歌咏，神话传说引人入胜。不过，自大唐立国以来，朗州久无闻名天下的文章大家过往，方志之中渐渐无事可载，亦无人在外为朗州扬名。某为朗州刺史一任，屡遭天灾，疲于赈济，上有负于天恩，下无颜于父老。梦得虽贬谪到此，却是朗州之幸。今有一事相求于梦得，还望应允!”

刘禹锡连忙施礼道:“刺史有何吩咐，但请尽言!”

宇文宿先谢过刘禹锡，然后说道:“梦得才名早成，天下皆知，眼下虽困居朗州，然而不过三十五岁，朝中广有亲朋，来日必定东山再起。若梦得不弃此地穷山恶水，请以方志所载，属文一篇，将来或可随梦得之文集而令天下人闻朗州之名，则在下不枉在朗州一任矣。”

宇文宿言语诚恳，刘禹锡心感其至诚，不欲违命。待晚饭毕，卢振初在竹楼上陈桌列凳，摆开文房四宝，又命诸子恭敬侍候。这时天已黑尽，漫天星斗高悬于茶园顶上，远方山上烧畲的点点火光更像从天而降的星星，热情奔放的民歌传到竹楼中，带来了生机蓬勃的欢乐。刘禹锡欣然有感道：“按《天官书》所分，武陵星分翼轸，在春秋战国时皆为楚地，秦惠王取得此地后，曾置黔中郡。秦末群雄并起，项羽杀义帝而伤楚人之心，此地人哭曰：‘天下怜悯楚人，因而响应推翻暴秦，今日楚王究竟犯了什么罪过，竟要加以杀害？’郡民自发穿素戴孝，在招屈亭遥遥祭拜。汉高祖闻听此事后，感叹此地人民忠孝节义，因此将此地改名‘义陵’。东汉光武帝时候，义陵乃夷夏相交之地，常遭蛮夷攻掠，朝廷因命郡县东迁，欲拟新名，用《左传·宣公十二年》语‘止戈为武’，易名‘武陵’，寓意安定。武陵在晋、宋、齐、梁间俱为王子王孙分封之地，地方志中皆有记载。禹锡自尚书员外郎出补连州刺史，途中又贬为朗州司马，来到朗州后，常以方志所载之事询问于乡里，果然此地山川风物皆曾为历代骚客赋诵。今日禹锡便以我之见闻而作诗歌，因自述其出处之所以然，所以便用‘书怀’为名。”

见刘禹锡提起笔来，众人皆屏声静气，在后观望。只见刘禹锡字字工整，款款书道：

西汉开支郡，南朝号戚藩。四封当列宿，百雉俯清沅。
高岸朝霞合，惊湍激箭奔。积阴春暗度，将霁雾先昏。
俗尚东皇祀，谣传义帝冤。桃花迷隐迹，楝叶慰忠魂。
户算资渔猎，乡豪恃子孙。照山畬火动，踏月俚歌喧。
拥楫舟为市，连甍竹覆轩。披沙金粟见，拾羽翠翘翻。
茗坼苍溪秀，蘋生枉渚暄。禽惊格磔起，鱼戏噞喁繁。

沈约台榭故，李衡墟落存。湘灵悲鼓瑟，泉客泣酬恩。
露变蒹葭浦，星悬橘柚村。虎咆空野震，鼍作满川浑。
邻里皆迁客，儿童习左言。炎天无冽井，霜月见芳荪。
清白家传遗，诗书志所敦。列科叨甲乙，从宦出丘樊。
结友心多契，驰声气尚吞。士安曾重赋，元礼许登门。
草檄嫖姚幕，巡兵戊己屯。筑台先自隗，送客独留髡。
遂结王畿绶，来观衢室樽。鸢飞入鹰隼，鱼目俪玙璠。
晓烛罗驰道，朝阳辟帝阍。王正会夷夏，月朔盛旗幡。
独立当瑶阙，传诃步紫垣。按章清犴狱，视祭洁蘋蘩。
御历昌期远，传家宝祚蕃。繇文光夏启，神教畏轩辕。
内禅因天性，膺图授化元。继明悬日月，出震统乾坤。
大孝三朝备，洪恩九族惇。百川宗渤海，五岳辅昆仑。
何幸逢休运，微班识至尊。校缗资筦榷，复土奉山园。
一失贵人意，徒闻太学论。直庐辞锦帐，远守愧朱幡。
巢幕方犹燕，抢榆尚笑鲲。邅回过荆楚，流落感凉温。
旅望花无色，愁心醉不惛。春江千里草，暮雨一声猿。
问卜安冥数，看方理病源。带赊衣改制，尘涩剑成痕。
三秀悲中散，二毛伤虎贲。来忧御魑魅，归愿牧鸡豚。
就日秦京远，临风楚奏烦。南登无灞岸，旦夕上高原。

——《武陵书怀五十韵》并引

宇文宿朗诵再三，而拜禹锡道：“善哉梦得！从今往后，朗州之名必将因梦得之诗而再传天下！”

又览诗中“将霁雾先昏”之句，宇文宿又言道：“阴雨连绵之时，若见黄昏起雾，则预示来日将雨过天晴。梦得啊，屈居武陵岂非你仕途之中的黄昏迷雾？明日定可拨云见日，再整乾坤！”

卢振初爱此《武陵书怀五十韵》极深，禹锡便将此诗稿留作纪念。

众人只是欣赏这首《武陵书怀五十韵》，却不知此诗深意。刘禹锡不禁慨叹今日董颋未有同来，无此知己，谁又能体会此诗蕴含之深意？在这篇渗透着湘灵贞、泉客情、屈原恨、义帝冤的诗作，其实寄托的是刘禹锡对太上皇——唐顺宗的无尽哀挽。刘禹锡一直都有怀疑，顺宗继位之后，病情明明已有好转，何以一夜之间“宿疾复作”？正月时，宫廷向天下昭告太上皇病情严重，如此不同寻常之举岂非不打自招？可是谁又能大胆质问、追查真相呢？贬在朗州的刘禹锡，也只能学王粲一般“南登霸陵岸，回首望长安”，将一片哀恸之心，深深掩埋在隐晦的文字之中。

刘禹锡本与宇文宿相约寻访桃花源胜迹，孰知去年水患灾荒尚未平复，本年又天降大旱，赤地千里，宇文宿上下奔走，却难以筹来钱粮，虽然亲力亲为打井汲水，怎奈收效甚微。刘禹锡官无所司，空享俸禄，心中备受煎熬，更思早回朝堂。可是，有宪宗“逢恩不原”之诏在上，杜佑尚不能为之解困，又有何人敢旁置一词？

刘禹锡亦曾收到两封长安来信。其一乃权德舆所写。权德舆方进太常卿，拜礼部尚书、同平章事，位居权要，然而其人已堕庸庸自保之俗套，不敢有所作为，修书刘禹锡，只述悲悯之情而未措一辞以慰远人之心，只令禹锡寒心。信之二乃武元衡所撰，颇使刘禹锡意外。武元衡自宪宗登基后便官复原职，仍任御史中丞，元和元年（806）擢为户部侍郎，因力主征讨西川而受宪宗重视。对于刘禹锡，武元衡的态度充满矛盾。一方面武元衡十分欣赏刘禹锡的才学，不愿失了文坛前辈的身份，另一方面又因永贞革新期间对刘禹锡的活跃表现满心不屑。因此，武元衡致信刘禹锡，直言不讳的批评虽然几乎令刘禹锡无法直视，但刘禹锡的心中难免也生起了一丝希望，也许自己的改变有一日能化解武元衡深深的成见，亦未可知。

旱灾稍退时，已至八月十五中秋佳节。宇文宿日夜奔忙，所幸天意加悯，几场秋雨令山野河泽恢复些许生机。虽然禾稻歉收，不过朗州百姓惯习渔猎，只要山中有兽、水中有鱼，便可赖以为生。见百姓们的生计有了着落，宇文宿才略感安心。

中秋之夜，宇文宿邀请州县名士，在桃源观中设宴赏月。州县父老无不感念宇文宿日夜劳顿，俱来为之道贺。去年中秋时，刘禹锡刚被贬斥，正带着满心的孤愤与京中友人道别，以为不用多久便可重回长安。今年中秋佳节，刘禹锡愤懑已消，在朗州安顿妥当，家中妻儿也已到此相聚，准备长做武陵迁客。

刘禹锡虽无功于赈济，却常在私塾学馆中客串，讲诗授书，也有一番乐趣。乡里父母闻之，无不欢呼庆幸，亦来向刘禹锡道谢。因刘禹锡的诗文其时已在武陵学童之中传诵甚广，中秋之夜，孩子们为获得一块月饼、一枚饴糖，争相背诵。刘禹锡听着一首首往年诗作，过去的经历渐次浮现眼前，今昔相照，令人感慨，却往往忍不住为过去的青涩而开怀。

这时，一个孩子又背诵道：

渔舟何招招，浮在武陵水。拖纶掷饵信流去，
误入桃源行数里。清源寻尽花绵绵，踏花觅径至洞前。
洞门苍黑烟雾生，暗行数步逢虚明。俗人毛骨惊仙子，
争来致词何至此。须臾皆破冰雪颜，笑言委曲问人间。
因嗟隐身来种玉，不知人世如风烛。筵羞石髓劝客餐，
灯爇松脂留客宿。鸡声犬声遥相闻，晓色葱茏开五云。
渔人振衣起出户，满庭无路花纷纷。翻然恐失乡县处，
一息不肯桃源住。桃花满溪水似镜，尘心如垢洗不去。
仙家一出寻无踪，至今流水山重重。

——《桃源行》

此子聪颖，一首长诗背得只字不错。然而宇文宿听后却甚惊奇，问道：“梦得何时作此桃源行之诗？本官曾答应梦得同去寻访桃源胜迹，却总被旱情所误，莫非梦得已自前去？”

刘禹锡尽展欢颜，答道：“刺史一心赈务，禹锡无以相助，焉有兴

致游玩？想来此诗已是十几年前所作，那时正是读书用功，读陶渊明《桃花源记》，心中遐想联翩，苦不成行，于是作下这篇《桃源行》以志纪念。孰料今日果然来到武陵山水之中，岂非冥冥之中已有定数？”

众人闻言唏嘘不已。宇文宿有恍然之叹：“原来梦得与武陵早有缘分暗结！既然梦得久蓄寻访桃源之志，待到来年桃花盛开之时，某必履前约，助梦得圆梦！”

刘禹锡愈加欢喜，频频与人碰杯。正所谓天人感应，地上众人的欢乐，感动了上天，中秋的圆月终于从云雾之中露出脸来，为独踞山顶的桃源观罩上一层悠悠寒光。身处这片奇异美妙的景致中，微醺的刘禹锡竟有飘飘欲仙之感：

朦胧的月光中，刘禹锡忽见李少君乘云而来，忙施礼相问。李少君并不言语，只笑着请刘禹锡同登仙山玉坛，与众仙人相见。在彩云之端，刘禹锡可以极目万里，甚至能隐约看见长安宫中百官朝贺的盛大场面。可是，自己的脚下却只有一片松林，孤独地流淌着一脉山泉。忽然间，星移斗转，众星如绚烂的礼花般飞舞起来，一声仙乐从天而降，在人心底回响，令人肌骨生寒，却更陶醉其中。仙乐奏完时，东方升起了金色的霞光，圆月西沉，仙人们纷纷远去，李少君又送禹锡回去。禹锡不住地回头，留恋这难得的良辰美景……

刘禹锡再回头时，却见众人笑道：“刘司马醉了，醉了……”起身来看，自己果然还在桃源观中，明月高悬，夜色正美，孩子们仍在追逐嬉戏。禹锡将方才所见讲与众人听，观中道士们纷纷高诵天尊法号，请刘禹锡一定将此事作诗纪念。盛情难却之下，刘禹锡便以《八月十五日夜桃源玩月》为题，在桃源观墙壁上题下诗篇：

尘中见月心亦闲，况是清秋仙府间。
凝光悠悠寒露坠，此时立在最高山。
碧虚无云风不起，山上长松山下水。
群动翛然一顾中，天高地平千万里。

少君引我升玉坛，礼空遥请真仙官。
云軿欲下星斗动，天乐一声肌骨寒。
金霞昕昕渐东上，轮欹影促犹频望。
绝景良时难再并，他年此日应惆怅。

数十年后，刘禹锡之族侄刘蔇复至此地瞻仰，见墙上诗句斑驳，于是又将此诗刻于石壁之上，以期不朽。

第二十一章 观磨镜痛叱自欺

时过境迁，元和二年（807）春天来到时，刘禹锡仍未能得偿所愿，访问桃源。阻挡刘禹锡的，依旧是严重的干旱。

元和二年三月起，沅湘一带便无降雨，到六月时，朗州地面已经大变了模样，原本密如蛛网的水泽河流大多已近干涸。刺史宇文宿心忧如焚，但在天灾面前，人力焉有可为？宇文宿明知无用，却还领着州县官吏跑遍了州内的山神、土地、龙王等诸神仙庙宇，虔诚祷告，不敢奢求灵验，只求百姓能看到他奔波的汗水而不加苛责。

空前的干旱给朗州人民带来了无数的苦难，更为百姓的生活造成极大的不便。其中一个重大的问题，便是州治武陵县城原本置于沅水上的集市，必须要搬迁了。

自元和元年以来，因旱灾之故，本地物产大幅减少，外地商贾带来的丰富商品，在一定程度上缓解了朗州物资匮乏之状。朗州之地又不似长安、洛阳，每日均有商贾云集，而是每月只有初八一日有集市于武陵，因此，集市之于百姓，不可或缺。按往年惯例，集市设在沅水上几条河流交汇之处，商贾们乘船载货而来，聚集一处，正是刘禹锡诗中所言“拥楫舟为市”。

河流干枯，百姓对外地输入商品的需求更大了。宇文宿亲自勘察了武陵县城内外，最终将集市选址在城南门外大路通达之处。此地道路四通八达，又在沅水之旁，可算是水陆通衢，划作集市新址尤为合适。消息传出，商贾、百姓闻风而动，俱往新址而来。

刘禹锡久闻武陵集市热闹非凡，新址又恰在招屈亭下，便与宇文宿、董颋、顾象相约，在招屈亭中观看市集贸易之盛况。

这日清晨，晨鸡未鸣时，刘禹锡在家中便被阵阵由远及近的喧闹声吵醒，料是集市已开，便速速穿戴，往招屈亭而来。宇文宿等人早已在此等候，见禹锡姗姗来迟，众人笑道：“梦得就住在招屈亭边，约我等观看市集，却没想到离得最近、却赶了个晚集吧？”

刘禹锡面有愧色，答道：“梦得着实不知武陵集市如此之早，令诸公久候，惭愧！”

“惭愧无用！”董颋大笑道，“今日盛况难逢，梦得须有好诗作来才是！”

禹锡连连称是。有衙役为他送上新出炉的芝香胡饼，这在朗州是少见的小吃。刘禹锡品尝着久别的长安滋味，与众人倚在招屈亭的围栏边，观看集市喧腾之状。

沿着沅水河岸，道路两旁，数不清的商贾已经占住各自的地盘，摆下了各自的买卖。由上瞰之，市集虽然杂乱，却有分别，货卖器皿、牲畜、酒食、菜蔬、布帛之类者，分类而聚集，自成一隅，间有挑担叫卖者行走其间，更有卜筮、赌博之徒坐地生财。日上三竿时，集市中已是人山人海，摩肩接踵，而叫卖声、交易声与牲口叫唤声错杂相间，热闹非凡。

刘禹锡正看到高兴处，忽然，听到集市一隅传来婉转悦耳的琵琶声。驻足细听，竟是早年长安画坊歌姬人人皆会的《繁霜》。

日暮风吹，叶落依枝。丹心寸意，愁君未知。

歌繁霜，侵晓梦，何意空相守，坐待繁霜落！

歌声凄婉，琵琶声咽。禹锡闻听此歌，竟另有一番滋味在心头！不由独自走下招屈亭，走向歌者。见歌者是一憔悴妇人，唱至最后，已是泪如断珠，哽咽不止。

刘禹锡本欲拊掌，见此境况只有轻叹一声，并屈身将碎银放在妇人面前："夫人拨得好琴曲！有劳！"

那妇人抬首，见刘禹锡一副官人模样，连忙起身施礼："贫妇自京师辗转流落于此，多谢大人怜悯！"

刘禹锡暗叹："同是天涯流落人！"遂问道，"我且问你，因何来到此地？"

那妇人拭泪："我名泰娘，曾为苏州韦尚书家中侍女。自幼诲以琵琶，使奴歌且舞。尚书回京，携奴同归。尚书薨，奴便出居民间艺坊，歌舞为生。蕲州刺史张愻喜我琴曲，将奴收为家妓。张大人谪居武陵而卒，使泰娘无所归。地荒且远，无有能知奴容与艺者，故日抱乐器而哭。"

泰娘言毕，泪落如雨。禹锡唏嘘："妇人女子，华落色衰，至于失主无依，如此多矣。"言及此处，刘禹锡忽然心事触动，自己"逢恩不原"，说不定亦将老于此地！唉，莫非自己亦将终身不遇，在武陵草木俱腐，可胜叹哉！不由低头暗诵：

……繁华一旦有消歇，题剑无光履声绝。
蕲州刺史张公子，白马新到铜驼里。
自言买笑掷黄金，月堕云中从此始。
山城少人江水碧，断雁哀猿风雨夕。
朱弦已绝为知音，云鬓未秋私自惜。
举目风烟非旧时，梦寻归路多参差。
如何将此千行泪，更洒湘江斑竹枝！

——《泰娘歌》

刘禹锡心怀感伤，正与泰娘相别时，恰逢夫人薛氏也来到招屈亭中。见禹锡与泰娘把话，便也来到刘禹锡身边。薛氏善良，闻听泰娘遭遇之不幸，不由央求禹锡："泰娘无依，而家中尚需女佣。若泰娘不嫌家中简陋，就随我一起照顾儿女。"薛氏自幼长于官宦之家，又生活在北方。随刘禹锡谪居朗州后，水土不服，艰辛备尝，身体日渐虚弱。刘禹锡心疼爱妻，只好应允。泰娘欢喜而泣，遂收起琵琶，跟随夫人身后。

见过了宇文宿等人，薛氏对刘禹锡道："家中铜镜经年日久，镜面磨损，如蒙厚漆一般。若今日市集中有镜工，可令其重新打磨一番。"

薛氏嫁与刘禹锡正是贞元二十一年（805）刘禹锡任屯田员外郎时。薛氏之父为京兆水运使薛謇，此时已调任福州刺史。只是禹锡不喜岳父为政之道，且政见不和，故少有来往。薛氏不以禹锡仕途陨落为意，留京产子后，便携子来朗州与禹锡相聚。因其淑德，禹锡待之情谊深厚。既有相求，禹锡遂往集市中寻制镜人去。

来到集市中，刘禹锡更加深刻地体会到普通朗州百姓的生活是如何艰辛。但凡目光所及之处，无不是唇枪舌剑的讨价还价，每一枚铜钱的流转都要经过数不清的争辩。最与高处观市不同之处，便是气味。只有亲自穿梭于市集中，才能闻到那汗味、牲口味、粪便味、血腥味、金属味、酒香味、饭菜香味等等融合在一起的复杂气味，这种气味令人作呕，却又引得人血脉贲张，着实是一种奇妙的感觉。

刘禹锡早已看到制镜匠人之所在，却也挤了半天，才来到摊前。摊主一见是个官员模样的来问，汗涔涔的脸上立刻堆满了殷勤，招呼道："官人可是为娘子买铜镜？小人这铜镜所用之铜，产自九华山中，天生听受高僧讲经说法，虽未经开光，却也满含功德，置于家中，可保富贵平安，主子孙兴旺，又能镇宅驱邪，照妖除祟，再有小人独特工艺制作，必令官人娘子欢心喜悦！"

刘禹锡听了匠人一套言语，心中好笑：一面乡野粗制的铜镜竟然能编出这么许多荒诞不经之词！但在诸多铜镜中挑剔再三，刘禹锡疑惑地问："这位匠人，你方才一套言语，我看只有这些镜子未有开光果是实情吧？”

匠人一愣，问道：“官人何意？”

刘禹锡拿起几面铜镜，递到匠人面前。“你看！这些铜镜虽然装饰精美，却都未打磨光润，影影绰绰，不能看清面目，岂非没有‘开光’？如此昏镜，要之何用？”

匠人不急不恼，却笑弯了腰，仿佛刘禹锡犯了十分滑稽的错误。刘禹锡略有愠色，再问道：“你倒说来，如此昏镜，要之何用？刺史大人就在招屈亭上观看，你若以次充好，定要将你拿问治罪！”

如此一说，匠人赶忙收了笑容，上下打量了刘禹锡一番，恍然大悟道：“莫非您就是刘司马？”

刘禹锡一惊，未及回答，匠人便接着道：“果然就是您了！唉，看不明白这昏镜的奥妙，也难怪被贬到这穷乡僻壤之地。这世间之人，有谁愿意承认自己难看的？若是在明镜中看见自己相貌有瑕疵，人们往往会迁怒于镜子，这样的镜子又如何能受人欢迎？倒是那些如罩云雾般的镜子，人影在其中模糊不清，自然看不出有何瑕疵，人可尽情想象自己的美貌，岂不妙哉？我乃鬻镜谋生之人，每日所售之中，明镜十不足一，自当多做昏镜。”

刘禹锡听得怔住，一时竟无言以对。此时，有几名村妇也来买镜，禹锡眼角偷看，果然见那几人各执一面昏镜，搔首弄姿，欣赏完那看不清的想象中的美貌，村妇痛快地将昏镜买走。见刘禹锡还在观看，匠人不无得意地道：“您看，我没说错吧！光滑如水的镜子，她们碰都不愿碰一下！”

刘禹锡闻言，愤然而退。

回到招屈亭中，众人见刘禹锡神情愤恼，忙问缘由。刘禹锡却不作答，只从董颋手中夺过笔，饱蘸浓墨，行文如江海翻波：

镜之工列十镜于贾奁，发奁而视，其一皎如，其九雾如。或曰：“良苦之不侔甚矣。”工解颐谢曰：“非不能尽良也，盖贾之意，唯售是念，今来市者，必历鉴周睐，求与己宜。彼皎者不能隐芒杪之瑕，非美容不合，是用什一其数也。”予感之，作《昏镜词》。

昏镜非美金，漠然丧其晶。陋容多自欺，谓若他镜明。
瑕疵自不见，妍态随意生。一日四五照，自言美倾城。
饰带以纹绣，装匣以琼瑛。秦宫岂不重，非适乃为轻。

书毕，刘禹锡长啸一声，几有捶胸顿足之状。众人观看完诗文，便了然于胸。

这奸猾的制镜人，制造铜镜的手艺不入流品，然而，却是琢磨人心、人性的个中高手！世人谁不爱美？而堪称美者才得几人？明镜果然可恨，偏将爱美之人的不美之处照得一清二楚！于是乎，那些昏暗不堪的铜坨，竟也能冒称“镜”之名，被那些面容丑陋之人视为珍宝！这些自欺欺人之辈不仅面容丑陋，其心智更是愚蠢、丑陋！连一个小贩都懂得利用这种低劣的人性弱点来牟利，相比之下，誓做大唐天下之明镜的刘禹锡，岂不是显得太愚蠢了吗？群臣百僚难道会愿意在刘禹锡的映照下显得庸碌无为吗？高高在上的皇帝难道会愿意在刘禹锡的映照下被还原为一个有很多缺点的凡人吗？不，他们都不会！当他们众口一词、相互夸赞完美时，唯一错的，就只有那面明晃晃的铜镜——只有刘禹锡这样的人！如今，从长安宫廷到朗州市集，只有甘做一面昏镜，才能上下相安！悲哉哀哉！

刘禹锡想及此处，胸中愤懑难平，大吼一声：“差役！速去将那制镜匠人带来，今日必要令他将我家中昏镜打磨一新！”

差役领命而去，不大工夫便将匠人领来。匠人见一众官员，慌忙跪下磕头道：“各位官人在上，小人不知有何可以效劳之处？若求铜镜，但取便是，小人分文不收……”

“谁要你这些破烂！”刘禹锡怒喝道，“命你将我家中铜镜打磨光滑，若有半点虚幻，定将你重责二十大板！”

“小人遵命便是！”匠人不敢怠慢，与刘禹锡同去。

董颋览文叹道：“梦得心中仍为永贞之事而不平，言语颇指今上。”

宇文宿忙命差役等远离十步，问道：“董先生何出此言？”

董颋指“秦宫岂不重，非适乃为轻”一句，释道：“传言秦始皇宫中有一面铜镜，可以照见人心之善恶忠奸，所以王公大臣们都不喜欢。此乃字面之意。不过梦得文章一向擅用双关，此诗断无例外！诸君请想，太宗临朝之前曾封秦王，‘秦宫’岂不有暗指太宗之意？今上虽然常读《贞观政要》，标榜以太宗为楷模，可太宗以魏征为镜的佳话，恐怕已经成为大唐绝唱。说‘非适乃为轻’，正是指斥今上违背祖训，便是那以昏镜自欺欺人之辈！”

宇文宿颇为赞同，叹道：“可怜梦得生于此乱世之中，才无所用，壮志难酬。若生于明时，怎会屈居于此？”

几人慨叹禹锡遭遇，亦对宪宗不容禹锡抱有微词。

正说话间，刘禹锡从家中返回，看其表情，怒气全消，欣欣然有喜色。见到众人，刘禹锡先致歉道：“方才禹锡怒气冲撞，令诸公不悦，还请见谅！”

谁人又会对这负屈失意之人求全责备呢？众人皆言无事，顾象又问：“梦得如此高兴，可是家中铜镜已打磨光净了？”

“正是！”刘禹锡的高兴，绝非只为一面铜镜。当他从打磨好的镜中清清楚楚地看见自己的身影时，他仿佛看到自己一洗沉冤，重以光彩夺目之形象再登朝堂，宵小奸佞之辈立刻现出原形，逃遁无踪。到那个时候，刘禹锡究竟是一面天下之宝镜，还是一块无用的瓦砾，才能作出最终的回答！

刘禹锡复又提笔，在《昏镜词》下接着作了一首《磨镜篇》：

流尘翳明镜，岁久看如漆。门前负局生，为我一磨拂。

萍开绿池满，晕尽金波溢。白日照空心，圆光走幽室。

山神妖气沮，野魅真形出。却思未磨时，瓦砾来唐突。

这是何等昂扬的斗志！何等饱满的热情！何等豪壮的自信！何等蓬勃的生命！朗州的偏远荒蛮算得什么？朗州的走兽瘴疠算得什么？“纵逢恩赦不在量移之限”又算得什么？把这许多天降的不幸都踩在脚下，登入云霄之人，非刘禹锡而其谁！

作完诗，刘禹锡再看亭下熙熙攘攘的集市，竟然陡生似曾相识之感。

噫嘻！是也！昔日朝堂之上群臣纷争，亦有如是场景而更过之！满朝文武各怀私利多于商贾之私货，党同伐异倍于商贾之结社，相互攻讦频于市集之争执，尔虞我诈甚于市集之诋欺！而龙蛇混合、香臭同堂之复杂，更远非市集可比！市集中有人虚言揽客，而朝中官吏之言语愈加天花乱坠；市集中人人争先恐后，只怕奇货为他人所得，朝中官吏哪个不是追名逐利，唯恐显要之位旁落他人？唯一大不相同之处，便在于商贾直言求利，而朝中官员皆口称圣贤，相互谀颂，但内心里贪婪成性，唯利是图！相比之下，商贾虽然粗俗，却淳朴实在，官员锦衣玉食，却是虚伪龌龊！

刘禹锡观看眼前集市，思绪已飘出万里之遥，不觉间日已西斜，集市渐渐散去，留下随地可见的堆堆垃圾。乌鸦和野狗终于等到了这一顿大餐，乐此不疲地翻找着它们的美味。刘禹锡不禁大笑：他想起昔日的某些同僚，那些人只会随着权贵们摇尾乞怜，无望入据要津，只能等人赏赐些残羹剩饭，却还兴奋异常，往往做感恩戴德之状，与眼下这些在腐肉烂叶中拼命啃食的乌鸦和野狗有什么分别？

“圣人谬矣！”刘禹锡不由自主地叹道。

众人诧异，便问：“圣人谬在何处？”

刘禹锡面露讥诮，答道：“《周礼》有云，士以上不入于市，以为市集乃纷乱下流之所在，传至本朝亦有此风俗。今日在此观市，市集之乱，尚不及庙堂之万一，令朝士入于市，何有惧焉？倒是不宜令商贾入于朝，确是英明之策！倘使商贾入朝熏染，必定奸猾更甚，则害民益深！由此又令禹锡感慨，当初在杜司徒淮南幕府时，杜司徒曾对众幕僚言，他致仕之后，必要买上一匹小马，每日将它喂得饱饱的，然后穿上粗布衣衫，骑着它去市集上看傀儡戏。禹锡原本以为，杜司徒是因郭令公之虑，欲以自污而求自保，今日方知，杜司徒浸染官场日久，是要到市集中洗心革面去矣！”

众人大笑不止，皆以为刘禹锡言语刻薄，寓意却诙谐辛辣。趁着这日最后的霞光，刘禹锡再作《观市》一篇，讽喻朝廷乱象的同时，亦为后人记录下州县集市一日生动真实的繁华之状：

由命士以上不入于市，《周礼》有焉。由今观之，盖有因也。元和二年，沅南不雨，自季春至于六月，毛泽将尽。郡守有志于民，诚信而雩，遂遍山川、方社。又不雨，遂迁市于城门之逵。余得自丽谯而俯焉。

肇下令之日，布市籍者咸至，夹轨道而分次焉。其左右前后，班间错跱，如在阛之制。其列题区榜，揭价名物，参外夷之货焉。马牛有牵，私属有闲。在巾笥者织文及素焉，在几阁者彫彤及质焉，在筐筥者白黑巨细焉。业于饔者列饔饎陈饼饵而苾然，业于酒者举酒旗涤杯盂而泽然，鼓刀之人设膏俎解豕羊而赫然。华实之毛，畋鱼之生，交蜚走，错水陆，群状夥名，入隧而分。韫藏而待价者，负挈而求沽者，乘射其时者，奇赢以游者，坐贾禺禺，行贾遑遑，利心中惊，贪目不瞬。于是质剂之曹，较估之伦，合彼此而腾跃之。冒良苦之巧言，斁量衡于险手。秒忽之差，鼓舌伧佇。诋欺相高，诡态横出。鼓嚣哗，坌烟埃，奋膻腥，叠巾履，啮而合之，异致同归。鸡鸣而争赴，日午而骈阗。万足一心，恐人我先。交易而退，阳光西徂。幅员不移，径术如初。中无求隙，地俱唯守，犬鸟乌乐得腐馀。

是日，倚衡而阅之，感其盈虚之相寻也速，故著于篇云。

第二十二章 诫老友寄诗乐天

元和二年（807）对于刘禹锡而言，是希望与失望都在增长的一年。这一年里，武元衡以门下侍郎、同平章事充西川节度使，仍同平章事。以此情形来看，对刘禹锡成见极深的武元衡出将入相，正是显达之时，未来数年，都将是刘禹锡仕途上无法绕过的障碍。

稍令刘禹锡可怀希望之处，在于几位故友仕途通畅。白居易入翰林为学士，可以向皇帝进言；元稹为监察御史；李绛自翰林学士起为主客员外，三人渐有参入禁中之望。但刘禹锡心中明白，以三人之地位，尚不足以援手于己，但仍按捺不住心中的喜悦，与他们通信联络，互诉衷肠。

白居易、元稹和李绛三人之中，当以白居易最有再进之望，且白居易与刘禹锡交往最深。正因如此，刘禹锡亦对白居易更多了一丝隐忧。

永贞革新时期，白居易虽为九品小吏，然而对革新事业的热情，却不亚于“二王八司马”等人，多有文章投谒，直至上书宰相韦执谊。只叹情势变化于电光石火之间，虽有刘禹锡举荐，然王叔文未及提拔白居易，便已事败身死，革新骨干流散江湖，白居易虽有不平之意，却也因只是小官，并未实际参与革新，处于一种不值得徒耗精力加以问罪的可笑境地。元和二年（807）中，白居易所作讽喻诗百余篇流入禁中。宪宗正感登基以来过于严厉，有言路阻塞之兆，读白诗而大悦，于是召白居易为翰林学士。

翰林学士虽非宰辅，然而经常值宿禁中，参与批答表疏，并为皇帝撰写人事任命、重大决定相关之文告，有“内相”之称。又因翰林学士往往为负有文名者，与皇帝应和文章常常有之，相比御史，学士能以与皇帝更亲近的关系提供建议，对朝政的影响更胜一筹。王叔文、王伾得以擅权，便是以翰林学士之位的便利，而拥立宪宗时的卫次公、王涯、郑絪等人亦曾是翰林学士。

刘禹锡之忧虑正从此来。白居易以讽喻诗受宠而入职翰林，必以讽喻规劝为入相之术。然诚所谓天威难测，若不加以谨慎，必定步步危机。刘禹锡生怕白居易骤擢翰林而得意忘形，触动宪宗永贞旧事之逆鳞，徒遭宵小群谗所害。虽然千里通信不易，刘禹锡仍将朗州所作文章两篇相寄，以为警诫。

在刘禹锡心中，纠集党羽攻击永贞革新之辈，不过蚊蚋。他们卑鄙、微贱，只有聚集在一起才敢发出巨大的噪音。他们不敢光明正大地推行自己的主张，只喜欢在背地里用阴谋诡计伤人坏事。当刘禹锡在元和二年一个沉闷的夏夜被嗡嗡环绕的蚊子扰得无法安眠时，他一边搔痒，一边抓着忽然的灵感，在嗤笑中写下了这首《聚蚊谣》：

沉沉夏夜闲堂开，飞蚊伺暗声如雷。
嘈然歘起初骇听，殷殷若自南山来。
喧腾鼓舞喜昏黑，昧者不分聪者惑。
露华滴沥月上天，利嘴迎人看不得。
我躯七尺尔如芒，我孤尔众能我伤。
天生有时不可遏，为尔设幄潜匡床。
清商一来秋日晓，羞尔微形饲丹鸟。

将这首诗寄送白居易，禹锡痛快淋漓地讽刺了那些躲在黑暗庇护之下沸腾喧嚣的奸佞小人。他们虽然身形微茫，没有远大的志向，只凭着嗜血的本能贪图一口之快，但这样的东西聚集起来，也能将人伤得体无完肤，永贞革新就是这样被他们吸干了血啊！在茫然的黑暗中，再聪明的人也分辨不清他们身在何方、数量众寡，而实际上，他们是无处不在、多不胜数的！当今的朝局不正是如此吗？在他们最猖狂的时候，虽然善良正直的人不必与他们纠缠，不妨躲入蚊帐之中，暂避风头，但是，这些尖啸着的吸血鬼也不能得意许久，一旦秋风乍起，便是他们葬身鸟腹的时候。

刘禹锡将朗州视为自己的蚊帐，他希望白居易能沉稳心神，蓄势待发，亦在自己的蚊帐中等待改换日月的良机。后人再评此诗，绝不应将“消极”“避让”之类词语加在刘禹锡身上，这是他亲身经历的惨痛教训，是为成熟付出的巨大代价。以此劝谏故友，若非一片赤诚之心，安可为之？

刘禹锡寄送白居易的另一首诗，作于元和元年（806）春，名为《百舌吟》。

其时禹锡初到朗州，清晨听见百舌鸟啼鸣。乍听之下，百舌鸟啼声多变，婉转可爱，百鸟皆不可比拟，但听得多了，这种舌端万变而善于弄姿的小鸟，在刘禹锡看来，就是朝中那些变化多端、朝秦暮楚之辈的化身。回想永贞革新得意之时，刘禹锡门下宾客云集，花言巧语之辈层出不穷，可惜刘禹锡识人不深，所信之人最后皆成反目，诬言妄语共构罗网，终陷他于困境。贬官之后，刘禹锡听说那些人又行走于朝中新贵门下，仍以阿谀奉承为业，正像此刻窗外的百舌鸟一般。

但那些见风使舵、折节投敌之辈可曾想过，他们虽然侥幸逃脱了永贞之变的罗网，但权贵们果真能将他们视为心腹吗？这种善变无常的人，什么时候有过好下场呢？网开一面，并非放过他们，而是要继续驱使他们。一旦没有了利用价值，必然用他们来喂养其他鹰犬。这些糊涂的人，他们的美好时光就要过去了，这些还在沾沾自喜的无知雀鸟，察觉到鹰隼掠过头顶的阴影了吗？

刘禹锡的脑中总是充斥着这些问题。善良的刘禹锡啊！直到这个时候，禹锡还在为那些背弃了他、背弃了永贞革新的叛徒的命运担忧，仍在希望他们能痛改前非，以免落得兔死狗烹的下场。作下《百舌吟》，禹锡不仅意欲讽刺，更欲为天下所有以巧言令色取宠、以投效多门而自得之辈敲响一记警钟：

晓星寥落春云低，初闻百舌间关啼。
花柳满空迷处所，摇动繁英坠红雨。
笙簧百啭音韵多，黄鹂吞声燕无语。
东方朝日迟迟升，迎风弄景如自矜。
数声不尽又飞去，何许相逢绿杨路。
绵蛮宛转似娱人，一心百舌何纷纷？
酡颜侠少停歌听，坠珥妖姬和睡闻。
可怜光景何时尽，谁能低回避鹰隼？
廷尉张罗自不关，潘郎挟弹无情损。
天生羽族尔何微，舌端万变乘春辉。
南方朱鸟一朝见，索寞无言蒿下飞。

《百舌吟》之于白居易，刘禹锡更意在提醒他，作为朝廷新贵，身边必然有形形色色的人云集影从，这些人极尽口舌之能事，而成事不足败事有余，实应远离。

白居易接到来信后，深感刘禹锡所嘱正当其时。因念刘禹锡远在朗州，不能当面唱和，于是从自己诗集中精选了一百篇，装订成册，赠予刘禹锡作为对其殷殷叮嘱的酬谢。元稹、李绛闻讯，亦在信中慰问刘禹锡。

得故人相问，颇令刘禹锡心安。听闻翰林学士白居易寄来新诗一百篇，宇文宿、董颋等人皆来刘禹锡处求得一观，但见白诗诗格清新，语言通俗，讽喻诙谐，颂赞弘丽，已然初露一派宗师的风采，令人读之有诗作天成之感，有刘禹锡之酬答诗为证：

吟君遗我百篇诗，使我独坐形神驰。
玉琴清夜人不语，琪树春朝风正吹。
郢人斤斫无痕迹，仙人衣裳弃刀尺。
世人方内欲相寻，行尽四维无处觅。
——《翰林白二十二学士见寄诗一百篇，因以答贶》

直到元和三年（808）时，刘禹锡才真正地适应了在朗州的生活。以与白居易通信为始，刘禹锡与故交好友们书信往来渐渐频繁，朝中信息，得通有无。只不过，首先传来的，仍然不是好消息。

元和三年正月十一日，群臣为宪宗上尊号曰“睿圣文武皇帝”，并大赦天下。这是元和元年“纵逢恩赦不在量移之限”之诏后又一次遇逢大赦，刘禹锡等人并不意外地仍然被排除在量移官员之外，依旧做着各自的司马。

刘禹锡对此结果早有心理准备，在自嘲中将心里最后一点早日回朝的希望掐灭，然后趁着漫山的春光，约上几位友人，终于将寻访桃花源的心愿付诸实践。

自从东晋陶渊明所著《桃花源记》流传天下以来，世人皆对神秘的桃源仙境兴致盎然，并按照陶渊明所述之方位探寻，自刘子骥开始探幽之后数百年，从无人能再入桃花源中。然而来到武陵，不去寻访一番，又总令人心中抱憾，文人墨客更是以为雅事。

刘禹锡亦知桃源之说恐为杜撰，不过以此为名目赏游踏春，却也十分有趣。按照《桃花源记》的记载，刘禹锡与友人亦取水路，沿着清悠悠的沅江往武陵城外山中而去。不知是桃花源中人有意藏匿，还是后人有意附会，现今山中遍植桃树，满目桃花，绝难再按“忽逢桃花林，夹岸数百步，中无杂树”之景去找寻那通幽曲径。

乘舟行至暴龙碛，水路已不可再往山中，禹锡等人便在此登岸，随意择了一个方向，钻入遮天蔽日的山林之中。几人一面行进，一面吟诵着《桃花源记》，在周围寻找与之相符的景致。虽无所觅，却人人欢喜自得。

又行一阵，正饥渴之时，一座道观显现于山顶的云雾之中。有人认得，此乃瞿童升仙之地，由前朝敕命建造的供奉道观，据说还有瞿童升仙的足迹留存。不得桃源仙境，得一仙人道场，亦算有所收获，禹锡等人高唱着俚语山歌，向着云端的道观进发。

观中道士颇识待客礼数，为刘禹锡等奉上自制香茗。瞿童飞升之事，方志中略有言语，不甚详细，应刘禹锡之请，道士为之详解。

按此地本为黄尊师修道之处。黄尊师者道法高玄，弟子数以千计，时人皆以为其德业修行即将圆满，每逢良辰吉日都要瞻望云端，以免错过其飞升盛况。黄尊师的弟子之中，有一瞿姓年轻道士，似乎总是贪玩，常受尊师鞭笞，亦常遭同门排斥。某日，瞿童又生懈怠，怕尊师鞭笞，于是躲入观东一个小洞中。过了午饭，瞿童方从洞中出来，手执一枚棋子去见尊师，言其在洞中观仙人博弈，得秦人棋子一枚。黄尊师见那洞仅八尺高、荒草蒙蔽，只合蛇蜥蛰伏，以为瞿童乃受山精野怪所惑，不肯信其言。次年八月十五圆月之夜，忽然云雾大起，五色祥云缓缓降落，仙乐之声充盈满庭，仙人步虚之声款款而近。众弟子以为黄尊师即将升仙，赶忙准备香火，尊师沐浴更衣，只待接引。但仙人迟迟不见踪影，直到天将亮时，云雾渐散，忽然有人见瞿童乘着五色祥云出现在东方天庭之中。瞿童遥拜黄尊师道：“尊师即将飞升，还请更加努力修行。”遂乘风而去。

刘禹锡又随道士往八迹坛去瞻仰仙踪，果然见一块巨大的岩石上，有八个清晰的脚印。刘禹锡爬上岩石，顺着脚印的方向，一步一步蹈着仙人飞升的足迹，感受着将入云霄的心情。行至最后一步，眼前豁然便是苍茫无垠的碧空，一股凌云翱翔之感倏然而生，瞬间便令人看透了人间的纷扰纠葛。

想着瞿童飞升的奇闻，刘禹锡对自己的遭遇更加释然。连仙人飞升之前，都是饱受责难、历经排斥，想来这真的是天地之间放诸四海而皆准的成功法门。刘禹锡越发感到，自从来到朗州之后，一切所见所闻都在向他倾诉这样的道理，这难道只是巧合？禹锡感到莫大的欣慰，因为他深深地感悟到，虽然朝廷不容他，但这个世界永远不会抛弃他，不仅不会抛弃，更会给予他智慧的启示和无穷的精神力量！相比之下，还有什么理由为自己在朝中所受那微不足道的挫折而委屈呢？

这一刻，刘禹锡蓦然发现，他已经找到了桃花源。神秘的桃花源究竟在何处？它不在我们所能认知的这个世界中，它在陶渊明“猛志逸四海，骞翮思远翥”的宏大志向里，它在陶渊明“采菊东篱下，悠然见南山”的淡泊心境里，它早已经存在于刘禹锡顽强不息的广阔胸怀里！桃花源不是逃避现实的避难所，桃花源是天下仁人志士共同的精神故乡！

“我心归隐桃源，我身纵横四海！”微风晓月之下，刘禹锡默默念着，他终于找到了自己的桃花源！回到家中，他用一首一百韵的长诗为后人记下了这段心路历程：

沅江清悠悠，连山郁岑寂。回流抱绝巘，皎镜含虚碧。
昏旦递明媚，烟岚分委积。香蔓垂绿潭，暴龙照孤碛。
渊明著前志，子驥思远蹠。寂寂无何乡，密尔天地隔。
金行太元岁，渔者偶探赜。寻花得幽踪，窥洞穿暗隙。
依微闻鸡犬，豁达值阡陌。居人互将迎，笑语如平昔。
广乐虽交奏，海禽心不怿。挥手一来归，故溪无处觅。
绵绵五百载，市朝几迁革。有路在壶中，无人知地脉。
皇家感至道，圣祚自天锡。金阙传本枝，玉函留宝历。
禁山开秘宇，复户洁灵宅。蕊检香氛氲，醮坛烟幂幂。
我来尘外躅，莹若朝星析。崖转对翠屏，水穷留画鹢。
三休俯乔木，千级扳峭壁。旭日闻撞钟，彩云迎蹑屐。

遂登最高顶，纵目还楚泽。平湖见草青，远岸连霞赤。
幽寻如梦想，绵思属空阒。夤缘且忘疲，耽玩近成癖。
清猿伺晓发，瑶草凌寒坼。祥禽舞葱茏，珠树摇玓瓅。
羽人顾我笑，劝我税归轭。霓裳何飘飖，童颜洁白皙。
重岩是藩屏，驯鹿受羁靮。楼居弥清霄，萝茑成翠帟。
仙翁遗竹杖，王母留桃核。姹女飞丹砂，青童护金液。
宝气浮鼎耳，神光生剑脊。虚无天乐来，僁窣鬼兵役。
丹丘肃朝礼，玉札工细绎。枕中淮南方，床下阜乡舄。
明灯坐遥夜，幽籁听淅沥。因话近世仙，耸然心神惕。
乃言瞿氏子，骨状非凡格。往事黄先生，群儿多侮剧。
謷然不屑意，元气贮肝膈。往往游不归，洞中观博弈。
言高未易信，犹复加诃责。一旦前致辞，自云仙期迫。
言师有道骨，前事常被谪。如今三山上，名字在真籍。
悠然谢主人，后岁当来觌。言毕依庭树，如烟去无迹。
观者皆失次，惊追纷络绎。日暮山径穷，松风自萧槭。
适逢修蛇见，瞋目光激射。如严三清居，不使恣搜索。
唯馀步纲势，八趾在沙砾。至今东北隅，表以坛上石。
列仙徒有名，世人非目击。如何庭庑际，白日振飞翮。
洞天岂幽远，得道如咫尺。一气无死生，三光自迁易。
因思人间世，前路何狭窄。瞥然此生中，善祝期满百。
大方播群类，秀气肖翕辟。性静本同和，物牵成阻厄。
是非斗方寸，荤血昏精魄。遂令多夭伤，犹喜见斑白。
喧喧车马驰，苒苒桑榆夕。共安缇绣荣，不悟泥途适。
纷吾本孤贱，世叶在逢掖。九流宗指归，百氏旁捃摭。
公卿偶慰荐，乡曲缪推择。居安白社贫，志傲玄缥辟。
功名希自取，簪组俟扬历。书府蚤怀铅，射宫曾发的。
起草香生帐，坐曹乌集柏。赐燕聆箫韶，侍祠阅琮璧。
尝闻履忠信，可以行蛮貊。自述希古心，忘恃干时画。

巧言忽成锦，苦志徒食蘖。平地生峰峦，深心有矛戟。
层波一震荡，弱植忽沦溺。北渚吊灵均，长岑思亭伯。
祸来昧几兆，事去空叹息。尘累与时深，流年随漏滴。
才能疑木雁，报施迷夷跖。楚奏絷钟仪，商歌劳甯戚。
禀生非悬解，对镜方感激。自从婴网罗，每事问龟策。
王正降雷雨，环玦赐迁斥。倘伏夷平人，誓将依羽客。
买山构精舍，领徒开讲席。冀无身外忧，自有闲中益。
道芽期日就，尘虑乃冰释。且欲遗姓名，安能慕竹帛。
长生尚学致，一溉岂虚掷。芝术资糇粮，烟霞拂巾帻。
黄石履看堕，洪崖肩可拍。聊复嗟蜉蝣，何烦哀虺蜴。
青囊既深味，琼葩亦屡摘。纵无西山资，犹免长戚戚。

——《游桃源一百韵》

第二十三章 刘柳韩论战犹酣

刘禹锡在朗州与众故友通信，除了解时事、相互勉励之外，更多乃为切磋学问。幸而挚友柳宗元就在永州，与朗州相近，又兼两州刺史通情达理，常以公函邮驿为二人传书，因此交流更频，为二人在贬谪之中增添了许多宽慰。

韩愈自从归京之后，因屡与宦官和权臣对抗，仕途不甚得意，官司闲职，从某种意义上说，韩愈虽然身在长安，境遇却与贬谪之中的刘、柳并无差别。种种失望之下，韩愈恍然感到，数年来自己仍然只是个八品监察御史，治国平天下的梦想依旧遥不可及。但相比于贞元末年的御史生涯，现在的韩愈，身边没有了刘禹锡、柳宗元这样可以沟通的友人，生活的苦闷更甚当年。对故友的思念每每令韩愈提起笔来，重拾许多当初没有来得及辩论清楚的问题，复与刘、柳通信，以为慰藉。

当年，刘、柳、韩三人同为御史，耳闻目睹朝廷百态，时常困惑于为何忠臣良将仕途坎坷、命运多艰，而奸臣贼子反倒平步青云、官运亨通？曾有一位监察御史因弹劾宦官反遭诬害，被流放岭南，众同僚深知其冤，俱往送行。宽慰勉励之语早已飘散在时光的长风之中，但无辜之人指天长哭，“天理何在”的声声质问痛彻心扉，深深刺在刘、柳、韩的心中。

是啊，“天”究竟会不会与人讲理？讲的是什么理？又在哪里讲理呢？

从鸿蒙初开时起，人们就已经开始追寻着“天”与“人”的关系这一深刻哲学命题的答案。在封建时代，这是涉及皇权根基的重大问题，其答案往往被帝王所垄断。自从“天人感应”之说问世以来，天人感应一直是天人关系这一问题的官方标准答案。但是，这并没有影响睿智的人们对这一命题的新探索。

对于在学术上自视颇高的韩愈、刘禹锡、柳宗元三人而言，争论天人关系不仅是思想的碰撞，不言之中更有一层谁堪为文坛领袖的竞争意味。但这一问题的答案并非一朝一夕能争论明白，又因三人仕履之故，先是韩愈贬为阳山县令，后有刘、柳贬为司马，激变的朝局割断了联络，直到汹涌的时局渐渐平息，三人才复又通信。在各自经历了人生的巨大跌宕之后，他们对天与人的关系这一哲学命题的理解，分别朝着各自的方向更加深入许多。

刘禹锡曾对柳宗元言，韩愈之所以在政见上与刘、柳不同，其根本原因正是哲学观的不同。韩愈所代表的，是强大的正统观念，是天人感应学说的继承者和发扬者。在写给柳宗元的信中，韩愈将自己多年来的心得一一道来：

> 若知天之说乎？吾为子言天之说。今夫人有疾痛、倦辱、饥寒甚者，因仰而呼天曰：“残民者昌，佑民者殃！”又仰而呼天曰：“何为使至此极戾也？”若是者，举不能知天。夫果蓏，饮食既坏，虫生之；人之血气败逆壅底，为痈疡、疣赘、瘘痔，虫生之；木朽而蝎中，草腐而萤飞，是岂不以坏而后出也？物坏，虫由之生；元气阴阳之坏，人由之生。虫之生而物益坏，食啮之，攻穴之，虫之祸物也滋甚。其有能去之者，有功于物

者也；繁而息之者，物之仇也。人之坏元气阴阳也亦滋甚：垦原田，伐山林，凿泉以井饮，窾墓以送死，而又穴为偃溲，筑为墙垣、城郭、台榭、观游，疏为川渎、沟洫、陂池，燧木以燔，革金以熔，陶甄琢磨，悴然使天地万物不得其情，幸幸冲冲，攻残败挠而未尝息。其为祸元气阴阳也，不甚于虫之所为乎？吾意有能残斯人使日薄岁削，祸元气阴阳者滋少，是则有功于天地者也；繁而息之者，天地之仇也。今夫人举不能知天，故为是呼且怨也。吾意天闻其呼且怨，则有功者受赏必大矣，其祸焉者受罚必大矣。子以吾言为何如？

韩愈的思维较为偏向老庄哲学，以“无为”为尚。他认为，人之所以生于天地间，正如瓜果腐败生出蛆虫，人之血气壅阻而生疾病，是元气阴阳遭到破坏的结果。人的一切活动都是对元气阴阳的进一步破坏，这样的破坏必然遭受天谴。因此，为了免遭天谴，人应当少做破坏元气阴阳之事，令上天感受到人的敬畏，上天必会奖赏这样的功劳。

柳宗元读后，哑然失笑。原来，韩愈坚决反对革新、反对积极的作为，乃因他认为这些利国利民的举动都是对元气阴阳的巨大破坏，会招来天灾报应。但若按韩愈之论推究下去，人生于天地间本来就是个错误，但被视若神明的“天”不应该是一贯正确的吗？韩愈又该如何解释这样的悖论？

在柳宗元看来，所谓的“天”，与世间的瓜果、草木、疾病一样，是不能评判人事、赏功罚过的，人的福祸得失，都是自己造成的，指望上天的奖赏或者怜悯，都是荒谬可笑的。把生死存亡的希望寄托于上天，和把希望寄托于瓜果、草木有什么分别？

于是宗元随即回信道：

子诚有激而为是也？则信辩且美矣。吾能终其说。彼上而玄者，世谓之天；下而黄者，世谓之地；浑然而中处者，世谓之元气；寒而暑者，世谓之阴阳。是虽大，无异果蓏、痈痔、草木也。假而有能去其攻穴者，是物也。其能有报乎？蕃而息之者，其能有怒乎？天地，大果蓏也；元气，大痈痔也；阴阳，大草木也；其乌能赏功而罚祸乎？功者自功，祸者自祸，欲望其赏罚者，大谬矣；呼而怨，欲望其哀且仁者，愈大谬矣。子而信子之仁义以游其内，生而死尔，乌置存亡得丧于果蓏、痈痔、草木也？

柳宗元又将韩愈来信并自己的回信誊写一份，寄予刘禹锡，请刘禹锡同来评判。

刘禹锡接到来信，深以柳宗元之解为然。但观柳宗元之文，只是将“天”的神格扬弃，还原出“天”的物质本质，阐明“天”不能主动赏功罚过，但未能指明天与人究竟如何相互影响。若以为“天”完全不预人事，则又有谬，以此尚有未能极言明辩之憾。

生活，包含着一切哲学问题的答案。但只有睿智而沉静的人，才有可能在习以为常的生活中淘出智慧的真金。刘禹锡无疑是幸运的。经历过人生的起伏，他的思辨能力已臻成熟，他的心灵已在桃花源中获得了宁静，这使得他能以深邃的洞察，将天人关系的哲学探寻向前推进得更加深入。

贬谪朗州之初，刘禹锡亦常作怨天尤人之愤，然而，时过境迁，当最初的愤懑和自傲消退之后，哲学思维的理性光辉重新照亮了刘禹锡的世界，许多曾经被忽视或误解的细节，一一浮现在眼前。

刘禹锡精通医理，从这一角度来看天人关系，他发现：药石皆生于自然，本为草木虫兽之类；疾病亦生于自然，本有催魂夺命之险。人可以引草木虫兽之类，而攻催魂夺命之险，之所以如此，在于通晓天生万物相生相克之理。理之既明，需以温猛相济、辨证而用，成行医之法。同理，耕织有耕织之法，冶炼有冶炼之法，营造有营造之法。

以此论之，大唐顽疾缠身，需以革新为药而救之。用攫利权、夺军权之药，而攻宦官专权、藩镇割据之病，用药不可谓不对症，因此方有革新之初的大好局面，是胜之以“天理”。但是，王叔文之党以书生和下级年轻官僚为主体，只知一味用强，以为猛药可以治顽疾，却不知大唐沉疴已深，正如人之病重，不堪猛药，需以温补和缓之药为引，先补元气，而后用强，否则，药虽对症，然而病体难耐，良药亦成毒药，复与痼疾同作，害人性命。可悲王叔文书生意气，山雨欲来之际，欠缺火候，下药愈猛，竟用高压手段压制众口，却忘记古人教训“防人之口，甚于防川”，最终事败身死，是败于“人法”不明矣！

因此，刘禹锡认为，世间万物皆有所能而有所不能。天是有形之物中最大的，人是动物中最聪明的。天与人各有所能，二者是“交相胜”的关系。具体说来，天的优势在于生植万物，它决定了万物的独特属性和绝对强弱；而人的优势在于体察并总结“天”所定的万物属性，并加以利用，从而可以决定事物的是非，影响其发展方向。在掌握了规律的基础上，只要加以合理的因势利导，“天”定的强弱并不是绝对的，是可以相互转化的。

想通此理，刘禹锡便提笔写道：

> 大凡入形器者，皆有能有不能。天，有形之大者也；人，动物之尤者也。天之能，人固不能也；人之能，天亦有所不能也。故余曰：天与人交相胜耳。其说曰：天之道在生植，其用在强弱；人之道在法制，其用在是非。阳而阜生，阴而肃杀；水火伤物，木坚金利；壮而武健，老而耗眊，气雄相君，力雄相长：天之能也。阳而蓺树，阴而揫敛；防害用濡，禁焚用光；斩材窾坚，液矿硎铓；义制强讦，礼分长幼；右贤尚功，建极闲邪：人之能也。

刘禹锡更进一步地想到，人是否能胜于天，关键在于人是否能够掌握“天”的规律，并遵守以此为依据而制定的法。如果人人都能遵守法，则是非分明。不论何人，功过赏罚都可以依据法律进行。善良的人做了善事，即使已有高官厚禄，人们依然认为加以奖赏是合适的；邪恶的人继续作恶，即使已经灭门夷族、身受重刑，人们也会认为再加刑罚是合适的。在这种情况下，人们便不会错以为祸福乃受命于天，一切都是以自己是否守法而决定的，“天”只是人们祷告时的对象罢了。以这一观点来看历史上的盛世，无不具有“法大行”的特征。

如果人们不能完全守法，就容易混淆是非，行善之人并不总能受到奖赏，作恶之人并不总能受到惩罚，本应是贤良之士担任的官职，有时落入不肖之徒手中，本应是惩罚恶人的牢狱中，往往关着无辜的人。这个时候，人们就会认为，投机取巧可以获得富贵，做了恶事也可能侥幸逃脱。人们对是非善恶的认知交错混乱了，所谓“天命”也就是交错混乱了。刘禹锡不禁又想起德宗朝至宪宗朝的政局，有因极言直谏而流落江湖如李吉甫、韩愈者，也有因极言直谏而加官晋爵如杜黄裳、白居易者，岂不正因天子以自己的好恶取代了公是公非，喜怒无常而赏罚无度，致使天下不安、人心惑乱吗？

但是，倘若人们完全不遵守法的规范，则黑白颠倒，得到奖赏的永远是奸佞之辈，遭到惩罚的却是忠义正直之士，人的生存之道完全是恃强凌弱，刑罚也不能威慑为非作歹的行为，如此一来，人就彻底失去了能胜天的可能。愚昧的人们还小心翼翼地维护着已名存实亡的法，希望用这样的法来与天抗衡，这是绝不可能成功的。譬如汉末时期，军阀割据，孰是孰非皆取决于孰强孰弱，忠心于汉室天子的董贤、伏完等人企图以羸弱之势复兴王祚，却遭灭门夷族之祸，华歆、贾诩之流力主篡汉之谋，却成开国元勋，正是“法大弛”的恶果。

于是，刘禹锡又将“法大行”“法小弛”与“法大弛”三种情形的对比，细细条陈清楚：

> 人能胜乎天者，法也。法大行，则是为公是，非为公非，天下之人蹈道必赏，违之必罚。当其赏，虽三旌之贵、万钟之

> 禄处之，咸曰宜。何也？为善而然也。当其罚，虽族属之夷、刀锯之惨处之，咸曰宜。何也？为恶而然也。故其人曰：“天何预乃事也？唯告虔报本，肆类授时之礼，曰天而已矣。福兮可以善取，祸兮可以恶召，奚预乎天邪？”法小弛，则是非驳，赏不必尽善，罚不必尽恶。或贤而尊显，时以不肖参焉；或过而僇辱，时以不辜参焉。故其人曰：“彼宜然而信然，理也；彼不当然而固然，岂理邪？天也。福或可以诈取，而祸或可以苟免。”人道驳，故天命之说亦驳焉。法大弛，则是非易位，赏恒在佞，而罚恒在直，义不足以制其强，刑不足以胜其非，人之能胜天之具尽丧矣。夫实已丧而名徒存，彼昧者方挈挈然提无实之名，欲抗乎言天者，斯数穷矣。

提出了“天与人交相胜”的观点，又将法之于人的作用阐述清楚，刘禹锡更能清楚地看到，天将万物赐予人，人可以通过格物致知以制定治理万物的“法”。“法”的行与弛，决定了人对天的态度。治世之中，人们知道自己的祸福都由自己是否守法决定；乱世中，人不知祸从何来、福以何取，祸福无所预兆，无法趋避，因而人们以为命运皆是天定。其实，无论何时，天都不会主动赏功罚过。这便是禹锡的第一个结论：

> 天之所能者，生万物也；人之所能者，治万物也。法大行，则其人曰：“天何预人邪，我蹈道而已。”法大弛，则其人曰：“道竟何为邪？任人而已。”法小弛，则天人之论驳焉。今以一己之穷通，而欲质天之有无，惑矣！
>
> 天恒执其所能以临乎下，非有预乎治乱云尔；人恒执其所能以仰乎天，非有预乎寒暑云尔；生乎治者人道明，咸知其所自，故德与怨不归乎天；生乎乱者人道昧，不可知，故由人者举归乎天，非天预乎人尔。

写完结论，刘禹锡又虑道理艰涩，不易为人接受，便思以旅人在途为喻：若在莽莽荒野，必由天生强力者开山架桥，圣贤者不能与之相比，此乃天胜。而在繁华城郭，必由圣贤者出面，才可得檐下阴凉、酒食招待，强力者必无为焉，这便是人胜。若是道经虞州、芮州这样法纪肃然的地方，虽然在郊外亦是秩序井然；若是经过匡州、宋州那样法纪败坏之地，即使在城市中也必须按照丛林法则求生存。以此一日之途而阐明天与人交相胜之理，可谓善矣。

刘子曰："若知旅乎？夫旅者，群适乎莽苍，求休乎茂木，饮乎水泉，必强有力者先焉，否则虽圣且贤莫能竞也。斯非天胜乎？群次乎邑郛，求荫于华榱，饱于饩牢，必圣且贤者先焉，否则强有力莫能竞也。斯非人胜乎？苟道乎虞、芮，虽莽苍犹郛邑然；苟由乎匡、宋，虽郛邑犹莽苍然。是一日之途，天与人交相胜矣。吾固曰：是非存焉，虽在野，人理胜也；是非亡焉，虽在邦，天理胜也。然则天非务胜乎人者也。何哉？人不幸则归乎天也，人诚务胜乎天者也。何哉？天无私，故人可务乎胜也。吾于一日之途而明乎天人，取诸近也已。"

举罢旅人在途之例，刘禹锡脑海中又浮现出韩愈严谨刻板、事必称古的形象，不由再虑：韩愈即使承认天不能对人赏功罚过，亦会质疑，古人提出"天"这个概念的目的，究竟是什么原因？

千里路遥，通信不便，刘禹锡既有此考虑，便思复作一喻，以绝韩愈之驳。

刘禹锡自贞元九年（793）中进士后，至贞元十八年（802）为渭南主簿的九年中，曾频繁往来于江淮、黄淮间，潍水、淄水、伊河、洛河都留下过他的行迹。这些窄而浅的河流中，舟行的快慢、在哪里停泊，完全取决于人。风再大，也鼓不起巨浪，水流再湍，也不会发生十分危急的情况。在这些河流中，正如刘禹锡曾在《儆舟》中说到的一样，行船快捷而安全，是人之力，行船迟缓乃至翻覆，是人之过，谁也不会埋怨于天。这是因为“天”所决定的风力、水流都是人力可以认知、可以掌握的，所以人的心中没有疑惑。但是，在长江、黄河、淮河甚至大海中，水流的缓急变幻莫测，停泊也无法有准确的地点。是一帆风顺，还是樯摧楫毁，船夫都以为是天定之数，这是因为江河大海上的天气水流变化规律还没有被人所掌握啊！

道理既明，刘禹锡便落于文字：

> 若知操舟乎？夫舟行乎潍、淄、伊、洛者，疾徐存乎人，次舍存乎人。风之怒号，不能鼓为涛也；流之溯洄，不能峭为魁也。适有迅而安，亦人也；适有覆而胶，亦人也。舟中之人未尝有言天者，何哉？理明故也。彼行乎江、河、淮、海者，疾徐不可得而知也，次舍不可得而必也。鸣条之风，可以沃日；车盖之云，可以见怪。恬然济，亦天也；黯然沉，亦天也。阽危而仅存，亦天也。舟中之人未尝有言人者，何哉？理昧故也。

行文至此，刘禹锡不禁想起，在来朗州途中过洞庭湖时，往来之客为求相互照应，结成船队而行。但途中有船安然无恙，有船却沉于途中。彼此相距在五十步之内，风力水流大抵相同，这却是何故？韩愈亦曾在江河中往来，若以此为反例，证明仍有天降之祸福，当何以驳之？

刘禹锡反复回忆着，在脑中细致地感受行舟于江、河与行舟于伊、淄时的异同之处。舟行于水，风力、水流作用于舟身，这一过程中，舟是沉还是浮，其实已有其内在的决定因素，这便是“数”。有了这样的内在因素，外界的影响才能发挥作用，这种影响便是作用于舟的“势”。在水流和缓的河中，影响舟的“势”变化缓慢，人可以认知，而在水流急变的江海中，影响舟的“势”变化剧烈，人无法认知。但无论在小河中还是在江海中，导致舟沉的同样是舟底漏水、舟身不坚这些内在因素，只不过留给人的补救时间有长有短，而有浮沉之不同。因此，舟的沉浮虽然与“天”有关联，但并不是由“天”直接决定的。天可以造“势”，“势”需借舟所蕴含的“数”而发挥作用，导致沉或浮。

正如柳宗元所论，“天”本身即是世间万物之一，它永远状如穹顶，颜色青蓝，它的周长可以度量，昼夜可以划分时辰，这便是天之“数”。天永远是高高在上的，它的运动是永不停止的，这便是天之“势”。天是如此高大，不可能再回归于微小，天已经在运动之中，不可能停止于片刻之间。可见，天也不能摆脱它自身的“数”与“势”，更何况世间万物呢？

于此，刘禹锡更加认定，天与人的关系，是在交相胜的基础上，又相互影响，人可以认知万物之“数”与“势”而加以利用，万物亦可以变幻之“势”作用于人之“数”，是“还相用”的关系。由此可见，天与人，的确是世间万物的佼佼者。

刘禹锡又将这一结论写入文章之中：

> 水与舟，二物也。夫物之合并，必有数存乎其间焉。数存，然后势形乎其间焉。一以沉，一以济，适当其数乘其势耳。彼势之附乎物而生，犹影响也。本乎徐者其势缓，故人得以晓也；本乎疾者其势遽，故难得以晓也。彼江、海之覆，犹伊、淄之覆也。势有疾徐，故有不晓耳。
>
> 问者曰：“子之言数存而势生，非天也，天果狭于势邪？”
>
> 答曰：“天形恒圆而色恒青，周回可以度得，昼夜可以表候，非数之存乎？恒高而不卑，恒动而不已，非势之乘乎？今夫苍苍然者，一受其形于高大，而不能自还于卑小；一乘其气于动用，而不能自休于俄顷，又恶能逃乎数而越乎势也？吾固曰：万物之所以为无穷者，交相胜而已矣，还相用而已矣。天与人，万物之尤者耳。”

至此，禹锡以为关于天人关系之辩已尽善尽美，于是将文章示之于宾客。众宾客览文，皆大骇于禹锡立论之新奇，由衷叹服刘禹锡高妙的哲学思维。不过，刘禹锡的座上宾客俱乃饱学之士，有人便从刘禹锡的文章中发现了瑕疵，于是问道：

“梦得证之，天因有其形而得寓其数。那么世间无形之物，是否也有‘数’寓于其中呢？”

刘禹锡沉吟片晌，便得答案，先向问者作揖长谢，侃侃而答：“君所谓之‘无形’，其实并非是空无一物。之所以为空，乃因其形状稀微而难以辨识。无形之物的存在不会妨碍其他物体，但它的作用却是始终存在，并依赖于其他物体而令人可以感知。譬如我们所坐的这间屋子，空间的高与厚是蕴藏在屋内的；再看桌上的茶壶、手中的茶杯，我们所用的都是它们内部的空间，而非陶瓦。声音必须依托于乐器而存在，影子必须依托表竿而存在。这些看不见摸不着的事物，不是都蕴含着特定之数吗？人之所以能看见万物，并非是双目有光，而是因有太阳、月亮、火炬等光源的照耀。所谓阴晦幽暗，实因无有光源之故。但是，即使同样生活在阳光之下，人之所以比飞禽走兽之类更加聪明，非因人所见之者更多，而因动物视之以目，只见表象，不得天之法而昧之。但人视万物以智，可以察觉细微，领会天之法而用之。以此而论，天地之间哪有无形之物？古人所谓的‘无形’，其实确切来说应是‘无常形’，其实为有形，亦有其数！”

宾客闻之信然，更加叹服禹锡之论。刘禹锡深觉此一番问答可以裨益己论，于是又将其行于书文：

若所谓无形者，非空乎？空者，形之希微者也。为体也不妨乎物，而为用也恒资乎有，必依于物而后形焉。今为室庐，而高厚之形藏乎内也；为器用，而规矩之形起乎内也。音之作也有大小，而响不能逾；表之立也有曲直，而影不能逾。非空之数欤？夫目之视，非能有光也，必因乎日月火炎而后光存焉。所谓晦而幽者，目有所不能烛耳。彼狸、狌、犬、鼠之目，庸谓晦为幽邪？吾固曰：以目而视，得形之粗者也；以智而视，得形之微者也。乌有天地之内有无形者也？古所谓无形，盖无常形耳，必因物而后见耳。乌能逃乎数也？

众人再览刘禹锡文章，敬仰之意益深。有客拜而赞道："刘司马论天人关系，精妙绝伦，令人大开眼界！我等愚昧，不知刘司马师从哪位名士、承继哪家学说，何不令我等同参门下，求取真知？"

刘禹锡却答道："刘某虽习百家学说，然而天人之论，并未师从他人。"

宾客不信，追问："今人研究历法、天象，乃承自古人之宣夜说、浑天说，并用《周髀算经》推演之；今人阐述天地阴阳变化无常之论，常引邹子之说。梦得之论如此精妙，焉能无师自通？"

这一质疑，恰恰提醒刘禹锡，他的论述仍有未尽之处。想来韩愈事必称古，古人所言必以坚持，古人所未言必以为荒谬，若不能明辩之，唯恐韩愈不能心服。

刘禹锡因已将天人关系思索清楚，再将其理论推而广之，亦为易事，于是再答道："刘某并非传邹子等古人之衣钵者，我立之论，皆我所学所悟。君请想：世间万物，无论小大，无论天人，皆蕴其'数'而制于'势'，以理论之，正如治病之法可以启迪治国之术，世间道理当一贯相通。人有面貌、有五官，凝聚了四肢百骸的精粹，但是，人的根本却在于五脏六腑，不在外表。与人相类，天有日月星辰悬于其表，被视为神明一般，但其根本仍在山川五行之中。天地初开之时，浊气沉积而地生，清气上升而天生，地为天之母，轻脱胎于重。阴阳两仪虽已分明，却又相互需要、相互影响，从而诞生雨、露、风、雷，进而再生万种植物、动物。人作为倮虫之长，智力最高，能格物致知，交胜于天，学习天定的规律，制定人间的法纪。法纪若遭破坏，则需回归初始，方能找到方向。如尧、舜一般之贤明君王，他们留下的书从来都是说‘考古人之法’，而不说‘考天之法’，因此世人评元凯之举，皆言‘舜用之’，而非‘天授之’。商王武丁于版筑之间，为绝众口，于是假称‘天帝’托梦，遂而讹传后世。至周幽王、周厉王这等昏君时，从来都是自称代‘天帝’行事，而不说人间之事。可见贤良皆取法于天，而暴虐皆假名于天。韩退之若知此来龙去脉，何得以讹传之‘天预人事’为古人之言？”

众宾客深以为是，若醍醐灌顶，纷纷拜谢而归。刘禹锡送走客人，又将天人相预之说的讹传经历附于文后：

> 或曰：“古之言天之历象，有宣夜、浑天、《周髀》之书；言天之高远卓诡，有《邹子》。今子之言，有自乎？”
>
> 答曰：“吾非斯人之徒也。大凡入乎数者，由小而推大必合，由人而推天亦合。以理揆之，万物一贯也。今夫人之有颜、目、耳、鼻、齿、毛、颐、口，百骸之粹美者也。然而其本在夫肾、肠、心、腹；天之有三光悬寓，万象之神明者也。然而其本在乎山川五行。浊为清母，重为轻始。两位既仪，还相为庸。嘘为雨露，噫为雷风。乘气而生，群分汇从。植类曰生，动类曰虫。倮虫之长，为智最大，能执人理，与天交胜，用天之利，立人之纪。纪纲或坏，复归其始。尧、舜之书，首曰‘稽古’，不曰稽天；幽、厉之诗，首曰‘上帝’，不言人事。在舜之廷，元凯举焉，曰‘舜用之”，不曰天授；在殷中宗，袭乱而兴，心知说贤，乃曰‘帝赉’。尧民之余，难以神诬；商俗以讹，引天而驱。由是而言，天预人乎？”

后刘禹锡再将书信整理，成《天论》三篇，分别寄送韩愈、柳宗元。韩、柳虽仍持异议，却对刘禹锡“无形者为无常形”之说殊为赞赏。

三人书信传递，哲学争论酣畅淋漓，不觉之间，寒来暑往，又是一年过去。在深邃奥妙的哲学讨论中，刘禹锡非但磨砺了心智，更为宝贵的收获是他得以站在更宏观的角度，重新审视永贞革新的成败得失，并付之于书简，寄予沦落天涯的永贞同僚们，希望他们能平息胸中的怒火，在各自的贬所砥砺品行，再待时机。

可是，刘禹锡在哲学思考过程中收获的心灵安宁，未过多久，便被一桩天降喜事所打破。

第二十四章 赠文石赞慰知己

元和四年（809），吏部尚书、盐铁转运使李巽病入膏肓，自觉将不久于人世。李巽遍察当朝僚属，竟无一人可以承担大唐财赋调度之重任，不由想到身陷永贞之祸的郴州司马程异。程异善理财税，曾充盐铁转运、扬子院留后之职，在江淮经营贡赋，除弊兴利，清廉公正，深得世人嘉许。李巽为家国天下计，只好冒死向皇帝启奏“请弃瑕录用，擢为侍御史，复为扬子留后，并检校兵部郎中、淮南等五道两税使”，恳请将程异召回续用。

宪宗对王叔文一党虽然恨之入骨，但他毕竟不是无道昏君，社稷江山与个人恩怨，孰重孰轻，心中清楚。自从亲政以来，宪宗接连平定剑南西川和镇海两大藩镇，“精于督查”的李巽之盐铁转运得力，功不可没。如今，魏博、淮西、成德、淄青等重镇尚未平定，必用精英中之精英者执掌盐铁转运，朝廷平叛方能得心应手。况且，宪宗御宇以来，抑宦官、用贤良、治藩镇、收财权，章法有度，威势已立。正当示以宽仁之际，从“八司马”中赦免一人，尤为佳策。

因此，虽有元和元年（806）“纵逢恩赦不在量移之限”诏书在前，宪宗仍降隆恩，准李巽所奏，将贬为郴州司马的程异召回京城，复授侍御史，仍任扬子院留后。讯息传开，举国一片赞颂之声。

刘禹锡在朗州闻此喜讯，忽如压顶黑云之中现出一束金光，瞬间便将冰封千里的前程化为百花盛开的通天坦途。刘禹锡确信，在朗州的等待、在朗州的磨砺，即将得到理所应当的回报。按捺不住内心的跃跃欲试，按捺不住回京的急切期望，刘禹锡再行书文，作下两首用古喻今之诗：

车音想辚辚，不见綦下尘。可怜平阳第，歌舞娇青春。
金屋容色在，文园词赋新。一朝复得幸，应知失意人。

寂寥照镜台，遗基古南阳。真人昔来游，翠凤相随翔。
目成在桑野，志遂贮椒房。岂无三千女，初心不可忘。

——《咏古二首有所寄》

这些年来，刘禹锡耳闻多少忘恩负义之事，目睹多少薄情寡义之人！永贞士祸铁闸初开，程异侥幸先沐雨露，刘禹锡为其庆幸之余，焉能没有些许担忧？若程异有意迎合圣意，附庸朝臣，是否会与仍在谪籍的同僚们恩断义绝，对永贞革新反戈一击，作落井下石之人？

“一朝复得幸，应知失意人。”这正是刘禹锡对程异的善意提醒。但是，尽管刘禹锡心中满含期望，但他也明白，程异的起复也有可能只是个孤立的偶然事件，其余之人贬死江湖并不在意料之外。因此，“岂无三千女，初心不可忘”便是刘禹锡对程异继续践行永贞革新积极精神的殷切希冀。

程异收到刘禹锡寄诗后，胸中感慨万千，无奈自己方脱罪籍，虽掌盐铁转运，亦只能唯唯应命，并不敢为昔日友人冒犯龙颜。不过，程异仍在能力所及范围之内，答应助刘禹锡一臂之力。

程异所任扬子院留后一职，归淮南节度使府管辖，时李吉甫任淮南节度使，且与刘禹锡相熟。刘禹锡见程异回信中要他投书李吉甫求助，这才想起，还有这样一位与自己颇有渊源的贤良之士。

李吉甫是李栖筠之子，刘禹锡之父刘绪曾在李栖筠幕府中任职多年，与李家关系亲密，李吉甫以此与刘绪亦有许多交往。贞元年间，李吉甫因遭权臣忌讳，贬在江淮之间，刘禹锡在淮南幕府时曾与之有数面之缘。直至元和元年（806），李吉甫方被征还为考功员外郎、知制诰，不久入为翰林学士、擢中书舍人。因在剑南西川之役中力主征讨，并献妙计破敌，李吉甫于元和二年（807）以中书侍郎同平章事，再以平李锜叛乱之功封赞皇县侯，徙赵国公，深为宪宗倚仗。

元和三年（808），正当建功立业的李吉甫却遭遇了一桩危机。是年制举贤良方正科之中，牛僧孺、李宗闵在对策中指责李吉甫好大喜功、征伐无度，穷天下之财富而谋一已之功勋，如是云云，言辞激切。这等文章正合考官杨於陵、韦贯之心意，于是将此二子擢为上第。李吉甫闻讯大惊，在宪宗面前哭诉。其时宪宗正有意再举攻伐，亦不喜朝臣非议，于是将杨於陵、韦贯之罢官，并将牛僧孺、李宗闵斥退不用，由此埋下了其后延亘数朝之“牛李党争”的伏笔。

令李吉甫始料未及的是，他所青睐的吏部郎中窦群，竟因所举荐之人未能即刻升官而怨怼于他，趁科考之案舆情滔滔之机，弹劾吉甫公报私仇，阻塞宸听。宪宗虽然驳回了窦群的弹劾，但毕竟已成众口铄金之势，李吉甫不能自安于位，只好请求以裴垍代其相位，含恨出镇淮南，以中书侍郎平章事领扬州大都督府长史、淮南节度使。

永贞革新期间，李吉甫并不在京城，因而无涉于此案。但观其执政后之作为，又似乎与永贞革新有所承继。元和元年，李吉甫首先斥逐了相互勾结、折辱朝士的中书小吏滑涣和知枢密使刘贞亮。彼时巨宦刘贞亮正仗恃拥立之功而权势熏天，李吉甫不畏强暴，竟能去之，令世人为之振奋。而后首倡讨伐刘辟者，又是李吉甫。先去宦官，又平藩镇，正与王叔文之党主张相合。由此推想，李吉甫与刘禹锡等人志同道合，应怀有怜悯之心，求其相助，或有收获。

岌岌危途，已见一线生机，刘禹锡便将熊熊希望之火，浓缩为一篇谦谨恭敬之书文，托程异投谒于李吉甫：

某向以昧于周身，措足危地。骇机一发，浮谤如川。巧言奇中，别白无路。祝网之日，漏恩者三。咋舌兢魂，分终裔壤。岂意天未剿绝，仁人登庸。施一阳于剥极之际，拔众溺于坎深之下。南箕播物，不胜曷言？危心铩翮，繇是自保。阴施之德已然，乃闻受恩同人，盟以死答。私感窃抃，积於穷年。化权礼绝，孤志莫展。今幸伍中牵复，司存宇下。伏虑因是记其姓名，谨献诗二篇，敢闻左右。古之所以导下情而通比兴者，必文其言以表之。虽甿谣俚音，可俪风什。伏惟降意详择，斯大幸也。谨因扬子程留后行，谨奉启不宣。谨启。

李吉甫素知刘禹锡才名，虽交往不多，但印象尤深。接获来书，见刘禹锡自述永贞中遭受漫天非议，以至于有口莫辩，沦落荆南，李吉甫深觉有同病相怜之苦。再看文后殷殷求助之语，李吉甫念起流落江淮之十余年间亦曾期盼有人能施以援手，更至泪下。其后不久，又有柳宗元等人诗文寄到，文字各有奇巧，心意约略相同。

但同情之余，李吉甫却十分无奈。自己出为淮南节度使，并非本意，乃不得已而为之。朝中非议未消，正有人欲再寻事端，断其复相之望。虽有程异从“八司马”中率先起复之例，但此时若再上书为永贞士祸中人开脱，难免授人以柄。李吉甫自忖，现居相位的裴垍乃其至交，援其回朝秉承只是时间问题，若要为刘禹锡等人道地，必须找准时机觐见皇帝，察言观色，当面陈奏，才有成功之望。

除此之外，李吉甫另有担心。元和初年与他一同拜相的，还有刘禹锡的老冤家——武元衡。收复西川之后，因高崇文不善治理，宪宗使武元衡衔命出镇西川。与李吉甫受排挤出镇不同，武元衡去西川乃临危受命，是奖擢重用，“出将”之后再“入相”，地位必然更加显赫。李吉甫对武元衡和刘禹锡之间的龃龉有所耳闻，若武元衡从中作梗，李吉甫亦不能不顾忌其宰相名位。不过，武元衡与李吉甫同为朝中强硬的主战派，颇有些交情，因此，李吉甫特意作诗一首赠予刘禹锡，并复信命刘禹锡和诗后，寄送成都武元衡处，以求武元衡能看在李吉甫情面上，对刘禹锡网开一面，助其回京。

刘禹锡得到李吉甫回信，深察其中拳拳之意，再看李吉甫赠诗，其中先言自己与武元衡同为朝廷栋梁、共主讨伐大计之谊，又述欲与武元衡协力并进、再建功勋之意，并恭维武元衡识人善用，不拘成见，其为刘禹锡求情之心，不言自明。自从贬之朗州以来，刘禹锡第一次见到这样满含诚恳的文字，更觉回京之事指日可待。

有李吉甫诗文在手，刘禹锡文采迸发，一篇工整锦绣的诗文跃然纸上：

八柱共承天，东西别隐然。远夷争慕化，真相故临边。
并进夔龙位，仍齐龟鹤年。同心舟已济，造膝璧常联。
对领专征寄，遥持造物权。斗牛添气色，井络静氛烟。
献可通三略，分甘出万钱。汉南趋节制，赵北赐山川。
玉帐观渝舞，虹旌猎楚田。步嫌双绶重，梦入九城偏。
秋雨离情动，新诗乐府传。聆音还窃抃，不觉抚么弦。

——《奉和淮南李相公早秋即事寄成都武相公》

后人若观此诗，定然赞美刘禹锡文章豪迈，气势磅礴，不愧一代文宗。然而，不知是否有好事者临刘禹锡集而叹息：若刘禹锡肯以此等娴熟之文字伎俩而八面玲珑于朝野内外，必为政坛常青之树，何至于弃置荒蛮之地无人问津？

呜呼！瑰丽之文章必配以无瑕之德行，方是文人本色。后世曹雪芹在《红楼梦》中曾写到过一副对联，曰："世事洞明皆学问，人情练达即文章。"此联原意反讽在那腐朽封闭的制度桎梏之下，人们以识得时务而逆来顺受为大学问，以左右逢源而损人利己为好文章，谁料后人剥离了这副对联的时代背景，却将这满含辛酸荒唐的嘲讽当成为人处世的座右铭，亦难怪不能体察刘禹锡写下那些违心恭维之语时，心中巨大的痛楚。须知：越是华丽的谀颂，对刘禹锡心灵的伤害越深！而对心灵的伤害越深，则对禹锡志愿的磨砺愈甚！

令李吉甫和刘禹锡都未曾料到的是，武元衡对刘禹锡的成见竟是如此之顽固！见到李吉甫意在求情的书信和刘禹锡褒颂有加的和诗，武元衡反而愈加确信，刘禹锡正是个卖弄文字以投机取巧、急欲攀附权贵而怙恶不悛之徒。身为宰辅兼一方重镇节度使，武元衡自认为有完全的必要，将刘禹锡这样的“刁滑奸佞之辈”阻挡在朝堂之外。考虑到李吉甫的颜面，武元衡仍和了一首意味幽婉的诗：

雅言书一札，宾海雁东隅。岁月奔波尽，音徽雾雨濡。
蜀江分井络，锦浪入淮湖。独抱相思恨，关山不可逾。

——《奉酬淮南中书相公见寄》

刘禹锡获武元衡和诗，见“独抱相思恨，关山不可逾”之句，便知武元衡只是故作长者姿态，其实前怨未消，已下定决心要做自己重回阙廷之路上不可逾越的雄关巨隘，心中自凉了大半。李吉甫见此诗后亦无可奈何，只得复书安慰刘禹锡，再另作计议。

充满惊喜的元和四年（809），仍然以如约而至的失望作为结尾。

元和五年（810），对于宪宗皇帝来说无疑是幸运的一年。这一年里，宦官吐突承璀领军讨伐王承宗，成功诱捕与王承宗暗通款曲的昭义节度使卢从史，为朝廷剪除一方祸害；但吐突承璀征王承宗无果，使得宪宗顺理成章地罢其中尉，降为军器使，削弱了宦官的军权，朝廷中外额手称庆；而王承宗侥幸苟延，颇知收敛，将罪责推在已被斩首的卢从史身上，向朝廷上表请归。至于义武军乱，不待朝廷镇压，叛军内部自行分化，任迪简收拾局面，令朝廷不战而胜。

当然，与过去数年相似，这一系列的成就与刘禹锡依然没有分毫关系。对于刘禹锡来说，塘报上那些充斥着溢美之词的消息，唯一的价值在于令刘禹锡知道大唐还在延续着命数，等待着他携着对永贞革新的反思和坚持，建立起新的辉煌时代。

征讨藩镇的胜利，是不能掩盖这个时代整体的混乱和衰败的。永贞罪人尚在谪籍中煎熬，又有贤良坠入罗网。元和五年（810），东台监察御史元稹承召回长安，住宿四川省华阳县敷水驿。宦官刘士元后到驿站，与元稹争厅房，蛮横异常，大打出手，用马鞭打伤了元稹的脸。唐宪宗对骄横的宦官不加责问，反而给元稹加上了“少年后辈，务作威福”之罪名，贬为江陵府士曹参军。江陵属荆州，与朗州近在咫尺，元、刘二人原本便有意气相投之谊，于是更添沦落天涯之感。元稹到江陵，困顿之中，不免与刘禹锡书信往来，诉说胸中不平，负屈之愤，使人动容。

元稹遭宦官羞辱却反被贬官之事，刘禹锡亦有耳闻。想起自己初贬朗州之时，常常头痛欲裂，有夜不能寐之苦，幸而友人赠送一方文石枕，有安神助眠之奇效。料元稹此刻必然同遭此苦，刘禹锡便将自己那方文石枕找来，题诗其上，命人快马送至江陵。

元稹视枕上光滑如镜，戚戚然心知刘禹锡五年来度日如何艰难，再观枕上题诗：

文章似锦气如虹，宜荐华簪绿殿中。
纵使真飙生旦夕，犹堪拂拭愈头风。

——《赠元九侍御文石枕以诗奖之》

诗中赞美元稹文章气势如虹，理应官居显贵，以慰其心；“纵使真飙生旦夕，犹堪拂拭愈头风”既幽默，又豪迈，劝元稹只将这些仕途坎坷视为拂面清风，凝神静气地享受，还能治愈头疼！此诗更有一层深意，在于“文石枕”与宫廷中台阶所用之“文石陛”同材所制，赠文石枕，亦有祝愿元稹再登朝堂之意。

书信中另有述怀诗一首，聊与元稹调笑各自的境遇，诗曰：

无事寻花至仙境，等闲栽树比封君。
金门通籍真多士，黄纸除书每日闻。

——《酬元九院长自江陵见寄》

元稹不禁破涕为笑：刘、元二人皆怀匡扶济世之志，眼下却是一人无所事事去寻桃花源，一人等闲度日去学李衡种橘。是二人果然“无事”“等闲”吗？是朝廷“无事”“等闲”吗？非也！新进之士数不胜数，擢拔敕书不绝于闻，但贤良如刘禹锡和元稹者尚在谪籍，这一切显得何等讽刺！罢也！还是去仙境看桃花吧！还是去泛洲种柑橘吧！

刘禹锡赠诗既有鼓励，又有安慰，为示感激，元稹所思无以为报，于是回赠刘禹锡一支壁州竹鞭。壁州竹鞭时为名贵物产，贩至长安可价值万钱，世人无不重之。更与二人境遇相映之处，元稹乃是以赠鞭作为最美好的祈盼，祈盼刘禹锡能早日策马扬鞭，重归阙廷。以此既贵重又饱含深情之礼相赠，亦可见刘禹锡送枕赠诗之举，在深受冤屈的元稹心中具有何等重要的意义。

元稹亦有诗作酬谢。诗曰：

枕截文琼珠缀篇，野人酬赠壁州鞭。
用长时节君须策，泥醉风云我要眠。
歌眄彩霞临药灶，执陪仙仗引炉烟。
张骞却上知何日，随会归期在此年。

——《刘二十八以文石枕见赠，
仍题绝句，以将厚意……》

元稹从来骄傲，但在刘禹锡面前仍极尽谦卑，自称泥醉贪睡之野人，只能在神仙身旁看炉引烟，而刘禹锡身负文琼珠缀之文章，不久必定先归长安。刘禹锡览诗苦笑：五年之中，无人问津，归期如何会在此年？又作酬答诗一首：

碧玉孤根生在林，美人相赠比双金。
初开郢客缄封后，想见巴山冰雪深。
多节本怀端直性，露青犹有岁寒心。
何时策马同归去，关树扶疏敲镫吟。

——《酬元九侍御赠壁州鞭长句》

禹锡酬答诗中极言赞美壁州鞭之美，又以“巴山冰雪深”暗喻险恶的政治气候，再用“端直性”和“岁寒心”与元稹相互勉励，誓要在绝境之中保持正直端良的品性。“策马同归去”则是刘禹锡最大的期望——与元稹一同召还复用。当然，刘禹锡这时肯定没有想到，自己的祝愿之语，竟会一语成谶。

第二十五章 刘梦得痛失爱妻

元和六年（811），李吉甫终于迎来了期望已久的敕命。正月二十五日，李吉甫复知政事，授金紫光禄大夫、集贤殿大学士、监修国史、上柱国。刘禹锡喜出望外，急盼李吉甫能趁武元衡尚在西川、朝中无人阻碍的难得机遇，复召永贞罪人回京。

孰料赦罪之诏未下，却有噩耗传来。元和六年六月，王叔文之党中唯一幸免的吕温，卒于衡州刺史任上。

吕温字叔和，出生于书香官宦人家，幼学从父，二十岁师从著名学者陆贽学《春秋》，从梁肃学文章。为学刻苦，有志于世。少时应河南府试，为贡士之冠。贞元十四年（798）进士及第，次年中博学鸿词科，授集贤殿校书郎，贞元十九年（803）擢左拾遗。其行事不肯苟且从俗，胸有抱负，谈史论政，激情洋溢。其“明刑立威”“德主刑辅”之论，使士人瞩目。永贞革新之前，吕温一直是王叔文政治集团中的核心人物之一，与李景俭、柳宗元同为刘禹锡挚友，其韬略、才干无可出其右者。贞元二十年（804）冬，吕温作为工部侍郎张荐副使，出使吐蕃，至元和元年（806）使还，因此，未坐永贞革新的牵连。后王叔文之党曾有人哀叹，若吕温在朝代韦执谊之位，永贞革新必然是另一番结果，其时望之高，可见一斑。因出使之功，吕温转户部员外郎，历司封员外郎、刑部郎中。他的身上曾寄托了刘禹锡等人最深切的期望。元和三年（808），吕温与李吉甫发生矛盾，贬道州刺史，后量移衡州刺史。虽在谪籍，但吕温不在“逢恩不原”之列，以其治理衡州之显著声名，回朝之后必有入翰林之望。

可是，就在秩将满之际，年仅四十岁的吕温就带着刘禹锡之辈的希望，决然西去。柳宗元闻讯号啕大哭，哀恸悲号：“……君有智勇孝仁，惟其能可用康天下，惟其志可用经百世，不克而死，世亦无由知焉……”“……君之文章宜传于百世，今其存者非君之极言也，独其词耳。君之理行宜极于天下，今其闻者非君之尽力也，独其迹耳。万不试而一出焉，尤为当世甚重，若使幸得出其什二三，巍然为伟人，与世无穷，其可涯也。”以柳宗元之才华，犹如此推崇吕温，对其寄望之深，可以想见，对其早亡之悲，感人肺腑。

元稹与王叔文一党皆有情谊，惊闻吕温死讯，同气相悲，将哭吕温之诗寄予刘禹锡。禹锡见诗中“伤心死诸葛，忧道不忧馀”“遥闻不瞑目，非是不怜吴”等句，虽哀恸之意犹甚，却也因元稹真为难中知音而倍感欣慰。

吕温的去世，令刘禹锡之辈本就渺茫的希望又虚无了许多。刘禹锡赫然发现，昔年与自己谈笑风生、指点江山之人，渐渐开始在人生的旅途中抛下自己。刘禹锡焉能不暗自度量，计算着还能有多少时光可以去实现心中的梦想？吕温的结局焉能不令处境更忧之人心碎神伤？寂静的深夜里，刘禹锡久久不能入眠。隔壁屋里传来了儿女的梦呓，刘禹锡不禁担心，在这瘴疠横行之地，自己是否也会如吕温一般，无法亲自操办儿女的婚事？再看柳宗元和元稹寄来的字字血泪，刘禹锡凄然下笔：

一夜霜风凋玉芝，苍生望绝士林悲。
空怀济世安人略，不见男婚女嫁时。

遗草一函归太史，旅坟三尺近要离。
朔方徙岁行当满，欲为君刊第二碑。
——《哭吕衡州时予方谪居》

吕温之死不啻为一记警钟，警告着年届不惑的刘禹锡，若在朗州消极等候，必难逃脱客死他乡之命运。虽然交通权贵并非刘禹锡所喜好，但在别无他途之绝境中，投以文字略表寸心，其实亦无伤名节。作为封建士大夫，又有谁能逃脱依附权贵的束缚？无论是李吉甫、李绛，还是韩愈、白居易，更甚至是永贞黑手严绶、裴均，刘禹锡均不辞辛劳地唱和、吹捧，其中心酸无奈，只见一首和严绶与武元衡之诗便可知端倪：

南荆西蜀大行台，幕府旌门相对开。
名重三司平水土，威雄八阵役风雷。
彩云朝望青城起，锦浪秋经白帝来。
不是郢中清唱发，谁当丞相掞天才？
——《江陵严司空见示与成都武相公唱和因命同作》

君可见诗中有一言不恭敬？君可见诗中有一言不奉承？君可见诗中有一言诉苦楚？君可见诗中有一言求相助？苦也！这是说不尽的屈辱，这是诉不完的哀恸！以一人之好恶，而令贤良无建功之门，正是封建社会最令人发指的罪恶！

元和六年（811）末，宪宗有感于李吉甫复相之后对旧日仇怨多有挟嫌报复之意，为求制衡，便引户部侍郎李绛入为中书侍郎、同平章事。李吉甫善于奉迎圣意，而李绛耿直，常御前相争，宪宗优许而常从之。不论李吉甫与李绛有何争斗，但之于刘禹锡而言，武元衡在外不能为阻，有李吉甫、李绛二人居于相位，再有同居相位的权德舆和大司徒杜佑，四人之力当足以救沉拔溺。

李吉甫归朝之后，经过一年的人事调整，逐渐站稳了脚跟，复引刘禹锡等人提上了他的议事日程。所幸上天垂眷，元和六年（811）天下无事，岁丰人安，竟有斗米只值两钱之地，恍然间似有盛唐光影，宪宗焉能不洋洋自得，以为直追太宗之功绩。趁此良机，李吉甫在朝中多方散布言论，朝臣之中对永贞士祸牵连之人多有怜悯之色，宪宗见八司马中率先起复的程异确实任劳任怨，功勋卓著，亦动宽宥余党之念。

发现朝中舆论风向有变，年高久病的杜佑随即致书刘禹锡，告而慰之。刘禹锡如获至宝，伏案细读，如沐春风。但是，杜佑信中所言“浮谤渐消”，可知仍有固执阻止之人。况且，皇帝有诏在前，起用程异已是破例，若再将其余人等起复，岂非扫了金口玉言的颜面？

因此，刘禹锡在回复杜佑的信中，表达了自己的感激和担忧：

> 一自谪居，七悲秋气。越声长苦，听者谁哀？汤网虽疏，久而犹诖。失意多病，衰不待年。心如寒灰，头有白发。惕厉之日，利于退藏。是以弥年不敢奏记。近本州徐使君至，奉手笔一函，称谓不移，问讯加剧。重复点窜，一无客言。忽疑此身，犹在门下。收纸长想，欣然感生。寻省遭罹，万重不幸。方寸之地，自不能言。求人见谅，岂复容易？伏蒙远示，且曰浮谤渐消。况承庆宥，期以振刷。方今圣贤合德，朝野多欢。泽柔异类，仁及行苇。万族咸悦，独为穷人。四时平分，未变寒谷。自同类牵复，又已三年。侧闻众情，或似哀叹。某才略无取，废锢是宜。若非旧恩，孰肯留念？六翮方杀，思重托于扶摇；孤桐半焦，冀见收于爨烬。伏纸流涕，不知所言。谨启。

元和七年（812）中，刘禹锡在朗州的生活忽然发生了巨大的变化。相伴刘禹锡多年的老友董颋和顾象相继病故，在痛失知己的悲辛中，刘禹锡接连为二故友写下墓志铭，以寄托深深哀思。刘禹锡不知，这样残酷的诀别，究竟是预示着自己将要离开朗州，还是预示着自己亦将化为朗州的泥土？

十一月，杜佑病逝的消息传至朗州，刘禹锡更觉惊骇，不意新近通信，竟成绝笔。虽然杜佑居相位近十年，未能维护永贞革新，亦未能为刘禹锡之辈援手，但禹锡毕竟是杜佑门下旧吏，既有教导之惠，又有知遇之恩，虽然远在朗州，禹锡仍遥设祭坛，以尽门吏之仪。

窦常调任朗州刺史之事颇令刘禹锡感到意外。窦常与刘禹锡可谓渊源甚深。刘禹锡当年为杜佑淮南幕府掌书记时，窦常正任节度参谋，两人曾多年共事，相处融洽。此方杜佑逝世，禹锡更念故人，便有窦常来朗州为刺史，直令禹锡有上天垂怜之感。

刘禹锡与窦常之渊源，在经历了永贞革新的惊涛骇浪之后，又不只是同僚之谊。窦常正是弹劾刘禹锡“携邪乱政”的侍御史窦群之兄。窦群在元和初年由武元衡、李吉甫召为吏部郎中，因占抗拒王叔文“功臣”之名，私心极度膨胀，竟因李吉甫未能立准其保奏之人而恩将仇报，借元和三年（808）“贤良方正科”之案弹劾李吉甫公报私仇者便是此人，及吉甫出镇淮南后，窦群变本加厉，诬构吉甫，欲置其于死地。而后东窗事发，宪宗本欲诛杀此人，却有李吉甫出力相救，只将其贬往黔州做了刺史。

因窦群之故，刘禹锡并不敢将窦常引为知己之交，只做诗酒唱和之友足矣。日日欢宴，高谈阔论，倒也似乎有时光逆流、青春重现之意。但这类酬答之诗只论风月，无关大志，纵有千篇万篇，亦不足一道。

元和八年（813），武元衡在治川多年之后，携累累政绩回归长安，复入中书知政事，兼崇玄馆大学士、太清宫使。见此老冤家入朝秉政，刘禹锡几乎感到了绝望。

果如刘禹锡所预感一般，李吉甫筹谋一年，终于勉强获得宪宗首肯，下诏以刘禹锡等为远州刺史。虽然治郡偏远，毕竟得获量移，假以时日，必可渐续用之。但诏书到中书省时，却被武元衡扣下。武元衡已认定，以刘禹锡为代表的王叔文余党绝不可用，于是邀集十余名言官觐见宪宗，言辞恳切，几以死谏。

宪宗心中其实亦对刘禹锡等人心怀忌恨。且不说当年谣传刘禹锡主谋另立东宫，近些年来刘禹锡所作诗文偶有传入宫中者，宪宗览之，往往觉有讽刺之意。若非李吉甫、李绛等人力主召回，宪宗宁可朝中无一贤才，也要令王叔文之党贬死在外。而今武元衡等人进谏，正合宪宗心意，于是顺势取消诏命。

李吉甫愤恨不已——武元衡初返长安就如此与自己作对，却也的确对这样的功勋贵臣毫无办法，只得致信刘禹锡，告之以详情，并再次劝说刘禹锡，一定要亲自上书武元衡，求其谅解。武元衡素爱示人以惜才大度之貌，若禹锡直言求助，或许武元衡为求善名，尚可争得一个奇迹。

消息传到朗州，刘禹锡已无力愤怒，只能将胸中怨愤化为一长串沉重的叹息。虽然权德舆年初罢相，但居相位之三人中，仍有两人为刘禹锡所善。去年，朗州有公差去往成都，归来时奉命带来了武元衡赠送的蜀锦和几句还算温暖的问候，这曾经令刘禹锡以为与武元衡的关系冰雪消融，谁知，一切都只是假象。

面对如此面善心硬之辈，刘禹锡心中焉能无有鄙夷和愤恨？但这种负面消极的心理，对身陷罗网之人又能有何裨益？想到男儿功业，想到家中老母，刘禹锡没有更多的选择，只能再次鼓起勇气，以完全卑微的语气，写下一封求武元衡高抬贵手的书信：

> 去年本州吏人自蜀还，伏奉示问，兼赐衣服缯彩等。云水路遥，缄滕贶厚。恭承惠下之旨，重以念旧之怀。熙如阳和，列在缃简。苦心多感，危涕自零。惊神驿思，若侍颖杖。伏以圣上注意理本，锐求国桢，念外台报政之功，追宣室前席之事。重下丹诏，再升黄枢。群情合符，和气来应。况八柄所在，三人同心。叶台座之精，膺俊杰之数。谈笑于规随之际，从容于陶冶之间。物皆由仪，人识所措。某久罹宪网，兀若枯株。当万类咸悦之辰，抱穷终恸之苦。清朝无绛、灌之列，至理绝椒、兰之嫌。此时不遇，可以言命。

嗟乎！一身主祀，万里望枌榆之乡；高堂有亲，九年居蛮貊之地。从坐之典，固有等差；同类之中，又寻牵复。顷在台日，获奉准绳。指吏途于桉谳，遵文律于章奏。藻鉴之下，难逃陋容；炎凉载移，足见真态。自违间左右，沈沦遐荒，岁月滋深，艰贞弥厉。缅想受谴之始，他人不知。属山园事繁，孱懦力竭。本使有内嬖之吏，供司有恃宠之臣。言涉猜嫌，动碍关束。城社之势，函矢纷然。弥缝其间，崎岖备尽。始虑罪因事阙，宁虞谤逐！迹生智乏周身，又谁咎也？

伏以赵国公顷承顾遇之重，高邑公夙荷见知之深。虽提挈不忘，而显白无自。盖以永贞之际，皆在外方。虽得传闻，莫详本末。特哀党锢，亟形话言。自前岁振淹，命行中止。或闻舆论，亦慜重伤。伏遇相公秉钧，辄已自贺。傥重言一发，清议攸同。使圣朝无锢人，大冶无废物。自新之路既广，好生之德远形。群蛰应南山之雷，穷鳞得西江之水。指顾之内，生成可期。伏惟发肤寸之阴，成弥天之泽；回一瞬之念，致再造之恩。诚无补于多事之时，庶有助于阴施之德。无任恳悃之至。谨启。

华美褒赞之辞，刘禹锡不知写过多少，至此已然麻木；真诚自白之言，刘禹锡不知书过几回，不知何人见怜？此时，刘禹锡已不敢在书信中提到自己的志向，他只能说桑榆之思，说白发在堂，说他所期盼的，只不过是能“改过自新”。须知，对于内心仍然坚定秉持永贞革新积极精神的刘禹锡而言，提“自新之路”已是十分难堪的折节自辱之举。

武元衡固持己见，将刘禹锡等人视为洪水猛兽，只有永远镇压在宝塔之下，才能保大唐平安。在他看来，留其一条性命已是法外施恩，与其通信论些风月已是怜其文才，至于“自新”“再造”之类，绝无可能！

刘禹锡作此伤神极深之文章时，当对武元衡的心理洞若观火，深知其无以为望。所幸尚有布衣之交李绛居于相位。元和八年（813）授远州刺史之诏，正有李绛之力，向其致书，既是感谢，更可复求其再施援手，侥幸成功亦未可知。毕竟李绛乃刘禹锡旧日知交，情谊颇深，此时虽是云泥殊路，有天壤之别，信中同有恭维话语、自白之词，但相比与李吉甫、武元衡之通信，更多几分自由与真诚，亦更显毫无掩饰之悲伤：

去年国子主簿杨归厚致书相庆。伏承相公言及废锢，愍色甚深。哀仲翔之久谪，恕元直之方寸。思振淹之道，广锡类之仁。远聆一言，如受华衮。伏自不窥墙仞，九年于兹。高卑邈殊，礼数悬绝。虽身居废地，而心恃至公。

伏以相公久以讦谟，参于宥密。材既为时而出，道以得君而专。令发於流水之源，化行犹偃草之易。习强伉者自纳于轨物，困杼轴者咸跻于仁寿。六辔在手，平衡居心。运思于陶冶之间，宣猷于鱼水之际。然能轸念废物，远哀穷途。嗟哉小生，有足悲者。内无手足之助，外乏强近之亲。为学苦心，本求荣养。得罪由已，翻乃贻忧。扪躬自劾，愧入肌骨。祸起飞语，刑极沦胥。心因病怯，气以愁耗。

近者否运将泰，仁人持衡。伏惟推曾、闵之怀，怜乌鸟之志；处夔、龙之位，伤屈、贾之心。沛然垂光，昭振幽蛰。言出口吻，泽濡寰区。昔者行苇勿伤，枯骼犹掩。哀老以出弊，愍穷而开怀。无情异类，尚或婴虑。顾惟江干逐客，曾是相府故人。言念材能，诚无所取。譬诸飞走，庸或知恩。呜呼！以不驻之光阴，抱无涯之忧悔；当可封之至理，为永废之穷人。闻弦尚惊，危心不定。垂耳斯久，长鸣孔悲。肠回泪尽，言不宣意。谨启。

“否运将泰”，果然只是刘禹锡美好的愿望。元和八年（813），薛氏陪伴刘禹锡走过从辉煌到落寞的十年人生路，恋恋不舍地撒手人寰。薛氏以一官宦小姐之养尊处优，不以刘禹锡仕途绝望而怨之弃之，甚至在父亲与禹锡政见不同时，义无反顾地站在禹锡一边。薛氏陪伴禹锡在朗州八年，备尝艰辛。居于沅水畔招屈亭附近之陋室，为禹锡照顾年迈母亲，养育三个幼小儿女。她以温情和坚忍默默地支撑着刘禹锡度过人生中最艰难的岁月，是禹锡心中最温暖的一抹亮色。

政治迫害之苦，亲人失去之痛，现在相依为伴的妻子又离他而去，留下三个孩子，还有一个需要赡养的年近八旬的老母，禹锡更是苦不堪言！

望着数日前与妻子薛氏论起孩子名字时写下《名字说》“欲尔于人无贤愚，于事无大小，咸推以信，同施以敬，俾物从而众说，其庶几乎……”的文字，妻子话语宛在耳边：“孝始于亲，终于事君，所以都称臣。”禹锡手抚长子信臣、次子敬臣的头发，望着尚在襁褓中的女儿，不由大放悲声：

> 叹独处之悒悒兮，愤伊人之我遗。情可杀而犹毒，境当欢而复悲。人或朝叹而暮息，夫何越月而逾时……心伊郁兮将语谁？坐匡床兮抚婴儿……以无涯之情爱，悼不驻之光阴……

刘禹锡笔墨和眼泪相和，写下《伤往赋》，痛悼爱妻。赋前引言：人和禽兽相比，尊贵之处就是重情，当然那些放诞之人不可理喻，不在其列！妻子英年早逝，痛苦不已，作赋纪念，就是要世人看重夫妇之情！

赋文“责怒”妻子太狠心，怎么能将他抛下，让他过着孤苦伶仃的生活？埋怨妻子，怎么像初升太阳，很快就隐去光辉；怎么像木槿，朝开暮落；像蜉蝣，朝生暮死。虽“川走下而不还，露迎阳而易晞”，但“恩已甚兮难绝，见无期兮永思！”刘禹锡用“我行其野”“我复虚室”“我入寝宫”，睹物思人，极尽怀念之情。尤其回到家里，因为妻子不在，满目凄凉，惨不忍睹。坐在床边，抚摸婴儿。母亲走了，谁为孩子洗头擦身？孩子每天都在长大，衣裤不合身了，谁替他更换？谁为孩子在手臂上系挂香囊，让他清爽？孩子尚幼，不懂这些，然父亲知道，母爱是父爱所永远无法代替的！看着床上被褥，柜中衣物，它们就在那里放着，能够认得出来，但是，衣服的主人啊，你不想回来吗？庄子豁达到夫人去世了能够鼓盆而歌，禹锡怎么也做不到，只有独自永无止境的叹息！

悒悒何悒悒，长沙地卑湿。楼上见春多，花前恨风急。
猿愁肠断叫，鹤病翘趾立。牛衣独自眠，谁哀仲卿泣？

郁郁何郁郁，长安远如日。终日念乡关，燕来鸿复还。
潘岳岁寒思，屈平憔悴颜。殷勤望归路，无雨即登山。

——《谪居悼往二首》

长歌当哭，愁肠寸断，思念无期，憔悴容颜！可惜，可叹，薛氏离去了，就在久盼的那一缕曙光即将来临的前夜。从此之后，刘禹锡再未续弦，孩子只有交给家中女佣泰娘代为抚养。泰娘感恩刘禹锡夫妇厚爱，努力地给孩子们温暖和呵护。

第二十六章 李吉甫徐图拔困

李吉甫在元和八年（813）欲起复刘禹锡等人的计划失败之后，不得不改变策略，从宪宗更在意的角度下手，以图绕过武元衡之干扰。回想程异当年被召还，正赶上朝廷征伐西川，李巽以垂危之身，恳切之请，方求得圣恩雨露。若无此非常形势，焉能令皇帝自食其言？

“兵发淮西，必可一举两得！”李吉甫暗自琢磨。自从平定西川之后，宪宗尝到了用兵的甜头，无日不思驰发大军，将割据之藩镇逐一荡平。淮西吴少阳如一枚楔子，钉入朝廷治地，四无党援，多路夹攻，最有全胜把握。若朝廷果真开动干戈，必然求才若渴，此时再以社稷之重而进召还贬谪官员之言，谅武元衡之辈无缘置喙。

不意李吉甫方定大计，又有天助。元和九年（814）闰八月，淮西节度使吴少阳病逝，其子吴元济秘不发丧，谎称吴少阳病重，自领淮西军马，悍然屠掠舞阳，欲与河朔藩镇相勾连。淮西节度使府判官杨元卿不屑与叛逆为伍，便趁进京奏事之机，将淮西虚实向李吉甫和盘托出，并献平淮西之计策。李吉甫大喜，迅即向宪宗呈奏。

消息传开，宪宗震怒不已。李吉甫趁机向宪宗上奏，称“淮西非如河北，四无党援，国家宿存数十万兵以备之。失今不取，复难图矣”，并保奏荆南节度使严绶为帅，统领平叛淮西人马。

严绶前年平定九洞蛮叛乱，深得宪宗青睐。于是宪宗立即封严绶为山南东道节度使，加淮西招抚使，统领十八镇官军，进剿吴元济。

不过，李吉甫心中清楚，严绶并非将才，平定九洞蛮只是侥幸，以其为将，必然不足以战胜淮西骄悍匪兵。但若无一番挫折，宪宗又如何能感到朝中无人的切肤之痛？为了更深地刺痛宪宗，李吉甫甚至准备好了同样无领军实才、却有将军虚名的韩弘，作为严绶的继任者。

情势果然如李吉甫所预料一般。严绶、韩弘先后为招抚使、都统，二人既无御将统兵之术，又兼十八路藩镇各怀鬼胎，与吴元济对峙月余，久不能下。宪宗每日览军前奏报，只见备战之语，不见捷报传来，长安又新近破获吴元济行贿朝中官员之案，心中越发不满，更思贤才襄助。

李吉甫的谋划成功地撬动了宪宗心中的铁闸。但李吉甫做梦也没有想到，为了私心召回刘禹锡、柳宗元等人，冥冥之中自己竟重蹈了李巽的命运。元和九年（814）十月初三，李吉甫将奏请召还大批积年沉沦官员的奏折呈送宪宗后，猝然暴薨。

宪宗痛失臂膀，淮西前线吃紧之际更觉孤立无援，再览李吉甫临终上表，深感其操劳国事之耿耿忠心，虽然召还名单中有刘禹锡、柳宗元等王叔文余党，但宪宗以为忠臣之心不可不慰，于是作下主张，待李吉甫丧事完毕后，下诏将众负罪之官员召回京城听用。

长安朗州千里相隔，此时的刘禹锡无缘体察到宪宗心中这一刹那的恻隐，对命运的转折浑然不觉，却与窦常在新修成的武陵北亭中饮酒赋诗，歌功颂德。窦常于元和七年（812）冬到朗州，元和八年（813）时朗州粮食丰收，人民安居乐业，确有一派值得歌颂之状。武陵北亭之立，正为将此功德记于历史。

刘禹锡方作一篇《武陵北亭记》，尽赞窦常治朗州之政绩，并述建亭之始末。窦常阅之蔚然欣喜，却更怜悯禹锡之才。掐指一算，禹锡遭贬，已在朗州蹉跎九年。

窦常慨然而呼："梦得，你在朗州竟已九年！圣上何得如此铁石心肠？又逢此秋意深浓季节，我与梦得在这沅水之旁同饮一壶淡酒，怎不令人悲从中来……"

刘禹锡酒至半醉，癫狂大笑道："刺史何故而悲？兄莫非亦是伤春悲秋之俗人乎？人生漫漫，谁知前途何方？谪居九年，焉知是福是祸？我等既不知之，又何必要去悲伤？且去承受而已矣！"

"哦？"窦常丝毫未从禹锡话中感受到他对命运的指责，心中肃然起敬。

刘禹锡再饮一杯，诗兴萌发，对窦常道："悲秋乃人之常情，以为万物凋零，长冬将至，遂感哀惋。但今日请君听我一言：

自古逢秋悲寂寥，我言秋日胜春朝。
晴空一鹤排云上，便引诗情到碧霄。"

——《秋词二首》（其一）

"梦得莫非还不认命？"窦常品诗，觉刘禹锡果然心气不凡，人皆悲秋之际，他却正是雄心激励之时。方才以为刘禹锡已将人生看淡，几有出世之意，但细品禹锡之诗，仍有拳拳积极之心。

"认命？"刘禹锡一怔，脱口而吟道：

山明水净夜来霜，数树深红出浅黄。
试上高楼清入骨，岂如春色嗾人狂。

——《秋词二首》（其二）

刘禹锡略带酒意，又道："禹锡之心，如那枉山般空明，如这沅水般纯净！在这秋日最美之时，我如今的清宁心境，已不似年轻时那样张狂！这样的我，琢磨已成，正堪所用！我之命运，绝非贬死他乡！"

窦常以为禹锡恃酒狂言，摇头道："命由天定，人力何为？梦得心中虽有委屈，但若不认命，又当如何？”

刘禹锡冷冷笑道：“我命由我，谁可诼我？禹锡半生潦倒，但知需行大道！我蹈道俟时，胸怀坦荡，只待风云变幻，便看我重整旗鼓！”

窦常却不以为然：“如此说来，梦得已知何时得脱苦海？”

刘禹锡不知是确有预感，还是随口而言，答道：“古之人以‘九’为极数，言天高则曰九天，言泉深则曰九泉，乃为极也！禹锡今已谪满九年，亦当为其极也！此时不还，更待何时？”

刘禹锡说到动情处，竟情不自禁，手舞足蹈，边吟边唱道：

古称思妇，已历九秋。未必有是，举为深愁。莫高者天，莫浚者泉。推以极数，无逾九年。伊我之谪，至于数极。长沙之悲，三倍其时。廷尉不调，行当跂而。天有寒暑，闰余三变。朝有考绩，明幽三见。顾尧之民兮，亦昏垫而有叹。叹息兮倘佯，登高高兮望苍苍。突弁之夫，我来始黄。合抱之木，我来犹芒。山增昔容，水改故坊。童者郁郁兮，涸者洋洋。天覆地生，翕兮无伤。彼族而居，向之投荒。彼轩而游，昨日桁杨。信及泽濡，俄然复常。稽天道与人纪，咸一偾而一起。去无久而不还，棼无久而不理。何吾道之一穷兮，贯九年而犹尔。噫！不可得而知，庸讵得而悲？苟变化之莫及兮，又安用夫肖天地之形为？

——《谪九年赋》

刘禹锡复又歌颂数遍，窦常望着刘禹锡忘情舞蹈的身影，不禁潸然泪下：九年时光，能让一个黄毛小儿长成勇健壮丁，能让刚发芽的小树冠盖蔽日，能让山形改变，水流改道！孩子们都已文采奕奕，干旱之处也能变成一片汪洋！过去逃难躲灾的流民都已安居乐业，路上乘车出游之人，当年曾是桁杨囚徒！如此事例，人皆言“道法自然”，有“久去必回、久乱必治”之谈，但为何这从不差错的天道，却在刘禹锡身上屡屡爽约？三十岁至四十岁，本该是早扬声名的刘禹锡担当重任、成就功业的黄金十年，难道大唐的人才真多到了刘禹锡只能做一朗州司马的奢侈地步？设身处地去想，窦常自认为无法坚持过来，遑论不改初心、更添勇气？

窦常亲自沏上一盏热茶，本欲安慰醉酒狂舞之后忽感落寞的刘禹锡，却兀地发现，任何安慰言语在刘禹锡自身强大的内心面前，都显得十分渺小而单薄，只能以沉默相待。

刘禹锡饮了热茶，醉意趁着热气从全身的毛孔中散发了出去，人又恢复了精神，继续与人歌赋吟咏。

窦常复览刘禹锡经年积累之文集，不禁由衷赞道："梦得果真是我大唐第一豪放潇洒之人！愚兄暗昧，聊以明哲保身之道混沌官场，忝居小州刺史之位，仕履虽无坎坷，却显平淡寡味，百年之后，定已销声匿迹，史上无名。贤弟今日虽看似落魄，其实不然！"

窦常举起手中的刘禹锡文集，深为动情："有此集诗文，梦得即使不得还朝为官，亦可流传百代文名！诸君请想，古往今来，帝王将相能被世人传诵者才得几人？不如做一江湖墨客，行遍大唐山山水水，留下千百篇脍炙人口文章，倒比在风口浪尖上做几年提心吊胆的宰相更强！"

朗州为迁客骚人过往聚集之处，座中宾客谁无负屈失意之事？闻窦常一番肺腑，众人无不心生共鸣，于是更加恣意纵情。

朗州长史乃朗州本土人氏，高举酒盏，朗声道："昔屈子居沅湘间，吾民迎神，词多鄙俚，乃作九歌，于今荆楚鼓舞之。梦得不以此地鄙陋，亦作《竹枝词》，为吾地正音，功莫大焉！"

刘禹锡笑道："里中儿联歌《竹枝》，吹短笛，击鼓以赴节。歌者扬袂睢舞，以曲多为贤。聆其音中，黄钟之羽，其卒章激讦如吴声。虽伧伫不可分，而含思宛转，有淇澳之艳。故余作《竹枝词》。"

窦常顺手拿起竹枝，笑诵刘禹锡《竹枝词》：

杨柳青青江水平，闻郎江上唱歌声。

东边日出西边雨，道是无晴却有晴。

楚水巴山江雨多，巴人能唱本乡歌。
今朝北客思归去，回入纥那披绿罗。

朗州长史为众人解释：“前诗摹拟民间情歌，写一位初恋少女之心思。眼见江边杨柳，垂拂青条；耳边忽闻江边歌声，熟悉之音！女子虽在心里爱上小伙，但对方尚未表白，不由心怀忐忑。但是，小伙自江边走来，边走边唱，似乎是对自己多少有些爱慕。此乃‘道是无晴还有晴’。”

窦常笑道：“雾露隐芙蓉，见莲不分明。”

众人载歌载舞之时，刘禹锡反而安静下来，他回到本座，与窦常道：“诗乃小道，大道图治。中行（窦常字中行）兄素有宏愿，在杜司徒幕府中，谁人不晓？只叹时事艰难，你我之辈既然不能执掌朝权，能使一方百姓安居乐业亦算是无愧于心了吧。”

窦常面露愧色，赧然道：“你我饱读诗书，学通古今，却不能建一功于社稷，愚兄无一日不觉惭愧，无一日不觉焦虑，焉有面目因区区保守方寸一隅而自满？”

刘禹锡慰道：“中行兄此言过于苛责于己了。我观兄之治郡，从来以宽仁为念，以怀柔服人，不以捐税赋额而苛敛于民，不为己欲而滥兴土木，朗州虽偏，竟为善地，此非兄之功乎？”

窦常茫然道：“治郡者殆如是乎？”

刘禹锡大笑：“若天下郡守皆如兄长，大唐何以沦落至此内忧深重、外患紧急之地步？君莫不知，如今官员，恋权贪利者众，保境安民者寡，如严绶、裴均之类，皆好横征重赋，敛集民财，一面结交权贵，一面穷奢极欲，只要能求得自己荣华富贵、吃穿享用，哪管百姓有无活路？待履新职，留下一堆烂账，又去祸害他处！此种官员，比比皆是！相比之下，能与百姓秋毫无犯、使其休养生息者，已是十分难得了！”

窦常尴尬苦笑，自嘲道：“如此说来，窦某倒还算是个乱世中的好官了？只是这评判的标准如此之低，令人汗颜。若是在贞观、开元年间，恐怕早就被百姓唾弃了！”

提起贞观之治、开元盛世，刘禹锡心中亦有无限感伤。今日的大唐，谁能未雨绸缪，弭祸乱于将起、挽狂澜于既倒？越是危途之中，权臣贵宦们越是以自保为务，谁理会祸在萧墙？刘禹锡打开文集，诵《武陵观火诗》：

楚乡祝融分，炎火常为虞。是时直突烟，发自晨炊徒。
盲风扇其威，白昼曛阳乌。操绠不暇汲，循墙宁避逾……

窦常一惊，问道：“梦得此诗，莫非去年县中大火后所撰？”

刘禹锡合上文集，仿佛仍置身于熊熊火海之中，愀然答道：“此诗正作于去岁县中大火之时。那日情形，禹锡仍然历历在目！”

窦常何尝能忘？亦叹：“然也！那日清晨，愚兄见县南有白烟升起，以为是百姓家正备晨炊。谁知狂风忽作，白烟变成了黑烟，连太阳都被遮蔽，县中像是阴天。片刻后，便有人来报，称县南突发火灾，扑救不及，已经蔓延开来。”

“是啊！”刘禹锡回忆道，“禹锡闻讯后立即赶往火场，那样惨烈的场面真令人过目难忘！即使大火熄灭之后，余烬的炙热也令人畏避三舍。在火场边，禹锡便想：民若无火则无以为生，然而御火之道却往往失察，酿成滔天巨祸。晋代时宫库大火烧了王莽头、孔子屐、斩蛇剑，令后人无缘观瞻，殊为可惜！细究起来，此种火灾往往起于人祸，倘使主事者能及时察觉，御火以道，何至于家毁人亡，流落街头？”

“以梦得性情，恐怕又有感而发？”

“的确！禹锡又想到大唐国运！安史之乱便如一场大火，烧尽了大唐百余年的基业，但若无李林甫滥用蕃人为帅、若无杨家兄妹祸乱朝纲、若玄宗能如开元初年般圣明，安史逆贼焉能成烈火燎原之势？再如德宗朝时，对藩镇一意加宠，对宦官任用无度，现今尾大不掉，今上虽有雄心铲平其遗祸，但已露穷兵黩武之意，不知此火种哪一日又将酿成另一场巨变？”

想到大唐前途堪忧，窦常引禹锡诗句道：“‘无苛自可乐，弭患非所图！’唉，有志者岂无有所图？实是报国无门，只得用宽仁稍慰百姓呀！连大司徒杜公当年在淮南时亦只能如此，我等门吏又能有何法？”

刘禹锡淡然道：“世事如此，只望与兄长以宽仁爱民共勉，若禹锡有幸执掌一方……”

窦常问道：“那梦得将如何执政？”

“好实蹈中，明体以及用，通经以知权。”刘禹锡不慌不忙，翻开文集，让窦常看《答饶州元使君书》：

> 盖丰荒异政，系乎时也。夷夏殊法，牵乎俗也。因时在乎善相，因俗在乎便安。不知法敛重轻之道，虽岁有顺成，犹水旱也。不知日用乐成之义，虽俗方阜安，犹荡析也。徙木之信必行，则民不惑，此政之先也。置水之清必励，则人知敬，此政之本也。缿筒之机或行，则奸不敢欺，此政之助也。

刘禹锡认为，丰年、荒年采取不同赋税征收标准和方法，是因天时不同；四夷、华夏采用不同治理之法，是因风俗不同。顺应天时，就要善于观察，适应风俗有利于安定。执政者若不知征收轻重适宜之理，即使百姓遇到好年成，也会像遭受水旱之灾一样；不知百姓所需之理，即使社会秩序安定，也只是表象。为防止动荡不安之象，执政者取信于民；施政之根本在于执法公正、秉公办事；施政之辅助在于依靠民众之力，打击贪赃枉法之奸恶。

刘禹锡认为，政治上的求实精神要求官吏把修身与及物统一起来，“身修者官未尝乱也”。同时，“修身而不能及治者有矣，未有不自己而能及民者。”虽说自身修养好也有不会治理之人，但自身修养差而能治理好百姓的人是没有的。在治理州郡的具体方法上，刘禹锡认为：

若执事之言政，诣理切情，斥去迂缓，简而通，和而毅。其修整非止乎一身，必将及物也。其程督非务乎一切，必将经远也。防民之理甚周，而不至皎察；字民之方甚裕，而不使侵蛑。知革故之有悔，审料民之多梡。厚发奸之赏，峻欺下之诛。调赋之权，不关于猾吏，逋亡之责，不迁于丰室。因有年之利以补败，汰不急之用以啬财。为邦之要，深切著明，若此其悉也。推是言、按是理而笃行之，乌有不及治邪？古称言之必可行，非乐垂空文耳。有人民社稷，故可践其言也。

刘禹锡认为，执政方法要切合情理，摒弃迂腐拖沓之弊，简明扼要，宽和而又刚毅；修养不限于自身，必须推广到社会；规章法令不要求包罗一切，但必须考虑长远利益。防民之措要周详，但不能达到苛求之地步；爱民之法很多，但又不使它们侵害朝廷利益。刘禹锡从执政注重实际这一指导思想出发，提出来治理州郡的具体措施：要大胆改革弊政，明知这样做有人反对，也不要动摇；针对农民大量逃亡、沦为荫户的严重问题，要严格清查被豪强隐瞒的户口；对揭发奸恶之人要重赏，对欺压贫民百姓的豪强要严惩；征收赋税之权力，不能交给狡猾奸诈的胥吏；处理逃亡农民之职责，不能转移到豪门巨室之手中；合理征收赋税，不能使更多农户破产，积谷防荒，以丰补歉，取消不急用的开支，以节约钱财。

窦常读完，面带几分敬意："梦得治世之法，必益于社稷黎民，也必福佑后世。"

刘禹锡长叹一声，略带苦涩道："禹锡只是纸上谈兵！大人仁爱治民，造一方乐土，是禹锡学习之楷模！"

窦常又以谦辞相应，再与刘禹锡说些胸中郁积之语。这日之后，窦常政务繁忙，再无机缘与刘禹锡深谈，不意竟成二人最后的精神交流。

《答饶州元使君书》集中体现了刘禹锡的执政理念，其思想核心为

“好实蹈中”。“好实”是求实精神，“蹈中”是大中之道。大中之道之所以成为刘禹锡执政理念，与他受啖助及其弟子提倡《春秋》学的影响密不可分。安史之乱后，藩镇跋扈，宦官弄权，朝廷威势下降。针对这样的政治局面，啖助及其弟子赵匡、陆质提倡《春秋》学来挽救时局，“救世之弊”。赵匡进一步解释《春秋》救世之宗旨：“在尊王室，正陵僭，举三纲，提五常，彰善瘅恶，不失纤芥，如斯而已。”和刘禹锡同为永贞革新集团的柳宗元、吕温、韩晔、韩泰、凌准等“恒愿归于陆先生之门”，“以弼于理，臻于大中”不仅是刘禹锡的执政理念，更是永贞革新集团的政治宣言。

刘禹锡诗《赠别君素上人》引言：“曩予习礼之中庸，至‘不勉而中，不思而得’，悚然知圣人之德”。刘禹锡正是以“圣人之德”为旗帜，从经权关系上提出“通经以知权”的中道观，并在他创作的政治寓言诗《调瑟词》中，以调瑟比喻治国，反映禹锡恪守中道的政治思想。该诗引言和诗云：

> 里有富豪翁，厚自奉养而严督臧获。力屈形削，然犹役之无艺极。一旦不堪命，亡者过半，追亡者亦不来复。翁悴沮而追昨非之莫及也。余感之，作《调瑟词》。
>
> 调瑟在张弦，弦平音自足。朱丝二十五，阙一不成曲。
> 美人爱高张，瑶轸再三促。上弦虽独响，下应不相属。
> 日暮声未和，寂寥一枯木。却顾膝上弦，流泪难相续。

古瑟二十五根弦，调瑟就是将二十五根弦调整得匀称和谐。张弦是调瑟之关键，张弦要适度，要平和。只有二十五根弦都能平和地发音，才能演奏成曲。而美人不懂此理，喜欢高张瑶轸，致使弦断音绝，后悔莫及！刘禹锡以调瑟为喻，反对苛政，揭示执政者须行宽缓平和之策，遵循大中之道。

第二十七章 得诏书艰难征还

胸怀大略的刘禹锡报国无门，心存苦闷。再加上常年水土不服，爱骑、良友、妻子病逝，使身在谪籍的刘禹锡病了，病在大唐的秋天，“寂寂重寂寂，病夫卧秋斋。”他病得如此沉重，“伊我兮久而滋漫。”秋风归雁，谪客先闻，更触痛禹锡那颗敏感而脆弱的心。“何处秋风至，萧萧送雁群”“岁中三百日，常苦风雨多”。苦雨秋风使病中的刘禹锡再患上眼疾，“三秋伤望远，终日泣途穷。两目今先暗，中年似老翁……”

闻听刘禹锡卧病，柳宗元自永州急忙寄来药方，并托深得医术的高僧君素上人前来诊治。君素上人“一麻栖草，千里来访”，“穷巷唯秋草，高僧独扣门”，使刘禹锡感动万分，再与君素上人坐禅论佛，清境观照，证悟一心，使禹锡有“惟有摩尼珠，可照浊水源”之感，而发出佛教乃“出世间法”之叹。

刘禹锡与佛教结缘很早。少年时，就随灵澈和皎然两位高僧学诗，颇得心法。贞元年间，禹锡出仕，灵澈“西游京师”，曾相遇于长安和洛阳。灵澈因得罪宦官被徙汀州，禹锡也遭贬谪。二人虽隔千里，然“唯余两心在”。禹锡被贬朗州，内心十分苦闷，希望找到“出世间法”。

朗州自古乃佛教圣地，西晋永嘉元年（307）就有建寺庙的记载。身处如此境况，刘禹锡开始研读佛典，寻求解决人生痛苦烦恼之法。案席上放佛教典籍“四句之书”，迎来送往多“赤髦白足之侣”，然刘禹锡与一般好佛者不同，其“佞佛”更多表现在对佛学理论的研究，他以儒学为坐标，探讨佛学的性命、修养、济世等理论问题。“儒以中道御群生，罕言性命”，“佛以大慈救诸苦，广起因业”，以为衰乱之世，儒学便失去影响力，佛教反会更加得到尊崇。禹锡从“因业”佛性说认识到衰世儒消佛长之原因。关于修持和修炼问题，刘禹锡将儒、佛两家的理论加以比较，提出“不勉而中，不学而得”是修养的最高境界，是“至诚”的境界，是圣人的境界。济世是佛教与儒学共有之精神，儒、佛如五行中的水、火，互不相同，而同有烹饪功能；车辕、车轮，形状不同，而同有致远的功能。刘禹锡认为，“佛法在九州间，随其方而化”，佛教传法济世要适应不同地区的不同文化特点，具体内容要因地域不同而有差异，强调佛教教义要与儒家的孝道一致。

卧病的刘禹锡虽“事佛而佞”，欲退隐山林，皈依佛门。无奈，儒家思想已在心中扎根，“身在江湖之上，心居魏阙之下”，其身世之悲总是与苍生社稷之忧紧紧地交织融汇在一起。其灵魂已与苍生血肉相融，无法割舍。虽然，刘禹锡在仕途坎坷、颠沛流离之中，时有消沉、彷徨、失望、沮丧乃至生出避世之念，然而，时时与国家社稷治乱同悲喜、与黎民百姓安危共忧乐的刘禹锡不是“五柳先生”，只能心中往之，身入俗世。亦正是佛教要旨之浸润，使其情怀更为坚韧博大，使其情操更为直性高洁。在禹锡眼中，佛教世界是一个与黑暗污浊、尔虞我诈的俗世完全相反的纯洁世界，圣人般的禹锡将自己的心灵放置在那个纯洁的世界，而为俗世所不容。

“休公久别如相问，楚客逢秋心更悲”，刘禹锡将贬谪生活的心境向前来探望的慧则法师袒露，慧则法师在开解刘禹锡的同时，还请来一位婆罗门僧，帮助刘禹锡治好眼疾。重见光明，病愈的刘禹锡写下《赠眼医婆罗门僧》诗：

三秋伤望远，终日泣途穷。两目今先暗，中年似老翁。
看朱渐成碧，羞日不禁风。师有金篦术，如何为发蒙？

元和九年（814）十二月，刘禹锡以为自己将迎来在朗州的第十个年头时，他奢望已久的回京诏书在路上磨磨蹭蹭地行走两个月之后，终于为他带来了重生的灿烂光明。这种激动，是极深的悲哀与极大的喜悦发生的碰撞，悲喜交加之下，刘禹锡赫然发现，在朗州的九年中，他虽然得到了一颗坚强无比的灵魂，但代价何其惨重！妻子长眠于此，青春一去不返！这一切，都值得吗？

“值得！”刘禹锡强硬地告诉自己！谪居朗州的九年，不仅是这个残酷冷血的时代考验刘禹锡意志品质的九年，更是刘禹锡重新认识自己、认识世界的九年。这九年中，刘禹锡在希望与失望的反复折磨中获得了内心的平衡，通过总结和反思更加深刻地认识了永贞革新的成败！在他的不惑之年，他对今后的人生该坚持什么、该放弃什么，看得格外清楚。同时被他看清楚的，还有形形色色的人。

到底京城中消息灵活，刘禹锡等人被召回长安的消息，堪称十年来最具爆炸性的新闻，深深地震动了大唐的官场。人们霍然发现，王叔文的余党们竟从漫漫时光的压迫中挺了过来，行将重回他们曾经辉煌耀眼的舞台。更令人吃惊的是，刘禹锡的亲朋好友遍布朝野：好友李绛为礼部尚书、崔群为户部侍郎，父执权德舆为刑部尚书，御史中丞裴度为禹锡母亲卢氏兄弟之同窗。两名在位的宰相中，韦贯之素怀礼贤下士之声望，对刘禹锡颇有好感，已故的李吉甫在临终遗奏中建议令刘禹锡重回郎署，委以重任。唯一对刘禹锡误会极深的武元衡也有爱才之名，且似不应于宪宗悼念李吉甫之时贸然反对其遗奏。在外人看来，脱离了十年禁锢的刘禹锡回到长安之后，必定会居于比永贞革新时更加显赫的地位。

于是，刘禹锡发现，原来有无数人还关心着他这个“罪人”。几乎与召还诏书同时到达朗州的，还有多达数十封的书信。待刘禹锡一一拆阅，不禁哑然失笑：若是十年前，在这么多热情洋溢的问候之语面前，禹锡必然涕泪横流，将来信者引为知己之交。但是，十年之中，能与禹锡经常通信者，在八司马之外，不过白居易、元稹、李绛、崔群、韩愈等数人而已，旁人何有一词？虽然刘禹锡很清楚这只是大唐官场的常态，但仍止不住心底泛出的鄙夷和失望。

在令人作呕的阿谀赞颂和虚伪之至的思念敬佩之中，有一封信却令刘禹锡十分重视。此信来自故相李吉甫的儿子李德裕。李德裕时年二十八岁，学有所成，以门荫入仕，任校书郎。因李吉甫常在家中与李德裕论说永贞革新之事，颇有惋惜之词，尤于刘禹锡不吝赞赏，若非早逝，待刘禹锡回朝后李吉甫必然亲手擢用。李德裕虽是宰相之子，但仍以晚辈之礼向刘禹锡致以敬意，恭谦自如而不假造作，只为代其先父，行与刘禹锡再相唱和之遗愿。从李德裕的身上，刘禹锡高兴地看到了大唐年轻一代政治家中少有的活力和天赋，同时，这也令刘禹锡感到了新的压力：当年，他们的年轻躁进葬送了一群少年英才的前程，今日，重回朝堂的他们，定要用这样深刻教训换来的沉稳冷静，为志同道合的后辈们撑起成长的空间！

朗州友人有谁不知刘禹锡归心似箭？不待刘禹锡一一拜访辞行，众人便不约而同地来与他道别。数不清的泪水和欢笑，和着衷心的祝福，一同化作“珍重”二字，将刘禹锡送上北还的旅途。

汨罗江头，柳宗元已待刘禹锡多时。接到诏书时，喜出望外的柳宗元不愿独自回京，便思刘禹锡回京可从永州经过，两人若一同回京，一路吟诗作赋，定是一桩美事。刘禹锡接到书信，亦爱有此良朋贤友同行千里之途，便欣然应允。

见刘禹锡来，柳宗元兴高采烈，却假作不悦道：“梦得何故姗姗来迟？莫非已在朗州扎下根去，不舍得走了？”

刘禹锡笑道：“子厚何故此言？”

“梦得谪居朗州，竟五溪风俗，尽得之矣！”柳宗元扬着手中刘禹锡诗稿，“若此中《蛮子歌》生动传神：‘蛮语钩辀音，蛮衣斑斓布。熏狸掘沙鼠，时节祠盘瓠。忽逢乘马客，恍若惊麇顾。腰斧上高山，意行无旧路’。还有这《龙阳县歌》更是一幅朗州生活习俗图：‘县门白日无尘土，百姓县前挽鱼罟。主人引客登大堤，小儿纵观黄犬怒。鹧鸪惊鸣绕篱落，橘柚垂芳照窗户。沙平草绿见吏稀，寂历斜阳照县鼓。’还有《采菱行》《楚望赋》等，皆是朗州画帖。梦得若无长居此地之心，焉能对朗州如此用心？”

“朗州仅辖武陵和龙阳，此荒远之地，更需人文教化。禹锡谪居此地，无事可劳，无政可问，只好以诗文言事，以诗文自慰。子厚莫要取笑。”刘禹锡再望着面前水急波长的汨罗江，饶有深意地再道，“江上风高浪急，如屈子悲吟，船头浪花如诉如泣，挽人脚步，故而来迟，子厚见谅！”

柳宗元忍不住捧腹笑道：“梦得兄错怪屈子了！他是见你我终于苦尽甘来，要将满腔热情托付你我吧？”

“果真是苦尽甘来？”刘禹锡摊掌笑诵，“莫道谗言如浪深，莫言迁客似沙沉。千淘万漉虽辛苦，吹尽狂沙始到金。”

此时，恰好江上风起，柳宗元更加开心：“我在汨罗江边时日长久，最通此江灵性！待我也作诗一首，令江中龙君助我们顺水顺风，一路驰骋：

南来不作楚臣悲，重入修门自有期。
为报春风汨罗道，莫将波浪枉明时。”

——《汨罗遇风》

刘禹锡笑而不语，随柳宗元钻入船舱，闭目听着船夫们唱着的渔歌，时有时无地与柳宗元搭着闲话。此时此刻，刘禹锡感到，在朗州十年中不知丢到哪里去的睡意，好像都在这间狭窄又摇摆的船舱中被翻找了出来。

刘、柳二人水陆相继，日行数十里，只叹无法追上早已飞驰千里的灵魂。行至洞庭湖时，二人望着烟波浩渺、素光无际的湖水，不由浩叹。柳宗元道："去岁秋夜，读梦得《望洞庭》诗：'湖光秋月两相和，潭面无风镜未磨。遥望洞庭山水翠，白银盘里一青螺。'以为想象丰富，比喻恰当，色调淡雅，精美绝伦。'白银盘里一青螺'之语，将壮阔不凡之气度寄于高卓清奇之情致，实乃匪夷所思之妙句。"

刘禹锡拱手道："禹锡素仰杜子美，此诗学子美诗而作。尝过洞庭，虽为一篇，然思杜员外落句云：'年去年来洞庭上，白蘋愁杀白头人。'鄙夫之言，有愧于杜公也。"

再行数日，刘、柳至襄州之南，投宿于善谑驿中。此地为战国名臣淳于髡终葬之所，《史记·滑稽列传》言淳于髡以博学、滑稽、多智、善辩著称，先任齐国大夫，晚年仕楚，葬于襄南。此地百姓为纪念其人，本欲以淳于髡之故事改作地名，奈何淳于髡的传说实在太多，只好以其性格——善谑——做了地名。

十年前，刘、柳初贬经过此地时，不堪来此客死异乡之人墓前徒增感伤，今番心境殊异，二人亦有了祭吊先贤的雅兴，便乘着春夜明月星光，携酒来拜淳于髡墓。

淳于髡墓乃本地名胜，往来文人骚客题词咏怀皆记录于其碑堂梁壁之上。刘禹锡与柳宗元乘兴观览，那些诗句虽然良莠不齐、参差相间，倒也将淳于髡之种种故事备说详细。种种故事之中，使赵救齐与使楚献鹄两则最引刘、柳注目：

齐威王八年，楚国举兵攻齐，威王命淳于髡携带黄金百斤、车马十驷为礼，出使赵国求援。令下之后，淳于髡仰面大笑，威王不悦，定要问其原因。淳于髡以隐语谏曰："今者臣从东方来，见道傍有禳田者，操一豚蹄，酒一盂，祝曰：'瓯窭满篝，污邪满车，五谷蕃熟，穰穰满家。'臣见其所持者狭而所欲者奢，故笑之。"威王毕竟心思迅捷之人，听出髡之意在礼品太轻而求索太重，复思之，恍然惊悟，赵国绝不会劳师动众解救一个贫弱的齐国，反而会趁火打劫来分一杯羹，只有以重礼赂之，令其欲图其利而又不敢觊觎齐国土地。于是，威王修改诏令，以黄金千镒、白璧十双、车马百驷为礼。淳于髡出使赵国果然大获成功，赵国派甲兵十万援齐，楚国闻之，连夜撤兵。

因使赵救齐之功，淳于髡贤名远播，楚人亦敬之。后齐威王又令淳于髡使楚，以鸿鹄一只为国礼，欲与楚国修好。不料官差照料不周，鸿鹄飞去。其时楚强齐弱，楚王素怀入主中原之志，若失礼数，唯恐再肇祸端。众人皆不敢行，独淳于髡勇有机谋，力主继续使楚。楚王探知齐国使团丢失国礼鸿鹄之事，以为可以师出有名，又正好可以羞辱淳于髡，于是召集楚国精英，隆重接见齐国使团。淳于髡果然提一空鸟笼来到楚国君臣面前，招来一片讥笑。但淳于髡不以为意，拜道："齐王使臣来献鹄，过于水上，不忍鹄之渴，出而饮之，去我飞亡。吾欲刺腹绞颈而死，恐人之议吾王以鸟兽之故令士自伤杀也。鹄，毛物，多相类者，吾欲买而代之，是不信而欺吾王也。欲赴佗国奔亡，痛吾两主使不通。故来服过，叩头受罪大王。"

一席话顿时镇住楚国君臣——不忍鸿鹄饥渴，表其仁德；知罪而求死，表其勇气；虑浮谤加于楚王，表其忠心；不以相类者代之，表其信用；不欲两国断绝，表其大义；服罪请罚，表其诚实。如此忠、勇、仁、义、诚、信兼备，且有智慧之人，若加惩处，必损楚国威望于天下。楚王无可借题发挥，只得夸奖了淳于髡，并厚赐了财物。

读罢先贤事迹，柳宗元由衷长叹："梦得与我亦是智勇兼备之人，以礼义仁孝为立身之本，以忠君报国为大道正途，但相比淳于髡，你我蹉跎半生，不能建立功业，在先人冢前只觉自惭形秽，不知何日才得攀至先人高度？"

刘禹锡引淳于髡另一则故事慰道："昔年齐威王继位，日夜饮酒作乐，三年不理国事，致使齐国势衰，国土不断被蚕食。淳于髡隐语谏曰：'国有大鸟，三年不鸣不飞，君知何故？'齐威王答曰：'三年不飞，一飞冲天，三年不语，一鸣惊人！'遂招七十二令长问对，奖一人，杀一人，然后整顿国事，砺兵备战。诸侯闻之，纷纷纳还土地，齐国又享三十六年威赫之势。”

柳宗元闻言，开怀大笑：“淳于髡墓前，梦得以先人隐语谏议之事，隐语慰我乎？先人三年不鸣，一鸣惊人，你我困顿岁月三倍其时，如此说来，此番回朝一鸣，岂不要更加惊人！”

刘禹锡将酒壶放在淳于髡墓碑前，将满心的希望化入对先贤的缅怀之中，吟诵道：

生为齐赘婿，死为楚先贤。应从客卿葬，故临官道边。
寓言本多兴，放意能合权。我有一石酒，置君坟树前。
——《题淳于髡墓》

柳宗元不甘示弱，亦以淳于髡的事迹和诗道：

水上鹄已去，亭中鸟又鸣。辞因使楚重，名为救齐成。
荒陇遽千古，羽觞难再倾。刘伶今日意，异代是同声。
——《善谑驿和刘梦得酹淳于先生》

元和十年（815）二月，刘禹锡、柳宗元已至长安郊外，夜宿于都亭驿中。自召还江湖逐客之诏令颁布之后，蒙恩之人往往在都亭驿处重遇亲朋，留下多少悲欢离合之文章。见刘、柳到来，驿中迁客无不报以敬意，争相来拜——在此等特殊人群之中，谴谪最久者最令同辈敬佩。刘、柳兴致勃发，与众人欢笑饮宴，歌咏吟诵之声喧哗热闹，唯恐将房顶掀去，仿佛一个全新的开明年代近在眼前。

“听啊！是长乐钟声！”

忽然有人大喊一声，喧嚣的驿站霎时安静下来。众人屏气凝神，侧耳细听。

“咣——咣——咣——咣……”

深沉庄重的长乐钟声，从长安城中遥遥飘来，震荡着每一个人的灵魂。有人开始隐隐啜泣，渐而垂首落泪，终于止不住悲伤，放声嚎啕。

同是沦落天涯之人，刘、柳何能不知其悲？听着幸存的人们撕心裂肺地呼唤着亡故亲友的名字，刘、柳亦想起被残忍赐死的王叔文，病故贬所的王伾、凌准、韦执谊，还有许多因遭沉重打击而自寻短见的同僚。相比生命的代价，幸存者们熬过的艰辛岁月，承受的非常之苦，又算得了什么呢？掐算时日，同被召回的韩泰、陈谏、韩晔、元稹等人不日亦将到达，再看眼前满堂饱经磨砺之人，刘禹锡此刻的心情不但不受满目哀泣影响，反倒应了“我言秋日胜春朝”之诗意——皇帝能下决心捐弃前嫌，召回这群兼具贤良才能与坚强意志的人才，在这个人人皆以为大唐日薄西山的时代中，必然要迸发出更加强盛的生命力量。

“诸位！”刘禹锡登上楼梯，朗声向堂中人们喊道：“诸位莫哀！我等沉沦多时，今蒙圣上雨露恩泽，只有振奋精神，才能告慰今日不能同来相聚之人！禹锡愿口占一首，与诸君共慰并共勉！”

众人拱手称让，便听刘禹锡吟道：

雷雨江山起卧龙，武陵樵客蹑仙踪。
十年楚水枫林下，今夜初闻长乐钟！

——《元和甲午岁诏书尽征江湘逐客余自武陵赴京宿于都亭有怀续来诸君子》

闻刘禹锡之诗，众人又相互酬赠，不觉一夜过去。翌日清晨，无人愿乘宿醉而羁留小小驿站，皆整备行装，共入长安。

第二十八章

玄都观赏花题诗

刘禹锡长安旧宅仍在，十年间竟未有丝毫改变。留京老仆听闻主人将归，一早已将宅中收拾干净，两人相见，是禹锡又是亲人，不免抱头痛哭。邻里街坊听闻当年刘禹锡从九死一生之地归来，纷纷来府相问，聊表挂念。与那些朝秦暮楚的官僚不同，普通百姓至今仍然记得十年前惩处恶官李实、罢停掠民宫市的永贞革新，记得起早贪黑戮力于革新事业的刘员外。十年时间，足以让百姓们从当初街传巷议的谣言中清醒过来，看明白谁才是为国为民之人。虽不善表露于言语，但他们纷纷以几只果子、一篮菜蔬等等礼物，向刘禹锡表达着积蓄已久的歉意。

来访之人中，有一人姓冯名叔达，曾于永贞年间在尚书省任番官，司守仓库，是刘禹锡的下属，禹锡曾待之甚厚。见到刘禹锡形容憔悴，冯叔达泪眼迷蒙，泣问道："员外在哪里受苦十年，不过四十岁，为何已是须发半白，竟似我这年过半百之人？"

刘禹锡爽朗大笑，反而安慰伤感旧僚："我去桃花源中过了几日，谁知出来时已是改天换地，不知怎的，头发胡须也都白了！你们可知是何原因？"

刘禹锡问院中邻里，众人皆大笑不已。见刘禹锡如此豪迈，大家便放下心来，向刘禹锡讲述些这十年长安城中的故事。聊至夜半，方才散去。星光之下，刘禹锡看着已经堆满院中一角的慰问品，回想从京城到朗州、再从朗州回京城的十年历程，提起家中十年未有人碰过的毛笔，一抒胸中感叹：

> 前者匆匆襆被行，十年憔悴到京城。
> 南宫旧吏来相问，何处淹留白发生？
>
> ——《征还京师见旧番官冯叔达》

刘禹锡在家中休息两日，将子女安排妥当。眼见距离朝觐圣上尚有时日，刘禹锡便思趁此空当，约上京中友人同去踏春，既可接续旧日友情，又可为重登朝堂铺平道路。

二三月之间，正是桃花盛开季节。虽然唐人以为桃花花品不高，乃俗艳之物，但刘禹锡毕竟从桃花源中归来，自然无所顾忌。其时长安内外桃花茂盛之处，第一等必是玄都观。邻人向刘禹锡推荐此处时，刘禹锡却毫无印象。在他的记忆中，玄都观只有数间瓦房，一片荒地。

按照记忆中的道路，刘禹锡信步而行，在去往玄都观的路上，试图找回对长安城的熟悉感觉。这座恢弘的城市，大唐帝国的首都，它是少数人梦想成真的舞台，它是无数人水深火热的刑场。它的每一条大街小巷都是锋利的刀刃，将许多人的理想和着血肉绞得粉碎。在这里，无论是想保境安民，还是想大发横财，追逐权力都是唯一的法门。只是，当少数的幸运儿经历了重重斗争之后，真的手握权柄时，他真的还能记得最早来到这里时的初衷吗？刘禹锡想起回到京城的当晚，权德舆便来探望。这个和善的老人在刘禹锡心目中曾经是敢作敢为、勇有担当的楷模，但他入相之后，却因圣意难测而生畏惧，终以“循默”而罢相。其数日前对刘禹锡的嘱咐，再也不是热情洋溢的鼓舞，而是老泪纵横地要他做个俯首帖耳的顺臣。连权德舆之辈都无法坚持在京城的激烈斗争中保持本心，刘禹锡心中格外绷紧了弦。誓做大唐忠臣贤士最后的坚守者，是他一生不改的骄傲。

一路神思遐迩，不觉已到玄都观附近。虽然道路变化很多，但其指征已然明显——道路上已有许多姹紫嫣红的花瓣，连泥土都被染上了深深的紫色。刘禹锡向迎面而来之人询问，人们都热情地为他指出玄都观的方向。闻见他们身上的香气，刘禹锡便知他们亦是赏花归来。其实若不向人问路，那冲天的香气也已向他道明了桃花林的所在。

即使桃花花品庸俗，但不可否认，数千株桃树同时开花的场景，的确是一幅令人叹为观止的美丽画卷。不过多时，这幅美丽画卷便成为大唐英贤们共聚一堂的绝佳背景。

裴度、李绛、权德舆、崔群、白居易、韩愈等人正在朝中受重用，自然成为返京官员们争相讨好的对象。虽然同是其乐融融的场面，但刘禹锡鲜明地感到，在都亭驿中悲愤激昂的人们，方进京城不过数日，其精神、志向竟发生了天翻地覆的变化。诚然，趋利避害是埋藏在心灵底层的根本人性，尤其对于在偏远恶地羁留许久的人们，当他们再度置身于繁华满目的长安之春时，“留下”便成为战胜一切的强大欲望。

刘禹锡把自己的感触说给柳宗元听，柳宗元却窃笑，指着被人群围得水泄不通的权臣们，悄声道：“梦得你好不通人情！你且看：御史裴中丞与令堂家有世交，更是你先夫人裴氏娘子之族叔；刑部权尚书是梦得父执，关怀甚深；中书韩舍人、礼部李尚书、吏部崔侍郎、东宫白赞善皆与你交谊深厚，有此一群人在，你何用担忧不得再居善位？你这是饱汉不知饿汉饥啊！”

刘禹锡只笑不答，连连摆手，不欲与此类人聚集喧嚣，于是引柳宗元、元稹等人稍避数十步，忆述在朗州寻访桃花源时的故事。正说得引人入胜之时，忽听得远处人群骚动，呼声震天。张望过去，似乎有一着紫袍者刚刚来到玄都观桃花林中。

刘禹锡好奇，凑过去仔细观看，却发现那人面目陌生，不曾见过。因他出现，原本围住裴度的人群终于松动，刘禹锡便到裴度身边，向裴度行礼。

“裴中丞，罪臣迟来拜望，请见谅。”

裴度与禹锡之母卢氏的兄弟卢璠、卢项同为德宗朝名士刘太真座下弟子，又是禹锡元配族叔，贞元中虽往来不多，但对禹锡其实十分青睐。裴度早禹锡四年登第，元和二年（807）随武元衡出镇西川，元和六年（811）以司封员外郎知制诰，现任御史中丞。武元衡主张挞伐淮西叛将，朝中群臣多持对立，唯裴度鼎力支持，因而受宪宗重视，更受武元衡器重，有再进之望。

在西川时，裴度屡以刘禹锡才能白之于武元衡，奈何武元衡固执不化，裴度游说不见效果。此次刘禹锡等人蒙恩召还，实因李吉甫临终遗奏拨动宪宗恻隐之心。武元衡内心对此十分不悦，使裴度担忧，正有话语要交代禹锡。

方得脱身，裴度寻一僻静处，先简单问过禹锡境况，然后嘱道：“前者梦得锋芒锐利，永贞时已为人所诟。今日侥幸回京，需懂得大音若希、大智若愚之理。武相公对梦得成见极深，裴某虽可尽力斡旋，但梦得若无政绩，终难化解。时下朝廷正在淮西用兵，梦得若可效法程异，一心用命，则永贞之罪可以尽脱矣。不过，韦相公贯之、张相公弘靖皆主张姑息淮西者，梦得若积极参与淮西军务，必招其忌恨，还望梦得多加谨慎言行，勿使有隙可乘。”

刘禹锡忙行礼拜谢，裴度又道：“李相公遗奏中，力陈梦得擅治转运，求擢梦得入尚书省郎官，圣上已露许奏之意，待你等面圣之日，也许就有制命。在此之前，梦得切勿与朝中大臣密切往还，以免武相公再以梦得为攀权附贵之人而借机阻挠。”

刘禹锡面露鄙夷之色，自信答道：“裴中丞放心，禹锡绝非那帮只懂巴结新贵权要之徒！”

裴度听刘禹锡语有所指，再看人群，嗤之以鼻道：“梦得应不认得，那人是户部侍郎判度支皇甫镈。此人以贿赂中人而暴起，一面对百姓横征暴敛、一面克扣大军军饷粮草，以此所得厚资重贿中人，结得圣上欢心，又加御史大夫。淮西一役，本就顽敌难克，再有此人判度支之事，岂非祸在萧墙？”

听说是皇甫镈，刘禹锡恍然有所悟。李巽去世后，程异仍能在朝中受到重用，多有皇甫镈之功劳。程异在写给刘禹锡的书信中，曾建议刘禹锡向皇甫镈求助，不过为杂务所耽。今日闻裴度之说，刘禹锡心中十分庆幸未与此人有所往来。

因知皇甫镈为人，刘禹锡更加鄙视向其献媚者，便与柳宗元论道：“传言宇文恺置都长安时，以朱雀大街南北尽廓有六条高坡，象乾卦，于是在九二之位置宫殿为帝王之居，于九三之位立百司以应君子之数。九五之贵位不愿使常人居之，于是立玄都观与兴善寺镇之。但今观之，在此九五之位，却有轻浮桃花数千株，更有轻浮之人数百余，难怪大唐气数将尽，屡有摇摇欲坠之象。”

再游已无兴致，刘禹锡便欲与友人们道别先去，但众人哪肯放过，白居易定要刘禹锡留下一篇文章方可离去。刘禹锡正有感慨，于是当场挥毫：

紫陌红尘拂面来，无人不道看花回。
玄都观里桃千树，尽是刘郎去后栽。

——《元和十年自朗州召至京戏赠看花诸君子》

诗句一出，白居易、元稹、柳宗元等人皆掩面不语，却有欲奉迎之人，自作聪明地赞道：“刘梦得作诗更胜当年呀！此诗不写桃花妖俏可爱，却写道路和芳草都沾上桃花香气，游人如织赏花而归，令人遐想桃花之盛。刘梦得一去十年，玄都观里新种的桃树都已长成，又怎不令人感慨时光飞逝，发沧海桑田之叹？”

哄闹之中，刘禹锡悄然而退。但他不知，这首戏赠看花诸君子之诗，将要为他带来意想不到的变局。

那日赏桃花众人中，虽多为阿谀之辈，但阿谀之辈并非不学无术，精通诗文者大有人在。见刘禹锡所题诗句，立刻有人从中嗅到了损人利己以加官晋爵的气息。

且说武元衡对宪宗复召刘禹锡等回京之事闷闷不乐。在他看来，宪宗只顾伤李吉甫早逝之情，却让刘禹锡等人趁机起复，实在是祸国殃民之举。但宪宗诏令既下，武元衡无由阻止，只得暂且忍下，再图计议。这时，有人携刘禹锡赏玄都观桃花之诗来献。

武元衡览诗，未觉有何不妥，但来人却道："武相公请再仔细品味！人言桃花轻浮，为花之下品者。那日玄都观中群贤毕至，复召官们都来拜谒，这'无人不道看花回'岂非以下品之桃花暗讽朝中群贤，并嘲笑同僚是轻浮之人？"

"嗯？"武元衡品出了其中滋味，喜上眉梢，命道："接着说来！"

那人见摸准了武元衡的心思，更大胆道："相公再看'玄都观里桃千树'两句。人皆知玄都观居于九五尊位，则此处之千树桃花必指正占风华之人——非相公而谁？最可恶者，乃'尽是刘郎去后栽'，岂非讥讽相公您是在他刘禹锡走后才被提拔上来的？"

此言正中武元衡痛处。永贞革新之时，武元衡因坚决不附王叔文，被贬为太子右庶子，官居刘禹锡之下，待王叔文之党尽贬之后，方复为御史中丞。

武元衡冷笑："刘禹锡啊，让你侥幸复归，你不但不知悔改，反而变本加厉，竟敢讽刺朝臣，那就休怪本官无情了！"

告密之人更进恶毒之语："武相公且慢！依小人所见，刘禹锡之意不仅在讽刺相公。君请想，圣上改元、上尊号亦是他贬朗州之后，他去后栽之桃千树里，岂不是也包括了圣上？"

武元衡心中十分蔑视此告密之人，但仍赐予重赏，然后急急入宫，求见宪宗。

观史而论，宪宗并非无道昏君，在唐朝皇帝中亦算是有所作为者。但终其一生，唯在永贞革新之事上耿耿于怀，不甚大度。究其因由，一乃当初与谋皇太子监国时，身为太子的宪宗亲眼看见父亲顺宗病卧榻上，完全任人摆布，因而极为痛恨王叔文等擅权乱政，将父亲用作傀儡；二乃宪宗登基之后，坊间流传其篡位及弑父弑叔流言，宪宗疑心是王叔文余党所构，因此更生忌讳。

当李吉甫病逝的悲痛渐渐消散后，宪宗在对刘禹锡等人的使用问题上，又变得摇摆不定。武元衡与宪宗日夜谋划淮西用兵之事，对宪宗心理的变化可谓了若指掌，执刘禹锡之诗文，正可为再黜之口实。

毕竟宪宗因李吉甫之死而复召罪人，若无真情实意，恐难打动宪宗。武元衡一路酝酿悲情哀容，及至面圣，遂跪拜在地，泣奏道："圣上，请为我等忠心之臣主持公道！"

宪宗大惊，忙命平身，问道："武卿家这是为何？起来回话！"

近来张弘靖、韦贯之、钱徽等朝中重臣极力反对淮西用兵，常与武元衡发生矛盾，宪宗以为又生事端，胸中立时怒气涌动。

武元衡长跪不起，叩头伏地奏道："臣无能，请圣上将我等后进之辈尽数罢去，重令前朝贤人执掌朝政，不负天下之望！"

宪宗听出武元衡言外之意，震怒道："何人非议？武卿家速速奏来！"

武元衡又拜，从袖中抽出奏章呈上，并奏道："左降官刘禹锡蒙恩复召，非但不思痛改前非，反而在玄都观中大放厥词，无视圣上临朝十年来擢拔之满朝贤良，污蔑我主昏昧，将我圣朝君臣统统贬为他刘禹锡走后所栽之品调低下的桃花，并用'拂面来'之泥土腥臭之气，形容朝堂庄重氛围。如此恶毒至极，是可忍孰不可忍？"

宪宗细读刘禹锡之诗，其中确有狂妄不敬之意。虽然宪宗心中对刘禹锡等人仍有厌恶，时时有再将其贬黜的冲动，但身为帝王，因一首模棱两可之诗而对刚刚召回之人加以处罚，并非明智之举。

宪宗踟蹰道："武爱卿，你先请起。刘禹锡毕竟一腐儒而已，贬谪十年，想来腹中愤懑积攒已极，回京之后见满朝文武皆是栋梁之才，心中难免失衡，作一小诗发些牢骚，也是情理之中。朕乃一国之君，若容不下几句牢骚，何以示仁德于天下？爱卿身为宰辅，应有腹中行舟之量，不与他计较便是。日后若刘禹锡确有差误，再议惩处不迟。"

武元衡早有预料，仍不起身，俯首再拜，另抽出一份奏章，呈递宪宗。

“老臣再启陛下！刘禹锡若果真痛改前非，则作此诗发泄情绪犹可饶恕。但臣得知，刘禹锡在朗州十年间，不但不对永贞乱政之事闭门思过，反而四处交游，与王叔文余孽来往频繁而诡秘，更作有文章为王叔文张目，贬讽陛下！请陛下圣裁！”

若说宪宗对刘禹锡等人尚有一丝恻隐之心，但对王叔文——这个与王伾、李忠言、牛昭容合谋阻其继位于前、软禁顺宗假称圣意于后之人，宪宗绝无半点宽宥之心。闻武元衡再奏，宪宗须发倒立，接奏章来看。

奏章中所示，乃是一篇刘禹锡在朗州时寄予柳宗元之文章，名为《华佗论》，其文曰：

> 史称华佗以恃能厌事，为曹公所怒。荀文若请曰：“佗术实工，人命系焉，宜议能以宥。”曹公曰：“忧天下无此鼠辈邪！”遂考竟佗。至苍舒病且死，见医不能生，始有悔之之叹。嗟乎！以操之明略见几，然犹轻杀材能如是。文若之智力地望，以的然之理攻之，然犹不能返其恚。执柄者之恚，真可畏诸，亦可慎诸。
>
> 原夫史氏之书于册也，是使后之人宽能者之刑，纳贤者之谕，而惩暴者之轻杀。故自恃能至有悔，悉书焉。后之惑者，复用是为口实。悲哉！夫贤能不能无过，苟置于理矣，或必有宽之之请。彼壬人皆曰：“忧天下无材邪！”曾不知悔之日，方痛材之不可多也。或必有惜之之叹。彼壬人皆曰：“譬彼死矣，将若何？”曾不知悔之日，方痛生之不可再也。可不谓大哀乎？
>
> 夫以佗之不宜杀，昭昭然不可言也。独病夫史书之义，是将推此而广耳。吾观自曹魏以来，执死生之柄者，用一恚而杀材能众矣。又乌用书佗之事为？呜呼！前事之不忘，期有劝且

惩也。而暴者复借口以快意。孙权则曰:“曹孟德杀孔文举矣，孤于虞翻何如?”而孔融亦以应泰山杀孝廉自譬。仲谋近霸者，文举有高名，犹以可惩为故事，矧他人哉?

见宪宗观看奏章时神情越发难看，武元衡心知第二道奏折必有效果，更火上浇油道:“臣冒死启奏！刘禹锡将不赦罪人王叔文比作华佗，又将我主陛下比作嗜杀成性的曹操，以此而作荒谬之论，岂不知王叔文罪大恶极，本应夷灭三族，令其在贬所自裁已是恩高九重，可见刘禹锡根本未作检讨，只知责怪陛下寡恩。更有甚者，刘禹锡引曹操、孙权、孔融之事污蔑陛下，又言‘矧引他人哉’，岂不是以为陛下尚不如前朝诸侯大臣?陛下再请想，曹操是何许人?篡汉之奸人也！刘禹锡以曹操比陛下，莫非阴指陛下有篡位之嫌?而柳宗元之辈不仅不对刘禹锡之谬论加以驳斥，反而附和传播，谅其亦无悔过之意！”

“大胆狂徒！”宪宗一声怒喝，将奏章拍在案上。关于自己嗣位前后与顺宗突然驾崩之事，其中真相，宪宗心中一清二楚，因而对相关之谣言从不手软，对敢于怀疑讽刺者，更无宽贷可言。对此文章，宪宗心中已然不顾李吉甫任何情份。

武元衡伏地连称“有罪”，但心中窃喜，计策已成。宪宗当即决定，必将刘禹锡等人再贬，不使生还。

第二十九章 离京师赶赴海隅

翌日，正是复召官员入宫面圣之日。刘禹锡早起，明镜面前，拼命地想将自己收拾得干净利落。但是，崭新的官服之内，那具华发已生的躯体却难掩苍老之兆，只有坚毅的双眸透出这早衰的躯体中仍住着大唐最顽强的灵魂。

含元殿外，等待觐见的复召官员们已在聚集等候。柳宗元、韩泰、韩晔、陈谏、元稹正围拢说话，见刘禹锡来，众人一同迎上前。阔别十年再度聚首在大明宫中，却已不是当年共同掌握帝国命运的时候，个中酸涩滋味，无人愿说，却无人不知。

出乎众人意料，面圣之日，宪宗皇帝却迟迟不到，却见武元衡从含元殿后走出。刘禹锡一惊，心头掠过一丝不祥。裴度见武元衡面有骄傲得意之色，便上前询问，但武元衡并不回答，却命卫士大开殿门，令众官员入殿听旨。

刘禹锡浑浑噩噩地随众人一同进殿，跪拜殿中。武元衡居上，打开诏书开始宣布。诏书前缀浮词为何，刘禹锡并未细听，他只竖起耳朵，仔细从武元衡遥远恍惚的声音中分辨着自己的名字。

武元衡念到的第一个人，是韩泰。诏令："以虔州司马韩泰为漳州刺史"。闻"刺史"二字，刘禹锡心中一震，以为无虞，但转念又想，漳州地处闽南，比虔州更加遥远，这岂不是虚擢实贬之诏？

又听武元衡念："以永州司马柳宗元为柳州刺史，以饶州司马韩晔为汀州刺史。"

殿中群臣不约而同地抬起头，惊惶地相互议论，言语之间已充满了恐慌。

"肃静！"武元衡严厉地呵斥道，"尔等听宣，不得喧哗！"

众人不敢作声，只能静默地等待着自己的命运。有已不幻想人生还能出现奇迹者，未闻自己诏命，便已昏厥在地。

"朗州司马刘禹锡！"武元衡提高声音，似乎在向众人宣布自己的绝对胜利，傲然宣布：

"朗州司马刘禹锡为播州刺史！"

"哗……怎么如此！"人群霎时沸腾。播州地处黔北，只有五百户，极度荒凉，是大唐疆域内下州之中的下州。将刘禹锡从朗州司马改为播州刺史，这是赤裸裸的贬黜。以刘禹锡所负时望，这一诏命可谓石破天惊，彻底点燃了众人的不满。

武元衡再度呵斥，殿中转瞬便归于一片死寂。武元衡自顾自地宣完诏书，扫视左右，见无人接旨，便对裴度吩咐道："裴中丞，诏书已下，谁若不愿奉旨，御史台勿得姑息！"

裴度见众人如遭五雷轰顶，赶忙上前接下圣旨，又耳语武元衡："武相公，这是何等说法？圣上将他们召回京城，为何旬月之间就又放逐远地？"

武元衡爱裴度之才，便答道："刘禹锡卖弄文章机巧，讽刺圣朝君臣，罚当其罪！中立（裴度字中立）身为朝廷栋梁，自应与此辈保持距离，不要引火烧身才是！"

言毕，武元衡转身自去向宪宗复命。待他一走，含元殿中哀鸿遍野，元稹虽未听到有涉自己的诏书，但照此情形来看，再被"擢用"出京已是板上钉钉，因而愤慨道："李相公尸骨未寒，他们就敢如此朝令夕改，怎不令人痛恨！"

裴度来到仍旧跪着的刘禹锡身旁，拍拍他的肩膀，无奈地劝道："梦得，起来吧。"

刘禹锡梦游一般站起身来，茫然无措地看着裴度，喃喃地问："这是何故？"

裴度叹道："你在玄都观中之诗惹了祸！看来，有人以此诗告发于武相公，称你言语不敬，藐视朝臣，指斥今上，结果便是……"

刘禹锡苦笑，泪已夺眶："欲加之罪，何患无辞？"

裴度羞愧难当，自责道："都怪裴某思虑不周，未能及时与武相公沟通，才使今日措手不及。却不知是何人阴构告密，着实可恶！"

"中丞言重！是禹锡未听中丞教诲，自行浅薄，招来大祸，只可叹，连累他人同受此难……"

刘禹锡言之泪下，裴度劝解而不能止之。殿中之人渐渐散去，只剩永贞祸罪之人聚集一处。本以为又能同在长安为国效力，谁知转瞬之间便又要海北天南、远隔关山！均已年过不惑的他们，心中明白，也许这就是最后一次相聚。

柳宗元与刘禹锡感情最笃，颇知刘禹锡家中之事。刘母卢氏已近八十高龄，若刘禹锡果赴播州，则为死别。思索再三，柳宗元向裴度请道："裴中丞，毕竟您是次对官，诏下后可以面圣奏对。下官有一不情之请，愿中丞代为奏上！"

"子厚欲何？"

"梦得有老母在堂，若赴远地，必作生离死别。如今之势，'忠'已不可得，不可再失'孝'。而某高堂已逝，无须分心，故愿以柳州与播州相易，某为播州刺史，使梦得为柳州刺史，如此两相适宜，请中丞奏请圣上恩准！"

众人闻言，大惊失色，未料柳宗元竟欲作此非常之请。裴度深为刘柳友谊所感动，向柳宗元长作一揖，谢道："柳子厚胸怀大义，度虽春秋稍长，却在贤弟身上头回见识真友谊为何物。有贤弟楷模在此，度亦与刘老夫人家族渊源深厚，今日不惜死谏，必为刘梦得谋得善地！”

柳宗元忙施礼相还，众人也围拢过来，相互勉励，等待裴度面圣的结果。

宪宗处置了王叔文余党，正欲招裴度等人来议淮西军务。见裴度来，宪宗便要问计以解唐州之围，然未待开口，裴度忽然跪拜在前，兴高采烈地奏道：“臣裴度，恭贺圣上！今蒙圣上教化，大唐竟出一桩牺牲自我而成就友人孝义之佳话！此等事，若非我大唐礼仪恭敬之邦而安可得乎？”

宪宗闻听此事，亦觉自己果然是明君圣主，悦然问道：“爱卿平身说话！你所言之事，不知发生于何时，在何道何州，是何人为之？”

裴度起身，答道：“此事正发生在天子脚下，大明宫中！半炷香之前，微臣亲眼目睹！”

宪宗更加惊异，好奇之心顿起，追问道：“爱卿速速说来，究竟何事？”

裴度挥洒自如，从容奏对：“启禀圣上！今日诏下，以永州司马柳宗元为柳州刺史，以朗州司马刘禹锡为播州刺史。柳宗元与刘禹锡交好，因刘禹锡家有老母，不忍其作死别，于是欲上奏陛下，自代刘禹锡往播州，而令禹锡得移稍近之地。这岂非牺牲自己，成就友人孝义之壮举乎？”

一听是刘禹锡、柳宗元之事，宪宗虽不悦，却哭笑不得，连连摆手，嗔怒道：“原来爱卿是为刘禹锡之辈求情而来，却说那许多无稽之谈，该当何罪？”

裴度忙下跪启奏：“陛下，微臣并非有意戏谑！刘禹锡有老母在堂乃是实情；若令刘禹锡远赴播州，母子必为死别，亦是实情；柳宗元不欲挚友忠孝两空，请以自代，更是实情。刘禹锡诚然有罪，但其母何罪之有？不得独子侍奉终老，实在令人闻之心伤。”

宪宗不悦道：“为人子者，尤应当谨言慎行，遵纪守法。一坠法网，令亲人忧心，甚至同受连累，这让刘禹锡所犯之罪愈加严重，所受惩处更应重于他人！爱卿怎可以此为其求情？”

裴度自知理亏，却仍苦苦再谏：“陛下亦是孝子，近日太后凤体违和，陛下亲侍医药，为天下人之榜样。今若令刘禹锡死别其母，恐伤陛下孝理之风。”

宪宗闻言，沉默不语，闭目沉思。良久，无奈叹道：“朕方才所言，是谴责为人子而犯法者，但朕的确不欲使刘禹锡老母伤心。”

裴度听宪宗语气有缓，赶紧趁热打铁，大胆奏道：“微臣素知陛下崇孝尚义，今日柳宗元请以柳州自代刘禹锡之播州，正是孝义两全之事！请陛下法外施恩，稍降雨露，必令天下臣民同感圣上恩泽！”

宪宗沉吟片晌，终于应允：“就依爱卿所言。柳宗元虽是罪人，亦知孝义，宜加嘉奖，仍令其出刺柳州。刘禹锡改授连州刺史，令其到任后必要悔过自新，勿使高堂再添烦忧。”

相比播州，连州稍近，环境较好，这也是裴度所能争取到的最好结果。裴度连连叩谢皇恩，欣然而去。

待裴度走后，宪宗深有感触，谓左右道：“裴度以朕之孝道为先，果然最关心朕。”由此，宪宗对裴度更加信任，下决心将委之以重任。

诸人苦等十年，只在长安度过短短两月时间，便又要远赴海隅，令人以为只是一场梦，梦醒时分，好不唏嘘。新任刺史们虽留恋长安，但长安已无他们容身之地。刘禹锡又与柳宗元再出金光门，一同踏上了出刺州郡之路。

二人且行且吟，虽有意放慢脚步，但仍觉太快，不多时日便已到达衡阳。诚然，这千里之途只有与志同道合之辈同行，才会显得短暂。但当独身一人漂泊在外时，同样的路程便是海角天涯。

衡阳当是二人分别之地。刘、柳在江边寻一酒肆，把酒话别。临到分别之际，总有千言万语诉说不尽的刘禹锡和柳宗元，忽然不知该说些什么，只能一杯接一杯地碰杯、饮酒，丰盛的菜肴直到凉透了，也无人动箸。

坚强如刘禹锡，此时亦无法直面如此残酷的现实。永贞时，毕竟刘禹锡身处中枢，以骤进暴起、为政有疵而遭诽谤尚且有情可原，但这次却以自己一首诗而引祸端，足见朝中有人宁愿罔顾是非曲直，亦要将其置于死地而后快。武元衡反对刘禹锡，是因为他持有固执的偏见，但那告密之人与禹锡又有何仇怨？想来定是韦贯之、张弘靖之辈，不欲禹锡等主战官员入朝辅政，便以文字狱而削之。可惜武元衡竟因私见而自断臂膀，亲痛仇快不亦谬哉？想到朝廷大军正在淮西苦战，自己却只能在远赴连州的路途中借酒浇愁，刘禹锡更有报国无门、万念俱灰之感。

又饮过数杯，柳宗元洒泪道："梦得兄，你我在此一别，不知何年再可相见！柳州去连州，数倍于朗州之于永州，若知千里回京却是如此结果，宗元宁可在永州做一司马。"

刘禹锡亦有此感，又满饮一杯。柳宗元接着道："你我从无攀附权贵之念，自然被他们视为异类，时时发难，处处阻挠，甚至一首诗都被用作打击借口！我看，梦得以后还是把笔墨都扔掉，不再写作，方能保全平安。"

刘禹锡大笑，连连点头。柳宗元却哭道："昔日孟子濯缨于沧浪之水，以示超世脱俗，操守高洁，然于今日之你我，何用沧浪之水？临别之泪足矣！"

柳宗元戛然止住泣声，怆然高吟道：

十年憔悴到秦京，谁料翻为岭外行。
伏波故道风烟在，翁仲遗墟草树平。
直以慵疏招物议，休将文字占时名。
今朝不用临河别，垂泪千行便濯缨。

——《衡阳与梦得分路赠别》

刘禹锡闻柳宗元之诗，亦受感染，停下酒杯。"永贞元年时，禹锡便被贬为连州刺史，道中再贬朗州司马，谁知今日又将出刺连州，岂非命运轮回果有其事？想汉朝黄霸，两为颍川太守而名满天下，可我刘禹锡呢？两次出刺连州，已是忠孝两难全，为天下人耻笑！”

柳宗元接道：“当年老祖宗柳下惠以‘直道事人’而三遭贬黜，宗元无能，又蹈覆辙，实在惭愧！”

刘禹锡腹中酒如烈火燃烧，将他的悲愤烧得沸腾，脱口而出：

去国十年同赴召，渡湘千里又分歧。
重临事异黄丞相，三黜名惭柳士师。
归目并随回雁尽，愁肠正遇断猿时。
桂江东过连山下，相望长吟有所思。

——《再接连州至衡阳酬柳柳州赠别》

二人相拥大哭，不知又过多少时辰。本应早已道别，却终不忍，从清醒喝到醉酒，又从酒醉喝到酒醒。待到繁星满天，二人皆不能再饮。春暮的晚风送来几许清凉，吹醒了两位失意落魄的大唐高士。好在虽在谪籍，但并非贬途，行期没有期限，刘、柳索性多聚一日，相视各自醉态，不由大笑。

翌日清晨，刘、柳同登路程，刘禹锡取陆路赴连州，柳宗元转水路去柳州。与昨日悲情激切不同，二人彻夜畅聊，相互鼓舞，在码头道别时，已重新打起精神，恢复了往日的风采。

柳宗元拱手辞别道：“梦得请多保重！世事一向如此而已！他日告老还乡，我愿与梦得为邻，再论诗文！临别再赠梦得一诗，聊以告慰：

二十年来万事同，今朝歧路忽西东。
皇恩若许归田去，晚岁当为邻舍翁。

——《重别梦得》

刘禹锡回礼，并辞道：“我与子厚相识二十年，少年时便共论国事，回想起来仍在眼前。今日我与子厚相约：待我们老去，定同耕一片土地，同看万事沉浮！我亦有诗回赠：

弱冠同怀长者忧，临岐回想尽悠悠。
耦耕若便遗身老，黄发相看万事休。

——《重答柳柳州》

柳宗元跳上船，回首再望，却见刘禹锡偷偷拭泪，不禁呼喊："梦得，经历这些是非，你我当知圣贤书中并无当世疑难之答案！今日分别后，宗元所愿，唯早日与君重聚！容宗元信口再诹数句：

信书缄自误，经事渐知非。
今日临湘别，何年待汝归！

——《三赠刘员外》

柳宗元吟罢，船夫点岸撑篙，船离了码头，渐渐远去。刘禹锡不由追上两步，用尽气力唤道："子厚！你我伤时之恨虽甚于四愁，但请再想，陈伯玉（陈子昂字伯玉）在我们这样年纪已经冤死狱中！你定要好好保重，勿忘你我之约定：待告老还乡后，还做邻居！"

柳宗元泣不成声，已不忍回首，只扬起手来挥了挥。刘禹锡目送扁舟渐渐隐于波涛，仍旧不堪离愁，便从渔家讨来纸笔，把诗题下：

年方伯玉早，恨比四愁多。
会待休车骑，相随出罻罗。

——《答柳子厚》

书毕，刘禹锡将此笺折成纸船，投入江中，令他的思念得以追随柳宗元的行迹，在漂泊动荡的江湖岁月中，维系着这段浸透着信念与磨难的友情。

撇开二人友情，就诗中所见，刘禹锡的诗更多取法杜甫，也受白居易诗的影响，而柳诗兼取陶渊明与谢灵运。柳心性更激切孤直，故其诗既有近似陶诗的“外枯而中膏，似淡而实美”之作，更多的诗，情调凄怆，气氛幽冷，意向孤峭，缺少刘诗那种豪迈昂扬之气与清新朗丽之风，但刘、柳二人皆为中唐诗坛不同于韩、孟与元、白两大派的两位卓然独特的诗坛名家。

第三十章

刘禹锡踏潮迎波

从衡阳至连州，刘禹锡取道郴州。虽是捷径，但路途崎岖荒凉，禹锡形单影只，孤寂不堪。幸而岭南风物宜人，稍慰情思。路经桂阳岭时，见地偏人穷，荒木丛生，再想起京师权贵一掷千金、奢华无度之状，感慨万分，写下《度桂岭歌》：

桂阳岭，下下复高高。人稀鸟兽骇，地远草木豪。
寄言千金子：知余歌者劳！

一过桂阳岭，连州百姓用连绵的山歌渐渐驱散了刘禹锡心中盘桓许久的郁抑，虽然山水之间云雾氤氲，但在刘禹锡的心中，已是云开雾散，金光普照。当光明从心底闪耀出来，大海的波涛在天边回响，刘禹锡意识到，从沅湘之畔来到南海之滨，自己不再是一个无所事事的州司马，而是手握十万百姓生存福祉的一方父母。

两月奔波后，当刘禹锡来到桂阳县连州刺史府门时，他便不由想起了王叔文。“先历州郡，再掌台省”，这正是王叔文当年为刘禹锡指出的道路。不过后来事情的变化远远超过了人们的预料，刘禹锡凭着一腔热情纵横驰骋，却在帝国中央的曲直中撞得头破血流，现在，终于拐回到了原定的道路。

改授连州，于刘禹锡乃是不幸中之万幸。连州虽处岭南，但却是拥有十万百姓的上州，州刺史有从三品上的品级。刘禹锡从一六品司马一跃擢升为三品刺史，这意味着“纵逢恩赦不在量移之限”的诏令已被打破，只要用心治理连州，获得优秀政绩而再擢近畿雄州，绝非难事。

“这样也好，”刘禹锡并非自慰，而是由衷感慨，“周易有言：‘德薄而位尊，知小而谋大，力小而任重，鲜不及矣’。十余年磨砺，方知圣人之言诚不我欺也！有教训在前，日后修身养心，俟时待机，焉知无有一日可成姜尚之功？”刘禹锡深吸一口气，迈步走向人生的又一个起点。

衙役见一着红袍、佩银鱼袋者在门外伫立半晌，心中已猜知便是新任刺史刘禹锡，连忙上前请安，一面着人将刘禹锡的行李搬入府衙，一面满脸喜色道：“刘刺史，您终于到了！您再不到可就坏了！”

刘禹锡诧异道：“莫非州中有急务？”

衙役看看天，回禀道：“禀刺史，我州近日异常无风，必是海潮将至。那时风雨大作，您若在路上，只怕发生意外。现在可好，您已到，大家方可安心。”

刘禹锡听说海潮将带来严重的水患风灾，不禁想起当年初到朗州时，武陵县城洪水过后满目疮痍之状。其后许多年里，刘禹锡都为自己只能袖手旁观而羞愧。谁知命运轮回，赴任连州下车伊始，命运就给了刘禹锡一个弥补遗憾的机会。

前任连州刺史高寓，生怕海潮灾害带来的不测可能影响自己的仕途，于是十分痛快地、甚至是迫不及待地将连州州务交割完毕，便躲入驿站中，等待海潮过后赴任他处。刘禹锡无暇与此辈攀谈，领着府衙中人检视了公府仓廒，查看了河塘堤坝，督促公人将老弱妇孺转移到安全地带。防务皆备，再看天空，已是黑云涌动，疾风渐劲，四面瀼突。

“使君，风雨将至，宜速回避啊！”衙役心中焦惧，不住催促。

“避？避往何处？”刘禹锡答非所问，不顾衙役劝阻，径自来到城楼上。豆大的雨点乘着咆哮的南风，狠命地砸向摇摇欲坠的城楼。刘禹锡扶住垛墙，艰难但坚定地对抗着愈加肆虐的狂风暴雨。

这一刻，站在桂阳东城楼上的，已不是肉身凡胎的连州刺史刘禹锡——那是大唐王朝风雨飘摇的希望之火，是华夏民族巍然屹立的灵魂高峰！他经历过人生大起大落的沧桑磨砺，悟透了命运因果轮回的朴素哲理，掌握了超越功名生死的真理力量。席卷乾坤的飙风，覆压海天的乌云，摧人肝胆的骤雨，它们争相展示着淫威，但唯一的作用，便是强烈地激发起刘禹锡旺盛的斗志。隆隆的滚雷穿透嘈杂的坠雨，耀眼的霹雳撕破黑暗的牢笼，在这场振奋心神的洗礼中，刘禹锡享受着狂风暴雨能奈我何的骄傲，任由风雨将身上仅剩的哀怨和晦气一扫而净。

衙役又来请道：“使君，此处危险，快随我去躲避吧！”

刘禹锡哪肯离去，反而大声问道：“如此雄壮之风雨，若在海边观看，岂不更妙？”

衙役大惊，回道：“这般风雨，只怕南海泛滥，冲入海塘，便成踏潮！某曾亲眼目睹，巨大的波浪铺天盖地冲上陆地，轰鸣之声震耳欲聋，横扫之地片瓦不存，若非逃避及时，必死无葬身之地！”

刘禹锡闻此言，更加神往。因思身负百姓命运，刘禹锡便听从衙役苦劝，回到坚固的屋中避雨。衙役生起火炉，为刘禹锡烘着衣裳，又讲述踏潮时排山倒海的非凡景象。

炭盆中，火苗窜舞，将明亮的热情传递到刘禹锡心中。这个世界，用一场接一场狂暴的腥风血雨考验了他的品性，而刘禹锡坚信，终有一日，他也要用一场更加猛烈的暴风雨，将这世间的污浊冲刷干净，以他博如海洋的胸怀重塑一个如美玉般美好的世界。想到激动处，刘禹锡按捺不住，从袖中抽出油纸包裹的毛笔，蘸着雨水，留下一篇淡淡的墨迹：

屯门积日无回飙，沧波不归成踏潮。
轰如鞭石矻且摇，亘空欲驾鼋鼍桥。
惊湍蹙缩悍而骄，大陵高岸失岧峣。
四边无阻音响调，背负元气掀重霄。
介鲸得性方逍遥，仰鼻嘘吸扬朱翘。
海人狂顾迭相招，罽衣髽首声哓哓。
征南将军登丽谯，赤旗指麾不敢嚣。
翌日风回沴气消，归涛纳纳景昭昭。
乌泥白沙复满海，海色不动如青瑶。

——《踏潮歌》

刘禹锡虽为文士，却有一颗战士之心。在战士心中，只有奋勇搏击，任何艰险都只是他胜利勋章上镌刻的光荣，古今中外，概莫能外——一千零八十六年之后，在遥远的波罗的海之滨，又一位以笔为剑、以文为胆的战士，在感受到人民运动史诗般波澜壮阔的力量后，在深深震撼之中，亦向企图阻碍历史洪流的狂风和乌云发出了英勇无畏的宣战——“让暴风雨来得更猛烈些吧！”

从中国到俄罗斯，从唐代到近代，从刘禹锡到高尔基，人类文明的进步，永远归功于这样一群不向命运屈服、敢于坚持真理的人们！

在刘禹锡的精心尽职的安排下，这场四年一遇的强大海潮对连州的破坏，得到了有效的抵御。送走高寓，刘禹锡依朝廷惯例，先后作《连州刺史谢上表》《谢门下武相公启》和《谢中书张相公启》三篇文章。因这三篇文章分别上宪宗皇帝、武元衡和张弘靖，而此三人正是主导刘禹锡再逐远地的元凶罪魁。禹锡为文，实出无奈，文中聊作辩白，叨叙感激，并无真情。只在与裴度书信中，刘禹锡感激涕零，愿以死报。旬月之后，京城传来裴度回信，告知刘禹锡一桩惊世骇俗的大案。

自元和九年（814）淮西节度使吴少阳病故后，其子吴元济领兵与朝廷对抗，严绶、韩弘等先后将兵讨伐，互有胜负。至元和十年（815），替代严绶、韩弘为主力的忠武军节度使李光颜连续击败吴元济，将胜利的天平压向朝廷一方。战局的变化，引起了与淮西成呼应之势的河北、山东割据藩镇的紧张。

成德节度使王承宗与平卢淄青节度使李师道各领州郡，不奉朝廷数十年。自朝廷讨伐淮西以来，王承宗、李师道与朝廷阳奉阴违，暗中资助吴元济，是吴元济得以长久与朝廷抗衡的关键因素。两镇以为，只要淮西不败，朝廷必无兵力威胁自己，因而见淮西危急，于是各自上书，请朝廷赦免吴元济之罪，息兵罢战。满朝文武皆以为，迫使吴元济归降便能重享太平，但宪宗皇帝正急切盼望彻底击败吴元济以重振皇权。在武元衡的强力支持下，宪宗力排众议，命李光颜加速进兵，行将攻入吴元济老巢。

王承宗、李师道之倒行逆施，竟至令人发指之地步。见上书救淮西不成，二人频生奸计，其中尤以李师道胆大心毒，最为恶劣。

李师道先遣大将率兵两千，以援助官军为名，行掣肘妨碍之实，更隐为淮西援兵；四月十日，李师道秘遣盗贼数十人，突袭设于郑州黄河南岸的河阴转运院，供给淮西用兵的粮草正囤积于此。官兵猝不及防，死伤数十人，钱帛三十余万缗匹、谷三万余斛惨遭焚掠一空；李师道又在东都洛阳唆使地痞流氓打砸抢烧，制造恐怖气氛。此三招迭出，朝中果然人情汹汹，大臣们以为千里之外的战事妨碍了自己日常的欢乐，于是在宪宗面前哭诉，苦谏罢兵，并弹劾武元衡穷兵黩武、蛊惑宸听。宪宗性情刚烈，深为群臣之懦弱而愤怒，因而越发倚重武元衡，屡加其荣勋。

李师道、王承宗见朝廷不为他们的奸险伎俩所动，气急败坏，忌恨之心皆集中于武元衡和他的重要助手裴度身上。群臣早已被不臣藩镇的嚣张气焰震慑，若除此二人，宪宗独木难支，必定无奈退兵。计议一出，李师道、王承宗分遣訾嘉珍、张晏率领精锐士卒，暗中潜入长安，将武元衡每日行踪侦察清楚，定下谋划。

元和十年（815）六月初三日拂晓，天尚混沌，武元衡乘车上朝。

方出其宅，行至靖安坊东门时，道旁烛火忽然熄灭，有几只人影窜动。导骑大喝一声，不料为贼人箭矢所中，跌下马来。其余侍从不知发生何事，正惊讶间，树阴中杀出数对歹徒，顿时将武元衡护卫队伍冲散。武元衡在车中大骇，却已无人可挺身相救。歹徒将武元衡从车中拽出，以木棍猛击之，令其无力反抗，然后向东南行数十步，在武元衡大宅东北墙外，将武元衡杀害，并割去首级。贼人计划周密，行动迅速，待周围百姓闻讯而至，只见武元衡倒在血泊中的尸体。

裴度于元和十年（815）曾往淮西前线视察军情，深知军情要害，屡破淮西之李光颜正是由裴度举荐，叛镇亦甚恨之。因此，刺杀武元衡的同时，另一众贼人同时展开伏击裴度的行动。裴度骑马出通化坊，不防遭迎面棍击，然后乱刀砍来。裴度身中三刀，头、背并受重创，跌下马来，所幸头戴毡帽厚实，虽坠入沟中，却保住性命。刺客欲再补刀，却被裴度侍从王义拼死阻挡，并大声呼救。徼巡司隶闻声，鸣锣而来，贼人以为裴度重伤必死，便迅速逃匿。

片刻工夫，宰相武元衡遇刺身亡、御史中丞裴度遭重伤的消息传遍京城，群臣胆战心惊，不敢出门。早朝时候，盛怒之下的宪宗见上殿大臣不足十之一二，越发愤激，急令金吾卫派士兵到众大臣府中，半押半护，才将一殿文武聚齐。

大唐势衰，士大夫之没落乃罪魁之一。骄悍藩镇当街格杀宰辅、刺伤重臣，文武百官不但不以为弥天之耻辱，反而以藩镇凶悍为由，大放厥词，再谏宪宗罢兵停战，赦免吴元济之罪，并议罢裴度之官，以抚慰淄青、成德。

宪宗闻奏，勃然大怒，严厉斥责道："裴中丞大难不死，是天不亡朕！若罢其官，是奸谋得逞，朝廷无复纲纪。朕用裴爱卿一人，足破众贼！从今日起，长安内外务必严加搜捕歹徒，凡擒获者赏钱一万缗，授五品官；敢隐匿者，必夷灭三族！谁人敢复言姑息，必以附逆斩之！"

群臣惊惧，皆不敢忤逆。京城中严加搜捕，气氛肃杀。

裴度受伤后，卧床不起。为防再生意外，宪宗令金吾士卒宿卫裴度府宅，又屡遣中使到府慰问。裴度虽在病榻，胸中义愤绝难平复，讨贼之念益坚。六月二十五日，裴度方能下床，便迫不及待去见宪宗，痛陈淮西已成心腹之患，势必剪除，而后再伐两河，绝不可半途而废。宪宗深许之，令裴度补武元衡之位，任中书侍郎、同中书门下平章事，总领淮西军务。

武元衡已逝，裴度入相后心中便有复召刘禹锡等人效命淮西之意。但以此试探圣意时，宪宗正为武元衡之死而伤怀，不欲使刘禹锡等回京而失与亡者君臣之谊。裴度只得将此中种种款曲付书禹锡，令其安心治郡，待有政绩，再行量移。

刘禹锡接书，不禁唏嘘。自永贞革新之后，武元衡屡为阻抑王叔文余党复入朝堂之苦手，算作“仇人”并不为过。但武元衡忠心报国，锐意削藩，正与永贞革新之志契合，是当朝无愧之擎天巨擘。这种复杂的身份，注定令刘禹锡对武元衡死于非命怀有同样复杂的情感。

应该欢喜吗？仕途上最大的阻碍从此烟消云散，理应欢喜！应该悲哀吗？大唐宰相在家门外遭人杀害，何不悲哀？再想昔年与武元衡相来往，禹锡颇知武元衡素爱歌舞，家中蓄养歌舞优伶不下数十人，武元衡待之甚厚。相较之下，刘禹锡等人皆有栋梁之才，胜于舞姬歌伶何止百倍，然而得武元衡恩遇尚不及万一。若武元衡可以宽容而厚待他人，何至于满朝文武几近无人响应主张？倘使朝廷内外皆有主战之臣，贼人何由以为杀他一人便可使淮西得救？如此想来，正是武元衡的傲慢与偏见使自己显得“鹤立鸡群”，成为众矢之的，死于非命亦合咎由自取。

刘禹锡不欲作谀颂之挽辞，却更愿用古乐府中《佳人怨》之题，托武元衡府中佳人之口，作下两首随兴而发之诗：

宝马鸣珂踏晓尘，鱼文匕首犯车茵。
适来行哭里门外，昨夜华堂歌舞人。

秉烛朝天遂不回，路人弹指望高台。

墙东便是伤心地，夜夜流萤飞去来。

刘禹锡将此二首诗寄送江湖友人，并得柳宗元、元稹、白居易等回信唱和。刘禹锡与柳宗元先行出京后，元稹复出为通州司马，同样失意；武元衡遇刺后，白居易不满朝臣循默，上书主张讨逆。因白居易官居太子左赞善大夫，东宫官按制不应在谏官之前议论朝政，因此遭到弹劾。中书侍郎王涯又奏白居易母亲因看花时坠井而亡，但白居易时有赏花之诗，不合孝道，以此为由将白居易贬为江州司马。此举又为朝臣姑息藩镇、自毁长城之铁证。

第三十一章 牧连州专注民生

淮西攻伐不息，成德烽烟又起，种种纷乱，种种机遇，却与远在海隅的刘禹锡无丝毫干系。想起元和初年，朝廷征讨西川时，刘禹锡便只能做一看客，曾为重重焦虑所困。时至今日，刘禹锡心中不作骤起复用之念，只思得佳绩而后效命，将精力完全集中于治理连州。如此一来，刘禹锡反倒不再囿于失志而愁闷，而是神清气爽，一身轻松。

入秋之后，连州气候颇宜出行，刘禹锡便率随扈巡查州务，顺便探访民情风物，考察山水地形。连州地处岭南，其山多，不记名目者数百，山间川泽密布，相与联系者成千。山水之间，州民多为土著，其中莫徭族人最为常见。莫徭族广泛散居于南方，武陵、巴陵、零陵、桂阳、衡山、连州等地均有分布。莫徭族人不爱穿鞋，男子着白布裈衫，女子着青布衫斑布裙，入山围猎，下水捕鱼，频繁迁徙，常择依林傍水之地居之，因此往往不在符籍之内。《后汉书·南蛮传》记载其“无关梁符传租税之赋”；《隋书·地理志》云其“常免徭役”，以此有“莫徭”之名。

刘禹锡任朗州司马时，与莫徭族人常有交游，并曾在《武陵观火诗》

中详细记载了莫徭族人民烧畲的生动场面，另有许多仿照其山歌俚曲而作的诗歌。这些诗歌不但在朗州传唱，甚而传至连州。及至禹锡到连州任刺史，本地莫徭族人慕名而来，拜迎于途，淳朴之情令禹锡深感百姓之至诚，悲悯之心竟化为感动。

岭南州郡向来以治理少数民族事务为重。莫徭人虽有“莫徭”之名，却早已不能置身于捐赋罗网之外，其遭压迫之情形更甚他族。又因其风俗迥异，往往被污为妖孽之属。

连州之东，是莫徭族人民世代聚居的徭山。刘禹锡牧连州，正思引官府公人往莫徭山寨亲身体会其生存不易，恰逢莫徭族人邀请，于是顺水推舟，欣然应允。莫徭人请得贵客，男女老少欢天喜地，载歌载舞，将刘禹锡方作诗歌尽情欢唱：

> 莫徭自生长，名字无符籍。
> 市易杂鲛人，婚姻通木客。
> 星居占泉眼，火种开山脊。
> 夜渡千仞溪，含沙不能射。
>
> ——《莫徭歌》

莫徭人生活中有两件大事，其一乃烧畲，其二便是围猎。刘禹锡在朗州时已多次目睹烧畲，但围猎却从未参与。其时已是秋冬之交，山中禽兽当是肥美之时，莫徭族人邀请刘禹锡正为共享围猎盛事，以表心意。山寨中山珍饮宴早已备妥，进歌献舞自不必说，待到日过正午，莫徭人将刘禹锡等请上高耸的竹楼，观看对面山上的围猎行动。

雄壮的莫徭猎人队伍浩浩荡荡，好似一条白色长龙腾飞出海，钻入对面红叶如火的山中。

“那红叶尽染之山何名？”刘禹锡问莫徭村老。

“那山无名！既是刘使君称为红叶，便是红叶山！”

村老所答，引众公人窃笑，刘禹锡亦感莫徭人与外界来往日久，已渐生世俗之心，不由略有怅然。

顷刻之间，红叶山四下腾起黑烟，刘禹锡惊呼："莫非山中野火？速令猎户回归，免遭不测！"

村老却笑，答道："使君请安心！那是我莫徭猎户有意纵火，将山脚下杂草烧尽，少时，山中禽兽将至，不使其有草丛可以隐匿。烧草之前，猎户已先将防火沟挖好，使君不必担心野火失控为害。"

刘禹锡这才安心。又过一个时辰，红叶山下黑烟散去，一面红旗高高举起，十分醒目。

村老兴奋喊道："使君，围猎即将开始！"

只见红旗一摇，红叶山下顿时锣鼓齐鸣，猎犬狂吠，窜入密林，白衣猎户们紧随其后。山中飞鸟振翅高飞，受惊的禽兽夺路而逃，却正被山路上埋伏的罗网逮个正着。收获丰厚的猎户们兴奋得相互喊叫，热烈的气氛连远在竹楼上的刘禹锡亦能感到。盛大的围猎延续了整个下午，到傍晚时分，猎户们吹响号角，披着灿烂的晚霞满载而归。刘禹锡等人迎下竹楼，欣见猎户们正在擦拭箭头上的血迹，他们面前堆积着各类山中走兽，每人的马鞍旁都挂着野鸡或鹌鹑。人们争相把自己的猎获献到刘禹锡面前，如同敬神一般虔诚。

随扈刘禹锡的官府公人们惊呆了。在他们的官吏生涯中，何时见过这样一位深受"蛮夷"爱戴的朝廷官员？在刘禹锡左右，他们感受到了莫徭族人的热情和善良，体会到他们简单的生活中无限的乐趣，往日与莫徭族紧张的官民关系，亦能化为一片祥和。"刘刺史不简单！"这是每个公人内心深切的感触。

莫徭山寨的夜，因围猎的丰富收获而愈加欢乐，刘禹锡大啖肥美的炙烤野味，痛饮清冽的山果佳酿，酒足饭饱，又和着莫徭族人的音乐旋律，与他们一同歌舞游戏。痛快淋漓的挥洒令刘禹锡确信，他仍然是那个自信满怀、活力充沛的刘禹锡，无论是在幕府，还是做御史、做员外郎，或是做司马、做刺史！自由潇洒的种子，在这一夜彻底冲破了层层压抑，将要生长出光明的希望。趁着微醺的惬意，刘禹锡将这一日观看围猎之情付之牍笺：

海天杀气薄，蛮军部伍嚣。林红叶尽变，原黑草初烧。
围合繁钲息，禽兴大旆摇。张罗依道口，嗾犬上山腰。
猜鹰虑奋迅，惊麇时跼跳。瘴云四面起，腊雪半空销。
箭头馀鹄血，鞍傍见雉翘。日暮还城邑，金笳发丽谯。
——《连州腊日观莫徭猎西山》

“日暮还城邑，金笳发丽谯”，这是莫徭人民丰收晚归的真实写照，更是刘禹锡心中对自身仕途前程的美好期望。

连州山青水秀，尤以百里连江峡最奇。两岸青峰叠嶂，古树参天。农舍错落，竹翠柳丽。江左士子曹璩拜望刘禹锡，吐露“依名山以扬其名”之心思。刘禹锡诚恳地告诫他，人有名气在于真才实学，追求虚名何益？在送别曹璩时，刘禹锡写下一首语重心长的送别诗，诗末有“剡溪若问连州事，惟有青山画不如”之句，赞扬连州景色之美。

连州，这个多少谪宦贬客视为畏途之地，在刘禹锡的心目中，竟然有如此魅力！刘禹锡但有空闲，便外出游览岭南名山大川。他曾到被誉为“粤岳”的罗浮山。罗浮山有一种竹子，叶上纹络形如符咒，虽干枯而色不变，被道教赋予神秘的宗教色彩，称为“符竹”。刘禹锡观察一番，持有疑问，写下《符竹》诗：

醉香不作梅花梦，秘诀犹传竹叶符；
草木多情亦点化，仙家灵异有还无。

刘禹锡还登上罗浮山这座百粤群山之祖的顶峰，夜半观看日出，写下“咿喔天鸡鸣，扶桑色昕昕。赤波千万里，涌出黄金轮”的诗句。

连州的冬天阴冷潮湿，连州刺史府内却是火热非常。刘禹锡先向朝廷上表请求蠲免因海潮灾害而拖欠的租赋，然后整日与治下官员们研讨方志中所载历年禳歉规律，并按照推测结果，积极向朝廷请求拨付物资，为来年春耕做下扎实的准备。在以农桑为治国之本的时代里，“春耕”的重要性是无与伦比的，这也是考验刘禹锡治理州郡能力的最大考验。

以刘禹锡之能力，区区连州本是大材小用，略加谋划，春耕所需青苗、河渠、人力、牲畜等各项准备循序渐进，待冬去春来，连州境内蓄势已久的百姓放开手脚，以前所未有的高效，迅速推进着春耕的进度。

每日在衙中坐听汇报，刘禹锡倍感乏味，更虑有下级官吏作假，虚报耕种情况，便思桂阳县城外村郭相连，上好水田不下千亩，只消登上城楼，即可看到实情。于是，刘禹锡择一春光明媚之日，再登城楼，眺望城外百姓插秧之况。

在官府统一调配耕牛的强力支持下，桂阳城外数千亩水田已翻耕完毕，百姓们全家老小一并出动，要赶在旱季到来之前插下新一年的希望。至刘禹锡登楼观望时候，百姓插秧正酣。相比元和十一年（816）的好雨水，刘禹锡对官吏的强力约束和对农耕的鼎力支持，才是令百姓勤奋耕作不竭的信心源泉。

朗州虽然也有水田，但其情其景与连州截然不同。桂阳城外，除城东之顺山稍高之外，其余尚有大小不一的山包数百座，错落于风光旖旎的平原水田之间。水田如明镜一般闪耀着银白的光，倒映出黛色的山影，使人产生海上群岛般的奇妙错觉。水田里的农妇穿着白纻，农夫穿着绿蓑衣，相互用恣意发挥的歌声鼓励着对方，虽然歌声传到城楼上刘禹锡的耳中时已是嘤嘤细鸣，不可分辨歌中所唱，却依然能使人感受到浓浓的亲情，感受到人们轻松生活的欢愉。也有青年男女趁着插秧的机会，在山歌中你来我往，打情骂俏，那不时传来的声声大笑，若不是邻舍郎赢得姑娘芳心的喜悦，何得如此爽朗？也或许，那是调情不成，而遭到同伴的嗤笑？

劳动的欢乐，最令人心醉；欢乐的劳动，能永葆青春。刘禹锡深深沉浸于眼前美好而安宁的景致中，不觉已是正午。更远处的村庄升起炊烟，农家黄狗似乎听到主人回家的脚步，来回奔跑相迎，大红公鸡引颈高鸣，用昂扬的激情鼓舞着劳作半天的农人。

看到自己治下的连州初露一派承平气象，刘禹锡心中陶醉，便依着袅袅飘来的乡音俚曲之调，忘我歌道：

冈头花草齐，燕子东西飞。田塍望如线，白水光参差。
农妇白纻裙，农夫绿蓑衣。齐唱田中歌，嘤伫如竹枝。
但闻怨响音，不辨俚语词。时时一大笑，此必相嘲嗤。
水平苗漠漠，烟火生墟落。黄犬往复还，赤鸡鸣且啄。

——《插田歌》

逢此时节，刘禹锡绝不愿再端坐府衙中听取报告，唯有换上粗布衣衫在乡村田间自由行走，与正在耕种的农夫交谈数语，甚至亲手去插上几垄禾秧，才得令他周身通泰、心神安稳。

刘禹锡换好衣衫，独自一人出了城门。田间农民无人不认得常往乡间走动的刘禹锡，纷纷与他问安。刘禹锡也不客套，与农人一面攀谈，一面挽起衣袖下田插秧。农人们早已习惯与刘刺史共同劳作，依然欢笑如常。

劳作半晌，刘禹锡已是满身泥水，不辨面目。不经意间，刘禹锡抬头见一乌帽长衫之人坐在路边休息，貌似某曹官吏。看那人与道旁农夫说话，刘禹锡便问身边农人："可知那是何人？"

农人瞅上一眼，答道："那是本乡计吏张五，去年到长安公干，想是方回。"

刘禹锡听说有人从长安归来，不免想向其打听长安近况，于是趋步向前。走至近处，见那农夫满脸羡慕，恭维道："张五哥，你此去长安来回，定然对皇家之事熟谙无比，想来都看不上我们这些乡野村夫了吧？"

张五笑得头发几欲倒立起来，夸口道："长安可真是个大去处！省台郎署的大门比桂阳城门还要高，我就从那里面进进出出，也不知走了多少趟！”

农夫更是艳羡万分，张五得意，故作神秘道：“再与你说一件喜事！我在长安只用了一筒布，便补得一个卫士缺额，如今我已不单是个小小计吏，更是皇门卫士啦！”

“皇门卫士？”农夫惊呼，站在他面前的张五，俨然是他一辈子见过最大的官。

“那当然！”张五踌躇满志，对眼前农夫几有不屑，“再过个两三年啊，你也看我升官发财去吧！”

张五如此狂妄促狭，虽令刘禹锡倍觉可笑，但也没了向他打听京城事情的兴趣。张五固然是一远州小吏，但其想法却长久流行于大唐官民之间：一心登攀，媚上欺下，以贿求官，以官求贿。刘禹锡本以为自己躲到了一个清净脱俗的纯朴之地，谁料仍不能免于污秽之气。刘禹锡心中祈祷，但愿是长安那样纸醉金迷的空气污染了眼前这个中毒已深的可怜小吏！

张五吹嘘够了，动身往城里去。刘禹锡继续回到田中插秧，并将此番见闻编成歌词，填入俚曲调中教予农夫，与农夫们一同歌唱戏谑道：

路傍谁家郎？乌帽衫袖长。自言上计吏，年初离帝乡。
田夫语计吏：君家侬定谙。一来长安罢，眼大不相参。
计吏笑致辞：长安真大处，省门高轲峨，侬入无度数。
昨来补卫士，唯用筒竹布。君看二三年，我作官人去。

——《插田歌》（接上）

田间飞扬的欢声笑语，是对不择手段追名逐利者的无情鞭挞，是对世人无视天道公理而只求虚名浮利的大胆嘲讽，更是刘禹锡发自内心的坚强呐喊！

第三十二章 失栋梁录心府壁

元和十一年（816）中，刘禹锡治理连州有声有色，朝中局势却仍是一团乱麻。武元衡遇刺身亡之后，裴度虽进位中书侍郎、同中书门下平章事，但同在相位者李逢吉、王涯及学士萧俛、钱徽等仍时时掣肘，无由令其全心全意地施展手脚。趁此乱局，成德节度使王承宗从幕后跳到台前，公开起兵呼应淮西吴元济，侵掠邻境，声势浩大。宪宗诏令河东、幽州、义武、横海、魏博、昭义六道节度使讨伐，同时与淮西和成德两镇开战。一时间，大唐境内烽烟四起，战事连连，朝廷军费陡增，度支已逾窘境。

刘禹锡深知财赋度支之中关节，在他看来，塘报中那些光鲜亮丽的捷报，必定是各镇将帅为支领钱粮而夸大甚至假造。禹锡往往览报苦笑：贞元十六年（800）在杜佑幕府中参与征讨徐州张愔时，诸镇将帅已对冒功领饷之勾当驾轻就熟，可十六年之后，大唐朝廷仍为此种伎俩所困而徒耗民脂民膏。刘禹锡更觉可怕的是，他仿佛看到了一盏行将熄灭的灯火，不但无人为它增添即将烧干的灯油，反有一群硕鼠趁着灯火暗弱，围在灯旁狂啜痛饮，享受着最后的盛宴。

对大唐国运深沉的担忧与治理连州饱满的自信，烈火一般的热情与寒冰一般的冷静，便这样矛盾地统一在刘禹锡海纳百川的心中，正如刘禹锡诗中所言“乌泥白沙复满海，海色不动如青瑶”。在连州忙碌的岁月，将刘禹锡性格之中最后的瑕疵打磨干净，最终为后人呈现出如宝玉般纯美的君子德行。

能令内心日臻强大的刘禹锡心生波澜的，只有来自友人的讯息。但不幸的是，元和十一年（816）中传来的却是两则噩耗。刘禹锡少年时的老师、著名诗僧灵澈长老以古稀添一之龄圆寂于宣州；后不数日，刘禹锡与韩愈共同看好的年少后学、有“鬼才”之誉的李贺仙游。这象征着大唐曾经繁荣的老僧和寄托着大唐未来复兴的才俊竟前后逝去，几乎令刘禹锡在沉痛的哀挽中认定，这是大唐行将就木的鲜明预兆，而以此更陷悲凉。

伤心之中，刘禹锡将自己锁于刺史府公厅内，不许旁人出入。如此凡三日，水米不进。第三日夜，恍然间，刘禹锡感觉似乎穿越时空，自己仿佛不在元和十一年的连州刺史府中，却在幼时的妙喜寺中……

澈上人正欲下山，刘禹锡忙喊：“师父哪里去？”

澈上人依旧慈眉善目，含笑答道：“徒儿勿念，为师修行圆满，今蒙接引，要往西天如来佛祖座下为罗汉。”

刘禹锡急忙跪求：“师父慢行！禹锡蒙昧未开，若无师父引导，徒儿何时才得解脱苦空？”

澈上人笑意慈悲，却不言语，转身消失在一片耀眼的光明之中。那片光明随之渐渐远去，化为一点烛火……

刘禹锡回过神来，反复思索此梦之意义，惊悟道：“善哉吾师，托此梦来，莫非惊醒于我，要我永远胸怀光明，方可如师父一样功德圆满？”

刘禹锡从哀伤中幡然惊醒，立即打开厅门。府中公人一拥而入，为禹锡端茶倒水、奉上饭菜，安抚与埋怨之声不绝于耳。刘禹锡简单吃喝几口，想起三日来，定积压许多公事，于是不顾众人阻拦，执意命人将公文取来，在刺史厅中连夜办公。

毕竟在哀恸之中受三日折磨，秉烛熬夜着实是一桩苦事。若非一心在公之人，如何能使精神战胜肉体之极限？

疲倦之余，刘禹锡想起到连州以来，还从未仔细阅览刺史府公厅墙壁上历代刺史所作文章，于是手执灯火，细观壁上文字，共得有唐以来刺连州者五十七人，接连有序，未有缺失，亦堪裨益连州历史记载。刘禹锡不愿此传统在自己任上中断，便拟文稿，将一年来所踏遍的连州山水形于文书，并将自己来刺连州之前因后果缀于文末。又经数遍修订，方将此《连州刺史厅壁记》恭敬地书于壁上空白之处，文曰：

> 此郡于天文与荆州同星分，田壤制与番禺相犬牙，观民风与长沙同祖习，故尝隶三府，中而别合，乃今最久而安，得人统也。按宋高祖世始析郴之桂阳为小桂郡，后以州统县，更名如今，其制宜也。
>
> 郡从岭，州从山，而县从其郡。邑东之望曰顺山，由顺以降，无名而相歆者以万数，回环郁绕，迭高争秀，西北朝拱于九疑。城下之浸曰湟水，由湟之外，支流而合输以百数，沦涟汩潏，擘山为渠，东南入于海。山秀而高，灵液渗漉，故石钟乳为天下甲，岁贡三百铢。原鲜而膴，卉物柔泽，故纻蕉为三服贵，岁贡十笥。林富桂桧，土宜陶旊，故侯居以壮闻。石侔琅玕，水孕金碧，故境物以丽闻。环峰密林，激清储阴，海风驱温，交战不胜，触石转柯，化为凉飔。城压赭冈，踞高负阳。土伯嘘湿，抵坚而散。袭山逗谷，化为鲜云。故罕罹呕泄之患，亟有华皓之齿。信荒服之善部，而炎裔之凉墟也。
>
> 永贞元年，余始以尚书员外郎坐党累，出补兹郡。居无何，吏议以是迁也不足庚其责，故道贬为朗州司马。后十年，

诏书征还，抵京师，俄复前命，佩故印绶而南。曩之骑竹马北向相傒者，咸仕郡县，巾韝来迎。下车之日，私喑且笑。既视事，得前二千石名姓于壁端，宰臣王晙、幸卿刘晃、儒官严士元、闻人韩泰佥拜焉。或久于其治，功利存乎人民；或不之厥官，翘颙载于歌谣。余不佞，从群公之后。肇武德距于今，凡五十有七人，所举者四君子，犹振裘之于领袖焉。元和十一年七月二十四日，刺史中山刘某记。

书罢，刘禹锡观壁自笑，不知来年他人来刺连州时，可会将他视为“振裘之于领袖”者而从之？刘禹锡在《连州刺史厅壁记》中的心愿：整肃官场，做到“功利存乎人民”。“功利存乎人民”的为政观，对于千年之后的当下，仍有深刻的现实意义。

裴度之所以能在波谲云诡的朝局中与张弘靖、韦贯之、李逢吉、钱徽等人相争而屡占上风，凭借的是他与宪宗所思所想保持的高度一致。也因如此，裴度绝不敢在众目睽睽之下拂逆圣意，为刘禹锡等人开脱，只得时时以书信相抚慰。

在裴度看来，宪宗并非无道昏君，且在对待耿直大臣之时，确实往往能有太宗般度量。元和十一年（816）中，有神策军小将触犯法律，被京兆尹柳公绰缉拿归案，按律处置，当即杖杀。有宦官向宪宗告状，宪宗心知柳公绰无罪，便驳回宦官道：“柳公绰执法严明，朕亦畏之，尔等更需谨守本分，勿纵手下作害！”

裴度将此事附于信中告知于禹锡。刘禹锡读后，只叹宪宗本应是中兴圣主，奈何永贞革新误触逆鳞，使得一众能臣沉沦十余载，实在是造化弄人，可叹可笑。再观裴度书信，殷殷鼓励之下，仍是要其安心待机之意。刘禹锡别无选择，只能在日复一日单调的州务中，继续充当大唐奋力自救之战的看客。

就在刘禹锡治理下的连州喜获元和十一年的大丰收时，朝廷终于在淮西、河北两线作战的巨大消耗下发生了严重的财政危机。远在岭南的连州也收到了增收租赋的诏令，刘禹锡从言语急切的诏令中，亦可感受到沉重的压力。

李逢吉等大臣趁机再掀舆论，请求罢兵议和。宪宗不许，屡从皇家内库支出钱帛，不过始终杯水车薪。裴度趁机建议，令八司马中最先起复者程异再赴江淮署理财赋。以程异之才，只要将诸道贡赋稽查清楚，疏通转运途径，将冗沉于道路、仓场之钱粮尽数盘活，淮西、河北之困可解。若程异大功告成，裴度即可以此为由再奏请起复刘禹锡等人。

元和十二年（817）正月，宪宗正式任命卫尉卿程异赴江淮督导转运。程异不负众望，星夜兼程赶到江淮转运任上，便推雷厉风行之政，月余间便得钱粮价值一百八十五万缗，并尽数转运至淮西前线。有此功勋在身，程异六月回朝复命，得以代王播为盐铁转运使。但随后程异竟与同事度支的佞臣皇甫镈交好，求其为刘禹锡援引，这等作为令裴度颇为不屑，此是后话。

有充足粮草供给，淮西前线军情大振，唐随邓节度使李愬与忠武节度使李光颜连战连捷，收服淮西大将数名并攻占多座城池。

前线战事的失利，迫使吴元济、王承宗、李师道之流加紧了在大唐后方的袭扰行动。元和十二年二月，李师道、王承宗遣歹徒折断唐帝陵庙门戟，并焚烧京城积存刍草，又用流箭将恐吓信射入京城。本是仲春时节，长安城内气氛却如深秋般肃杀，王公大臣闭门不出，生怕再遭武元衡之祸。天子脚下，首善之区，竟成叛镇间谍横行无忌之地。宪宗震怒之中痛下重手，敕令京城居民五户联保，搜查贼党，果然捕得不法者数十人并斩之，方令民情稍安。

与淮西前线频频得手形成鲜明对比的，是河北前线的僵持不下。战绩最大的幽州节度使刘总不过是攻取了成德武强一县，然后屯兵不前，日日支领朝廷钱粮，月计十五万缗，几成养寇自重之势。宪宗见淮西已有胜利之望，而河北仍成胶着，心中遂有权衡。李逢吉度知圣意，随即奏请罢停河北行营，集中力量在淮西一击制胜，再乘胜威压成德、淄青。

李逢吉所奏正合圣意，裴度从善如流，亦以附议。五月十七日，宪宗诏令，罢河北行营。吴元济闻讯，自知朝廷重拳即将砸向淮西，如坐针毡。连续受到重创之后，吴元济明白淮西绝不可能以战取胜，但为延续统治，吴元济不得不拿出积攒多年的家底，遣密使潜入长安大肆贿赂，祭出最后伎俩。

元和十二年（817）七月，门下侍郎李逢吉忽然上奏，称朝廷征讨淮西四年无果，民间征调壮丁、牲畜从事转运，严重影响农耕生产，百姓已是疲惫不堪，无力再战，莫若下诏赦免吴元济之罪，罢兵议和，令其来朝，亦是不失朝廷体面的结果。朝堂之上，李逢吉此言一出，立即获得一班文武大臣赞许，喧嚣之状，几乎不容宪宗反驳。

裴度大怒，横眉立目指责道："朝廷积四年之功，耗千万钱粮，今日终于胜利在望，尔等却要做前功尽弃之谋，是何道理？"

李逢吉顶撞道："淮西吴元济虽损兵折将，但未伤元气，战之何能得胜？且有王承宗、李师道等几番上书作保，求赦淮西，朝廷却不应允，亦使二镇心生怨气，作不臣之举。"

"满口胡言！"裴度怒喝，"淮西割据，经三姓四将，逾五十余年，仅吴元济父子割裂王土便已三纪，淮西军民受其荼毒已极，无不衷心祈盼王师解救。王承宗、李师道不奉诏令主动讨贼已是大罪，更兼二人相为首尾，谋刺朝廷宰辅，劫烧粮草，袭扰京城，破坏皇陵，条条皆是夷族死罪，绝不可宽贷！"

裴度又向宪宗跪拜奏道："臣启陛下，唐邓随节度使李愬近来招降众多淮西官兵，说明吴元济现已众叛亲离。但其至今不降，正因为前线诸军心不齐一，朝中大臣意志动摇，令吴元济以为有机可乘，因此抱有侥幸。"

宪宗亦恨李逢吉之言，闻裴度所奏才是心意，于是又问："裴爱卿是朕股肱也！不知爱卿有何良策，可破此僵局？"

裴度叩首，慷慨上奏："臣裴氏一族世代深受皇恩，虽死不足以报之于万一！臣裴度今幸事知遇之圣主，逢报效用命之危机，自请亲赴前线督军监阵！诸军将领闻臣至，恐臣分其军功，必定争先杀敌！若臣不得执吴元济于阙下问罪，绝不回朝面圣！”

满朝文武皆为裴度所言震惊，李逢吉之辈更是无地自容。宪宗深为裴度之忠勇所感，泪洒朝堂，起身走下龙榻，执裴度手，涕零道：“爱卿自请亲赴险境，果然不负朕之期望！朕即刻下诏，命爱卿持天子节钺，替朕出征，以门下侍郎、同中书门下平章事领蔡州刺史，充彰义节度使，申、光、蔡观察等使，仍充淮西宣慰招讨处置使。此次出征欲用之人，俱听爱卿调遣，待凯旋之日，爱卿便是大唐再造之功臣！凌烟阁中必有爱卿位置！”

裴度忙又跪谢，随即奏请以户部侍郎崔群代己之位坐镇长安，以刑部侍郎马总为宣慰副使，太子右庶子韩愈为行军司马，嘉王傅高承简为都押牙，司勋员外郎李正封、都官员外郎冯宿、礼部员外郎李宗闵为判官书记。宪宗一一应允，又赐通天御带，命神策军精锐三百人随行，为裴度贴身护卫。为令裴度安心出征，宪宗申饬了李逢吉，将他罢为东川节度使，使朝中无人再敢非议。

大计已定，出征众人不敢耽误，即刻准备。出征之日，宪宗亲往通化门送行，以励三军。

裴度虽感怀宪宗恩宠，但看到随行的宦官趾高气扬之状，心中隐隐有所担忧，不由大胆奏道：“陛下，臣有一不情之请，请陛下恩准！”

宪宗扶起裴度，大方答道：“爱卿有何请求，但讲无妨，自有朕与你做主！”

裴度复奏道：“臣启圣上！我朝自开元以来，有以中使监军之惯例。虽曾有窦文场、刘贞亮等监军有方之辈，但毕竟凤毛麟角。安史作乱时，若非监军边令诚虚奏军情，玄宗焉能自断臂膀，冤杀封常清、高仙芝？若无此恶劣先例，哥舒翰当可以‘将在外，君命有所不受’而拒出潼关，又如何能遭惨败，使安史叛军通过潼关攻入长安？”

宪宗闻此言，心中已知裴度意指何处，不待裴度明言，宪宗便答道:“爱卿所虑，朕亦常有反思。今日既然爱卿提出，朕着即下旨，罢你治下诸道军马监军使，令行禁止皆出于爱卿。只令梁守谦一人持尚方宝剑作行营监军，督斩淮西叛将，不预军事，爱卿意下若何？”

裴度受宠若惊，再三叩谢皇恩，然后信心十足地催动大军，前往设在郾城的淮西行营。

得知裴度亲赴淮西前线监军，且与之交好的前岭南节度使马总任裴度副使、老友韩愈任行军司马，这令一直置身于朝政大势之外的刘禹锡无法再坐观风云，一封接一封热情洋溢的书信联翩飞向郾城行营。虽远隔千山万水，但刘禹锡仍以手中得到的零星消息，极尽才思做些大略谋划，冀望能对裴度招讨大任有所裨益。裴度等人得书，俱以禹锡之忠忱为念，各报援引之心。

裴度携罢除诸道监军使之诏令来到郾城，以严明军法治军，迅速取得诸道军马的信赖。众军果如裴度所料，一旦从监军中使的压力下解脱出来，无不奋勇杀敌，抢立军功，吴元济叛军无力招架，已成四散溃退之状。吴元济情急无奈，急令叛军诸将收拢队伍，龟缩至蔡州附近驻扎，欲作鱼死网破之争。

唐邓随节度使李愬乃是德宗朝名将李晟之子，在诸道讨淮西兵马中战绩最为辉煌。探知吴元济欲固守蔡州的军情，李愬麾下六院兵马使李祐提出极为大胆的计策——遣三千归降之淮西精兵夜袭蔡州，直捣吴元济老巢。

裴度接获吴元济将要退缩的军情，深虑寒冬将至，若不能在吴元济大军完成收缩防御之前结束战斗，朝廷难有钱粮再撑一年。李愬以淮西降兵降将夜袭蔡州之计划虽有风险，但自其领唐邓随节度使讨逆之后，一向注重礼遇淮西俘虏，深得淮西官兵之心，以他统御能力，令熟悉蔡州地形且痛恨吴氏残暴的本地官兵为先锋，裴度以为可以险中取胜。在与马总、韩愈商议后，裴度密令李愬依计行事。

元和十二年（817）十月十五日，李愬命马步都虞候史旻率兵留镇大营，命李祐、李忠义率精锐“突将”三千人为先锋，李进诚率三千人为后卫，自率精兵三千人为中军，皆穿戴淮西军服，秘密出兵。大军急行军六十里，入夜后向张柴村淮西军营发动突袭，以雷霆之势占领敌营，尽杀敌卒，不使其有走漏消息之虞。其时吴元济大将董重质率悍卒万余人屯守时曲，为防其回援蔡州，李愬令将士略作休整，留五百人镇守张柴村营寨，切断时曲守兵来援道路，然后率军趁夜继续疾驰蔡州。行至半夜，忽然天降大雪，中军旌旗冻裂，士卒不安。李愬却大喜，传令三军，言称天降瑞雪掩盖大军行踪，麻痹蔡州守敌，正是破敌立功良机。三军士气大振，急行七十余里，凌晨时进抵蔡州城下。

自贞元二年（786）吴少诚为淮西节度使形成割据以来，三十年中，官军从未至蔡州，淮西士卒毫无防备之心。李祐亲率敢死之士悄然攀上城墙，斩杀城上守卒，大开城门，迎李愬大军入城。吴元济正在熟睡，忽闻杀声大作，火光四起，慌忙率随从登牙城拒战。蔡州百姓得知朝廷大军已攻入城里，惊喜之中纷纷负柴捧薪而来，助官军焚烧吴元济牙城城门。激战两日，十七日傍晚，李进诚攻破牙城，生擒吴元济。李愬同时俘获时曲守将董重质家眷而厚待之，令其子往时曲招降。董重质感激李愬宽宏大量，单骑来归，令李愬尽收其部下兵马。十八日，李愬将吴元济押入囚车，解送长安，并向裴度告捷。同日，淮西申、光二州及各处守卒二万余人望风而降。三日之间，李愬连出奇兵，终将朝廷四年征讨之功毕于一役，彻底消灭了吴氏淮西割据势力。

十月二十四日，裴度遣副使马总先入蔡州慰劳军民，随后不顾部下劝阻，以淮西降卒为亲兵入城，安抚士心，降卒无不感动流涕。裴度又废除吴少阳、吴元济父子禁止百姓夜半点灯、喝酒议论等苛政，只令官军巡捕盗贼和斗殴者，百姓往来不限昼夜，淮西百姓彻夜欢呼，始知人世之乐，更将雪夜袭取蔡州的李愬和蠲除恶法的裴度奉为神明。

吴元济父子经营淮西三十年，积累下无数财富。裴度加急传书向宪宗请示，得以缴获之财富代淮西百姓两年租赋，再免邻州百姓明年夏租，以慰助战之功。平叛阵亡将士家中均发五年粮食。诏令传来，天下军民无不长歌当哭，遥拜长安圣主。

淮西捷报转瞬之间传遍了大唐天下，刘禹锡得报，比常人更多几分欣喜。裴度大功告成，凯旋班师，回朝之后其权位必然无人可敌；老友崔群已代裴度入相，程异已升为盐铁转运使，马总、韩愈以淮西军功必有升赏。不觉之间，朝中权要又尽是禹锡旧人。元和十二年（817），刘禹锡刺连州将满二岁，官声政绩俱佳，以朝中情形，官秩满后可以量移一近北大州，应非难事。

相比当年西川刘辟一介骄妄腐儒，吴元济父子堪称骁勇剽悍，平淮西之功远甚于平西川，为安史之乱以来朝廷削藩斗争中取得的最重大胜利。御用文人们搜肠刮肚，几乎将天下谀辞尽数堆积纸上，极言赞颂宪宗的英明果决，将裴度自请督师、李愬雪夜袭蔡州、臣民闻讯普天同庆之事备述细致，竟不亚于市井流行之传奇故事。

邮驿快马加鞭，将塘报送至大唐各州各县。不到一月，远在连州的刘禹锡亦从塘报中读到这些激动人心的情节，深感宪宗自鸣得意之骄傲。塘报虽有夸张杜撰成分，但想李愬大军潜行奇袭、三日破敌一段，必以非常之勇气、缜密之谋划而可成。王师弭平贼乱，以恩抚淮西军民之心，此般恩威并济，足令天下士子振奋，起大唐中兴之势。

刘禹锡再三阅览捷报，胸中正义之气涌动难耐，忍不住铺纸研墨，取平淮西之役中三段故事，挥就三篇诗文《平淮西三首》，其中可见李愬英勇之气、裴度宽厚之量，淮西百姓解放之喜、感恩之诚，更以“猛士按剑看常山”之语自相激励，令自己在远守连州时不忘成德、淄青之未平，常思奋进以报效。

第三十三章

吏隐亭扬名海阳

元和十二年（817）十一月一日，朝廷下旨严词申饬吴元济诸多罪状，将其正法于曾斩刘辟之长安独柳树下，向天下正式宣告中央政权对地方割据势力的打击赢得了最终的胜利。

“斩杀吴元济的场面，一定是万人空巷！”刘禹锡心驰神往，只恨不得亲眼目睹巨盗伏法，便依想象，将此人情激越之场面作成诗歌：

城西簇簇三叛族，叛者为谁蔡吴蜀。
中使提刀出禁来，九衢车马轰成雷。
临刑与酒杯未覆，仇家白官先请肉。
守吏能燃董卓脐，饥乌来觇桓玄目。
城西人散泰街平，雨洗血痕春草生。

——《城西行》

吴元济伏诛，天下人情咸悦，诏令天下诸州道刺史以上官员俱可上表称贺。按唐制，除重大国事之外，州刺史无权直接向皇帝上书，每令负冤沉沦之人无以自白。刘禹锡接诏，心思正可借上表庆贺良机，以隽丽之文章陈忠诚于御前，为裴度再加援引做好铺垫。大好情势下，刘禹锡倍感精神，虽作吹拍文章，亦有文思涌现，下笔有神：

臣某言：伏见诏书，以唐州节度使李愬生擒逆贼吴元济献俘，文武百僚于兴安门列班称贺者。天威远被，元恶就诛。一方既平，万国咸庆。中贺。伏惟睿圣文武皇帝陛下，德超邃古，道合上元。临御以来，天人协赞。削平吴蜀，扫荡塞垣。车书大同，夷狄来贡。蕞尔元济，敢怀野心。辄聚犬羊，苟偷时月。陛下圣谟独运，睿感潜通。天助神兵，人生勇气。既擒凶逆，遂正刑书。伏三纪之逋诛，成九衢之壮观。宗社昭告，华夷式瞻。行吊伐而在礼无违，烜威声而何城不克？楚氛改色，淮水安流。汉上疲人，尽沾雨露；汝南遗老，重睹升平。凡在具臣，孰不欣抃！臣久辞朝列，忝守遐藩，不获称庆阙庭，陈露丹悃。仰瞻宸极，倍万群情。无任踊跃庆快之至。元和十二年十二月二十三日。

随后而来的元和十三年（818）元旦，宪宗为庆祝平定淮西，御幸丹凤楼，大赦天下。消息经驰驿传递，半月即到连州，更为刘禹锡增添十分信心，立作《贺赦表》，尽述《贺收蔡州表》中未尽之意，祈求宪宗打开罗网，恳请召回恤用之意溢于言表：

臣某言：伏奉今月一日制书，大赦天下者。圣德广运，浃于华夷。天光下临，照被幽蛰。臣某诚欢诚跃，顿首顿首。伏惟睿圣文武皇帝陛下，神扶宝祚，天赞鸿猷。意有所之，事无不克。当淮右凯旋之后，是域中庆幸之时。顺阳和以发生，施霈泽于寰海。网开三面，危疑者许以自新；耳达四聪，瑕累者期于录用。求硕画于庶位，虑遗材于放臣。旌忠烈之家，赏勋庸之胤。仁及枯骨，无隔于寇戎；荣加显亲，普沾于存没。恤刑已责，实廪蠲徭。颁锡彰有客之诗，崇儒协宗子之望。岳渎咸秩，耆艾饮和。大僚承任子之恩，武旅荷赐金之宠。斯皆禹、汤、文、武之遗美，高祖、太宗之耿光，集于圣朝，然后大备。德音所至，和气随之。欢谣上彻于九天，福祚永延于亿载。能使远夷屈膝，岂惟小丑革心！率土人臣，不胜大庆。臣久辞阙下，恪守海隅。犬马之诚，倍百恒品。无任抃跃屏营之至。

大唐天下之大，方镇将帅数以百计，刺史观察更不计其数。无论是寄托刘禹锡殷切希望的《贺收蔡州表》，还是直抒胸臆的《贺赦表》，都只是同时到京数百份贺表之一，想要使宪宗留意详察，何其难也！刘禹锡亦知其难，最大希望仍在裴度身上。

裴度班师回朝之后，以平淮西之功，策勋进金紫光禄大夫、弘文馆大学士、上柱国，封晋国公，食邑三千户，复知政事。韩愈亦以军功升任刑部侍郎。刘禹锡闻知消息，心中认定，洗刷冤屈、重登庙堂时机已到，依例先向裴度上贺启公牍，只略抒数语，委蛇而已：

某启：伏以相公含道杰出，降神挺生。坐筹以弼睿谟，秉钺以行天讨。风云助气，川岳效灵。制胜于樽俎之间，指踪于韝绁之末。绣斧既定，衮衣以归。君心如鱼水，人望如风草。一德交浃，万邦和平。运神思于洪炉，纳生灵于寿域。文武丕绩，冠于古今。某恪守遐荒，不获随例拜贺。瞻望欣跃，无任下情。

然后刘禹锡另附一私信，畅叙情怀，以明含冤负屈、请求救沉之意：

某启：曩者淮右逋诛，即戎岁久。天子斋戒，以命元臣。登坛之日，上略前定。从九天而下，纵以神兵。分六符之光，扫其长彗。授钺于西颢之半，策勋于北陆之初。功成偃节，复执大柄。君臣相遇，播于乐章；山河启封，载在盟府。上方注意，人益具瞻。因鱼水之协符，极夔龙之事业。时属四始，恩覃万方。致君及物，其德两大。古先俊贤所未备者，我从容而保之。殆非人事，抑有幽赞。

夫异同之论，我以独见剖之；文武之道，我以全材统之；崇高之位，我以大功居之；造物之权，我以虚心运之。然持盈之术，古所难也。实在阴施拯物，厚其德基，以左右功庸而百禄是荷。人所钦戴，久而愈宜。昔袁太尉不忍锢人，而楚狱衰息。一言之庆，子孙丕承。以今日将明之材，行前修博施之义。笔端肤寸，泽及九垠。犹夫疾耕，必有滞穗。某顷堕危厄，常受厚恩，谊盟于心，要之自效。常惧废死荒服，永辜愿言。敢因贺笺，一寄丹恳。顾非奇理，不足以萦于冲襟。然则利于行者固在乎常谈，而卓诡孤特之言未必利于行也。伏惟以愚言与贤者参之。谨启。

二启相较，即使歌功颂德之语，亦以私信中言语更为诚恳，更见欣喜之意发自肺腑。而私信中又以持盈之术而善意提醒裴度，谏之需以广布恩德而厚其阴骘，使人人由衷钦服，方可长保泰宁。求助之语不落俗套，皆以裴度祸福安危为要，更令裴度深感禹锡至诚，与他人十分不同。

较之裴度，刘禹锡与韩愈交谊更深，书文中不需虚言奉承，却以老友身份谆谆叮嘱，希望韩愈能以恢廓气度而弭悠悠不平之议，乘大赦之机为国遴才，进贤良而退不肖，助以脱困之力：

退之从丞相平戎还，以功为第一官，然犹议者嗛然如未迁陟。此非特用文章学问有以当众心也，乃在恢廓器度，以推贤尽材为孜孜，故人心乐其道行，行必及物故耳。前日赦书下郡国，有弃过之目。以大国材富而失职者多，千钧之机，固省度而释，岂鼷鼠所宜承当？然譬诸蛰虫坯户而俯者，与夫槁死无以异矣。春雷一振，必歆然翘首，与生为徒。况有吹律者召东风以薰之，其化也益速。雷且奋矣，其知风之自乎！既得位，当行之无忽。禹锡再拜。

刘禹锡三封文书寄送京城，本意不久即可有量移之命传来。但正如其所忧，“持盈之术”自古以来极少有人可以运筹自如。裴度携扫平淮西、收服民心之功勋回朝，虽恩赏丰厚，然于“持盈之术”未及有所思虑，即已陷入功高遭忌之危机。

《平淮西碑》乃裴度危机之发端。为元勋首功者树碑立传以俟后世瞻仰，自唐太宗创凌烟阁之后往往成为离间大臣、收邀臣心之阴谋，《平淮西碑》亦然。

宪宗初命韩愈撰写《平淮西碑》文。韩愈为裴度淮西行营行军司马，以为扫平淮西，皆由于裴度主持朝政，亲往监军，当居首功，因而撰成《平淮西奉敕撰》，刻成《平淮西碑》，树于蔡州汝南城北门外。平心而论，韩愈撰文已经十分权衡，将功劳归于宪宗；裴度代天子巡狩，“功在第一”乃金口玉言，多加褒词亦是奉迎宪宗；其余众将官亦一一提及。但《平淮西碑》树立之后，李愬部将石孝忠见碑上并无着李愬多少笔墨，竟命手下将碑拉倒，磨平字迹，并亲自挥锤将碑体砸断。官军闻讯前来拘捕，石孝忠又打死官军，犯下大罪。

此案传到京城，宪宗不但不怒，反而窃喜。李愬以生擒吴元济之功进山南东道节度使，封凉国公，又娶唐安公主之女，宪宗有意引其与裴度制约，以免功勋坐大。而朝中因淮西事先前与裴度龃龉之众臣纷纷借机相倾，以阻裴度秉政。宪宗趁势更改前命，令翰林学士段文昌重新撰写刊刻，再树新碑。裴度、韩愈心知此中曲折皆宪宗主张，不敢复作异议。

可笑之处更在后世。二百余年后，宋朝政和年间，知蔡州事陈珦又磨去段文，再刻韩文，但已非韩愈手笔。苏东坡曾作《平淮西碑》一诗讥讽道：

淮西功业冠吾唐，吏部文章日月光。
千载断碑人脍炙，不知世有段文昌。

平淮西碑的纷争正是中国历史的一段缩影。对历史的记载和褒贬，充斥着太多非理性因素的干扰，后人又往往根据现世的喜好和需要，将历史打扮得惨不忍睹。中华文明绵延数千年却在封建时代中盘桓不前，对历史的肆意涂抹是不可忽视的重要原因。

以《平淮西碑》警示裴度后，宪宗仍不作罢。虽然仍旧委裴度以重任，但宪宗执意引皇甫镈及程异入相同列。皇甫镈横征暴敛，克扣军饷，利用淮西战事中饱私囊，勾结宦官，是朝臣所不齿者。程异为八司马中最先洗脱罪名者，却与皇甫镈殷勤唱和，以“度支节余”为名，将国库钱财供宪宗挥霍以求圣宠，令人惊愕。裴度不能阻止二人入相，而自请出镇又不为宪宗允许，有如坐针毡之苦。韩愈因淮西碑事枉受牵累，亦只能安守本分。

刘禹锡迟迟不见量移之命，却闻平淮西碑变故及裴度力阻皇甫镈、程异入相不成，只能哀叹君王权术翻云覆雨，平叛功勋不如皇家女子一通哭诉，而树碑立传如此严肃之事，竟得如此儿戏。裴度已遭宪宗防备，为永贞罪人洗雪前罪之志何由伸张？程异即使入相，想来不过岌岌自保，其志向业已与永贞革新分道扬镳，刘禹锡不欲向其求助，以自明不改初衷之心。

宪宗忽然刻薄地对待裴度令人始料未及，但宪宗很快就为自毁安定团结的局面付出了代价，这恐怕也是宪宗未能预料的。

吴元济授首之后，其余藩镇无不心惊。宣武节度使韩弘不敢妄动，更听号令；幽州节度使刘总上表献忠，一意归顺朝廷；横海节度使程权世袭官爵，心不自安，于是上表恳求入觐，率全族归朝，并请移镇他处。

成德王承宗自知罪孽深重，已为朝廷兵锋所指，日夜不安。裴度命韩愈撰文劝降，王承宗视之为救命稻草，于是求告于魏博节度使田弘正，请以德、棣二州献予朝廷，向朝廷上供租税，并由朝廷向成德各州派遣官吏。宪宗准奏，于是魏博田弘正遣使送王承宗二子王知感、王知信以及德、棣二州图印至长安。宪宗诏令赦免王承宗前犯诸罪，复其官爵，宣告成德重归朝廷节制。

淄青平卢节度使李师道见大势所趋，本欲效法王承宗，遣长子入朝侍奉，献沂、密、海三州，并请朝廷派遣州道官员。宪宗亦以准奏，并派左常侍李逊为宣慰使，宣慰淄青。但李师道闻知《平淮西碑》造成裴度与李愬不睦、宪宗对裴度亦加以防备，于是以为有机可乘，便告反悔，以矛戈相对宣慰使，复宣不臣之志。宪宗震怒，催动大军继续征讨，天下干戈又起。

裴度仍与刘禹锡通信，虽不便明言，但刘禹锡心如明镜，并不作怨愤之言，却以优美诗文与之唱和，令裴度心中稍安。除此之外，刘禹锡治理州务并不耽误，闲暇时间皆用于巡查州县，常解民之所急，于是官声益佳。

自到连州之后，刘禹锡常与柳州刺史柳宗元、内兄薛景晦书信来往，话题涉及文学、书法、医学。柳宗元博学广闻，思想宏阔，又是死生之交，与之交往，乐趣横生。薛景晦乃禹锡亡夫人薛氏之兄，元和九年（814）因忤宪宗之意而由刑部郎中贬道州刺史。其人文章通达，书仪恭整，禹锡与之通信，多有取益之处。

唐时士大夫贬至岭南，所畏者概水土不服，瘴疠横生，于是往往留意医药，收集验方，薛景晦也不例外。元和十三年（818）春，薛景晦将其所著《古今集验方》十通抄录副本，寄送刘禹锡，请刘禹锡斧正并为作序。刘禹锡深为薛景晦爱民之心感动，不但作热情褒扬之诗以颂之，又将自己收集的五十余篇验方整理为两卷，以“传信”为名，复赠薛景晦，使二人共成为民造福之功。“传信”一词颇为贴切，意思就是把自己所确信的东西传告别人，此词出自《春秋》“信以传信”之义。《传信方》中每个方药“皆有所自”，大多数来自民间有事迹可传的验方。正如刘禹锡所言：此书是“一物足以了病者”的单方和验方。《传信方》虽只收录了五十余方，但涵盖了内、外、妇、儿、口腔、眼科等多科疾病，如腹痛、霍乱、脚气、痢疾、疔疮、月经病、虫咬伤等。这些都是当时的常见病。加之，所收方药还具有“价廉、有效、易得”三个显著特点，深受穷乡下邑百姓的喜爱。《传信方》收录的验方临床价值较高，加之叙述严谨，言语生动，也备受历代医家推崇，宋代著名的《图经》《证类本草》及明代《本草纲目》等医籍都引用过此书中的药方。有的药方还被日本的《医心方》、朝鲜的《东医宝鉴》所收载，说明《传信方》还为中外医学交流作出了贡献。

将医书刊行，可以解救百姓疾病；修筑海阳湖壖坝，则是刘禹锡为杜绝水患而作之义举。刘禹锡来连州四年，数遇海潮风雨，虽殚精竭虑减轻灾情，但海阳湖漫水灾害始终令刘禹锡忧心。

海阳湖由当年抗击安氏叛军、保全十五座城池的名臣元结开挖，沿湖并有“海阳十景”，刘禹锡到连州后引以为名胜，只因年久失修，一处美景却成害民隐患。刘禹锡敬仰元结奋命抗敌之勇气，时时以元结建功勋于岭南而自励。视海阳湖破败之状，禹锡常有愧对先贤之叹。元和十三年（818）秋末，刘禹锡征发劳力斩茅植树，疏浚河道，发石引泉，整治一新，又将海阳湖周边原有壖坝加高加固，至元和十四年（819）春，终令海阳湖再现当年锦绣风光。连州百姓感其功德，遂请刘禹锡在海阳湖边修观景亭，以示纪念。

观景亭落成之日，刘禹锡欣然前往。为新亭命名一事，州刺史理应当仁不让。刘禹锡目睹海阳湖畔春意盎然之美景，追忆元结一生由隐逸而出仕、居官而爱民，颇有古人“不以利禄萦于心，虽居官而犹隐者为吏隐”之意境，实为逆境之中应当效法的楷模。当年吕温为衡州刺史时，亦有诗云“吏中习隐”以赞扬元结之政声，若不拟“吏隐”为名，则无他名可以颂扬元结爱民之情、追思吕温杰出才干。心思所至，刘禹锡遂作《吏隐亭述》，将此亭由来备于后人知晓：

> 元和十年，再牧于连州，作吏隐亭海阳湖壖。入自外间，不知藏山。历级东望，恍非人寰。前有四榭，隔水相鲜。凝霭苍苍，淙流布悬。架险通蹊，有梁如霓。轻泳徐转，有舟如翰。澄霞漾月，若在天汉。视彼广轮，千亩之半。翠丽于是，与世殊贯。澄明峭绝，蘦靡葱蒨。炎景有宜，昏旦迭变。疑昔神鳌，负山而抃。摧其别岛，置此高岸。
>
> 海阳之名，自元先生。先生元结，有铭其碣。元维假符，予维左迁。其间相距，五十馀年。对境服人，其犹比肩。
>
> 天下山水，非无美好。地偏人远，空乐鱼鸟。谢公开山，涉月忘还。岂曰无娱，伊险且艰。溪山风物，城池为伍。却倚佛寺，左联仙府。势拱台殿，光含厢庑。窈如壶中，别见天宇。石坚不老，水流不腐。不知何人，为今为古。坚焉终泐，流焉终竭。不知何时，再融再结？

自吏隐亭建成至刘禹锡离开连州时，凡有客来，刘禹锡皆要迎往吏隐亭中观景赋诗，盘桓唱和，每每经过，亦要流连一番，可谓情有独钟。

元和十四年（819）注定是刘禹锡一生中最黑暗的年份之一。先是老友韩愈因谏宪宗大肆铺张迎奉佛骨一事，激怒宪宗，几乎遭到斩首，幸而由裴度相救，韩愈诏贬为潮州刺史；去年裴度三次上书谏阻皇甫镈、程异入相，令宪宗有朋党之疑，本年又救其行军司马韩愈，皇甫镈、萧俛等乘罅而倾之，裴度不得已，以检校尚书右仆射兼门下侍郎平章事出为河东节度使；未几，皇甫镈又构陷崔群不肯为宪宗上“孝德”尊号，触动宪宗内心对其父顺宗的隐愧，再密告崔群有“联络将帅、煽动藩镇”之嫌，使宪宗大怒，贬斥崔群出为湖南观察使。

从元和十二年（817）到元和十四年，朝廷威势虽然得以延续，淄青李师道祸起萧墙，人亡政息，两河之地尽归有司，但以裴度为首的忠臣良将们相继被排挤出朝廷。在裴度等人秉政的短暂时间里，征伐藩镇的军事乃当务之急，无暇援手刘禹锡等人，终令刘禹锡等人再堕沉沦之中。

仕途上的失意本是刘禹锡预料之中，谅无可伤。能将一片王土治理得欣欣向荣，刘禹锡自认问心无愧，并不以官不高、爵不显为耻辱，与朝廷大流再成若即若离之势，纵然平定淄青如此大事，亦不过上一份言辞平淡的《贺平淄青表》，以作无声的抗争。

第三十四章 失至亲悲彻骨髓

就在刘禹锡下定决心再在连州吏隐十年之际，却意外地离开了连州。元和十四年（819），刘禹锡的母亲卢氏以近九十高龄寿终正寝，朝廷追赠为彭城县太君。卢氏虽加哀荣，毕竟抱憾。讣闻传来，刘禹锡欲哭无泪，只叹一生执着进取，年轻时恃才轻狂，冒进获罪，年长后虽得修身之道，却不逢明时，仕途蹭蹬，徒令高堂担忧，最终不得亲奉医药，为母亲送终。为士大夫者忠孝两空，若非苦厄之极，焉能至于是？

刘禹锡辞去官职，北归洛阳为母亲丁忧。这是一条他从未设想过的回归之路，想到那位将他带到这个世界上来的亲人已经永远离去，刘禹锡感到自己与天地灵气的联系似乎突遭截断，悲怆之中，文思堵塞，胸中虽有万千意象，竟不能发于一词。如此一路艰难而行，渐至衡阳地界。

来到衡阳，刘禹锡不由想起元和十年（815）时与柳宗元同出长安，行至衡阳，唱和再三方得分离。那时柳宗元自请以柳州易播州，正为禹锡有老母在堂，刘母逝后，柳宗元亦派人前来吊唁。如今奉丧北还，若能与柳宗元相聚，必当再尽感激之情。况且，能将刘禹锡从极度悲哀中唤醒者，除柳宗元外可得他人？

为不失与柳宗元相聚机会，刘禹锡早早命人前往柳州，与柳宗元相约在衡阳相见。十一月时，刘禹锡一行赶到衡阳，在江口寻一馆舍住下，只待柳宗元前来。想到将与故人相会，刘禹锡目中竟然模糊，直欲将满腔悲愤通通与知己哭诉。

住过三日，已过约定之期，柳宗元却依然不见身影，刘禹锡不禁焦急难耐，日日在码头巴望，心中隐隐有不祥之感。至第四日，仆从来报，言称有柳宗元府上差人到访。刘禹锡大喜，忙命来见。

来人身着素衣，刘禹锡心中猛然一沉，跌坐座中，嘴唇嗫嚅，却迟迟不敢发问。柳府差人风尘仆仆，脸上泪痕未干，见刘禹锡如见亲人，连滚带爬跪拜在堂，放声啼号道："使君，我家员外，没了！"

差人伏地痛哭，刘禹锡如遭霹雳，完全无法接受，以为是在梦中，呢喃道："胡说……"

差人将身上包裹解下，呈在刘禹锡面前，哭诉道："刘使君，我家员外自到柳州后，旧疾久不痊愈，近闻使君母丧，忧愤交加，竟至不治。员外弥留之际，差小人前来向使君报丧，并将生平文章尽付使君，称唯有使君可以代他整理遗集。"

刘禹锡已无力从座中站起，眼见面前积尺之宗元书稿，却无法拿起。差人接着哭道："员外半生孤苦，客死他乡，唯念与使君情投谊合，交情深笃，员外身后一家孤寡，还需托付使君照料，请使君万勿推辞！"

差人从怀中掏出柳宗元遗书，递到禹锡面前。禹锡不忍卒读，只将遗书攥在手中，然后挥了挥手，家仆抹了泪，将地上文稿收起，领柳府差人下去。

众人方出门去，便听堂中刘禹锡悲情崩溃，呜咽之声不及宣泄，洪水般的伤痛终化为痛彻天地的悲鸣。先丧慈母，又失挚友，支撑刘禹锡在艰难困苦之中保持乐观自信的精神支柱，几乎顷刻之间全部垮塌。柳府差人生怕刘禹锡悲伤过度，欲复入堂劝慰，却被刘府仆人所止："老太君去后，使君一直强打精神，今日再听柳仪曹亡故，必定无法自持，且待使君宣泄一番，再作宽慰吧。”

柳府差人又言及柳宗元弥留时念及刘禹锡时亦是如此情形，由衷地深为刘、柳情谊感怀，不忍打扰，垂泪而去。

巨大的悲痛将刘禹锡的身心彻底席卷一空。当年衡阳一别，谁意竟是生死两端，昏天黑地的恸哭中，刘禹锡泣诉对亡人的思念：

> 忆昨与故人，湘江岸头别。我马映林嘶，君帆转山灭。
> 马嘶循古道，帆灭如流电。千里江蓠春，故人今不见。
>
> ——《重至衡阳伤柳仪曹》

刘禹锡回想与柳宗元相识相知凡二十余年，自同中进士时起，便惊为知己，定为死交，后各经磨砺，在御史台时各领风骚，意气何等风发！永贞革新时，刘、柳参与禁中，多少国家大计皆出于二人之手，运筹帷幄，何等自信！而后十五年江湖沉沦，二人相互勉励，相互安慰，其中款曲，何等感人！

痛心疾首之下，刘禹锡忽然想起柳府差人曾说，柳宗元在柳州并无亲属，身后妇孺无人做主，想来必然孤苦无依，不由得强忍住悲哀，向二人共同好友李程、韩泰、韩晔等人寄出讣告，然后亲自为友人操办丧事。

在元和十四年（819）柳州冬日的凄风苦雨里，刘禹锡几番哭倒在柳宗元灵前，将一腔肺腑尽唱于悲痛欲绝之吊辞之中：

> 维元和十五年，岁次庚子，正月戊戌朔日，孤子刘禹锡衔哀扶力，谨遣所使黄孟苌具清酌庶羞之奠，敬祭于亡友柳君之灵。呜呼子厚！我有一言，君其闻否？惟君平昔，聪明绝人。今虽化去，夫岂无物！意君所死，乃形质耳。魂气何托，听予哀词。
>
> 呜呼痛哉！嗟予不天，甫遭闵凶。未离所部，三使来吊。

忧我衰痛，谕以苦言。情深礼至，款密重复。期以中路，更申愿言。途次衡阳，云有柳使。谓复前约，忽承讣书。惊号大哭，如得狂病。良久问故，百哀攻中。涕洟迸落，魂魄震越。伸纸穷竟，得君遗书。绝弦之音，凄怆彻骨。初托遗嗣，知其不孤。末言归輤，从祔先域。凡此数事，职在吾徒。永言素交，索居多远。鄂渚差近，表臣分深。想其闻讣，必勇于义。已命所使，持书径行。友道尚终，当必加厚。退之承命，改牧宜阳。亦驰一函，候于便道。勒石垂后，属于伊人。安平宣英，会有还使。悉已如礼，形于具书。

鸣呼子厚！此是何事？朋友凋落，从古所悲。不图此言，乃为君发。自君失意，沉伏远郡。近遇国士，方伸眉头。亦见遗草，恭辞旧府。志气相感，必逾常伦。顾余负衅，营奉方重。犹冀前路，望君铭旌。古之达人，朋友制服。今有所厌，其礼莫申。朝晡临后，出就别次。南望桂水，哭我故人。孰云宿草，此恸何极！

鸣呼子厚！卿真死矣！终我此生，无相见矣。何人不达？使君终否。何人不老？使君夭死。皇天后土，胡宁忍此！知悲无益，奈恨无已。子之不闻，余心不理。含酸执笔，辄复中止。誓使周六，同于己子。魂兮来思，知我深旨。呜呼哀哉！尚飨。

闻此祭文，来往吊客无不黯然，刘、柳情谊更为天下所知。奈何刘、柳二人皆清廉自守之辈，俸禄之外别无资财，刘禹锡为治母丧已将积蓄倾尽，柳宗元遗产只有一世清名，虽然吊客纷纷慷慨解囊，但有杯水车薪之叹。幸得裴度深知刘、柳清贫，自河东遣使来祭，捎来银钱救急，方助柳宗元归葬故里。自此之后，刘禹锡果然待柳宗元遗孤柳周六、柳周七如同己出，亲自教导学业，无不周悉。后唐懿宗咸通年间，受刘禹锡言传身教的柳周六与韩愈之孙韩绾中同榜进士，又谱一段士林佳话。

元和十五年（820）正月，刘禹锡尚在料理柳宗元后事，便接到朝中传来惊天消息——宪宗突然驾崩，太子李恒已继位称帝。按朝廷昭告，宪宗乃误服金丹毒发而亡，进献金丹的方士柳泌、僧人大通以奸佞而被杖毙，保举二人之左金吾将军李道古贬循州司马，其余方士亦同被流放。但此说法之中却有蹊跷之处——以拥立之功深受宪宗信赖的左神策中尉吐突承璀与宪宗同日暴亡；不日之后，澧王李恽亦传死讯，据称以悲伤过度殉父而亡，令人起疑。

刘禹锡闻此中款曲，凄然大笑。天道轮回，报应不爽，贞元二十一年（805）时，顺宗内禅、其后暴毙，与今日情形何等相似？服金丹毒发而亡，这种冠冕堂皇的说法怎能瞒过刘禹锡的眼睛？即使是在连州，刘禹锡尚可耳闻元和末年的立嗣斗争，天下又有几人能相信那些漏洞百出的说法？

平定淄青之后，宪宗心中骄傲自满之情极度膨胀，时时以削平藩镇而自比太宗之功，不再殚精竭虑治国理政，却如历代帝王一样，整日只思长生不老，欲永享国祚。韩愈谏迎佛骨而遭宪宗大忌，正因宪宗欲求佛祖庇佑以得长寿。元和十四年（819），方士柳泌进献金丹，宪宗服用之后，性情大变，暴躁易怒，动辄杀人。吐突承璀从来逢迎宪宗，虽深知金丹必害宪宗性命，却私下密谋趁宪宗神志混沌之时另立东宫，拥立由其带大的澧王李恽为太子，欲再建拥立之功。与之相对应，太子李恒得到了宦官梁守谦、王守澄、陈弘志等支持，并有母舅司农卿郭钊为外援。元和十五年正月二十七日夜，宪宗毒发重病，吐突承璀以为时机已到，奏请另立东宫。陈弘志等突然率禁军攻入寝宫，大肆杀戮，将宪宗与吐突承璀党羽一并斩尽杀绝，随即拥立李恒继位称帝，史称穆宗，并向天下昭告宪宗死于金丹毒发，令柳泌等人做了替罪羔羊。

宪宗在四十三岁的壮年暴毙虽是咎由自取，但对大唐王朝来说，宪宗的早逝，宣告了短暂中兴的夭折，一个更加黑暗的时代悄然降临在帝国身上。自安史之乱后，皇帝的废立第一次由宦官完全包办，象征着宦官的权力终于登上了这个王朝的顶峰。自唐穆宗起至唐亡，九重废立皆出于宦官之心意，弑君之事屡见于史书。

十余年来，无论刘禹锡在表章中写出何等赞颂言语，在他心中，因永贞政变之事始终对宪宗怀有芥蒂。刘禹锡一心为国尽忠，宪宗却因做贼心虚而将贤能臣子斥逐远方十多年，刘禹锡之所以忠孝两空，痛失挚友，皆拜宪宗所赐。有此情由，即使心中偶作幸灾乐祸之念，亦属人之常情。

可是，宪宗就连暴毙，也赶在了一个对刘禹锡十分不利的时候，不能不令人感慨，运气的确是决定人生的重要因素之一。

贞元十二年（796）时，少年得志的刘禹锡在仕途上升的关键时刻，因丁父忧而蹉跎三载。元和十四年（819），困顿之中的刘禹锡回洛阳丁母忧，不经意之间，又失去了脱出罗网的机遇。宪宗暴亡后，奸臣皇甫镈被贬死崖州，老友崔群为御史大夫，好友杨嗣复之父杨於陵为户部尚书，韩愈自袁州刺史擢为国子祭酒，白居易、元稹相继从谪籍中脱离，为穆宗所重，先后任知制诰，李吉甫之子李德裕自监察御史充翰林学士并加屯田员外郎。奸佞者遭斥退，负屈者受重用，唐穆宗初登大宝后的作为令刘禹锡看到了新的希望。但是，刘禹锡以丁忧之身，却无从在这一波平反浪潮中受到半点恩惠，命运对刘禹锡的捉弄，已至无以复加之境地。

元和十五年（820）七月，柳宗元灵柩迁回祖籍万年县安葬，韩愈亲撰墓志铭，崔群亦有祭文哀悼；韩泰远在漳州，遣使奉唁资以尽曾同患难之谊。刘禹锡丁忧之中，前途不见光明，悼亡之心格外深沉，追宗元过世八月之后，仍常梦中惊醒，以为挚友尚在，却见宗元遗孤恬睡在侧，只能暗自垂泪，收拾哀思，尽托于重祭之文：

呜呼！自君之没，行已八月。每一念至，忽忽犹疑。今以丧来，使我临哭。

安知世上，真有此事！既不可赎，翻哀独生。呜呼！出人之才，竟无施为。炯炯之气，戢于一木。形与人等，今既如斯。识与人殊，今复何托？生有高名，没为众悲。异服同志，异音同叹。唯我之哭，非吊非伤。来与君言，不成言哭。千哀万恨，寄以一声。唯识真者，乃相知耳。庶几傥闻，君傥闻乎？呜呼痛哉！

君有遗美，其事多梗。桂林旧府，感激生持。俾君内弟，得以义胜。平昔所念，今则无违。旅魂克归，崔生实主。幼稚甬上，故人抚之。敦诗退之，各展其分。安平来赙，礼成而归。其他赴告，咸复于素。一以诚告，君傥闻乎？呜呼痛哉！君为已矣，余为苟生。何以言别，长号数声。冀乎异日，展我哀诚。呜呼痛哉！尚飨。

长庆元年（821），八司马中除已亡故的韦执谊、凌准、柳宗元、程异和正在丁忧的刘禹锡，韩泰由漳州刺史量移郴州刺史，韩晔由汀州刺史量移永州刺史，陈谏由循州刺史量移道州刺史，正式宣告终结了八司马不得量移的梦魇。

在庆幸同难之人终获量移的欣喜和对自身未来的惶惑中，刘禹锡熬过了丁忧的最后一年。长庆元年冬，刘禹锡丁忧期满。元稹时任翰林学士，深受穆宗宠遇，刘禹锡终可稍受友人援手，迎来了迟到太久的量移之命，得授夔州刺史。只是此时，朝中的局势再度发生天翻地覆的变化，令刘禹锡更觉立足艰难。

元和三年（808）时，李宗闵、牛僧孺应贤良方正、能极言直谏科得中上策，为时宰李吉甫所不容，被贬斥在外多年不得升迁。李宗闵后因在裴度淮西行营幕府中立下军功，擢驾部郎中知制诰，元和十五年（820）正拜中书舍人，有入相之望；牛僧孺在元和朝始终被排斥在外，至穆宗继位后，方以坚拒贿赂而受重用，先为库部郎中知制诰，后擢御史中丞。正在李宗闵、牛僧孺等仕途光明之时，李吉甫之子、翰林学士李德裕再次以科举之事发难。

长庆元年，钱徽知贡举，录取进士二十五人，其中有李宗闵之婿苏巢、裴度之子裴譔、杨汝士之弟杨殷士及郑覃之弟郑朗等人。西川节度使段文昌（即为李愬撰平淮西碑者）与翰林学士李绅曾付书钱徽，以所善者相托付，不料无一得中，段文昌盛怒之下向穆宗告发，奏钱徽贡举不公，所取进士皆公卿子弟而无艺能，得中系以“关节”而得。

穆宗闻奏，召翰林学士李德裕、元稹、李绅询问。李德裕本因李宗闵曾指斥其父而恶之，又与元稹、李绅相善，三人皆言段文昌奏报属实。穆宗派中书舍人王起和主客郎中白居易复试，果然原中进士者仅有三人勉强合格。穆宗深恶痛绝，将以“关节”而得中者尽数黜出，并将钱徽、李宗闵、杨汝士贬官外放。由此，元和三年（808）科场案埋下的祸根，在长庆元年（821）的科场案中终于爆发出来。此后数十年之中，牛僧孺、李德裕各自凝聚一批当世精英，展开党同伐异的争斗，在大唐王朝日益衰落的时代下，精英官僚集团的分裂与倾轧严重消耗了王朝的能量，无疑放任了这个具有伟大进取精神的时代走向毁灭。

愈演愈烈的牛李党争，是摆在刘禹锡面前的一道难题。论交情，牛僧孺十五岁时，刘禹锡与柳宗元闻名前去寻访，本应是一段佳话。谁知阴差阳错之中，刘禹锡的疏忽慢待在年少气盛的牛僧孺心中留下了阴影，又因牛僧孺投在与裴度激烈争斗的李逢吉门下，刘禹锡作为裴度的忠实追随者，与牛僧孺的隔阂愈加深刻；李德裕是李吉甫之子，因李吉甫之故，对刘禹锡抱有好感，其积极进取的政治主张也与刘禹锡一脉相承。但穆宗新立之后，李逢吉以帝师将受重用，刘禹锡与李德裕、裴度相友好，势必遭到排挤。所幸刘禹锡与李逢吉之党令狐楚私交甚厚，仍有周旋之间隙。总而言之，与其在长安错综复杂的政局中如履薄冰地站班排队，远牧夔州不失为坐待时局澄清的好去处。

第三十五章

游鄂岳神伤愚溪

从洛阳去夔州上任，鄂州为必经之地。鄂岳观察使李程知刘禹锡将赴夔州，早早遣使迎候于道路旁，力邀刘禹锡在武昌流连数日。刘禹锡方从丁忧中解脱，正思亲朋故旧，于是欣然前往。

李程长禹锡七岁，贞元末年曾与刘禹锡、柳宗元、韩愈等同在御史台为官，厚有交谊。永贞年间，李程任翰林学士，与王叔文有矛盾，遭到贬斥，因此曾与刘、柳微有嫌隙，幸而时光如水，愆怨消融，刘、柳之不平遭遇令李程十分同情，常有抚慰之作唱和。柳宗元逝世时，李程接到讣告，不能亲自前往柳州祭奠，曾托刘禹锡代作祭文，亦可管窥三人交情。

故友相见，未及畅叙久别重逢之情，二人却不约而同禁不住抱头痛哭。仆从官吏深知二人皆为柳宗元故友，久别重逢更伤故人，因而无不掩泣。本是一场接风洗尘之欢宴，却在漫天飞舞的雪花中以凄凉的悲号开场。

待情绪稍有平复，刘、李二人分别入座，一同来迎的武昌名流这才纷纷上前致敬。酒过三巡，众人不见平日擅长说笑的李观察脸上有一丝笑意，不修边幅的放荡之状忽而有颓靡沮丧之色，顿觉席上气氛凝滞压抑，有如坐针毡之苦，于是便假风雪为由，陆续告退。李程无心留客，便命仆役相送，草草收拾了酒席，然后专心与刘禹锡把话。

刘禹锡从行囊中取出尚未完成的柳宗元文集，请李程观看。李程素爱柳宗元文章，览卷恍如再见故人音容笑貌，百种滋味涌上心头。阅至《愚溪诗序》并《八愚诗》，李程愤然吟道：

……今余遭有道而违于理，悖于事，故凡为愚者，莫我若也。夫然，则天下莫能争是溪，余得专而名焉。……

李程仕途平坦，若非读到友人如此反讽自嘲之诗句，如何能体会到沉沦荒蛮十余年的痛苦和艰辛？李程痛心道："子厚胸怀经纬之才，能言治乱之史，能辩兴替之道，乃聪明绝顶之人，竟将谪居之地命名'愚溪'，诗中句句不离'愚'字，叫我等有何面目忝居方镇，尸位素餐？"

刘禹锡安慰道："表臣（李程字表臣）兄言重！子厚性情中人，意气难平，初贬之时颇负自矜之气，所作诗文不免傲气干云。今日思之，我等零落至今，莫非正因恃才傲物、自视过高？"

李程一愣，更生悲悯，为刘禹锡斟上茶，自己却已簌簌落泪，由衷慨叹："梦得切勿自馁！人言刘梦得文风森然，有豪迈之气，与子厚同为百代文宗。而自古文士多遭众忌，君可见屈原、宋玉出将入相？即使圣朝，太白学士不过做得几日翰林待诏，吟些花鸟献媚之诗，杜工部空怀济世安人之心，一生漂泊，抱憾而终。相比之下，梦得朱袍在身，尚可牧守州郡，造福一方，而文名可与先贤相齐，已成不世之功业，愚兄只恐羡之不及矣！"

刘禹锡却从《愚溪诗序》中再拣一段，吟道：

……宁武子"邦无道则愚"，智而为愚者也；颜子"终日不违如愚"，睿而为愚者也。皆不得为真愚……

然后禹锡又以茶敬李程道：“人言李表臣（李程字表臣）性懒而放荡，不修仪检，滑稽好戏，读子厚之诗，方才彻悟，兄长以滑稽示人，掩藏锋芒以待明时，其实是真睿智者！我与子厚在贬谪之后才想通此理，其实才是愚钝之辈。”

李程不置可否：“知之若何？不知又若何？”

刘禹锡望着江上飘舞的飞雪，凄然道：“先帝驾崩，我等永贞罪人终有拨云见日之机。愚溪化冻，春水悠悠，但子厚却含悲负冤，陨落在柳州的瑟瑟寒冬之中。人世之悲，莫过如此。他日将子厚遗集整理完毕，我亦将往愚溪胜地与子厚英灵相伴，余生可安。”

李程哀叹一声：“只怕梦得再无祭奠英灵之地……”

刘禹锡惊愕道：“表臣何出此言？”

李程从画筒抽出一卷画轴，命仆人各执一端，展于刘禹锡面前。但见画中残山败水，屋倾园废，荒草漫生，再看题图，枯瘦凌乱的草体书有四字：愚溪残阳。

李程解释道：“有释门僧友云游之中经过愚溪，颇伤柳子厚故地已成荒园，故形于图卷以为祭。前月上人来访，知我与子厚有深交，将此画轴赠我以为纪念。”

愚溪故地，已无故人神采。这个世界竟用如此之短的时间，便将一个人曾经存在过的痕迹消磨殆尽。刘禹锡细细观看这幅《愚溪残阳图》，一字一泪由心底流淌而出：

溪水悠悠春自来，草堂无主燕飞回。
隔帘惟见中庭草，一树山榴依旧开。

草圣数行留坏壁，木奴千树属邻家。
唯见里门通德榜，残阳寂寞出樵车。

柳门竹巷依依在，野草青苔日日多。

纵有邻人解吹笛，山阳旧侣更谁过。

——《伤愚溪三首》

柳宗元亡殁三年之后，刘禹锡与李程相聚于武昌长江之滨时，忽然找回了文思，将郁结在胸口的不平与缅怀呼喝而出，一口气作成三首伤故人之作，虽然句句不言悼亡，但草堂无主、残阳寂寞、野草青苔之意象无一不在叙述斯人故去、旧园荒芜之状。

愚溪的荒废固然可惜，但有形之物的灭失，却使柳宗元的精神力量愈加牢固地扎根在刘禹锡的心中。后人读此《伤愚溪三首》，在感念刘禹锡与友人情谊之余，亦能从中体会到刘禹锡已渐从哀伤之中走出，并将柳宗元卸下的重担挑在自己肩上，故友之志与生平之志已合二为一。肩负苦难和希望而仍然昂扬前行，刘禹锡用这样坚毅的抉择，在华夏民族进步的历程中留下了自己的足迹。

在武昌勾留数日，李程深感刘禹锡品行高洁，情谊深重，不顾刘禹锡再三推托，执意将一鄂州女子送于禹锡，以照顾其起居。刘禹锡与李程反复唱和，却终不能将江湖重逢之情吐诉于指日之内。远方，夔州百姓的衣食生计已是刘禹锡心中牵挂，不容他继续沉湎于友情之中。饮罢最后一杯离别酒，刘禹锡登上客船，迎着瑟瑟江风溯流而上，只将老友重逢之期寄于他年告老还乡之时日：

对酒临流奈别何，君今已醉我蹉跎。

分明记取星星鬓，他日相逢应更多。

世间人事有何穷，过后思量尽是空。

早晚同归洛阳陌，卜邻须近祝鸡翁。

——《重寄表臣二首》

长庆二年（822）正月二日，刘禹锡到达夔州治所奉节县，与前任刺史交接完毕后，便思向穆宗上刺史谢上表之事。按朝廷制度，远州刺史除逢节庆奉制书上表之外，只有到任时谢上一表。穆宗为太子时，刘禹锡远在沅湘海隅，并无深分；穆宗登基时，刘禹锡正在丁忧，不由朝觐。因此，到任夔州之谢上表，当是刘禹锡与穆宗第一次直接交往。与宪宗之恩怨已随之远去，适时向新皇表明心迹、申诉沉冤，正是不可错失之良机。到任方三日，刘禹锡便将谢上表拟好，驰驿京城：

> 臣某言：伏奉某月日制书，授臣使持节都督夔州诸军事、守夔州刺史。跪受天诏，神魂震惊。伏惟文武孝德皇帝陛下，垂衣穆清，睿鉴旁达。三统交泰，百神降祥。浃于华夷，尽致仁寿。臣家本儒素，业在艺文。贞元年中，三忝科第。德宗皇帝记其姓名，知无党援，擢为御史。在台三载，例迁省官。权臣奏用，分判钱谷。竟坐连累，贬在遐方。先朝追还，方念淹滞；又遭谗嫉，出牧远州。家祸所钟，沈伏草土。《礼经》有制，羸疾仅存。甘于畎亩，以乐皇化。伏遇陛下大明御宇，照烛无私。念以残生，举其彝典。获居善部，伏感天慈。臣即以今月二日到任上讫。硖水千里，巴山万重。空怀向日之心，未有朝天之路。无任感恩恋阙之至。长庆二年正月五日。

谢上表中，刘禹锡以“德宗……知无党援”“例迁省官，权臣奏用”为自己长久以来所背受之“王叔文党羽”之罪辩白，用“先朝追还……又遭谗嫉……”申明题诗玄都观召来的“狂妄悖逆”之恶名，并表白“胸怀向日之心，盼有朝天之路”的祈愿。此时的刘禹锡与天下臣民一样，在新君即位大赦天下的喜悦中对未来怀抱着极大的期望。在这种期望的鼓舞中，刘禹锡信心百倍地在夔州刺史府公厅壁上撰下《夔州刺史厅壁记》，作为视事夔州之宣誓：

夔在春秋为子国，楚并为楚九县之一，秦为鱼复，汉为固陵，蜀为巴东，梁为信州。初城于瀼西，后周大总管龙门拓王公述登白帝叹曰："此奇势可居。"遂移府于今治所。是岁建德五年。隋初，杨素以越公领总管，又张大之。唐兴，武德二年诏书：其以信州为夔州。七年，增名都督府，督黔、巫一十九郡。开元中，犹领七州。天宝初，罢州置郡，号云安。至德二年，命嗣道王炼为太守，赐之旌节，统硖中五郡军事。乾元初，复为州，偃节于有司，第以防御使为称。寻罢，以支郡隶江陵。桉版图方输不足当通邑，而今秩与上郡齿，特以带蛮夷故也。故相国安阳公乾曜尝参军事，修图经，言风俗甚备。今以郡国更名之所以然，著于壁云。凡名殊必以国，事建必以年，谨始也。长庆二年五月一日，刺史中山刘某记。

刘禹锡每到一地为官，必以巡视州境为始，在连州如此，到夔州亦然。夔州扼守三峡上游，治下四县，地势险要，秩与上郡相同，郡守责任十分重大。虽仍在谪籍，但相较于在朗州的无所事事和在连州的信手拈来，肩上职责的加重，使通身才干荒废已久的刘禹锡得到了施展的机遇，令他得以感受到自身存在的价值，为他巡视夔州的旅途增添了几分愉悦的心情。

奉节城东，瞿塘峡口长江北岸山上，白帝城巍然矗立，已有数百年。自西汉末年公孙述建城，又有蜀汉昭烈皇帝刘备在此托孤，白帝城已成长江三峡上不可忽略的历史文化名城，历代文人骚客多有吟咏流传。唐肃宗乾元二年（759）时，诗仙李白赴贬夜郎经白帝城时遇赦，他满心欢悦地高歌"朝辞白帝彩云间，千里江陵一日还。两岸猿声啼不住，轻舟已过万重山"享誉千古；诗圣杜甫更曾于大历初年在夔州寓居一年又十月，诗作极丰，是杜甫一生中创作的高峰期，刘禹锡在朗州时的故友董颋年轻时即曾在此与杜甫有过往来。

有此名胜近在眼前，自是刘禹锡首访不二之地。因公孙述称白帝并非正统，白帝城中虽仍有白帝庙为祭祀，但更为人所知的是祭奠刘备的蜀先主庙和祭奠诸葛亮的武侯庙，刘禹锡漫步在白帝庙的荒垣废殿中，不由默诵着杜甫当年在此作下的名篇：

白帝空祠庙，孤云自往来。江山城宛转，栋宇客徘徊。
勇略今何在，当年亦壮哉。后人将酒肉，虚殿日尘埃。
谷鸟鸣还过，林花落又开。

——《蜀先主庙》

杜甫来时，殿中尚有人供奉酒肉，到刘禹锡来时，残败之状更令人心戚。刘禹锡心中断言，不出数代，白帝城将只剩白帝之名，不再别有公孙述之痕迹。一代枭雄沦落至此，足令人慨叹不已。

当刘禹锡来到蜀后主庙时，他更加坚定了自己的判断。蜀先主庙中人来人往，香火旺盛，人们对刘备、关羽、张飞顶礼膜拜，崇敬有加。刘禹锡一身便服，无人认得他是新到任的刺史，这令他得以十分惬意地随着人流在刘备像前上香祭拜，并在庙中观赏历代游人留下的文字。

在刘禹锡心中，刘备志在匡扶的英雄豪气堪称古今第一。只可惜天不相与，刘备虽得诸葛亮辅佐，但生儿不肖，不能发扬基业，反而留下“此间乐，不思蜀”的千古笑柄，使先人蒙羞。蜀先主庙中前人文字，哀挽于此者不一而足，然能尽抒其意者尚未见之。刘禹锡诗意陡生，选一显目处，将一首赞誉英雄、鄙薄庸碌之诗《蜀先主庙》题下：

天地英雄气，千秋尚凛然。势分三足鼎，业复五铢钱。
得相能开国，生儿不象贤。凄凉蜀故伎，来舞魏宫前。

书至“得相能开国”之句，刘禹锡更生叹惋。初到夔州时，刘禹锡便在奉节县西市外俯瞰到诸葛亮所遗之八阵图。虽经数百年风霜雨雪，八阵图依然箕张翼舒，鹅形鹤势，阵容严整，蔚为壮观。以诸葛亮经天纬地之才，虽能乘“黄牛白腹，五铢当复”之天时，辅助刘备开创蜀汉王业，却也无力在蜀后主的庸碌之下光复汉室江山，怎不令人痛恶妨贤之辈耽误之甚？杜甫观八阵图，曾作诗吊道：

功盖三分国，名成八阵图。江流石不转，遗恨失吞吴。

后刘禹锡再引诸子往观八阵图时，曾深有感怀，对诸子言道：“八阵图迨今已愈六百余年，而其岿然不动者，乃因诸葛武侯诚明一心，为先主效忠，鞠躬尽瘁，感动天地。况且此阵法出自《六韬》，由姜太公之上等智慧所构，自创肇以来，唯诸葛孔明可以运之，所以神明亦当保持，一定而不可改毁。东晋桓温征蜀路过此地时，曾立碑刻文曰：‘望古识其真，临源爱往迹。恐君遗事节，聊下南山石’。”

杜甫至此地时，已是垂垂暮年，早已泯灭仕途期望，心知行将就木，因而吟唱中咏古叹今，痛惜诸葛亮未能阻止刘备轻率伐吴，致使功败垂成，饱含憾意。而刘禹锡至此时，胸中仍怀万丈雄心，以后辈总结前人是非而欲更上层楼之心态，亦作下一首《观八阵图》之诗，满腔豪情壮志跃然而出：

轩皇传上略，蜀相运神机。水落龙蛇出，沙平鹅鹳飞。
波涛无动势，鳞介避馀威。会有知兵者，临流指是非。

第三十六章 续《九歌》新作《竹枝》

从白帝城下来，刘禹锡继续巡查之行。正值开春时节，水流之畔、垄亩之旁皆可见祷巫祀神之郊庙，百姓们为祈求一年的风调雨顺和健康平安，虔诚地向各路神祇进香跪拜。祭祀之中，不免有歌咏舞蹈，那些呕哑晦涩的乡音俚曲，却又勾起刘禹锡一段未曾了结的心愿。

刘禹锡初任朗州司马时，乍听沅湘民歌尚觉饶有趣味，但时日稍久，便觉伧佇。稍可入耳者，唯三闾大夫所传之《九歌》，然而经过千年传承，或曲调存而曲词变，或曲调变而曲词存，再无高士为百姓谱写新曲。刘禹锡曾数度有意接续篇章，只是在朗州、连州期间心境不佳，少有作曲填词之雅兴，因而落下此桩心事。

夔州民俗与朗州、连州多有相同之处，刘禹锡在夔州城郭乡野悠游问访，有似曾相识之感。乡里少年往往奏短笛、击皮鼓，三五联歌，伴歌起舞，不亦乐哉。而能歌最多、舞最勤者，每每必为邻里所爱。而聆其曲调，比朗州、连州更为古朴优美，遥传诗经之风，尤为迷人。白帝城下看过数场盛大祭祀，听过无数山歌俚曲，刘禹锡心中喜悦，技痒难耐，以俚曲《竹枝》为名，或将山歌之词入于格律，或仿照山歌将目睹情景形于文字，孰料一试之下，刘禹锡胸中文思喷薄而出，无意间竟创造出别具情采的独特风格：

白帝城头春草生，白盐山下蜀江清。
南人上来歌一曲，北人莫上动乡情。

相较往日所作诗歌，《竹枝》没有叹古咏怀之凝重，没有抒发壮志之豪情，更无针砭讽喻之锋利。诗中意象平和自然，遣词通俗易懂，毫无引经据典之做作，读之怡然可爱，令人神清气爽，心生欢喜。刘禹锡再三吟唱玩味，似仍意犹未尽，恰见江畔年轻男女们折花摘草，打情骂俏，如胶似漆耳鬓厮磨，却有一少女形单影只忧愁怅惘，独自静坐江边，甚是可怜。这位正受情爱煎熬的女子忽然触动了刘禹锡心中的隐痛，笔下文章倏然多了几分怨念：

山桃红花满上头，蜀江春水拍山流。
花红易衰似郎意，水流无限似侬愁。

刘禹锡假女子怨愤"郎意易衰"之言，直抒胸中对皇帝圣意难测、权臣恩纪不终的不满，词中虽有幽怨，却不失生动。相比传统诗歌讲求音韵格律，《竹枝词》更加自由奔放，这般无拘无束的畅快感觉，是对刘禹锡饱经折磨的心灵最好的解放。

正所谓天人相应，江畔的青年男女们歌唱刘禹锡新授之歌词，婉转的歌声驱散了江上弥漫的雾气，淅沥不断的春雨也停了。阳光洒在江面上，徐徐春风吹起波澜，江面便如绮罗绫縠一般美丽。刘禹锡兴致大好，直奔江边那座刚从江雾中露出面容的朱红鲜艳的酒楼，寻一临水沐风之处坐下，要了一壶当春新酿，又点几样江鱼时鲜，细细品味夔州春日的风韵，心中又酝酿着新的诗句。

日上三竿时，小小的码头热闹起来，繁忙的客商来来往往，往往爱将这座小小酒楼作为旅途中歇脚的好去处。

“可有去往成都的客人？”

一声呼唤将刘禹锡从诗意的世界中唤回，闻声回望，见酒楼的老板娘满目期望，大声向码头前的客商们喊话。有一只小舟方离了岸，还未行远，船工听到呼唤，停了手中的桨。一名锦衣贵貌的客商从舱中走出，回话道：“某正往成都去，娘子可是有事相托？”

老板娘大喜，提了两坛酒，快步来到码头前，向船上客人深深行礼。船夫又将船撑回岸边，客人跳下船来，与老板娘回礼。

那妇人从怀中取出一封书信，托与客人道：“多谢客官肯留尊步！家夫离家买卖已经两年，不曾有片纸来归，村妇心中焦虑不堪言表。日前有同乡从成都归来，说在万里桥见到他，我便托人写下书信，催他归来。今将书信托予客官，请客官到成都过万里桥时着意打听，有夔州客人陈十六郎者便是家夫。”

妇人再将手中酒坛递给船夫，再言道：“此酒名曰‘柳云春’，虽是乡村野酿，却也甘洌爽口，小有名气。这两坛中，一坛请捎予家夫，令他品家乡之味而思早归；另一坛送予客官，聊表谢意。往后客官凡从此地经过，村妇必然亲奉酒食，永怀恩德。”

船上客商亦是久在江湖往来之人，不由触景生情，妇人小小要求自然当仁不让。妇人感激涕零，船已行远，依然招摇拜谢。刘禹锡在酒楼中将此事情看得清清楚楚，待老板娘回来，刘禹锡与她攀谈许久，更知这白帝城下渔村中还有许多男子常年往来于长江上下，往往数年才得见上一面，甚至有些人永远地消失在滚滚的江涛之中。

“他们为何不在家中务农？”刘禹锡深知商旅艰辛，下意识地脱口而出，但随即便已后悔。对一位州刺史来说，答案是不言而喻的：沉重的税赋绝非一心耕种的家庭可以承受。若想在重税之下养活妻儿，甚至培养出一位读书人，除了冒险走上商贾之途，别无他法。

老板娘的回答，刘禹锡已无意倾听。在这个春和日丽的好季节，刘禹锡只愿从平日的国事忧虑中偷得一日轻松，亦不愿败坏了酒楼女主人终得捎书远方的喜悦，遂赶忙转移话题，请主人拿来笔墨。

“主人家，某行游巴山巫水之间，爱作些歌谣，今日正有所感，便作两首教你如何？”

老板娘见刘禹锡气度雍容，谈吐不似普通文人，揣测必是达官贵人，自然十分欢欣，口中连连称谢，为刘禹锡铺纸研墨。刘禹锡提笔蘸了墨，却不往面前纸上书写，只将诗句题在酒楼中挂满廊柱的水牌上：

江上朱楼新雨晴，瀼西春水縠文生。
桥东桥西好杨柳，人来人去唱歌行。

日出三竿春雾消，江头蜀客驻兰桡。
凭寄狂夫书一纸，信在成都万里桥。

——《竹枝词九首》其三、其四

“凭寄狂夫书一纸，信在成都万里桥。”过往客人见有人题诗，纷纷围观，看到词句时忍俊不禁，老板娘也捂嘴直笑道：“这位客人好会说笑！说是作歌谣，却将我家这点事情写了进去。”

此时正有一群女子踏青经过，看到此处，其中有人赞道：“这有何妨？我看正好！待我们姐妹将这首歌谣传唱出去，管叫那些出门在外的男人都早早归来！”

老板娘喜笑颜开，仿佛真的看到远在成都的丈夫听到自己的歌声后登上归程的匆忙之状。于是唱着刘禹锡新作的歌词，再为刘禹锡斟满酒杯。酒楼内外的客人们被这满含相思的轻快歌声所感，和者不绝于耳，果真将歌谣带上了自己的路程。

刘禹锡深为此情此景动容，三成醉意之中，颇有了几分功比屈原的自信。踏青的女子们觉得歌词有趣，唱过数遍，定要刘禹锡再作一首。刘禹锡正在兴头，何有拒绝之理？望着眼前这群青春烂漫的女子，刘禹锡笔下飞扬的文字亦成轻盈起舞之态：

两岸山花似雪开，家家春酒满银杯。
昭君坊中多女伴，永安宫外踏青来。

——《竹枝词九首》其五

优美婉转的歌声留不住夔州刺史巡游州境的脚步。白帝城下沿江行不多远，便是瞿塘峡口。突兀的滟滪堆正将瞿塘峡口堵住，像狂傲的力士一般，扼守着身后更加险恶的瞿塘险滩。胆小之人仅仅见到这矗立不知多少岁月的巨石、听到江流撞击在滟滪堆上发出的轰鸣，便已被吓破了胆。夔州流传的民谣这样歌道：

滟滪大如象，瞿塘不可上。滟滪大如牛，瞿塘不可留。
滟滪大如马，瞿塘不可下。滟滪大如袱，瞿塘不可触。
滟滪大如龟，瞿塘不可窥。滟滪大如鳖，瞿塘行舟绝。

这寥寥数句是无数船工用生命换来的教训，堪称在瞿塘峡的绝境中谋取生路的法典。刘禹锡亲眼目睹纤夫们拼尽浑身的力气，吆喝着那保命求生的歌谣，艰难地拉着船小心翼翼地穿行在危机四伏的十二险滩中，时有心惊肉跳之感。深沉悲亢的歌谣渐渐远去，刘禹锡起身，一声长叹："纵然是滟滪堆前险恶无双，瞿塘峡中惊险异常，但只要保持谨慎，尚可平安通行，但是，人生的旅途呢？"滟滪堆的阻碍是可以看见、可以躲避的，实在是胆怯了，还有回头路可走，可是人生的旅途中，比滟滪堆更险恶的事物却总是无影无形的，更要命的是，人生绝无回头路，每当人向前走出一步，来时的路便已消失在身后。刘禹锡回想着数十年的官场生涯，细细思索着自己交往的形形色色的人，忽然感到那一切在这巍然屹立的滟滪堆和湍急汹涌的江流前都显得如此滑稽。有一个瞬间，刘禹锡极欲彻底抛却世俗烦扰，就在这白帝城下做一渔翁，每日伴着滟滪堆，听着从不停歇的江涛，与它们一同化为天地之间的永恒存在。然而，刘禹锡毕竟不是陶渊明，他对江山社稷、对黎民百姓的强烈关注，远远超过了追求自身逍遥洒脱的欲望。继续战斗，才是刘禹锡的选择。

在瞿塘峡口，刘禹锡新作的《竹枝词》讽喻之息忽发浓烈：

城西门前滟滪堆，年年波浪不能摧。
懊恼人心不如石，少时东去复西来。

瞿塘嘈嘈十二滩，此中道路古来难。
长恨人心不如水，等闲平地起波澜。

不亲自从号称“鬼门关”的瞿塘峡中走一遭，刘禹锡自认不能称为名副其实的夔州刺史。在他的内心，到汹涌莫测的浪涛中搏击一番，更是对无缘在波谲云诡的朝政中展露身手的一点微不足道的心理补偿。刘禹锡大胆地站在船头，感受着生命在自然力量面前的渺小，感受着人的奋进在自然力量的统御下求得生存的坚韧。这渺小的坚韧是能够迸发出奇迹的种子，它与刘禹锡内心的信念产生了巨大的共鸣，从瞿塘峡十二险滩中穿梭而过，刘禹锡的身心便接受了一番庄严的洗礼。穿过险滩，迎接他的，是峰回秀丽的巫山、巫峡。

巫峡深邃曲折，两岸山高谷深，奇峰连绵，美不胜收。最令人惊叹之景，莫过于巫峡中氤氲变幻的云霓雨雾。元稹曾有诗云“曾经沧海难为水，除却巫山不是云”，以为巫山之云乃天下第一；而后人又以楚王与巫山神女之“巫山云雨”故事来指代男女情爱之事，更可想见置身其中是何等美妙的体验。刘禹锡命船夫不再摇桨，任凭小舟漂荡在这诗情画意的天地中，将自己深深融入了夔州雄伟壮丽的山水之间。

绝壁之上，猿猴的啼鸣声声不绝。刘禹锡不禁好笑：自古文人总以为猿猴啼鸣之声悲苦不堪，每每闻之皆要发些哀愁叹惋。但在今日刘禹锡的耳中，猿猴啼鸣便只是猿猴啼鸣，何有悲喜之分？想来必是由此经过的人们多为迁客骚人，已自伤断愁肠？

刘禹锡兀自发笑，放声歌道：

巫峡苍苍烟雨时，清猿啼在最高枝。
个里愁人肠自断，由来不是此声悲。

两岸山崖上，层层叠叠的桃花和李花争相开放，更高处，云雾之间似乎升起了炊烟。刘禹锡十分好奇，那生活在云端的人们，过的是否是仙境中的生活？待舟行到近岸处，刘禹锡这才看见，山间蜿蜒的小道上，头戴着金钗银钏的女人们嬉笑着来江边濯衣负水，而腰佩长刀、头戴斗笠的男人们，结着伴往更深的山林中去。顺着他们前行的方向，远方的山中腾起了刘禹锡十分熟悉的烧畲烟火。也许是听到刘禹锡方才的歌声，山上、云中亦响起此起彼伏的山歌，还夹杂着无数的笑语。刘禹锡不甘示弱，稍加思索，便有新词：

山上层层桃李花，云间烟火是人家。
银钏金钗来负水，长刀短笠去烧畲。

与云端中不见踪影之人山歌唱答，颇有些与仙人游戏之感，不觉间已是数日。刘禹锡毕竟有公职在身，不能久在巫峡中逍遥遁迹，只得弃船登岸，在落日余晖中踏上回归官场俗务之途，用一首《杨柳枝》向这令他心旷神怡之地道别：

巫山巫峡杨柳多，朝云暮雨远相和。
因想阳台无限事，为君回唱竹枝歌。

第三十七章 论利害摈弃虚名

唐穆宗登基之后，确实显现出一些与宪宗一脉相承的气质。长庆元年（821）中，宪宗时期先后削平的藩镇趁天下易主之机，又有蠢蠢欲动之举，幽州、成德、瀛莫先后作乱，穆宗携新君之威，重新起用宪宗朝末年遭到排斥的裴度为镇州四面行营都招讨使，再使官军复现神勇，叛镇指日可下。刘禹锡闻之，以为穆宗承继父业，且又与己无怨，当是可以报效之主，求援之心，油然而生。至长庆二年（822）春时，裴度仍在镇州行营，禹锡盘算朝中可以倚靠之人，莫过元稹、白居易、韩愈之辈。刘禹锡得授夔州刺史，正是元稹身居翰林之力。只是元稹虽然受宠，但在朝中受到排挤，由相位退居翰林，处境微妙，再求援进，必托长庆元年七月新除兵部侍郎之韩愈、与长庆元年十月拜中书舍人之白居易为宜。

因韩愈、白居易在元和末年俱曾有过贬守远地之经历，刘禹锡思索再三，以远地困顿之愁赋于诗歌，望以同病相怜之感而引韩、白二人旧友相恤之情，施以援手，使高远志向免于磨灭，昔年好友得以欢聚，诗曰：

天外巴子国，山头白帝城。波清蜀村尽，云散楚台倾。
迅濑下哮吼，两岸势争衡。阴风鬼神过，暴雨蛟龙生。
硖断见孤邑，江流照飞甍。蛮军击严鼓，笮马引双旌。
望阙遥拜舞，分庭备将迎。铜符一以合，文墨纷来萦。
暮色四山起，愁猿数处声。重关群吏散，静室寒灯明。
故人青霞意，飞舞集蓬瀛。昔曾在池籞，应知鱼鸟情。

——《始至云安寄兵部韩侍郎中书白舍人二公近曾远守故有属焉》

“故人青霞意，飞舞集蓬瀛”——韩愈声望方隆，白居易初膺峻擢，指顾之间可期柄政，这是令刘禹锡无比羡慕而又无比落寞的现实情形，他只能在夔州这等“愁猿数声”之处，满怀“昔曾在池籞”的记忆和故人“应知鱼鸟情”的期待，日复一日地将身心投入夔州治务之中。

将一首诗作同寄韩愈与白居易二人，其实足证刘禹锡对朝中是非纷争并无深明洞察。长庆初年，韩、白二人虽同在贵位，又同为刘禹锡好友，但二人之间关系并不融洽。考其缘由，概可归于裴度与元稹之龃龉。裴度与元稹之矛盾虽由佞臣李逢吉所构，但其时并不为当事者所察，致使二人腾章相诋，颇不能容，一时为朝野共知。韩愈为裴度旧僚，白居易为元稹挚交，本已是门派有异，加之韩愈首倡之古文运动与白居易领衔之新乐府运动在文坛上各领风骚，互有讥讽，相与揶揄几成常态。白居易曾有诗曰：“近来韩阁老，疏我我心知。户大嫌甜酒，才高笑小诗。”韩愈、张籍曾邀白居易曲江春游，韩愈倚老卖老，寄诗调侃相问白居易：“漠漠轻阴晚自开，青天白日映楼台。曲江水满花千树，有底忙时不肯来？”白居易接诗，酬答：“小园新种红樱树，闲绕花行便当游。何必更随鞍马队，冲泥蹋雨曲江头。”二人之不谐可见一斑。

刘禹锡寄书不久，裴度与元稹之矛盾为奸人所用，二人双双遭贬。

裴度罢相为右仆射，元稹出为同州刺史，白居易出为杭州刺史。韩愈虽仍在郎署，然而已无裴度庇佑，又身体欠佳，不能有所作为。刘禹锡远在藩守，他的希望便如此悄然无息地湮灭在朝中故友的争执之中。

与他人因一时己念而疏于友情不同，刘禹锡少在京城浸染，又久在远州流落，因而更加珍视友情，从不以势利待人，以此常有故人来投。刘禹锡在夔州视事未几，便有故人之后千里到访，恰勾起一段尘封日久的记忆。

来投之人正是昔日永贞革新时代表革新集团执掌门下省的韦执谊之子——韦绚。自韦执谊贬死崖州之后，韦绚与韦执谊遗孀返回襄阳祖宅读书度日，不幸长庆元年（821）时母亲亡故，韦绚孤苦伶仃，无以依靠，因人言刘禹锡极念旧谊，便思亡父韦执谊与刘禹锡曾共患难，便负笈溯江而来。

虽然韦执谊在永贞革新的关键时刻临阵倒戈，给予王叔文集团致命的打击，但毕竟已是时过境迁，往日恩怨早已一笔勾销，韦执谊在刘禹锡心中留下的印象仍是那个处事果决、个性鲜明的治世能臣。韦执谊客死崖州时，刘禹锡未能致哀，十余年后再见到故人之子，刘禹锡只有感伤之念，当即命家仆将韦绚安顿下来，与柳宗元之子柳周六为伴，推衣解食，亲自教导诗书文章，待之亦如己出。三十年后，韦绚居官郎署时，追忆在刘禹锡身边时所闻之言谈，编撰成《刘宾客话录》一卷，以为报答之情。

故人讯息，不独来访之韦绚。刘禹锡到夔州后，旧友温造方从起居舍人之位贬朗州刺史，亦到沅湘。温造之贬，实出无辜，乃因长庆元年十二月时，与李景俭等人在史馆饮酒，不料李景俭酒醉失礼，凌忽宰辅，被贬为漳州刺史。温造同坐株连，不能幸免。因李景俭与温造均为刘禹锡旧时友好，听闻此事，刘禹锡怅然叹惋，痛惜李景俭胸怀才略，却疏于自牧，非但自陷罗网，更祸及友人。想来温造出身名门，元和中备受德宗青睐，一向官声上佳，此次无端受累，堕入谪籍，心中必有怨愤。刘禹锡亦曾受株连之祸、谪居沅湘之间，有同病相怜之念，于是作一宽慰之诗，付之舟驿，直下朗州：

暂别瑶墀鸳鹭行，彩旗双引到沅湘。
城边流水桃花过，帘外春风杜若香。
史笔枉将书纸尾，朝缨不称濯沧浪。
云台公业家声在，征诏何时出建章？
——《寄朗州温右史曹长》

刘禹锡任夔州刺史，虽仍在谪籍，但已渐渐有洗脱罪名之望。因此，当时名流与之交往日益频繁，唱和日盛。穆宗嗣位后，王涯在朝中举步维艰，于是求放外任，以检校礼部尚书出为梓州刺史、剑南东川节度使，治地正在夔州上游。刘禹锡作诗寄送温造未久，剑南东川节度使王涯差人送来一轴画卷，并请刘禹锡题诗。

王涯送来的画图中，描绘的是新建梓州驿站池塘之景致。梓州虽是东川治所，始终不过蛮瘴之地，本无精致风景，王涯以久在京城之见识，新涨池塘，风光自然不同凡响。但在刘禹锡眼中，画中景色却是次要，与王涯多年友情才是弥足珍贵。在刘禹锡交好之人中，曾得柄政者不在少数，但王涯是其中绝对的异类。永贞革新之中，王涯是永贞内禅的主要策划者和执行者之一，元和朝时多得宪宗恩遇。但对于永贞士祸中左降诸官，王涯并无仇恨，更以刘禹锡大才不得伸展而多有悯恤之意。在刘禹锡漫长的贬谪生涯中，来自王涯的理解与支持是不可忽视的精神动力。眼下王涯虽居东川，其实蛰伏待势，日后再操权柄，亦未可知。刘禹锡对这份友情的珍视，亦不免有几分现实的考量。在这样心情下，刘禹锡赠王涯的和诗不吝琼玉辞藻，可谓流丽华美：

今日池塘上，初移造物权。包藏成别岛，沿浊致清涟。
变化生言下，蓬瀛落眼前。泛觞惊翠羽，开幕对红莲。
远写风光入，明含气象全。渚烟笼驿树，波日漾宾筵。

曲岸留缇骑，中流转彩船。无因接元礼，共载比神仙。

——《和东川王相公新涨驿池八韵》

长庆二年（822）十二月，京城传来讯息，穆宗长子——景王李湛册封为皇太子。刘禹锡依例呈上了恭敬严谨的贺表与贺笺。这类千篇一律的骈俪公文，在刘禹锡手下不过信手拈来，言语虽然庄重，其实用心难免随意。彼时，禹锡心中至关重要之事，皆与夔州百姓生计息息相关。

长庆三年（823）开春时，刘禹锡在夔州刺史任上已是得心应手，治下四县在其治理下欣欣向荣，百姓安居乐业，赞誉之辞驰溢于道，此为刘禹锡兴利之功。但刘禹锡明白，兴利可以激发民志，除弊才可安定民心。用一年时间巩固了自己的刺史权威后，刘禹锡为夔州百姓除去弊政的环境已经成熟了。

经过陆陆续续的考察，刘禹锡认为，种种州务之中，当数学宫三献官四时释奠最当废除。郡县三献官由贞观二十年（646）时许敬宗奏请设立，主管学宫祭奠孔孟尊师。但许敬宗不通儒术，只欲以此举迎合圣意，证明自己堪当中书令之位，各地三献官之制定立之后，祭祀礼仪之类长久不得统一，渐渐成为地方官吏营私舞弊之端。至玄宗朝时，儒臣群议之下，曾罢郡县释奠牲牢，只用酒和干肉即可。孰料狡黠之徒李林甫当政后，用御史中丞王敬从刊定祭祀礼仪。王敬从亦非儒士，只知铺陈排场，遂将明衣牲牢定在学令之中。

以夔州四县而计，权照学令所定，四时致祭经费从未低于十六万缗。而天下郡县有一千七百之多，若再计入各种靡耗，大唐全国郡县一年支出祭祀费用必是巨万之数。可这些宝贵的钱财却只是用于让各地三献官之锦衣玉食、蓄妓纳妾而已，于兴学重教、广播儒声不能有半点裨益。重虚礼而不重实务，岂非舍本逐末之举？

作为一州之长，刘禹锡已在长庆二年中切身感受到了三献官祭祀对地方财政产生的沉重压力。为这十六万缗的费用，刘禹锡不得已之下，只好取消了翻修县学的计划，压缩了供给学校师生的器用食货，亦未能为贫困之中的儒生们改善生活条件。半个多世纪前，杜甫在茅屋被秋风吹破之后发出的“安得广厦千万间，大庇天下寒士俱欢颜”的由衷呼唤，无时无刻不在煎熬着刘禹锡的心。

按元和十二年（817）四月十八日，宪宗曾有敕令，诸州刺史如有要紧公务，可以越过方镇节度使直接向朝廷上表奏事。此举本意在防止藩镇谋反，使地方官员可以无所顾虑地将各地军情及时报告中央。自宪宗暴毙之后，极少有刺史按此诏书上奏言事，但刘禹锡仍记忆犹新，以此“先皇诏书”为尚方宝剑，希望自己一封奏章，既能为夔州及天下百姓除一弊政，又能如太宗时献策言事的布衣马周一般赢得圣宠，重归朝堂。

计议已定，刘禹锡便将夔州诸种利害具列条陈，各分轻重，撰成《夔州论利害表》，一陈丹心俱在表中：

> 臣某言：伏准元和十二年四月十八日敕，诸州刺史如有利害可言者，不限时节，任自上表闻奏者。臣伏见贞观中，诏许群臣各上书言利便。马周，时一布衣，遂因中郎将常何，献策二十馀事。太宗深奇之，尽行其言，擢周为御史。至龙朔中，壁州刺史邓弘庆，进平、索、看、精四字，堪为酒令。高宗嘉之，亦行其言，迁弘庆为朗州刺史。则知苟有所见，虽布衣之贱，远守之微，亦可施用。况臣早受国恩，德宗朝忝为御史，逮今历事四圣，频领藩条。当陛下至明之时，是微臣竭节之日。伏以守在遐郡，不敢广有所陈。谨准敕上利害及当州公务，各具别状以闻。伏乞圣慈，俯赐昭鉴。无任感激屏营之至。谨差当州军事衙官、守易州安义府别将员外置同正员、云骑尉冯随谨奉表以闻。

刘禹锡深知，皇帝乾纲独运，恐难顾及具体事务，如三献官祭祀之详情，仍需由宰相详加评议后再在御前进奏，方有蒙恩实行之望。其时在相位者，乃杜元颖、王播、李逢吉、牛僧孺之辈，众人皆为进士出身，儒学精深。刘禹锡以为，若能向宰相禀明现行学令中谬误之由来，阐明挪其经费用于兴学传道之利，或可得其在皇帝面前为天下儒生福祉仗义一言。有此考虑，刘禹锡论学事之文章更显细致恭谨，其论述于理于情皆使人动容：

使持节都督夔州诸军事、夔州刺史刘某，谨奏记相公阁下：凡今能言者，皆谓天下少士。而不知养材之道，郁堙而不扬，非天不生材也。亦犹不耕者而叹廪庾之无馀，非地不产百谷也。伏以贞观中增筑学舍千二百区，生徒三千馀人。时外夷上疏，请遣子弟入附于三雍者五国。虽菁菁者莪，育材之道，不足比也。今之胶庠不闻弦歌，而室庐圮废，生徒衰少。非学官不欲振举也，病无赀财以给其用。鲰生今有一见，使大学立富。幸遇相公在位，可以索言之。

《礼》云:“凡学官，春释奠于其先师。斯礼止于辟雍頖宫，非及天下也。”今四海郡县咸以春秋上丁有事孔子庙，其礼不应于古，且非孔子意也。炎汉初定，群臣皆起屠贩为公卿，故孝惠、高后之间，置原庙于郡国。逮孝元时，韦玄成以硕儒为丞相，遂建议罢之。夫以子孙尚不敢违礼以飨其祖，况后学师先圣之道而首违之乎?《祭义》曰:“祭不欲数。”《语》云:“祭神如神在。”与其烦于旧飨，孰若行其教道?今夫子之教日颓靡，而以非礼之祀媚之，斯儒者所宜愤悱也。

窃观历代，无有是事。皇家武德二年，诏于国学立周公、孔子庙，四时致祭。贞观十一年，又诏修宣尼庙于兖州。至二十年，许敬宗等奏，乃遣天下诸州县置三献官，其他如方社。敬宗非通儒，不能稽典礼。开元中，玄宗向学，与儒臣议，繇是发德音，其罢郡县释奠牲牢，唯酒脯以荐。后数年定令。时王孙林甫为宰相，不涉学，委御史中丞王敬从刊之。敬从非文儒，遂以明衣牲牢编在学令。是首失于敬宗，而终失于林甫，习以为常，罕有敢非之者。

谨按本州四县，一岁释奠物之直缗钱十六万有奇。举天下之郡县，当千七百不啻，羁縻者不在数中。凡岁中所出于经费过四千万，适资三献官饰衣裳、饴妻子而已，于尚学之道，无有补焉。前日诏书，许列郡守臣得以上言便事，今谨条奏：某乞下礼官博士详议典制，罢天下县邑牲牢衣币。如有生徒，春秋依开元敕旨，用酒醴服脩腒腒榛栗示敬其事，而州府许如故仪。然后籍其资，半附益所隶州，使增学校，其半率归国庠，犹不下万计。筑学室，具器用，丰饔食，增掌固以备使令。凡儒官各加稍食，其纸笔铅黄视所出州，率令折入。学徒既备，明经日课缮书若干纸，进士命雠校亦如之。则贞观之风，粲然不殊。其它郡国，皆立程督。投绂怀玺，棫樸菁莪，良可咏矣！

伏惟相公发迹，咸自诸生，其尊素王之道，仪刑四方，宜在今日。是以小生敢沿故事以奏记于左右，姑举其大较。至于证据纤悉，条奏具之，章下之日，乞留神省察，不胜大愿。惶恐拜手稽首。

刘禹锡所奏，足谓利国利民，但他着实错估了国政要事在唐穆宗心目中的位置。唐穆宗虽以开明之态示之天下，可是群臣很快发现，这位新登基的皇帝似乎并不像他所展示的那样圣明。

穆宗对饮宴游乐抱有异乎寻常的喜好。登基不过两年，穆宗几乎将皇城和京中寺院全部翻修一新，每日兴师动众，流连赏玩于琼楼玉宇之间，常常大开筵席，乐此不疲。群臣见朝政几有荒废之兆，自然要上书进谏，谏议大夫郑覃亦在腾章规劝之列。可笑之处，穆宗看到奏章，觉得郑覃文章流利，十分喜爱，居然以此为由特加赏赐。大臣们闻讯，以为皇帝接受了谏议，谁知穆宗依然我行我素，不见半点改变。

在穆宗看来，能够经常宴饮欢会，不仅是人生乐事，更是国运昌隆之确证。有一日，穆宗在麟德殿又开歌舞盛宴，与文武大臣饮酒作乐。饮至高兴处，穆宗对给事中丁公著言："朕闻百官公卿亦常欢宴，深感当今天下太平、五谷丰登，朕心甚慰。"

丁公著却有异议，正色禀穆宗道："凡事讲求限度，过犹不及也。前代名士，若逢良辰美景，或置酒欢宴，或清谈赋诗，皆为雅事。国朝自天宝之后，风俗日靡——王公大臣不以学问自重，不以家国为念，只知攀比排场，竞赛奢华。身居高位、手握大权者与奴仆杂役一起吆三喝四，醉得东倒西歪，无丝毫愧耻之心。如此上行下效，相互效尤，渐成风俗，老臣痛心疾首，恳请陛下效法太宗治国之略，首倡简朴亲民之风！"

穆宗对丁公著一番肺腑之言深以为然，当面夸奖了丁公著，且表示虚心接受。然而就像对待郑覃的谏议一样，穆宗毫无改弦更张的打算，歌舞饮宴之风越发炽烈。面对这样一位和蔼宽容、对待大臣谏议有接纳之心的皇帝，言官们连做死谏之臣的机会都没有，反而没了办法，只得由着皇帝的性情去了。因此，毫无疑问的，刘禹锡一介远州刺史的《夔州论利害表》根本没有引起穆宗的注意。

非但皇帝，宰相们也让刘禹锡的一片忠心跌入了寒潭。杜元颖、王播乃庸碌之辈，在相位上只能因循守旧，无有作为，对于触动天下数十万三献官利益之建议根本不敢作出主张，只得匆忙地将刘禹锡的奏章压在无数公文底下，从此没了下文。至于他人，李逢吉乃裴度政敌，断然不会相助，牛僧孺与之亦有龃龉，刘禹锡既知无望相求，便也不再枉费千里传驿之力。

刘禹锡奏请罢除三献官致祭虽然不成，然其赤忱为民之心，夔州百姓无人不知，人人皆思有所报答。只因刘禹锡一向廉洁奉公，不受百姓分毫财物，百姓始终不能如愿。至刘禹锡在奉节居住稍久，才有一人偶然觅得为禹锡效力之缘。

夔州之地自古未有凿井取水之俗，百姓俱从江河溪流中汲水而用。

杜甫居于夔州时曾有《引水》诗，生动记述了这一情况：

月峡瞿塘云作顶，乱石峥嵘俗无井。
云安沽水奴仆悲，鱼复移居心力省。
白帝城西万竹蟠，接筒引水喉不干。
人生留滞生理难，斗水何直百忧宽？

杜甫曾经看到过夔州贫苦的奴仆们日日担水的艰辛，而刘禹锡来到夔州后，切身体会到了这般生活的不便，府中仆人因担水之故，肩上负伤，手掌皴裂，常令禹锡心痛，于用水时愈加珍惜，贵若酒醪。此事恰好被一擅作机械之工匠闻得，于是来到刘禹锡府前求见。

工匠身负刀斧刨凿之类工具，自言师承名家，可作汲机，从江中引水上来。刘禹锡闻之，欣然开怀，备下薄酒家宴先行款待，然后招呼亲从，齐观匠人工作。

工匠绕行刺史府一周，遍察地形地貌，心中便有分寸，向刘禹锡请求令其府中公人相助，禹锡遂命众人听从吩咐。匠人先请人伐来一段树桩，顶上安置滑轮并引绳索，然后寻来一硕大竹筐，筐中填满石块，并立树桩于其中。待准备完毕，众人协力将此竹筐沉入江中。刘禹锡在府门前俯视江中，只有树桩顶部露出水面。

众人回到刺史府，将另一树桩立在门外。工匠又做一绞盘，固定在树桩上，再使人将绳索拉紧，如弓弦一般绷直，系于绞盘之上。只要转动绞盘，绳索即可自由往返。

工匠从袋中寻出一样自制器件，刘禹锡凑近细看，方知奥妙尽在于此。此物由精钢打造，形如竹管，薄壁而有环于其下。工匠将此物件卡在绳索上，并紧固使之咬合绳索，以免随意滑动，再将一肚大、口小、底尖的陶罐置于树桩边，然后禀刘禹锡道：“使君，汲机已成，请君试用！”

刘禹锡饶有兴致，按工匠所教，将陶罐挂在铁环上，只见在陶罐赘压之下，绳索飞速滑动，直至江水。陶罐倾入水中，转瞬即满。刘禹锡与众人一同用力转动绞盘，那一罐清水便缓缓地沿着绳索提到众人面前。虽然转动绞盘需要一些气力，但比肩扛手提上下山路，已是轻松万分。

围观众人争相尝试汲水之际，工匠又砍来许多竹子，将竹节打通，在刺史府中扎成引水管道，既利饮食，又利沐浴，且可浇灌庭中花圃菜畦，使刺史府中用水再无枯竭之虞。

汲机既成，刺史府中妇孺老幼皆大喜过望，定要重重酬谢。却不知何时，代夔州百姓来报刘禹锡仁政之恩的工匠已悄然离去。刘禹锡深为百姓之真诚所撼，因思将此经历撰成文章，以供后人瞻仰：

濒江之俗，不饮于凿而皆饮之流。予谪居之明年，主人授馆于百雉之内。江水沄沄，周墉间之。一旦，有工爰来，思以技自贾，且曰："观今之室庐及江之涯，间不容亩，顾积块峙焉而前耳。请用机以汲，俾矗然之状莫我遏已。"予方异其说，且命之饬力焉。

工也储思环视，相面势而经营之。由是比竹以为畚，置于流中。中植数尺之臬，辇石以壮其趾，如建标焉。索绹以为𬙊，縻于标垂，上属数仞之端，亘空以峻其势，如张弦焉。锻铁为器，外廉如鼎耳，内键如乐鼓，牝牡相函，转于两端，走于索上，且受汲具。及泉而修绠下缒，盈器而圆轴上引，其往有建瓴之驶，其来有推毂之易，瓶繘不羸，如搏而升。枝长澜，出高岸，拂林杪，逾峻防。刳蟠木以承澍，贯脩筠以达脉，走下潺潺，声寒空中。通洞环折，唯用所在。周除而沃盥以蠲，入爨而锜釜以盈。任餗之馀，移用于汤沐；涑瀚之末，泄注于圃畦。虽瀵涌于庭，莫尚其霈洽也。

书过工匠制作汲机之事，刘禹锡忽又沛然有感。在朗州时，禹锡于

《天论》中曾言:“万物之所以为无穷者，交相胜而已矣，还相用而已矣。”江水在下，刺史府在上，水不可倒流乃是天理。然而工匠能明流水可以应物而走、绳索可以应绞盘而动，再用特制器件令二者结合，便成可令“江水倒流”之机关，正是肇创机汲之法者洞察流水、植木所蕴之数与势，而后尽其用，方成矣。又细思之，今日工匠所用乃是成法，受之于师，只知其然而不知其所以然，未尝有所变化，不能推其理而应无穷，因此汲机之法虽妙，却终不能推而广之。

念及此处，刘禹锡陡生自惜之情。平时虽不形于色，但《论夔州利害表》泥牛入海，终归是对禹锡心灵的伤害。想自己通身本领，满腹才学，人主非不知也，委之以夔州四县，虽不可谓弃置，却也难说才尽其用。回想生平仕途，刘禹锡只得自嘲:莫非世间之道，正在于物不可尽其用?永贞得意之时，正应“亢龙有悔”之卦，是居高位而思危机之时，本应依《易经·小过》所示，“可小事，不可大事……不宜上，宜下”，以利立身。守成法而不尽其用者，必定都是深得“小过”教训之人吧?

刘禹锡又将这段诙谐讥讽的思考补记文后，作成《机汲记》而流传后世:

> …今也一任人之智，又从而信之，机发于冥冥而形于用物。浩溔东流，赴海为期，斡而迁焉，逐我颐指。向之所谓阻且艰者，莫能高其高而深其深也。观夫流水之应物，植木之善建，绳以柔而有立，金以刚而无固，轴卷而能舒，竹圆而能通。合而同功，斯所以然也。今之工，咸盗其古先工之遗法，故能成之，不能知所以为成也。智尽于一端，功止于一名而已。噫，彼经始者，其取诸《小过》欤!

刘禹锡颇通《周易》，其实深知《小过》之卦，其意绝非阻人奋进。小过卦象，中间两阳爻如鸟身，上下各两阴爻如鸟翅，卦象犹如一只展翅高翔之鸟，故曰“飞鸟”。而下卦为兑，上卦为雷，鸟在这种环境中飞行，直是危机四伏，于是，初六爻明确指出“飞鸟以凶”。鸟之所以为鸟，在其善飞。若鸟不得飞，何以为鸟？然若高飞，即触雷，是大凶险。在不可不飞与不可高飞之间，当作何取舍，如何把握其中的“度”，才是《小过》之卦的精髓所在。守成法者，其实已是剪翅之鸟，刘禹锡更愿作勇敢之鸟，在雷电的凶险中不断挑战生命的高度。呜呼！学《易》者众，而行之者异甚矣！

第三十八章 治柳集教诲诸子

刘禹锡自怀才能未尽所用之心，在治理夔州之余，视野遍及大唐河山，从不因权力有限而遗忘壮志。其时刘禹锡友人多有贬在州郡者，诸人之间诗文唱和尚在其次，交流国是、相互勉励才是心意。

同持符节诸友人里，杨归厚是刘禹锡尤为亲近之人。刘、杨二人之交情，可追溯甚远。杨归厚娶薛氏幼女，是刘禹锡之僚婿，而刘禹锡长子又娶杨归厚之女为妻，二人志趣相投，可见一斑。非但若此，杨归厚亦是刘禹锡真心钦佩之人。

归厚之声名鹊起乃元和朝事，杨归厚时在左拾遗任上。元和七年（812）十二月丙辰，杨归厚在宪宗驾前固奏中人许遂振奸佞之事，宪宗有意袒护宦官，怒其轻肆，本欲将杨归厚斥逐远郡，幸为李绛、李吉甫所止，只改做国子主簿分司东都。杨归厚明知宪宗对宦官素来优宠有加，仍以两省供奉官面劾中官，实为震动朝野之大事，从此美誉远扬，为士人所倡，即使刘禹锡当时远在朗州，亦闻此中种种传说，并作有《寄杨八拾遗》以示褒奖："闻君前日独庭争，汉帝偏知白马生……洛阳本自宜才子，海内而今有直声。"

刘禹锡刺史夔州时，杨归厚已持唐州符节经年。唐州乃淮西旧地，治理不易。元和末年，裴度平定淮西后，奏请以抄得吴元济家财代淮西百姓两年税赋，确曾有过一段美好时光。数年之后，优抚过期，深受盘剥数十年而极度贫困的淮西百姓发现，应付朝廷税赋也是十分吃力，几任唐州刺史在此皆无佳绩，狼狈而去，杨归厚方从万州刺史量移到此。至于杨归厚治郡理政之才能，有白居易所作制书为证："归厚文行器能，辱在巴峡，励精为理，绩茂课高，区区万州，岂尽所用？且移大郡，稍展其才。"杨归厚到任后，唐州果然百废俱兴，大有重登太平之兆。

未料杨归厚在唐州建功，却迟迟不闻量移之诏，不知是仍有宦官作梗，抑或确无他人可镇唐州。烦郁之下，杨归厚不免在与刘禹锡通信中有所抱怨。刘禹锡闻之，忧心忡忡，深虑杨归厚为求显要政绩而苛取于百姓，怎奈山水阻隔，只得以诗抚慰：

淮安古地拥州师，画角金饶旦夕吹。
浅草遥迎鹔鷞马，春风乱飐辟邪旗。
谪仙年月今应满，戆谏声名众所知。
何况迁乔旧同伴，一双先入凤凰池。

——《寄唐州杨八归厚》

徐晦、杨嗣复二人与杨归厚是同年进士，先前亦在谪籍，不日之前已蒙召复。有此先例，名满天下的杨归厚又能再蛰伏几日？刘禹锡的宽慰，可谓正入杨归厚心窝。不独此一诗，刘禹锡又连作三首，为杨归厚释怀：

淮西春草长，淮水逶迤光。燕入新村落，人耕旧战场。
可怜行春守，立马看斜桑。

漠漠淮上春，莠苗生故垒。梨花方城路，荻笋萧陂水。

高斋有谪仙，坐啸清风起。

——《春日寄杨八唐州二首》

淮西既是平安地，鸦路今无羽檄飞。

闻道唐州最清静，战场耕尽野花稀。

——《重寄绝句》

善哉禹锡！自己未脱谪籍，尚在巴山苦雨中挣扎徘徊，心中却念友人愤懑，于千里之外遥想淮西春光，赋予诗歌为友人解忧，甚至再三告诫归厚，对在残暴统治下苟延残喘许久的淮西百姓需加意抚慰。在刘禹锡心中，当初平定吴元济的狂喜，已经被渐次传来的淮西幽怨民声彻底冷却。连年的征战、围困，摧垮了无数淮西人家，深重的灾难远远不是蠲除两年税赋所能弥补的。刘禹锡越发感觉到，唐宪宗时期对不臣藩镇的征讨，只是穷兵黩武的胜利，不是仁道的胜利，不是德治的胜利。说到底，虽然唐宪宗实现了统一政权的目标，究其本质，与刘禹锡的理想是有天壤之别的。况且，这种代价高昂且并未根除藩镇割据根基的"中兴"，恐怕也只是昙花一现而已。

刘禹锡相交之友自有相类之性情。白居易在风景如画的杭州做着逍遥刺史，心中无时不在挂念远在瞿塘的刘禹锡。春光明媚的时节，刘禹锡收到了白居易从杭州寄来的春游新诗，诗曰：

望海楼明照曙霞，护江堤白踏晴沙。

涛声夜入伍员庙，柳色春藏苏小家。

红袖织绫夸柿蒂，青旗沽酒趁梨花。

谁开湖寺西南路？草绿裙腰一道斜。

——《杭州春望》

刘禹锡览诗大笑，与诸子道："刘某一生交友无数，当朝文坛精英皆有交往。诗文大家如韩退之、柳子厚诸人，皆厚重之人，文章有如国之钟鼎，读之令人肃然起敬。唯白乐天之诗，诙谐有趣，灵动活泼，自成一体，诸子可以观之！”

禹锡命诸子传阅白居易《杭州春望》诗，然后亲自释道：“杭州春色之美，在望海楼上海天瑰丽之色，在百里海塘观东海无垠，在伍员庙中夜听钱塘涛声，在西湖之畔秦楼楚馆，在桑蚕之家织绫妙手，在满树梨花下的一壶美酒，在白沙堤上摇曳曼妙的杨柳。乐天以一‘望’字将这许多美景串联入诗，真可谓尽得其奥妙。”

刘禹锡又指“柳色春藏苏小家”之句谑道：“这苏小小本是南陈名妓，生于杭州，葬于嘉兴，其墓正在刘某生长之地。小小虽去，遗香犹存，乐天久以风流才子而闻名，今至杭州，只恐已陷温柔之乡矣！”

诸子皆笑，纷纷怂恿刘禹锡回诗唱和。禹锡略加思索，笑答道：“也好，某便借‘柳色春藏苏小家’之句和上一首，同寄微之，与乐天共享春光！”

诸子围拢上前，但见刘禹锡书道：

钱塘山水有奇声，暂谪仙官领百城。
女妓还闻名小小，使君谁许唤卿卿。
鳌惊震海风雷起，蜃斗嘘天楼阁成。
莫道骚人在三楚，文星今向斗牛明。
——《白舍人自杭州寄新诗有“柳色春藏苏小家”之句因而戏酬兼寄浙东元相公》

见“使君谁许唤卿卿”之句，诸子无不掩口嗤笑，刘禹锡却又正色道：“尔等笑则笑矣，然而须知，白乐天文辞灿烂，意象隽丽，如海市蜃楼一般令人心驰神往，只能赞叹却无人可以触及。尔等后学之辈，还当多求进益。”

刘禹锡平日自视颇高，能在刘禹锡口中得如此夸赞者并无数人。诸子见“莫道骚人在三楚，文星今向斗牛明”之句，刘禹锡用文曲星移三楚而照吴越，言白居易超越屈原、宋玉，足使门下诸子心生敬仰。

长庆三年（823）中，刘禹锡应朝廷诏书再撰一道《夔州论利害第二表》，结果仍然不见回音。至此，刘禹锡已对沉迷饮宴作乐的穆宗不抱任何希望，一面照常处理夔州政事，一面有意减少宾客来往，沉下心来埋首案头，专一整理柳宗元遗作。禹锡对柳宗元文稿中所涉及的人物、事件亲自考证、走访，尽心至极。“士穷乃见节义”，“一生一死，乃见交情”，刘禹锡为友抚孤和为友整理文集，让今人视之，也为之叹佩！今人能读柳宗元诸多好文，理应感谢重情知谊的先贤——刘禹锡！至长庆四年（824）春，五十三岁的刘禹锡终将三十通柳宗元文集整理完毕，付刻刊行天下。

手抚满含心血、凝结着刘柳一生情谊的《唐故尚书礼部员外郎柳公文集》，眼看宗元遗孤柳周六学业初有所成、柳周七茁壮成长，刘禹锡焉能不痛惋柳宗元之英年早逝？回顾三十年仕途生涯，刘禹锡蓦然感到，在他所事四朝帝王中，最为人才辈出的竟是博学正直之士最受压抑的德宗朝。德宗虽然专横，制造过陆贽、苏弁等冤案，但因其重视文章，有大批著名文士皆在德宗朝登第，这是短暂的顺宗、黩武的宪宗和昏聩的穆宗绝不能比拟的。柳宗元正是德宗朝璀璨群星中之佼佼者。其文章成就，世所公认之文坛盟主韩退之在祭文中评价其文学成就为“雄深雅健似司马子长，崔（骃）、蔡（邕）不足多也”，即使从不在文章上有所推让的皇甫湜亦深以韩愈对柳宗元之评价为宜也。柳宗元去世六年之后，文集终得为世人所睹，一代文宗可以百世流传，刘禹锡心愿得慰，百感交集，亲笔作下情真意切之集纪：

八音与政通，而文章与时高下。三代之文至战国而病，涉秦汉复起。汉之文至列国而病，唐兴复起。夫政庞而土裂，三光五岳之气分，大音不完，故必混一而后大振。初贞元中，上方向文章。昭回之光，下饰万物。天下文士，争执所长，与时而奋，粲焉如繁星丽天，而芒寒色正，人望而敬者，五行而已。河东柳子厚，斯人望而敬者欤！

子厚始以童子有奇名于贞元初，至九年为名进士，十有九年为材御史，二十有一年，以文章称首，入尚书为礼部员外郎。是岁以疏隽少检获讪，出牧邵州，又谪佐永州。居十年，诏书征不用，遂为柳州刺史。五岁不得召，病且革，留书抵其友中山刘某曰："我不幸卒以谪死，以遗草累故人。"某执书以泣，遂编次为三十通行于世。

子厚之丧，昌黎韩退之志其墓，且以书来吊曰："哀哉，若人之不淑！吾尝评其文，雄深雅健似司马子长，崔、蔡不足多也。"安定皇甫湜于文章少所推让，亦以退之言为然。凡子厚名氏与仕与年暨行已之大方，有退之之志若祭文在。今附于第一通之末云。

柳宗元文集完成未过数日，长庆四年（824）正月，京城传来国丧噩耗，穆宗皇帝突然驾崩，年方十六的太子李湛即皇帝位，是为唐敬宗。穆宗之暴毙与其父宪宗如出一辙，皆以服食金丹中毒所致。其不同者，宪宗驾崩时，穆宗已经成年，而穆宗暴亡时，太子仍然年幼。幼年天子临朝，必然为宦官所挟、为权臣所欺。敬宗在位的短暂两年之中，这个玩心不泯的少年皇帝除了不分寒暑地营造宫殿，就是不分昼夜地游戏作乐，"打夜狐"这种荒唐透顶的游戏，便出于此君之手。作为这一切倒行逆施的恶果，几场工匠和贫民发动的暴乱竟直接攻入了皇城。虽然这些不成气候的暴乱未能摧垮大唐的统治，但作为一种极不正常的异象，先知先觉的人们已经嗅到了这个王朝腐亡的气息。自敬宗朝起，大唐堕入了不可逆转的晚年。

虽然敬宗重用刘禹锡的可能性并不比穆宗更高，但皇帝的再次更替，又将宪宗对刘禹锡等永贞党人的仇恨稀释得更加清淡，刘禹锡又迎来了量移之机。

穆宗在时，禹锡挚友李程已先入京任吏部侍郎，敬宗继位，李程以本官同平章事；与李程同时入相者为窦易直。窦易直为官一向以公允著称，从不引用亲党，其与刘禹锡相交于永贞末年，颇许禹锡为人，以为禹锡不应屈居远恶之地。李、窦二相皆为刘禹锡道地，主张再移善地，只知玩乐的唐敬宗哪有心思理会祖父时候的恩怨，糊里糊涂中御笔钦准，刘禹锡便由夔州刺史调任和州刺史。

第三十九章 离夔州览胜大江

和州地处皖东，向为江淮水陆之要冲。左挟长江，右控昭关，天门峙其南，濠滁环于北，依十朝古都南京，秩属上郡，是淮南道之重镇。刘禹锡接获量移制书，更见脱罪之望，悲喜之情全部涌上心头。记得初来时，刘禹锡丁忧方毕，携丧母并丧友之痛，更兼一程风雪，到夔州时身心俱冷，好不凄凉，沿江多少美景枉从眼前划过。由夔州赴和州时，刘禹锡已有政绩等身，并以柳宗元文集告慰故友之灵，心中了无牵挂，方有赏玩之情。长江风物，在刘禹锡眼中更多几分壮丽。

神女峰是巫山十二峰之最美者，为出夔州必经之景，山中有巫山神女庙。刘禹锡过此地多次，却总无缘拜祭。船行至此，刘禹锡特请暂留，以免留下终生遗憾。

巫山神女庙中，历代文人所题诗作不下千首，李白、杜甫之诗亦在其中，足证楚襄王与巫山神女的风流传说为经久不衰之佳话。刘禹锡兴致盎然，逐一品评，遂得沈佺期、王无竞、李端、皇甫冉四人之作，堪称绝唱。当此前人绝唱，刘禹锡满腹锦绣何堪寂寞？白壁之上，又添梦得佳句：

巫山十二郁苍苍，片石亭亭号女郎。
晓雾乍开疑卷幔，山花欲谢似残妆。
星河好夜闻清佩，云雨归时带异香。
何事神仙九天上，人间来就楚襄王？

——《巫山神女庙》

题罢诗句，刘禹锡仰天大笑，来理夔州应尽之事再无遗憾。神女庙外，夔州百姓闻讯赶来相送。淳朴的百姓早知刘使君从不收受礼物，却声声动情地歌唱着刘禹锡在夔州三年所作诗歌，《竹枝词》《堤上行》《浪淘沙》，歌罢一曲接一曲，直唱得人人落泪。待唱完“东边日出西边雨，道是无晴却有晴”之句，刘禹锡已泣不成声，只能将一腔感恩融入诗篇，留予夔州百姓：

三年楚国巴城守，一去扬州扬子津。
青帐联延喧驿步，白头俯伛到江滨。
巫山暮色常含雨，峡水秋来不恐人。
惟有九歌词数首，里中留与赛蛮神。

——《别夔州官吏》

有夔州人民真诚的祝愿加持，刘禹锡乘船顺风顺水，一日千里，不日即到西塞山下。西塞山突入长江，令长江在此形成弯道，站在山上，犹如置身于江中，西晋益州刺史王濬催发船队直取吴都金陵，便是由此出发。

刘禹锡沿途览古，西塞山因曾是王濬检阅船队之地而闻名于史，刘禹锡怎能错过？登上西塞山，刘禹锡俯视左右，只见长江波涛滚滚，虽不见当年平波遮浪的雄伟船舰，亦已令人心生豪迈之感。遥想当年，王濬率军东下，势如破竹，纵然东吴有铁锁拦江之绝招、有坚固堡垒为屏障，却无力抵抗，转眼之间便已亡国。回想东吴，不仅有过孙权、周瑜等风流人物，更有过赤壁之战和火烧连营八百里的辉煌胜利，数十年中令魏、蜀不敢妄动。但到孙皓这等昏庸暴虐之君手中时，三军徒有其表，外强中干，东吴朝廷以为有拦江铁索和石头城堡就能高枕无忧，由君及臣、由臣及民，皆以奢靡为时尚，全无积极用世之心，国家气运只能靠“王气”这样的虚无之物支撑，又岂有不败之理？至于六朝之灭亡，无不肇祸于淫乐而败之于忘战！古今相鉴，今日的大唐与当年的东吴、六朝何其相似，那国破家亡的危机，真的还只是天方夜谭吗？穆宗时采取的“销兵”之策，已令藩镇叛乱再起，裴度在前线镇压，却只能僵持，刘禹锡深深地担忧，自己脚下这座雄伟的军事要塞，未来是否会再度成为重兵集结之区？大唐江山是否会再度陷入群雄争霸之境地？

深怀忧虑之人，绝不会作出轻浮文章。刘禹锡对历史潮流的深刻洞察，使他作出了有“骊龙探珠”之美誉的《西塞山怀古》：

> 王濬楼船下益州，金陵王气黯然收。
> 千寻铁锁沉江底，一片降幡出石头。
> 人世几回伤往事，山形依旧枕寒流。
> 今逢四海为家日，故垒萧萧芦荻秋。

过西塞山之后，沿途两岸，南朝遗迹比比皆是，处处浮华似乎在向人倾诉亡国血泪，提醒往来的人们：逝去的历史并未走远，也许，明天就会将悲剧重演。所谓“名胜古迹”，更添忧国忧民之人心中烦忧。至接到友人崔群来信相邀，刘禹锡方才稍有欢笑。

崔群罢相后，出为宣歙观察使，正在宣城。闻刘禹锡将来刺和州，崔群着人飞书相邀，仅见其信中所道“必我觌而之藩，不十日饮，不置子”，言称不与刘禹锡痛饮十日，就不放他归去，如此豪爽无忌，便知二人交情之深，绝异于他人。

刘禹锡去往宣城路上，池州是必经之地，崔群已着差役于此相迎。

过青阳县境时，刘禹锡偶然抬眼，忽见远方有群山连绵，奇峰锦绣，直插云霄，其险峻不输华山半分，其秀美更胜巫山一筹。但刘禹锡搜肠刮肚，竟不知青阳县内有如此胜境，便遥指峰峦问宣城差役：“那山何名？”

差役望了一眼，答道：“刘使君不认得九华山，并不稀奇。此山虽有名岳气派，只是生在无人之境，不为外人所知矣。”

“九华山？这便是九华山？”刘禹锡连连惊叹，“可是太白学士曾咏之九华山？”

“昔在九江上，遥望九华峰。天河挂绿水，秀出九芙蓉。我欲一挥手，谁人可相从？君为东道主，于此卧云松。”崔群从来向学，府中差役亦是饱读诗书之辈，听刘禹锡说李白咏九华山，随口便将《望九华赠青阳韦仲堪》吟出，然后又答道：“太白学士在青阳访僧问道，留下许多佳话，这‘九华山’之名，便是太白学士所改。只是九华山实在偏僻，即使有太白学士仙迹，至今仍然少有问津者。”

九华山原名九子山，李白以为此山九峰如莲花状，名“九子”无所依据，因惜此秀丽奇峻景致为太史公南游所略，又不为历代名贤赋咏，于是改“九子山”为“九华山”，望其为世人所重。这段故事，记在《改九子山为九华山联句》之序中，刘禹锡虽曾涉猎，竟不想今日果真从此山下经过时，方才认得。

“走，去九华山！”

差役自然唯刘禹锡马首是瞻，且也乐得游玩。一行人沿荒野小道，渐入九华山中。与旁人醉心奇秀山光水色、云山雾海不同，刘禹锡赏玩风景的背后，更有一番心事。

自永贞元年（805）受贬之后，刘禹锡常年生活在苦苦等候的抑郁煎熬中。虽然禹锡有豁达之心，却绝非时时都能及时自我化解胸中戾气。与释门僧人交游论禅，是他排解忧闷的方法之一，这令他得以结下诸多僧友，对佛教学说、经文典籍体会至深。尽管刘禹锡难称佛门信徒，但每过名山宝刹，仍不免参拜，以示敬重。

地藏塔正是九华山中最令刘禹锡神往之处。贞元十年（794）时，驻锡九华数十年的新罗高僧金乔觉，以九十九之高龄跏趺圆寂，其肉身置函中经三年，仍颜色如生，兜罗手软，罗节有声，如撼金锁。僧众大异，又据其生前行持及种种神迹异象，认定金乔觉即地藏王菩萨化身，遂建石塔将肉身供奉其中，并尊称他为“金地藏”菩萨。从此，九华山便为地藏王菩萨道场。

在佛教偶像体系中，地藏王菩萨的地位崇高，是八大菩萨之一，在释迦牟尼寂灭后、未来佛弥勒降生前这一段无佛世界里，担当起教化六道众生的重任。地藏受此重托，遂在佛前立下宏大誓愿:“为是罪苦六道众生广设方便，尽令解脱，而我自身方成佛道。”地藏王菩萨由是又被称为“大愿地藏”。

刘禹锡读《地藏王菩萨本愿经》时，内心为地藏王菩萨所发宏愿极度震撼。禹锡曾想，无论儒家或是佛门，有此在五浊世界中坚持以解救普世苍生为自我修炼、自我成就之法者，必万世之贤。以此观之，垂暮之年尚思为国杀敌的李白和苦吟一生只为唤醒麻木众生的杜甫，皆是有菩萨心之人，这也是李杜二人从大唐众多杰出的文人中脱颖而出，成为辉耀大唐乃至辉耀古今之灿烂明星的精神本质。刘禹锡仰慕那样的圣贤，向往那样的精神力量，他将此深藏心底的意愿投射在九华山——地藏王菩萨的道场，来参拜的，不是地藏塔中金地藏的肉身，不是地藏禅寺中供奉的泥坯塑像，而是刘禹锡崇敬的践行的坚持的宏愿。常居秽土的地藏王菩萨是寂寞的，因此寂寞，他救度苦厄众生的功德才是无上的。刘禹锡在九华山群寺诸佛菩萨面前的每一次跪拜，都为他的生命叩响了通往圣贤境界的大门。

从九华山下来，刘禹锡已脱胎换骨，元神一新。回望巍巍九华，刘禹锡倍感自信蓬发——如此钟灵毓秀之胜境，今日虽埋没于偏僻幽远之地，来日定为天下向往之名胜，恰如刘某之命途，焉知此时困守谪中而无有再登要津之日？凡是凝聚天地造化之奥妙者，必不会永远籍籍无名于人间！

想到这里，刘禹锡叹道："想谢宣城一首《游敬亭山》，令风景平庸的敬亭山名齐于五岳，刘某便效法先人，亦作一首《九华山歌》，为九华山扬名。"

奇峰一见惊魂魄，意想洪炉始开辟。
疑是九龙夭矫欲攀天，忽逢霹雳一声化为石。
不然何至今，悠悠亿万年，气势不死如腾仚。
云含幽兮月添冷，月凝晖兮江漾影。
结根不得要路津，迥秀长在无人境。
轩皇封禅登云亭，大禹会稽临东溟。
乘樏不来广乐绝，独与猿鸟愁青荧。
君不见敬亭之山黄索漠，兀如断岸无稜角。
宣城谢守一首诗，遂使声名齐五岳。
九华山，九华山，自是造化一尤物，焉能籍甚乎人间。

刘禹锡在崔群接风之筵上深情吟诵这首《九华山歌》，赢得宣州士绅一致赞叹，争相邀请刘禹锡到本府做客，隆重招待，一时间宣歙孩童竞相以能诵刘禹锡诗歌为荣。崔群自罢相出镇以后，难得如此欢喜，一反常态连日饮宴，纵酒放歌，日夜皆与禹锡相携，酬答唱和，指点江山，好似梦回当年二人布衣相交时之情状。

不觉间，天已转凉，秋风阵起，提醒刘禹锡仍有公务在身，不能在款密逾恒的友情中羁留，几次三番向崔群请辞，方得崔群依依不舍，十里相送，至敬亭祠外。

临别之时，崔群欲将自用坐骑赠予刘禹锡，不待禹锡推辞，直接将他推上马背，且嘱道："梦得休得推辞！此宣城小驷不亚于蜀马，惯走艰险，已随我走遍江淮山水。梦得用之，当如履平地，路途再无阻碍。"

刘禹锡心中微微震动，知崔群此举意在祝愿自己从此仕途平稳，不再横生波折。寓意上佳，推辞不得，刘禹锡只好抱拳作揖，谢道："宣州出骏马，世人所称也。今蒙崔相公赠马，正所谓马识旧主，可助刘某紧随相公仙踪。禹锡身无长物，无以回礼，只有拙诗一首，聊与相公赠别。”

刘禹锡伏鞍挥笔，作下诗词：

浮云金络膝，昨日别朱轮。衔草如怀恋，嘶风尚意频。
曾将比君子，不是换佳人。从此西归路，应容蹑后尘。
——《谢宣州崔相公赠马》

崔群接诗，若获至宝，刘禹锡再别道：“敦诗兄勿要挂念！待告老还乡之日，你我相约同休洛中！”

别过崔群，刘禹锡再取水路。因在宣州逗留数日，已是秋末冬初季节，若再晚数日，可能延误州郡派遣朝集使到京城之限。日夜兼程之下，不过数日，刘禹锡终在日落之时宿在牛渚矶下。再有一日，便可至和州境内。

“矶”者，入江之巨石也。牛渚矶即采石矶，与岳阳城陵矶、金陵燕子矶并称长江三大名矶，并以风光绮丽、地势险要而居其首。传闻李太白便是从采石矶上捉月飞升，至今仍有其衣冠冢供人怀想诗仙风采。漫天晚霞之下，船夫吟唱起李白在牛渚矶留下的诗歌：

绝壁临巨川，连峰势相向。乱石流洑间，回波自成浪。
但惊群木秀，莫测精灵状。更听猿夜啼，忧心醉江上。

似是为了回应船夫的吟唱，一阵仙风吹过江面，摇得小船左右晃动。刘禹锡钻出船舱，迎面聆听着微风吹动的芦苇声、荡起的水波声，仿佛那是李白尚未诵完的诗篇。落日的余晖终于沉没在远方的地平线下，绚烂的彩霞霎时抹上了黯淡的阴影。南飞路过的大雁不知落在何处歇息，空中还余留着阵阵雁鸣。渔家的灯火渐次连绵点起，轻轻地摇摆起伏着，不知是人间的长江倒映着天上的银河，还是天上的银河倒映着人间的灯火。

“船家可会吟诵太白学士《夜泊牛渚怀古》？”

“会！”船家不假思索，朗声颂道：

牛渚西江夜，青天无片云。登舟望秋月，空忆谢将军。
余亦能高咏，斯人不可闻。明朝挂帆席，枫叶落纷纷。

《夜泊牛渚怀古》堪称咏古诗之鼻祖。李白作下此诗时，年方二十六岁，仗剑出川一年有余，散尽千金，却无所成，一腔抱负无从施展。也是在这样一个繁星烂漫的夜晚，李白念起曾经镇守牛渚的东晋镇西大将军谢尚。在这片江面上，谢尚听袁宏吟唱，与袁宏通宵夜谈，大赞袁宏之才，举荐袁宏入朝为官。彼东晋时仕宦皆由门第，九品中正制下难有人才脱颖而出，即便如此，尚有袁宏之幸。盛唐号称不拘一格遍揽天下英才，却令李白空馀叹惋，怎不令人有啼笑皆非之感？仍是在这片江面上、这片星空下，刘禹锡又发与李白心灵相通之叹。

在清寒的月辉下，刘禹锡用一首《晚泊牛渚》向伟大的诗仙李白致敬：

芦苇晚风起，秋江鳞甲生。残霞忽变色，游雁有馀声。
戍鼓音响绝，渔家灯火明。无人能咏史，独自月中行。

第四十章

治和州绥抚灾民

刘禹锡往和州所替之人，原来也是故交，此人便是段平仲。段平仲与刘禹锡俱曾从事于杜佑淮南幕府之中，先后任掌书记，彼时已结下友谊。后段平仲先入朝为官，刘禹锡任屯田员外郎又是接踵于段平仲。未料二十余年后，刘禹锡再替段平仲和州刺史之职务，二人缘分，可谓奇妙。不过此时和州正值大旱过后，灾情严重，急需绥抚，刘禹锡与段平仲无有闲暇叙旧，匆忙交接了公务，便告分别。

和州是淮南道下郡县，于刘禹锡并不陌生，又赖段平仲勤政有方，赈抚诸务已有头绪，刘禹锡接手顺利，效率颇高。刘禹锡到达和州时，正值百年未遇的大旱。和州大地哀鸿遍野，民不聊生。他未及歇马，便立即召集州内田父野老了解旱情。随后又徒步走遍州内各地，深入到旱情最严重之地，亲自裹腿挑水，和灾民一起抗旱灭灾。禹锡知道大灾后必有大疫，所以一边视察灾情，一边用他多年留心搜集到的各种单方、验方为灾民看病，其一言一行都饱含一片爱民真情。禹锡在《历阳书事七十四韵》中写道："比屋惸嫠辈，连年水旱并，遐思常后已，下令必先庚……" 充分表达了他关心和州民众疾苦的拳拳之心。和州虽是个著名的鱼米之乡，但天下战乱，男子“十有六戍”，征讨叛军之军粮也多出自江淮，加之和州大旱，致使州内民众凄苦无依。刘禹锡深知，只靠和州一州之财力救助灾民捉襟见肘，向国库请求借贷，势在必行。情势所迫，刘禹锡冒着被削职的危险，在和州谢上表中，作求援之词：

> 臣某言：伏奉制书，授臣使持节和州诸军事，守和州刺史。臣自理巴賨，不闻善政。恩私忽降，庆抃失容。臣某中谢。伏惟皇帝陛下，丕承宝祚，光阐鸿猷。有汉武天人之姿，禀周成睿哲之德。发言合古，举意通神。委用得人，动植咸悦。理平之速，从古无伦。微臣何幸？获睹昌运。臣业在词学，早岁策名。德宗尚文，擢为御史。出入中外，历事五朝。累承恩光，三换符竹。在分忧之寄，禄秩非轻；而素蓄所长，效用无日。臣闻一物失所，前王轸怀。今逢圣朝，岂患无位？臣即以今月二十六日到所任上讫。伏以地在江淮，俗参吴楚。灾旱之后，绥抚诚难。谨当奉宣皇恩，慰彼黎庶。久于其道，冀使知方。伏乞圣慈，俯赐照鉴。臣远守藩服，不获拜舞阙庭。无任恳悃屏营之至。谨差当州军事衙官章典奉表陈谢以闻。

在得到唐敬宗的恩准后，他立即下令减免和州农民当年的一切税负，并开仓放粮，赈灾济民。灾情稍解后，刘禹锡便利用冬闲亲自带领民众挖塘筑坝，疏浚河道，掀起了兴修水利的高潮，为今后和州的农业生产奠定了坚实的基础。在施政中，刘禹锡克勤克俭、励精图治，并做到“遐思常后已”。

刘禹锡治理州郡，必从深入了解当地风俗传统着手。和州乃上郡大州，春秋战国时便已是文明发达之域，绝非朗州、连州、夔州等至今仍夷夏交参之地可以比拟，人文故事、历史典故不可胜数。作为最直观的反映，《和州志》与其治下三县县志的篇幅，远比朗州、连州、夔州绵长。上过《和州谢上表》后，普通州务按部就班地有序进展，刘禹锡便用足功夫，研读州志图经，并骑崔群赠马四处访察，旬月之间，和州历史、人情，已尽在刘禹锡掌握之中。

经过数月的悉心治理，和州的农业生产又重现生机。宝历元年（825）六月，刘禹锡就在他的《和州刺史厅壁记》中略带兴奋地写道："田艺四谷，拳全六扰。庐有旨酒，庖有腴鱼。"刘禹锡早年的执政思想在和州得到充分施展，和州在极短的时间内，已到处是一片丰收在望的景象。

刘禹锡在和州，州内官民皆爱其施政有方，美誉流传经久不衰。至于历史上脍炙人口的《陋室铭》："山不在高，有仙则名。水不在深，有龙则灵。斯是陋室，惟吾德馨。苔痕上阶绿，草色入帘青。谈笑有鸿儒，往来无白丁。可以调素琴，阅金经。无丝竹之乱耳，无案牍之劳形。南阳诸葛庐，西蜀子云亭。孔子云：'何陋之有？'"之名篇是否作于和州，已不重要。

和州虽风景日和，然京城中种种升迁贬谪的消息，时有时无地传到和州，使胸怀社稷的刘禹锡不由不思考。他无奈地发现，与自己同辈之人，渐渐已很少听到消息，那些官居高位的，皆是后生晚辈。虽说已过知天命之年，但刘禹锡心中从未将自己当作垂垂老者，更不认为自己需要向并不完美的人生缴械投降。也许是和州善地授给了刘禹锡强大的动力，他伏案疾书，用一首诗力雄厚的七十韵之长诗，为自己的大半生作了小结：

一夕为湖地，千年列郡名。霸王迷路处，亚父所封城。
汉置东南尉，梁分肘腋兵。本吴风俗剽，兼楚语音伧。
沸井今无涌，乌江旧有名。土台游柱史，石室隐彭铿。
曹操祠犹在，濡须坞未平。海潮随月大，江水应春生。
忆昨深山里，终朝看火耕。鱼书来北阙，鹢首下南荆。
云雨巫山暗，蕙兰湘水清。章华树已失，鄂渚草来迎。
庐岭香炉出，湓城粉堞明。雁飞彭蠡暮，鸦噪大雷晴。

平野分风使，恬和趁夜程。贵池登陆峻，春谷渡桥鸣。
络绎主人问，悲欢故旧情。几年方一面，卜昼便三更。
助喜杯盘盛，忘机笑语訇。管清疑警鹤，弦巧似娇莺。
炽炭烘蹲兽，华茵织斗鲸。回裾飘雾雨，急节堕琼英。
敛黛凝愁色，施钿耀翠晶。容华本南国，妆束学西京。
日落方收鼓，天寒更炙笙。促筵交履舄，痛饮倒簪缨。
谑浪容优孟，娇怜许智琼。蔽明添翠帟，命烛拄金茎。
坐久罗衣皱，杯频粉面騂。兴来从请曲，意堕即飞觥。
令急重须改，欢凭醉尽呈。诘朝还选胜，来日又寻盟。
道别殷勤惜，邀筵次第争。唯闻嗟短景，不复有馀酲。
众散扃朱户，相携话素诚。晤言犹亹亹，残漏自丁丁。
出祖千夫拥，行厨五熟烹。离亭临野水，别思入哀筝。
接境人情洽，方冬馔具精。中流为界道，隔岸数飞甍。
沙浦王浑镇，沧洲谢朓城。望夫人化石，梦帝日环营。
半渡趋津吏，缘堤簇郡甿。场黄堆晚稻，篱碧见冬菁。
里社争来献，壶浆各自擎。鸱夷倾底写，粔籹斗成□。
采石风传柝，新林暮击钲。茧纶牵拨刺，犀焰照澄泓。
露冕观原野，前驱抗旆旌。分庭展宾主，望阙拜恩荣。
比屋惸嫠辈，连年水旱并。遐思常后已，下令必先庚。
远岫低屏列，支流曲带萦。湖鱼香胜肉，官酒重于饧。
忆昔泉源变，斯须地轴倾。鸡笼为石颗，龟眼入泥坑。
事系人风重，官从物论轻。江春俄澹荡，楼月几亏盈。
柳长千丝宛，田塍一线绷。游鱼将婢从，野雉见媒惊。
波净攒凫鹄，洲香发杜蘅。一钟菰葑米，千里水葵羹。
受谴时方久，分忧政未成。比琼虽碌碌，于铁尚铮铮。
早忝登三署，曾闻奏六英。无能甘负弩，不慎在骑衡。
口语成中遘，毛衣阻上征。时闻关利钝，智亦有聋盲。
昔愧山东妙，今惭海内兄。后来登甲乙，早已在蓬瀛。

心托秦明镜，才非楚白珩。齿衰亲药物，宦薄傲公卿。
捧日皆元老，宣风尽大彭。好令朝集使，结束赴新正。

作罢这首《历阳书事七十韵》，刘禹锡忽感一阵悲凉。岁近暮年之人作回顾生平之文，似有几分不祥之气。未料笔尚在手，正踟蹰之间，果有噩耗传来：长庆四年（824）十二月二十三日，吏部侍郎韩愈病逝。

韩愈之逝，如巨星陨落，然于禹锡已是清水微澜。并非二人情谊不笃，实是自转夔州之后，刘禹锡常闻讣书，不独前辈先贤皆已作古，同辈之中亦已三五凋零，能作唱和者十不存一，以此渐有恐惧远方来书之叹。韩愈自与李绅争台参事为李逢吉所乘之后，羞愤交加，身体每况愈下，禹锡常见其书信上笔力虚弱，尽显心力交瘁之状，知其不久于人世矣。及闻哀讯，已非骤降噩耗。

刘禹锡、韩愈、柳宗元三人聚首御史台的一年，堪称中华文化史上最令人神往的一段时光。刘、柳、韩三人结交于风华正茂之年，在大唐乃至古今文坛中皆为宗师人物，书生意气何等潇洒，可以想见，三人共论文章的时刻，势必比星辰碰撞更加灿烂震撼！永贞革新一度令刘、柳与韩愈产生隔阂，可这等尘世俗务焉能剪断三位文化巨匠心灵深处的紧密联结？经过功名利禄世事沉浮的考验，刘、柳、韩的友谊才能绽放出永恒的人文光芒。

刘禹锡十分尊敬韩愈，不仅因韩愈较年长，亦因韩愈之文章确有无人可及之高妙。且不以文家批评而论韩愈文章高低，只看权高势傲的宣武节度使韩弘为求韩愈撰写一篇碑文，以同宗之近尚需用五百匹绢为润笔，皇亲国戚为求一文，亦需以鞍马玉带为礼，即可想知其文章为时人所贵至何等程度。

禹锡身边诸子听其追忆与韩愈相交往事，皆啧啧称奇，央刘禹锡更为讲述。以怀想旧时轶事表达悼念之情，绝胜痛哭嚎啕，哀与人知。刘禹锡从脑海中钩沉往事，于是又忆韩愈趣闻：

“韩十八公为文坛盟主，自视甚高，而又幽默。某日，韩公谓李二十六程曰:‘某与丞相崔大群乃同年进士。同榜之中，唯觉崔大聪明过人，不愧宰相之器。’李程不解，于是问:‘何处是过人者?’韩公曰:‘崔大共愈往还二十馀年，从未在某面前批评文章，此岂不是敏慧过人也?’”

诸子不禁喷饭大笑，刘禹锡又正色道:“汝等勿以金帛财物为念，亦勿以玩笑而遮目。需看韩公一生从不谄事贵臣，并非只为自抬身价。任何权豪，旁人畏之如虎，韩公却视之如鼠，当年极言诤谏宪宗迎佛骨事，几乎丧命，绝非贪财惜命之辈可以为之。而同为满腹诗书、才华横溢之辈，张又新能连中三元，旷古罕闻，但他依附奸佞，与一群宵小号称八关十六子，自毁名节，百年之后史书评论，二人必然迥若云泥，诸子需鉴之。”

闻禹锡之言，诸子各自深思，皆有所获，读书愈加勤奋。刘禹锡将所忆种种撰成祭文，以寄哀思:

> 高山无穷，太华削成。人文无穷，夫子挺生。典训为徒，百家抗行。当时勍者，皆出其下。古人中求，为敌盖寡。贞元之中，帝鼓薰琴。奕奕金马，文章如林。君自幽谷，升于高岑。鸾凤一鸣，蜩螗革音。手持文柄，高视寰海。权衡低昂，瞻我所在。三十馀年，声名塞天。公鼎侯碑，志隧表阡。一字之价，辇金如山。权豪来侮，人虎我鼠。然诺洞开，人金我灰。亲亲尚旧，宜其寿考。天人之学，可与论道。二者不至，至者其谁。岂天与人，好恶背驰?
>
> 昔遇夫子，聪明勇奋。常操利刃，开我混沌。子长在笔，予长在论。持矛举盾，卒不能困。时惟子厚，窜言其间。赞词愉愉，固非颜颜。磅礴上下，羲农以还。会于有极，服之无言。胡合我而长逝，徒泣涕以涟涟。
>
> 吁嗟乎!岐山威凤不复鸣，华亭别鹤中夜惊。畏简书兮拘印绶。思临恸兮志莫就。生刍一束酒一杯。故人故人歆此来!

刘禹锡在和州主政期间，正是李逢吉勾结宦官王守澄兴风作浪之时。因令狐楚之故，刘禹锡虽恶李逢吉，却也无甚多言，只在和州大力兴修农田水利，劝课农桑，非朝廷有制书到郡，亦不问朝中是非。

宝历二年（826）二月，裴度自山南西道入朝，拜司空、同平章事，复知政事。刘禹锡漫长的贬谪岁月终于看到了终点。有裴度和先已入相的李程关怀，宝历二年冬，刘禹锡和州刺史官秩将满之际，盼得征还洛阳的诏书，一洗二十馀年的冤屈，从此彻底脱离谪籍。

与和州告别，在刘禹锡心中更添几分与屈辱的历史告别的隆重涵义。将行之日，刘禹锡独登和州郡楼，凝望滚滚东逝之水，胸中思绪翻腾，不禁脱口吟出陈子昂登幽州台之名篇：

> 前不见古人，后不见来者。
> 念天地之悠悠，独怆然而涕下！

手捧征还诏书，刘禹锡横生孤寂之感。在等待这份诏书的时光中，王叔文、王伾、柳宗元、韦执谊、陈谏、凌准、吕温等友人已相继死于贬所，杜佑、权德舆、李吉甫、韩愈之辈也已先后故去，志同道合之人，屈指可数，唯有裴度，尚且如履薄冰。至于后辈，最富时望者李德裕避在藩镇，牛僧孺虽负文采，却少胸襟，更兼牛、李二人争斗不息，搅动百官分班站队，坐视宦官败坏纲常。大唐江山摇摇欲坠，怎不令满怀壮志之辈捶胸顿足？想到自己虽得脱谪籍，却无新职所授，也许此生就将闲老洛阳，刘禹锡只笑这等“赦免”其实毫无价值。

江雾稍散，显出对岸望夫石，李白之《姑孰十咏》中便有一首《望夫山诗》。传说昔年有人往楚地经年不还，其妻登此山望夫归来，遂化为石。一见此石，刘禹锡猛然振奋了心神——那妇人因何化为顽石？非用心专一持之以恒胡可为哉？刘禹锡焉能不如千年前一妇人？想来裴度再秉相权，正是用人之际，若以颓靡之状相见，反倒失了风节，亟宜重振精神、再鼓志气，以待建功之机。

“望夫石，望夫石！便令刘某成为守望大唐再展雄风之望国石吧！”

刘禹锡神魂激昂，便托望夫石作下自明志愿之诗：

终日望夫夫不归，化为孤石苦相思。
望来已是几千载，只似当时初望时。

——《望夫石》

第四十一章

脱罪籍还归洛阳

辞别和州，刘禹锡并未立即北上洛阳。江南本是刘禹锡生长之地，但因种种因缘际会，禹锡从未游览过金陵。在和州任上时，亦不能擅离职守。逢此无官一身轻之际，刘禹锡恐怕日后再无机会重游江南，于是登船东进，了此夙愿。

旬月之后，刘禹锡携漫游金陵所得丰满诗作，与白居易相逢在淮南节度使王播的高朋满座之宴上。时白居易告病从苏州刺史任上罢官，亦在江南游览。两人暌违多年，此番重逢，只恨岁月如刀，各自皆有老态。尤其白居易，须发早白，精神颓靡。

刘禹锡心中戚然，问之近况。白居易轻抚斑驳须发，几近无奈，几近绝望，摇首吟道：

形容瘦薄诗情苦，岂是人间有相人？
只合一生眠白屋，何因三度拥朱轮？
金章未佩虽非贵，银榼常携亦不贫。

唯是无儿头早白，被天磨折恰平均。

——《自咏》

刘禹锡闻诗一怔，方知白居易愁苦只为膝下无儿之事。自古不孝有三，无后为大，白居易与刘禹锡同甲子，禹锡早已呼儿唤女，白居易却始终只有一女，且已嫁出，令他孑然一身。年轻时候尚觉无甚不妥，知天命后方知人生尚有缺憾。求之而不得，白居易只得自慰：本是平淡无奇的命运，却三次入据要津，虽然未柄大权，不是显贵，但也是银杯盛酒、珍果常新。也许是把命中无有之福全部享尽，因此华发早生、无子相继，由此看来，上天的确是公平的。

刘禹锡深知白居易年轻时与湘灵的旷世之恋。若非因湘灵而多年不娶，居易断不至于膝下无子。说什么天赐命外富贵而绝其子嗣，更可见白居易内心实为重情之人，时至今日宁忍不孝骂名，亦不肯将无后之过丝毫归咎于湘灵。这般情感深深掩盖在白乐天蓄妓游乐的表面之下，非知己之交若刘梦得者，孰可知之？

“乐天勿忧，且听愚兄一辩！”刘禹锡执壶为白居易斟满酒杯，“君言须发早白，可见人人仰慕之云里高山，盛夏时节已是白雪封顶。君言尚无子嗣，可知人间难寻之海中仙果，从来成熟不易、结子迟晚。乐天于社稷有功，又领新乐府风骚，德行深厚，何愁天不加恩，赐以梦熊之喜？且容刘某赠乐天一诗以解忧愁：

莫嗟华发与无儿，却是人间久远期。
雪里高山头白早，海中仙果子生迟。
于公必有高门庆，谢守何烦晓镜悲。
幸免如新分非浅，祝君长咏梦熊诗。”

——《苏州白舍人寄新诗有叹早白无儿之句因以赠之》

白居易读诗，不由拊膺舒笑：“梦得梦得，文之神妙，莫先于诗。

若妙与神，则吾岂敢？如梦得‘雪里高山头白早，海中仙果子生迟’之句，真谓神妙。”不由心情转好。刘、白相谈甚欢，几乎忘了仍在王播的宴上。

自柳宗元、韩愈去世之后，当世文豪已无可与刘、白争锋者。以淮南之远，两位文坛领袖同时莅临，真如日月同曜，亘古难逢，王播以地主之谊，广邀贤俊，一同见证刘、白风采。

王播先领酒盏，劝下数杯，众宾客有几分酒意垫底，渐渐放开拘束，向刘禹锡、白居易讨教诗词歌赋、说禅论道，又有数人口占抛砖引玉之作，筵席气氛更见高涨。王播趁势向刘禹锡道：“某闻梦得、乐天二公卸任后俱在江南游览，想必已是佳作连连，还望二公尽展其美，切勿辜负了今日良辰！”

刘禹锡要与白居易谦让，但白居易抢先道：“白某之诗无甚新奇，惟梦得久在远郡，少与群贤通气，今方喜得宽宥，正是令我等同闻鸿音之时，梦得当为今日筵席之文园令！”

众人皆推刘禹锡。刘禹锡久未逢此盛宴，恍惚之间梦回从事淮南之时，即在此淮南节度使府中，常随杜佑与众幕僚欢宴，不觉间物是人非，沧桑巨变，再看手中诗卷，其中再难觅得少年豪情之句，往往却见怀古惜今之词。

“呵……”刘禹锡轻叹一声，不知该从何说起，便建议道：“若在座诸位才俊不弃老朽，便请从刘某新作文集中各挑一首，诵予诸公，再由刘某作解，如何？”

此议一出，响应者云云。王播自告奋勇，首挑一首诵道：

万里长城坏，荒营野草秋。秣陵多士女，犹唱白符鸠。

——《经檀道济故垒》

“哦，乃伤檀道济之作……”王播自言。

刘禹锡遂解道：“檀道济之故垒在和州之境，某曾数次经过，常思故垒犹在，而刘宋何在？无檀江州之堡垒，不过江边乱石堆耳，宋文帝自毁长城，焉有不败之理？此古人之鉴也。而某此唱，不独为古人。长庆之中，裴相公屡遭构陷，虽免遭檀道济之祸，但国无栋梁，社稷动摇，削藩成就有前功尽弃之险。埋没贤良，亦是自毁长城！某作此诗，意正在此。”

裴度削藩威名，大唐天下皆知，其因功高遭忌，颇得时论同情。众人再品刘禹锡此诗，果然别有意味。

王播幕府参谋吴忠达接过诗集，翻过一页，先自阅过，不禁叫绝：“真精辟也！”

然后读道：

潮满冶城渚，日斜征虏亭。蔡洲新草绿，幕府旧烟青。
兴废由人事，山川空地形。后庭花一曲，幽怨不堪听。
——《金陵怀古》

众人闻“兴废由人事，山川空地形”之句，果然异口同声，惊叫绝妙，而闻“后庭花一曲，幽怨不堪听”，则同感百年悲凉，默默搁下酒杯。

刘禹锡先谢过众人，然后释道：“此诗为刘某游金陵时怀古之作。诸君若有留意，可体知此诗之‘兴废由人事，山川空地形’与方才‘万里长城坏，荒营野草秋’诗意正相呼应，乃言胜败兴衰皆出于人事，山川形势需用之以道，方可固国，否则，即成自束手脚之枷锁，纸上谈兵之徒决不能观此中奥妙！金陵之地久经征战，故迹累累，此中教训历历在目，只是不为我辈所重。只望后辈能读我此诗，勿复令后人再唱后庭花亡国之音。”

众人皆称善，始觉刘禹锡名副其实。王播身为一方节度，感触格外深刻，暗自引为警诫，并与禹锡频频私语。刘禹锡因念金陵览古诗作多含家国忧愁，恐不合欢宴气氛，欲罢读诗，因而有意推让道：“金陵遗梦，皆悲辛话题，刘某独游之中谅无甚喜悦之词。今日欢宴，四美兼具、二难并至，不如令青年才俊们各展才华，无令拙词败坏大家兴致。”

但王播却执意道：“饮宴必要作乐，此恶俗之见也！世人皆知先帝及今上俱爱饮宴，乃为游乐嬉戏，群臣谏阻不得，国本动摇，奢靡之风，为天下所效尤。长此以往，当道者，奸佞也，斥逐者，贤能也，六朝噩梦，于今只一拳之远矣！今日我等之宴，虽有为乐天、梦得二公接风洗尘之名，实则欲闻振聋发聩之声。人言江南乃是温柔迷醉乡，方才梦得诗句，正为江南士子敲响警钟。若世间皆效法如此警世醒人之宴，则宴愈多，而社稷愈安。梦得公何得推辞为此表率？”

王播之言，刘禹锡诚为感动。在混沌的时代里，必然有这样一些人，在为社会的败落痛心疾首，在为良知的觉醒而奔走呼号。自从永贞革新失败后，刘禹锡身负重罪，在谣言和讥诮中渐渐学会将治国平天下的理想掩藏在心底，只在独自苦吟中方能一抒胸襟。对这样一位胸怀万言恰又方脱苦海之人，王播设下的这场宴会，正是梦寐以求的舞台。

刘禹锡再不言推让，兴致越发高涨。宾主之间再过数杯，王播点将，命掌书记俞泰再诵刘禹锡诗歌。

俞泰奉命，先向刘禹锡施礼，得刘禹锡耳语相授，从诗册中拣出一首，朗声诵道：

> 山围故国周遭在，潮打空城寂寞回。
> 淮水东边旧时月，夜深还过女墙来。
>
> ——《金陵五题之一：石头城》

白居易掉头苦吟，叹赏良久，赞叹之中甚而有几分怅惘：“览金陵而咏石头城遗事之诗，六朝以降何其多哉！然而今闻刘梦得‘潮打空城寂寞回’一句，便知后之诗人不复措辞矣！”

众人闻之，皆深以为然。石头城正居秦淮河与长江交汇处，地势险要，为东吴孙权拱卫金陵之枢要，非心腹大将不得为石头城之守将。诸葛亮说东吴联刘抗曹而游金陵时，曾赞“钟阜龙蟠，石头虎踞，真帝王之宅，正谓此也”，更可见石头城之地位。刘禹锡到访石头城故址时正是初冬时节，坐在石头城外的江滩上，可见秦淮河上依旧春意盎然的游船画舫和南岸灯火通明的秦楼楚馆。一河之隔，两样天地。昔日扼守金陵的坚固堡垒已成荒草丛中的乱石岗，那些在美馔裙钗之间醉生梦死的大唐子民，可有意识到他们正享受的繁华富贵，其实已经没有了保护？

刘禹锡痛感于大唐官民普遍的盲目和享乐，但他的怒吼、他的呐喊、他的悲泣，除了徐徐升起的明月，又有谁在倾听？一腔炽烈的豪情壮志与这满目萧索的寒清寂寞激烈地碰撞，闪耀的人文光辉照亮了刘禹锡的诗思，为后人留下这首彪炳千秋的《石头城》。

席中宾客品味再三，各得其意旨，竟无人敢以谀辞相赞，非敬仰之至断不至此。王播又命其侄王通诵诗，王通受宠若惊，朗声诵《金陵五题》之二：

朱雀桥边野草花，乌衣巷口夕阳斜。
旧时王谢堂前燕，飞入寻常百姓家。

刘禹锡亲自解诗道：“此首《乌衣巷》作于某闲游金陵城中时。那日随兴游览，沿秦淮河不觉走到朱雀桥边，至见桥前碑文，方知已到晋时名臣王导、谢鲲旧居之地，又行数十步，果有乌衣巷尚在。刘某本欲瞻仰名臣故迹，不想朱雀桥前朱雀门不见了踪影，乌衣巷亦已改作寻常百姓民居。直到夕阳晚照，刘某也未能寻见半分当年奢华痕迹。”

王通聪颖，接过话道：“刘使君咏王、谢两家堂前燕子今朝‘飞入寻常百姓家’，莫非意在点名荣华富贵转瞬即逝，功名利禄皆非君子所求，寄望天下士子勿为仕途所羁？”

刘禹锡微微一笑：“刘某作此诗，确有点明荣华富贵转瞬即逝之意，然而意趣所在，并非令人消极出世，不求功名利禄。人生在世，不过数十年而已，大丈夫当积极用命，建功立业，是为正道。”

王通不解，又问："既是如此，使君以为应当渴求功名利禄？"

"恐亦非也！"白居易笑道，"梦得之诗，往往言在此而意在彼，仅从文字理解，难得其要旨。"

白居易所言，令众宾客疑惑不已，纷纷求其释疑。刘禹锡满饮杯酒，吞吐风云："左传有云：'太上有立德，其次有立功，其次有立言，此所谓三不朽也'。孔颖达《春秋左传正义》言：立德谓创制垂法，博施济众；立功谓拯厄除难，功济于时；立言谓言得其要，理足可传。古圣今贤，谁人以为王侯将相、公卿世禄谓之不朽？刘某于王谢旧地作《乌衣巷》，正为尚在名利泥淖中挣扎沉浮之辈当头棒喝，冀其看破腐朽，清净我心。然而，刘某亦非要天下士子都去出家为僧。为君子者，立德不以独善，而以兼济；立功不在君上，而在社稷；立言不在骈俪，而在大义。若不为腐朽之得失所困，则仕途沉浮不过一水一土之于大海高山，何伤之有哉？"

王通拍案叫绝："刘使君之《乌衣巷》，其实意在鼓舞我辈后学，跳出以功名得失而论自我价值的桎梏，拿出'虽千万人，吾往矣'的英勇气概，只为黎民、为社稷而发奋！"

刘禹锡面上漾起笑容，举杯向王通致意。此一番言论，激起宾主热烈议论。谁能想到，一首看似淡泊忧伤的诗歌，背后竟然蕴含着蓬勃萌动的强大精神，刘禹锡的确不愧诗中豪者！

王通意犹未尽，自请再诵一首，王播允之。刘禹锡又召王通近前，吩咐道："后三首与前诸诗旨趣相近，皆由金陵故迹有感而发，若一一详解，只恐乏味，何不令众才俊多展其能？"

王播不再坚持，令王通将《金陵五题》其余三首尽数诵来：

台城六代竞豪华，结绮临春事最奢。
万户千门成野草，只缘一曲后庭花。

——《台城》

生公说法鬼神听，身后空堂夜不扃。
高座寂寥尘漠漠，一方明月可中庭。

——《生公讲堂》

南朝词臣北朝客，归来唯见秦淮碧。
池台竹树三亩馀，至今人道江家宅。

——《江令宅》

王通诵罢，众多年轻士子早已技痒难耐，纷纷登台献艺，好不热闹。刘禹锡与众人饮过一圈，回到座位时，却发现白居易神情黯然，正在拭泪，忙为他斟酒，问其缘故。

白居易醉意已浓，哽咽道："我悲上天为何如此不公？梦得当初少年得志，文章名声谁不称道？可是为何这一切都如此徒劳？命运的压迫真的就无力抗拒？白某在朝中时日较梦得稍多，长安满目繁华，贵人遍地，百官僚属不计其数，为何就容不下一个刘梦得？白某亦知，历代为才名所累者数不胜数，但梦得一折二十三年，岂非太过分？"

白居易说到动情处，以筷子击盘而唱道：

为我引杯添酒饮，与君把箸击盘歌。
诗称国手徒为尔，命压人头不奈何。
举眼风光长寂寞，满朝官职独蹉跎。
亦知合被才名折，二十三年折太多。

——《醉赠刘二十八使君》

刘禹锡不觉也湿润了眼窝。是啊，从贞元二十一年（805）算起，刘禹锡蹉跎于巴山楚水之间，已有二十三年时光。一位不世出的杰出英才，荒废了他最年富力强的二十年，这样不可挽回的伤害谁来负责?！迟来的公正还是公正吗?！刘禹锡的心中怎能没有激愤?

但刘禹锡早已不是容易为激愤所绑架的冲动少年。迟来的公正至少给了他新的希望。抱着这新的希望，他依然能为大唐社稷贡献一份力量。即使一片丹心不为天子所动，亦有白乐天这等挚友相伴，足矣，足矣！

“乐天年轻时便易感伤，今日重逢，没想到依然如此！”刘禹锡笑中带泪，慰道，“谪守二十三年固然不易，但刘某毕竟死里逃生，守夔、和二州更是逍遥。回忆故人，同道中人多已不在，故乡也无旧时相识，旁人闻之，皆叹凄凉。可是，没有当年同道、没有旧时乡邻，刘梦得依然是当初那个刘梦得，刘某不仅没有、更不会放弃初心！非但自己不会放弃，刘某还要广交贤俊，用我之思想、我之作为去感染诸人，为大唐未来播下希望。”

刘禹锡夺过白居易杯中残酒，一饮而尽，又接过白居易手中筷子，依样击盘和道：

巴山楚水凄凉地，二十三年弃置身。
怀旧空吟闻笛赋，到乡翻似烂柯人。
沉舟侧畔千帆过，病树前头万木春。
今日听君歌一曲，暂凭杯酒长精神。

——《酬乐天扬州初逢席上见赠》

白居易闻诗，欣喜若狂，癫痴高歌着“沉舟侧畔千帆过，病树前头万木春”，踏歌而舞，引众人格外注目。王播担忧，欲命人搀扶，却被刘禹锡所阻：“乐天酒量如海，区区数杯，料无大碍。所作醉态，不过借酒抒怀而已，可令他自在。”

王播叹道：“白乐天在苏州政绩卓著，百姓尊他为圣贤，谁知他竟以病告辞，欲回洛阳养老，着实令人费解！听闻乐天离任时，苏州百姓拦道恸哭，若婴儿状，某为官数十载，真是闻所未闻。”

刘禹锡默然良久，苦吟一首，以解王播所惑：

闻有白太守，抛官归旧豁。苏州十万户，尽作婴儿啼。
太守驻行舟，阊门草萋萋。挥袂谢啼者，依然两眉低。
朱户非不崇，我心如重狴。华池非不清，意在寥廓栖。
夸者窃所怪，贤者默思齐。我为太守行，题在隐起珪。
——《白太守行》

王播连连摇头道：“想不到乐天诗意浪漫之人，内心却如深陷重牢一般，亦难怪高官厚禄皆不可移其退隐之心矣……”

刘禹锡与白居易在扬州游玩数日，结伴同归洛阳。二人经楚州、过汴州，沿途访问故交友人，频有佳句流传。待两人回到洛阳城时，天下已发生了剧变。

第四十二章 牧苏州彰显政绩

唐敬宗于治国无丝毫建树，却是不折不扣的玩乐天才。敬宗马球技艺精湛，又喜爱观赏摔跤、拔河、龙舟竞渡等游戏，宫中宦官、宫女皆其玩具。但他毕竟少年无知，手握生杀予夺大权愈加恣意狂妄，动辄就将宫人流配、籍没，许多宦官只因小错，轻则辱骂，重则捶挞，人人满怀畏惧、心中怨愤。宦官许遂振、李少端、鱼弘志等还因为与敬宗“打夜狐”配合不佳而被削职。敬宗这种肆无忌惮的放纵，很快就把自己送上了末路。

宝历二年（826）十二月初八日，唐敬宗生平最后一次去“打夜狐”。深夜回宫后，敬宗仍不尽兴，又与宦官刘克明、田务澄、许文端以及击球军将苏佐明、王嘉宪、石定宽等二十八人饮酒。饮到痛快处，敬宗入室更衣。此时，大殿上灯烛忽然熄灭，刘克明与苏佐明等一拥而上，将敬宗勒死。两日后，宦官王守澄、梁守谦又指挥神策军入宫，杀死刘克明和他欲拥立的绛王李悟，立穆宗次子江王李昂为帝，改年号为大和，是为唐文宗。

享年十八岁的唐敬宗得了个不甚体面的“睿武昭愍”谥号，被草草埋入了庄陵中。后世的史官们评价道，“穆宗生性骄诞，敬宗肖之，固其宜也”。宝历短短两年，国统几绝，之所以尚未亡国，幸赖裴度复为宰辅，大唐国祚才得苟延。区区昏童，误国误己，若非得据君位，何值史书一笔？

唐文宗在宫廷刀光剑影中被宦官扶上帝位，时时事事皆不离宦官掌控；朝中虽有裴度苦力支撑，却不及李宗闵之辈勾结宦官，熏天权势之下，裴度亦无可奈何。白居易回洛阳不久后，被征为秘书监而去长安，刘禹锡在洛阳困居半年，得一主客郎中分司东都的闲职，百无聊赖的生活便在亲朋唱和与迎来送往之中继续蹉跎，这与他在二十三年沉沦生涯中日夜期盼的归乡生活有天壤之别。刘禹锡曾有《罢郡归洛阳闲居》之诗，将赋闲中的苦闷与自励尽抒其中：

十年江外守，旦夕有归心。及此西还日，空成东武吟。
花间数盏酒，月下一张琴。闻说功名事，依前惜寸阴。

——《罢郡归洛阳闲居》

大和元年（827）七月某日，刘禹锡府上忽有客人到访。来人不通报姓名，只让刘禹锡亲自来迎便知。刘禹锡心生疑惑，果然亲至府门。一见来人面目，刘禹锡登时惊喜，继而嚎啕不止。来者亦不堪悲情，二人抱头痛哭。

能令刘禹锡大喜大悲交相碰撞者，天下唯韩泰一人。文宗登基后，韩泰方从漳州征还长安，新授湖州刺史。闻刘禹锡在洛阳，韩泰上任途中特来探望。大和元年时，永贞革新后同获罪的八司马中，已仅剩刘禹锡与韩泰二人。自柳宗元去世后，韩泰便是最与刘禹锡志同道合而又能同病相怜之人。

刘禹锡呼唤仆人置酒摆宴，与韩泰携手进府。刹那之间，刘禹锡忽然感觉回到了永贞元年那段青春飞扬的岁月。那时，革新集团群英荟萃，上朝退朝群集影从，时人瞩目，那是他们一生中最得意的时光。可是再看现实，昔日同行相伴之人，仅剩沧桑憔悴的韩泰而已。两人对面长叹，泪比话多，丰盛的酒菜几乎成为祭奠那段峥嵘岁月的贡品。自元和十年（815）在长安匆匆见过一面后，两人又是十数年未见，其间虽隔千山万水，而升沉之势相近。此次韩泰短暂回京，旋又出为湖州刺史，仍旧不得重归郎署，反倒羡慕刘禹锡能在家乡赋闲。

两人彻夜长谈，只用紧锁数十载的腹心之言送酒，直喝尽了刘府存酒，却仍能令醉意冲淡百感交集的苦涩。当两人同榻而卧时，方才明白：他们这一生的骄傲与艰辛，其实不用相互叙述，是非曲直、恩怨情仇，自有青史可证。

翌日清晨，韩泰将登路程。两人俱已五十多岁，如此年纪作千里之别，几成诀别。刘禹锡不忍离别悲情，只将韩泰送出街外，不敢远送。临别时，刘禹锡口占五首，既有怀念故旧之谊，又有为韩泰湖州新任之祝愿：

昔年意气结群英，几度朝回一字行。
海北天南零落尽，两人相见洛阳城。

自从云散各东西，每日欢娱却惨凄。
离别苦多相见少，一生心事在书题。

今朝无意诉离杯，何况清弦急管催。
本欲醉中轻远别，不知翻引酒悲来。

骆驼桥上蘋风起，鹦鹉杯中箬下春。
水碧山青知好处，开颜一笑向何人。

溪中士女出笆篱，溪上鸳鸯避画旗。
何处人间似仙境，春山携妓采茶时。

——《洛中送韩七中丞之吴兴口号五首》

韩泰挥泪告别，二人果真再未相见。大和五年（831），韩泰卒于任所。

刘禹锡见到韩泰，心中终归是充满欢喜的。宪宗去世已久，当年恩怨已泯，而刘、韩岿然尚存，焉知无有晚达之期？刘禹锡独自登上池上亭，望着远方风物，暗自吟诵：

日午树阴正，独吟池上亭。静看蜂教诲，闲想鹤仪形。
法酒调神气，清琴入性灵。浩然机已息，几杖复何铭。
——《昼居池上亭独吟》

在恬静幽雅、孤独闲适的闲居中，刘禹锡师蜂自励，修德至勤，在表现“身闲志不闲”高尚情操的同时，暗用刘向《杖铭》之意，讽刺朝廷“有士不用”。其内心之不平，在于心系社稷。

又过一年，刘禹锡果然看到了重归大唐权力中枢的曙光。大和二年（828）春，在宰相裴度、窦易直和淮南节度使段文昌的极力举荐下，刘禹锡调回京城，任主客郎中。

再度回到梦想开始的地方，刘禹锡心中横生孤傲。他笑了，他笑那多灾多难的命运最终被他制服，踩在脚下。那些曾经对他恶语相加、造谣中伤之徒，还有几人能活跃在大唐的政治舞台上？主客郎中虽然官非枢要，但已有力地宣告，刘禹锡不屈的精神是不可战胜的力量！

怀着激动喜悦的心情，刘禹锡快马加鞭，赶赴京城。但他到达京城的第一站，既非投宿馆驿，亦非向郎署报到，却是去了玄都观。

元和十年那首《元和十年，自朗州承召至京，戏赠看花诸君子》，让刘禹锡复官梦碎，令他始终不能释怀。他曾无数次梦见玄都观中的桃花，他发誓有生之年必要再到玄都观，再写一首咏桃花之诗。

可是刘禹锡失望了。大和二年春天的玄都观里，早已没有了当年的百亩桃花。昔年春游胜地，今日已成一片杂草丛生的荒野。仔细想来，也不奇怪。宪宗、穆宗两代皇帝皆因服食金丹而暴毙，玄都观受到牵连，道士们被驱遣一空。无人照料之下，桃花、道观何能独存？

失望过后，刘禹锡却又仰面大笑：这玄都观中的桃花，看来果真与他有缘！当年一句“玄都观里桃千树，尽是刘郎去后栽”引发轩然大波，而今不仅桃花都不见，连种桃树的道士也都没了踪影，岂不恰好暗喻了奸邪小人们失势灭亡的命运吗？满目的荒凉在刘禹锡眼中却别有一番滋味。他无意于幸灾乐祸，但绝忍不住发出由衷的嘲讽：

百亩庭中半是苔，桃花净尽菜花开。
种桃道士归何处？前度刘郎今又来！
——《再游玄都观》

然而，玄都观似乎是刘禹锡命中的煞地。命运便是如此荒唐，刘禹锡第二次在玄都观题诗，又令他的仕途遭遇了意外的挫折。

得两位宰相和藩镇重臣保荐，大和二年（828）秋，刘禹锡旋又升任集贤殿学士。时裴度在中书省，有令禹锡知制诰之意。白居易时任刑部侍郎，闻知喜讯，来诗称贺道：

暂留春殿多称屈，合入纶闱即可知。
从此摩霄去非晚，鬓间未有一茎丝……
——《和集贤刘学士早朝作》

刘禹锡亦从裴度处得到消息。按常理，刘禹锡知制诰后，便可正拜舍人，渐有入相之望。禹锡以为仕途果然从此豁然开朗，亦在《早秋集贤院即事》中将沉沦多年后重登要津的深切感慨一展无余：

金数已三伏，火星正西流。树含秋露晓，阁倚碧天秋。
灰琯应新律，铜壶添夜筹。商飙从朔塞，爽气入神州。

蕙草香书殿，槐花点御沟。山明真色见，水净浊烟收。
早岁忝华省，再来成白头。幸依群玉府，有路尚瀛洲。

可惜，刘禹锡刚刚望见的通往瀛洲之路，迅即被李宗闵之辈拦断了。《再游玄都观》一诗中透露出的桀骜之气和对新贵们的不屑之情，刺痛了李宗闵的神经。他指使言官上书弹劾，请托宦官屡进谗言，无所不用其极，硬是令裴度欲使刘禹锡知制诰的计划胎死腹中。

未能如愿知制诰，刘禹锡难免失落。裴度虽有同情之心，却无再擢之力，只能尽其心力，助刘禹锡在大和三年（829）除礼部郎中，仍兼集贤殿学士，每日与古今典籍为伴，兼管判别从天下州道送来的各种祥瑞呈报。数年之中，刘禹锡在长安除编纂书册外，只能常随朝中阁老们饮宴游乐，做些应景唱和文章，虽然博得虚名无数，但他能越来越清晰地听到身体枯萎的声音，这象征着生命之火将要燃尽的声音不断敦促着他，一定还要为社稷做些实在的贡献。

在激烈的明争暗斗中，从不拉帮结派的裴度终于发现自己无法战胜李宗闵、牛僧孺之朋党。大和四年（830），裴度守司徒、兼侍中，出为山南东道节度使，离开了京城的政治漩涡。失去了裴度的庇佑，刘禹锡知道京城已无立足之地，求分司东都未果。又经一年，刘禹锡将所编两千余册典籍进奉内廷后，终得外调之令，出为苏州刺史。

大和六年（832）初，在京数年时光，竟无半点建树，刘禹锡再次怀揣失望之情离开了长安。在洛阳，刘禹锡再次见到了白居易。大和三年时，白居易已求得分司东都闲职，安心过起了不问世事的恬逸生活。当他看到刘禹锡仍在为仕途宏愿而奔波时，他把送到嘴边的劝说咽了回去：如果刘禹锡也甘愿在家养老，那还是刘禹锡吗？白居易不再多言，只将苏州情形尽皆告知，聊作一臂之力，然后只顾劝酒，尽情欢乐。

历史悠久、人文荟萃、山明水秀、风物清嘉的苏州是江南之冠，素来是唐代诗人的向往之地。加之，刘禹锡出生地离此不远，自幼在江南生活，任苏州刺史无疑使刘禹锡有归来之感。上任伊始，恰逢苏州水灾，刘禹锡为民请命，开仓赈饥，免赋减役，拯苏州百姓于水火。水灾过后，刘禹锡走入市井，探问农耕，教泽市民，安抚百姓。数月之后，苏州已复灾前繁盛之状。

曾任浙东观察使的李绅途经苏州，仰慕刘禹锡之名，着人持名札邀刘禹锡赴宴。席间，李绅邀舞女助兴，并着数个歌妓作陪。酒至半酣，刘禹锡见作过“谁知盘中餐，粒粒皆辛苦”之诗的李绅如此奢靡，不由诗道：

高髻云鬟宫样装，春风一曲杜韦娘。
司空见惯浑闲事，断尽苏州刺史肠。

——《赠李司空妓》

诗意李绅花天酒地，习以为常，而我刘禹锡却肝肠寸断，于心不忍。“司空见惯”这句成语，从此不胫而走。

对权贵，刘禹锡一身正气，嫉恶如仇。对百姓，其倡导“功利存乎人民”。无论身居何处，刘禹锡皆能守正不阿，重土爱民，兴教重学，其执政能力终于在苏州得到了应有的肯定与褒扬。浙西观察使王璠在苏州看到刘禹锡杰出的政绩后，在考课中将刘禹锡列为“政最”——这是和平时期大唐地方官员极少能得到的荣誉。朝廷特加褒奖，赐予刘禹锡紫袍、金鱼袋，以示荣宠。

获得紫金鱼袋的奖励，无疑是刘禹锡官场生涯中值得骄傲的篇章。刘禹锡明白，这也许就是他能在官场中所获得的最大成就。穿上华美异常的紫袍，佩上贵气不凡的金鱼袋，刘禹锡却泪如雨下，虽知文宗皇帝只是宦官傀儡，亦将满腹冤屈与感恩尽书于《苏州谢恩赐加章服表》中：

臣某言：伏奉去年十一月二十七日诏书，加臣赐紫金鱼袋，馀如故者。恩降重霄，荣沾陋质。虚黩陟明之典，恐兴彼己之

> 诗。宠过若惊，喜深生惧。臣某中谢。臣起自书生，业文入仕。德宗朝为御史，以孤直在台；顺宗朝为郎官，以缘累出省；宪宗皇帝后知其冤，特降敕书，追赴京国。缘有虚称，恐居清班。务进者争先，上封者潜毁。巧言易信，孤愤难申。俄复一麾，外转三郡。伏遇陛下膺期御宇，大振滞淹，哀臣宿旧，猥见收拾。职兼书殿，官忝仪曹。微劳未宣，薄命多故。又离省署，重领郡符。延英面辞，亲承教诲。衔命即路，星言载驰。到任之初，便逢灾疫。奉宣圣泽，恭守诏条。上禀睿谋，下求人瘼。才术虽短，忧劳则深。幸免流离，渐臻完复。皆承圣化所及，遂使人心获安，岂由微臣薄劣能致？臣素乏亲党，家本孤贫。年衰无酒色之娱，性拙无博奕之艺。自领大郡，又逢时灾。昼夜苦心，寝食忘味。曾经诬毁，每事防虞。惟托神明，更无媒援。岂期片善，上达宸聪。回日月之重光，烛江湖之下国。丝纶褒异，苦节既彰。印绶炜煌，老容如少。望云天而拜舞，岂尽丹诚？视环玦以徘徊，空嗟白首。无任感激屏营之至。

与朝廷所加紫金鱼袋相比，苏州百姓对刘禹锡的爱戴，才是令他最为欣慰的奖赏。大和八年（834），刘禹锡在苏州百姓夹道相送的哭声中，在“流水阊门外，秋风吹柳条。从来送客处，今日自魂销”的不舍和惆怅中，调任汝州刺史、兼御史中丞、充本道防御使后。此后，苏州百姓自发地建起“三贤祠”，以供奉曾为苏州做出巨大贡献的韦应物、白居易和刘禹锡，千年以降，香火不断。

第四十三章 惜良材无力回天

由苏州转汝州，刘禹锡再从扬州经过。此时的淮南大都督府长史、淮南节度使，恰是牛僧孺。韩愈去世后，牛僧孺是公认的文坛盟主，而牛僧孺与刘禹锡又颇有渊源，因而专为刘禹锡设下酒宴。

刘禹锡来赴牛僧孺之宴，心中殊为忐忑。贞元二十一年（805）时，牛僧孺尚为布衣，刘禹锡虽曾加以奖掖，但却因一时疏忽而结下怨愤，且牛僧孺与李宗闵同气连枝，是裴度、李德裕之政敌，其中关系极难把握。酒席之上果如刘禹锡所料，牛僧孺终于得到机会在刘禹锡面前扳回颜面，情绪格外高昂，片刻便显醉意，举杯敬刘禹锡道："梦得公，你我初见时，你年纪轻轻已为郎官，曾令牛某羡慕无比，并以公为楷模，日夜习读诗书。谁知世事无常，你一谪便是二十三年，如今也只是汝州刺史，而牛某一路平步青云，出将入相，岂不妙哉？谁知当初，牛某还拿着行卷去投谒梦得公哪？哈哈！"

说罢，牛僧孺随即赋诗一首：

粉署为郎四十春，今来名辈更无人。

休论世上升沉事，且斗樽前见在身。
珠玉会应成咳唾，山川犹觉露精神。
莫嫌恃酒轻言语，曾把文章谒后尘。

——《席上赠刘梦得》

牛僧孺的气量确实不算宽广，陈年旧事却耿耿于怀。好在刘禹锡本知应与牛僧孺维持关系，同时亦对当年未能礼遇牛僧孺而觉惭愧，因而自愿放低身段，极度自谦地和诗表达了歉意：

少年曾忝汉庭臣，晚岁空馀老病身。
初见相如成赋日，寻为丞相扫门人。
追思往事咨嗟久，喜奉清光笑语频。
犹有登朝旧冠冕，待公三入拂尘埃。

——《酬淮南牛相公述旧见贻》

牛僧孺毕竟也算有宰相之器，闻刘禹锡此诗，心中积怨顿消，顺手端起身边的一杯酒，一饮而尽，笑对刘禹锡长啸一声！刘禹锡受到感染，随声和啸，那啸声突然解开了二人心中的积怨，刹那间超越了名利和物情，化为永恒的友谊，亦作得文章挚友。

汝州离洛阳不远，刘禹锡任汝州刺史时，与同在洛阳的裴度和白居易往来唱和。刘禹锡悲哀地发现，裴度已经完全无意于朝政，他在洛阳修建了富丽堂皇的宅院，只愿一心安乐养老，白居易与裴度亦是同样打算。刘禹锡曾作诗“一东一西别，别何如？终期大冶再熔炼，愿托扶摇翔碧虚”，表明自己还想经受一次政治烈火的熔炼，表达希望裴度出山之意。但是，富于政治经验的裴度已预感到朝廷上可能会发生祸乱，宦情已经淡薄，所以裴度在裴、白、李、刘四人的《刘二十八自汝赴左冯途经洛中相见联句》中，对刘禹锡的热情冷淡回应：“不归丹掖去，铜竹漫云云。唯喜因过我，须知未贺君。”此后，刘禹锡以“洛阳牡丹真国色，花开时节动京城”暗喻，再劝说裴度出山，却又被裴度巧言略过，时日稍长，刘禹锡只能徒叹奈何。

大和九年（835），已经习惯了闲居生活的白居易以病为由，拒绝了授其同州刺史的任命。这顶同州刺史、兼御史中丞、充本州防御、长春宫等使的乌纱帽，又落到了刘禹锡头上。“二华关渭水，三城朝合阳”的同州乃京畿门户，位置重要。刘禹锡得此重用，心有喜悦，写下《酬喜相遇同州与乐天替代》：

旧托松心契，新交竹使符。行年同甲子，筋力羡丁夫。
别后诗成帙，携来酒满壶。今朝停五马，不独为罗敷。

只是同州已连遭四年大旱，刘禹锡上任后，除赈灾放粮外，就是引众赴山祈雨。祈雨途中，因年事渐高，不慎脚部受损，只好在府衙稍歇，并无多事。其本想静待时机，但一场惨烈的宫廷变故，彻底埋葬了刘禹锡再入朝堂的希望。

唐文宗并不是甘做傀儡的昏君。他先利用宦官之间的矛盾，使仇士良取代王守澄，并将王守澄赐死，然后又与自己提拔的心腹郑注、李训等人密谋，意图引凤翔官兵进京剿贼。可悲大业未成，李训便生争权夺利之心，不待郑注引兵进城，私下鼓动文宗冒险提前行动。

大和九年十一月二十一日，早朝于紫宸殿时，金吾大将军韩约奏报左金吾仗院内石榴树上夜降甘露。李训依计建议，天降祥瑞，又近在宫禁，文宗可亲往观赏。于是，文宗前至含元殿，命宰相和中书、门下省官先往观看。官员们回来奏称，无法确定是否真甘露。文宗乃再命仇士良、鱼弘志等引众宦官前去察看。

李训等本想以观看甘露为名，将宦官诱至金吾仗院，一举歼灭之。不料仇士良等警惕颇高，进至左金吾仗院时，见韩约惊慌失措，又发现幕后埋伏了刀斧手，慌忙退出，郑注计划落空。宦官们退到含元殿，迫使文宗乘软舆入内宫。李训急呼金吾卫士上殿保驾，一面攀舆高呼“陛下不可入宫”。金吾卫士数十人和京兆府吏卒、御史台约五百人登殿奋击，宦官死伤数十人。但这时宦官已将李训打倒地上，抬着文宗进入宣政门，将门关闭，朝臣一时惊散。李训见事不济，出宫单骑走入终南山佛寺中。宰相王涯、贾餗、舒元舆不明真相，退到中书省等候文宗召见。

宦官挟持文宗退入内殿后，立即派遣神策军五百人，持刀出东上阁门，逢人即杀，死者六七百人，接着关闭宫城各门搜捕，又杀千余人。李训、王涯、贾餗、舒元舆、王璠、郭行余、罗立言、李孝本、韩约等先后被捕杀。事发时，郑注正率亲兵五百人赴长安，中途知事败，返还凤翔，也被监军杀死。上述诸人都遭族诛，更多的人被牵连而死。经过这次宦官的大屠杀，朝列几乎为之一空。从此宦官更加专横，凌逼皇帝，蔑视朝官。

“甘露之变”中，好友王涯、王璠等被杀，刘禹锡虽愤怒万分，却无计可施，只能以《同州举萧谏议自代状》相救“缙绅之间，号为端士”的萧俶。再历此变，刘禹锡深感一己之力无法力挽狂澜，心生退意。在同州未满一年，刘禹锡即以足疾辞官，迁太子宾客，分司东都。

刘禹锡放弃他的志向了吗？当然没有！唐武宗会昌元年（841），唐武宗力排众议，将斥逐许久的李德裕召回朝中，任为宰相。李德裕回京后，将咏怀壮志的《秋声赋》寄送刘禹锡，刘禹锡这样和道：

> 相国中山公赋《秋声》，以属天官太常伯，唱和俱绝，然皆得时道行之余兴，犹动光阴之叹，况伊郁老病者乎？吟之斐然，以寄孤愤。
>
> 碧天如水兮，窅窅悠悠。百虫迎暮兮，万叶吟秋。欲辞林而萧飒，潜命侣以啁啾。送将归兮临水，非吾土兮登楼。晚枝多露蝉之思，夕蔓趣寒螀之愁。至若松竹含韵，梧楸早脱。惊绮疏之晓吹，堕碧砌之凉月。念塞外之征行，顾闺中之骚屑。夜蛩鸣兮机杼促，朔雁叫兮音书绝。远杵续兮何泠泠，虚窗静兮空切切。如吟如啸，非竹非丝。合自然之宫徵，动终岁

之别离。废井苔合，荒园露滋。草苍苍兮人寂寂，树槭槭兮虫咿咿。则有安石风流，巨源多可。平六符而佐主，施九流而自我。犹复感阴虫之鸣轩，叹凉叶之初堕。异宋玉之悲伤，觉潘郎之幺么。嗟乎！骥伏枥而已老，鹰在韝而有情。聆朔风而心动，盼天籁而神惊。力将痑兮足受绁，犹奋迅于秋声！

刘禹锡自比老骥伏枥，但仍想着驰骋千里；自比雄鹰受缚，但仍想着展翅高飞。已是古稀之年，尽管一生之中难得顺利，刘禹锡依然对生活充满热爱和激情，他的生命充满了活力。这首激情昂扬的秋歌，也是刘禹锡一生鼓角长鸣的战歌。

甘露之变令唐文宗丧失了信心的支撑，仅两年便郁郁而终。面对宦官的暴戾，大唐几乎到了无人敢出来主持公道的地步。裴度去做了北都留守，不久告归，寿终正寝。牛僧孺来做了东都留守，日日宴乐，刘禹锡的生活便被牛僧孺、白居易等人的酒宴游乐所占据。

刘禹锡随着年事已高，时常被梦魇折磨。然其自恃幼学岐黄，自通医理，固执地不用郎中诊病。

一日，刘禹锡在梦魇中醒来未几，白居易车马便已在门外等候，相约刘禹锡前去邙山聚会。刘禹锡上车，二人寒暄一阵，见白居易车中空空，刘禹锡便问："往日里外出游玩，素素、小蛮二位姑娘向来不离乐天左右，今日高朋满座之席，却为何不见她二人？莫不是怕被人讨了去？"

白居易凄然笑道："梦得休要取笑！君见老朽前日寄书否？应知我已将家中歌妓一应遣散。"

"遣散了？"刘禹锡脑中并无印象，十分吃惊。

数日之前，白居易曾命人将新作一首《咏老赠梦得》传书刘禹锡。因二人同岁，谓可生相怜之情。见刘禹锡似记忆不深，白居易轻叹一声，便吟道：

与君俱老也，自问老何如。眼涩夜先卧，头慵朝未梳。
有时扶杖出，尽日闭门居。懒照新磨镜，休看小字书。
情于故人重，迹共少年疏。唯是闲谈兴，相逢尚有余。

吟罢，白居易垂泪道："与君寄此诗，实为悲情伤切之作。君与我俱已是古稀之岁，如今精力日衰，百病缠身，路行不得，书亦读不得，只是每日闲居在家无所事事，好不凄苦。家里虽买新镜，但我实在不愿看见镜中那个垂垂将死的老朽，因而也着意避免从镜前走过。百无聊赖之时，不由得常常回忆起那许多故交旧友，但还能与我相聚、痛饮唱和的，所剩无几。呜呼，哀哉！人之老矣，万事休矣！"

见白居易垂泪，刘禹锡宽慰道："乐天何以如此悲伤？生老病死，乃天之道耶。既是天道，你我又何须伤怀？老则老矣，却仍可当家国事，岂不闻魏武'老骥伏枥，志在千里。烈士暮年，壮心不已'之诗？那姜太公垂钓于渭水之畔时，不过也是你我如今之岁数？"

白居易怅然道："果然梦得豪迈，老朽不能及耶！只叹世道不古，再无周文王了！"

刘禹锡大笑道："乐天若如此，则何为乐天耳？待老夫和你一首，酬乐天赠诗如何？"

白居易大喜，自车内箧中取出笔墨，便听得刘禹锡吟道：

人谁不顾老，老去有谁怜？身瘦带频减，发稀帽自偏。
废书缘惜眼，多炙为随年。经事还谙事，阅人如阅川。
细思皆幸矣，下此便翛然。莫道桑榆晚，为霞尚满天。

——《酬乐天咏老见示》

白居易抄下此诗，又自吟诵了两遍，不禁拊掌连叫三声"妙哉"，谢刘禹锡道："梦得不愧诗中豪者，一首诗便撞开了老朽心结！梦得所言甚是，人孰无老？纵如老朽诗中所言疾病缠身又能如何？经历了丰富的人生，看的人、看的事多了，自然格外看得准，细细想来，你我确实已经比很多人幸运。最妙是梦得末尾两句‘莫道桑榆晚，为霞尚满天’，你我虽半生坎坷，但如今朝廷对你我礼敬有加，晚辈后生常常登门，或讨教文章，或干谒求荐，正如晚霞般照耀天地！君之乐观旷达，世所罕见，老朽可算见识了！”

白居易连连称赞，刘禹锡谢道：“拙作一首，权与乐天解忧耳，何足挂齿？今日牛相公备得剑南贡生春酒，遍邀东都文人雅士共赏春光，庆贺圣上新上尊号并赐文武官员阶、勋、爵，你我还当尽兴才好！”

两人一路言谈，不觉间穿城过市，车马已来到邙山脚下，停在牛僧孺别墅门外，早有牛府家仆在此等候客人。刘禹锡、白居易拄杖下车，恰见一辆大车在重重人群簇拥之下往后门去，便问仆人：“莫非又有人孝敬牛相公奇石？”

“正是！”仆人语露得意，“苏州李刺史于太湖中得了一方绝伦的奇石，今日刚刚送到府前。两位老大人今日有眼福了！”

刘禹锡不置可否，白居易却饶有兴致，欲去看个究竟，仆人却道：“请二位老大人先入府中稍歇，奇石需在后院清理、安置，稍候必请诸家贵宾前往品鉴。”

主人家既如是说，白居易自是知晓礼数之人，便与刘禹锡同往府中。其时东都洛阳城中文人骚客极多，论诗文，无出刘、白之右者，而两人年又最长，因此，往来人等，凡是认识的，莫不深躬拜见。

刘禹锡只因困于足疾，深居简出，这日于牛府中见得许多后生才俊、晚辈贤才，心中自然格外欢喜，频频与相熟旧友致意。有人取来文章诗词，刘、白亦不推辞，加以指点，众人喧闹非常，一团和气。

牛僧孺在朝廷中与李德裕相争已久。文宗时期，牛僧孺因向吐蕃归还维州降城降将一事失宠于御前，主动请辞，累迁淮南节度使、东都留守、山南东道节度使。会昌元年（841），李德裕得武宗皇帝信任入相，将牛僧孺罢为太子少师，闲居洛阳。牛僧孺深感宦海难测，萌生退意，便于洛阳城东、城南置下房产、别墅，以搜集奇石嘉木为乐，以装点园林亭台为业，邀集名士谈诗论酒，品石鉴画。于仕途别无他求之人，倒也贪得几分自在。

牛僧孺虽处贬谪之中，但毕竟两度入相，门生故旧遍布朝野，圣上面前亦有些分量，可谓离朝而不失势，又兼牛僧孺本人好学博文，年轻时便驰名于士林，待到仕途得意之后，更是当仁不让的文坛领袖。得牛相公筵宴相邀，被洛阳的待考举子、新晋进士和逡巡旧吏们视为鱼跃龙门之良机。眼见晷上影短，耳听铜壶滴漏，众人不免翘首盼望，以待贤主。

刘禹锡、白居易二人却与他人不同。二老饱经沉浮，早已无意于朝堂，且各与牛僧孺相交数十载，纵有恩怨，亦早归于流觞，所遗者唯诗酒谈笑，纵歌怡情，除却世俗提抬挈领，自生恬谧如水清雅。

片刻后，牛僧孺悠闲而至，众宾客顿时围定主人，揖拜一片，问安之声互不可闻，蔚为热闹。唯刘、白二人岿然不动。牛僧孺于人群缝中看见二人，无奈宾客热诚，不得拜见长者，只好隔空作揖，报以歉意。

刘、白微笑还礼。刘禹锡与白居易耳语："乐天你看！那围在牛相公左右殷勤谄媚之人，不乏与你我年纪相仿之辈。'莫道桑榆晚，为霞尚满天'，你看，那霞光不正照得众人满面红光？"

白居易将眼望去，果然见人群中有三五人，须发斑驳尚围拢牛僧孺左右，欲争个闻名于前的机会，怎奈垂垂老朽，如何争得过年轻后生，直急得涨红了脸。

白居易微微摇头，应道："梦得怎又取笑！一把年纪尚且为几斗粟米而至于此，岂不悲乎？"

刘禹锡若有所思，反问道："君所悲者，其人乎？其事乎？若悲其人，则你我何如？若悲其事，则何可尽矣？"

白居易一愣，无言以对，思道：我所悲悯者，是那三五老者吗？如果是，那么是不是我自己也是可悲？如果我所悲悯的，是他们老来还要在后生面前献媚，那这样的事多得数不胜数，我的悲哀又要到何时才有尽头？

刘禹锡忽然想起十二年前一篇赠友诗作，恰是应景，又与白居易低语道：“老夫有旧作一首，甚应此景。彼时恩相裴相公出为山南东道节度使，我正在苦闷中挣扎，却与旧相识米嘉荣于长安偶遇，米嘉荣与我歌得一曲《凉州曲》解忧。道那米嘉荣何等样人，贞元中，时人宁破千金，不辍一曲，宫廷供奉，恩赏无数，文人雅士，竞相赋颂。孰料三十年后，竟至无人问津，备受零落。我因是曾作《与歌者米嘉荣》：‘唱得凉州意外声，旧人唯数米嘉荣。近来时世轻先辈，好染髭须事后生。’既是宽慰米嘉荣，也是抒发心声。”

白居易不禁莞尔：“好个刘梦得，豪放诗文之中，也夹得好些锋利刀枪！‘好染髭须事后生’，着实雕画得生动！只是今日在牛相公府上，梦得还是勿提这些尴尬话才好。”

刘禹锡笑应。此时众人拜见已毕，各自落座，牛僧孺亲至面前，迎得刘禹锡、白居易二人同入上座。二人不加推辞，分坐牛僧孺两边。

刘禹锡连日梦魇，倦怠之色未尝稍解，牛僧孺惊见刘禹锡垂老之相，不禁戚戚然，问道：“挂念梦得兄多时，今方如愿得见！却见君气色不佳，料贵体违和，可否让敝府郎中与君请脉，好做调理？”

刘禹锡谢道：“承蒙相公挂念！老朽自通医理，知此陈年痼疾发作，无药可医，想是大限不远矣。”

牛僧孺连忙打断：“梦得何言及此？兄乃国之贤才，世人称道，切莫因一时病痛而生厌世之心！”

刘禹锡却笑，两人自不免交头接耳，私语几番。席中众人面前虽已铺金陈银，奉上果蔬珍馐，杯中斟满剑南生春美酒，奈何主人未发言语，宾客不敢擅动。不识刘禹锡尊容者相互询问，竟不知那座上老者是何人物，与牛相公这般熟稔。

毕竟白居易在洛阳时久，又常聚宴饮乐，所识甚广，而刘禹锡生活简朴，虽间有问访，终不及白居易交游者众。座下有识得白居易者悄声问：“请教白少傅，那边老者是为何人？”

不待白居易作答，牛僧孺却也听见，起身朗声道：“诸位嘉宾，今日敝府饮宴，请得二位尊长。白少傅自不必多言，东都国人谁不熟识？而身右这位长者，诸公虽不识其面，然其诗文，早已流传天下，如《竹枝词》《石头城》《后庭花》《秋日送客至潜水驿》之诗歌，《天论》《因论七篇》之文章，无不为后学所推崇。”

闻听此几首诗名，众人已猜至八九分，有人起身作揖问道：“公莫非中山刘梦得乎？”

刘禹锡正欲答应，却有人抢道：“刘公乃我彭城人，何言中山乎？”

二人意见相左，众人附和，一时争执不下。其余宾客闻知刘禹锡在上，亦争相拜，却也争论起刘禹锡的郡望所在。

见此情形，白居易只好附声：“梦得自揭身世最好！”

第四十四章 存精神照耀后世

宾客纷纷回座，刘禹锡缓缓起身，提酒壶至堂中，为众人一一斟酒。斟毕，自举一杯，忽然向众人弯腰鞠躬。众人措手不及，慌忙起身还礼。牛僧孺扶起刘禹锡，道："刘公何故行此大礼？座下诸人皆公之后辈，何敢当耶？"

"今日春光和暖，高朋满座，本应诗酒词画，共叙风流，不想诸位贤达竟为老夫之郡望而起争执，实乃老夫之过！"

闻听此言，适才争执之人无不惊惶。刘禹锡却微笑摆手，继续道："不过，今日之筵着实难得，不妨趁此良机，将老夫家世渊源与诸君细细辨明。"诸人闻言驻杯，心怀敬意地静听刘禹锡之言。

"天下望族，无非崔、裴、卢、二王、二李七家，而我朝崇尚门第郡望，自夸与夸赠之风必盛，非独子一人。便是老夫年轻时，也不免俗。如今古稀之岁，想来可笑！老夫当年初到长安，备考之余与在京学子交游往来，因旁人皆自言身出名门望族，于是心生虚荣之念。本欲自夸彭城，然毕竟初出茅庐，风头不宜过盛，因思可认作汉中山靖王之后。中山靖王亦为贤王，据传子嗣多达百余人，支脉不可胜数，料无处可查。因此，方成‘中山刘梦得’之说。”

众人闻言，各自思忖。刘禹锡既非中山人，亦非彭城人，虽在意料之外，却在情理之中。又思各自往日经历，自夸门第、虚赞他人之事，不免有之。见刘禹锡以风烛之年，言之坦然，众人更觉谬认郡望之事实在索然无味，徒占虚名，止增笑耳。

刘禹锡见众人皆不言语，恐败坏了兴致，提声道：“诸君勿因老夫所言而悸悸然，如此便是老夫的罪过了！自魏晋南北朝以来，士人屡兴浮夸放纵之风，不以不学无术为耻，却以攀比门第为荣，至我圣朝之时，此风已渐渐消减。时至今日，门第虽存，然世人更重道德学问，只望在座诸位——尤其后生才俊，需勤习诗书，胸怀齐治之事，以为正途。若如此，门第之说权作笑谈之资耳，可耶！”

刘禹锡虽作此议，却有矫饰。世人始著郡望，正是兴于唐朝。因名门世家以郡望自矜，相与通连，雄踞一方，更试图垄断朝政，寒门庶子进身艰难，不免奋而抗之。牛僧孺正是庶族官僚的首领人物，以其为核心的庶族进士出身的官僚们，与以李德裕为代表的门荫出身的士族官僚们斗争多年，互有胜负。刘禹锡今日既为牛僧孺座上之宾，虽与李德裕颇有交情，亦不得不敷衍郡望之事，以免主人不悦。

再闻刘禹锡此言，众人忽然心生开朗，再无沉闷之气，纷纷向刘禹锡敬酒，以谢教诲。待一轮饮罢，白居易问：“老朽记得梦得自小在苏州嘉兴长大，梦得祖籍当在嘉兴否？”

刘禹锡摇头道：“非耶！老夫虽生于嘉兴，长于江南，但依先父所言，安史之乱前，我刘氏一族长居洛阳，至安史之乱，方举族迁往江南。”

“那刘公之祖籍，必在洛阳！”牛僧孺断言道，“既是世居洛阳的中原刘氏，必然可追溯至汉室宗亲，刘公虽非彭城、中山，仍可为王侯之后！”

刘禹锡却又摇头：“牛相公且慢！据先父所言及家谱记载，我族七代先祖刘亮，曾为前朝官员，随朝廷迁都洛阳而定居于此。查史书可知，《魏书·高祖纪》有载：‘太和十九年六月丙辰，诏迁洛之民，死葬河南，不得还北。于是代人南迁者，悉为河南洛阳人。’又有《周书·明帝纪》载：‘二年三月庚申，诏曰：三十六国，九十九姓，自魏氏南徙，皆称河南之民。’即至周明帝宇文毓时，仍下诏书重申当初随魏氏南徙的各族民众皆称河南之民。《隋书·经籍志》又载：‘后魏迁洛，有八氏十姓，咸出帝族。又有三十六族，则诸国之从魏者；九十二姓，世为部落大人者，并为河南洛阳人。’由此可知，我祖刘亮，应于西魏时与西魏朝廷同迁洛阳，我族刘氏，本是来自北方，与汉室之刘氏并非一脉。而北方刘氏源出匈奴。”

“匈奴？”数人异口同声惊呼。

“正是！”刘禹锡肯定道，“汉高祖时，曾以宗女为公主，与匈奴冒顿和亲，约为兄弟，故其子孙亦冒用刘姓。西晋时，匈奴刘元海起兵反晋，曾对部众说：‘今见众十余万，皆一当晋十，鼓行而摧乱晋，犹拉枯耳。上可成汉高之业，下不失为魏氏，吾又汉氏之甥，约为兄弟，兄亡弟绍，不亦可乎？且可称汉，追尊后主，以怀人望。’刘元海改大单于号为汉王，后又称皇帝，将匈奴冒领刘姓充汉室后裔的谱系延续下来。”

听完刘禹锡所述，众人方恍然大悟。白居易又将酒杯斟满，敬到老友手中。刘禹锡心领神会，大笑道：“乐天呀，你这龟兹后裔，要与我这匈奴后裔痛饮一杯吗？”

白居易却道：“还得多一杯！当年你、我、元微之三人诗冠华夏，没想到我们同为异族之后，可惜元微之这个鲜卑人后裔先行了一步，你我饮酒，怎可不捎上他一杯？”

牛僧孺若有所思，感慨道：“想我大唐气度，恢弘万千，四海精英，齐聚华夏，以此方成千古之盛世。”

刘禹锡接道：“牛相公所言甚是！我大唐之所以能有空前繁荣，正是因为自太宗朝时便广开胸襟，对天下子民一视同仁，令有一技之长者，无论族出何处，俱可为国效力。虽然安史之乱伤我大唐元气极深，但只要朝廷能重拾贞观雄魂、开元气魄，再致天下英才同聚阙廷，使四海来贺，八方来朝，何愁藩镇二心、戎狄不臣，何愁大唐不能再展承平风华？”

言及盛唐气象，时光便失去了统御万物的权威，澎湃豪迈的灵魂激活了年老多病的躯体，刘禹锡走下堂中，与众贤达把盏。刘禹锡之故事朝野尽知，能于德宗至今上凡历七帝而不衰、守其身于党争倾轧之隙者，恐唯此一人耳，因是而受后生推崇尊重，可谓善也！

嘈杂声中，不知何人议论一声：“刘老大人既然祖籍洛阳，当年却与王叔文、王伾那帮南蛮同气连枝，坐受其累，蹉跎岁月，岂不愚哉？”

堂中虽然喧闹，然此语却钻入白居易耳中，居易以幼年曾在符离生活多年，饱受江南人文濡染，未尝不以江南客自居，而又未尝不受其累，至于闻人非议，当下叱之：“何人放肆，竟敢口出不逊，侮辱勋栋？”

一怒既发，众人色变，议论者莫敢复言，旁观者更无答词。牛僧孺问明缘由，亦感尴尬。见无人敢应，白居易拂袖欲去，刘禹锡将他劝住。“乐天且休动怒！禹锡一生所受飞语流言不可胜数，区区议论何足挂齿？我朝疆域辽阔，亘古未有，南北虽有驿道相连、运河可通，但毕竟往来不便，交流不深。由不解而生怨，不亦有乎？可听老夫一论！”

见刘禹锡面无愠色，白居易盛怒渐消，宾主颜色方解。禹锡论道：“方才牛相公曾言，我大唐有贞观至天宝之百年盛世，因其聚拢四海精英，俱为圣朝所用。曩时孰闻南北之争邪？不意胡虏恬颜负恩，骤起贼众，膻臊阙廷，沐猴而冠。崤函之险不敷于拒敌，潼关之固无以为御寇，乃至玄宗幸蜀。肃宗甫立，四方勤王之师往来征战，膏腴之地尽殁于战祸，中原人士避地至东南者日多。据某所知者，近朝股肱之中，乐天早游吴越，韩吏部愈幼随其兄南迁，继而就食江南，柳子厚之父举族入吴，杨於陵客居江南数载，权相公德舆自其父辈时起便已寓家洪州，崔相公群尝隐居毗陵，更有大司徒杜公佑进仕于江南。由是观之，其大势也。天子臂膀，一文一武，若一阴一阳，相合者兴，违合者亡，众文臣贤士若非避居江南，势必辱于贼手，或以死赴国，或折节附逆，则报君者何人邪？

“且夫征战者，实战之以钱粮也，不独朝廷将士，更有回鹘借师，无钱粮供给何以为战乎？当是时，仆射刘相公晏临危受命，领都畿、河南、淮南、江南、湖南、荆南、山南东道转运常平铸钱盐铁等使。公任人唯贤，雷厉风行，革新漕运，治理盐铁，敛不及民而民益许之，用度既足而民不加困，令乱不及江南半壁，又以钱粮供王师所用。安史贼酋不识牧民之道，以暴敛对善政，焉有后继之力乎？

“仆射刘相公晏尝置场院于治下诸道，为江南士人辟一出仕之途径，与诸道节度观察使之辟署相类。刘公因治税赋之功而入相，门下之徒相继入掌财政，为枢要之职。亦因江南乃税赋钱粮之仓，朝廷派往江南的官员多精明强干，出镇江南州郡则晋身尤易。与此对应，北方坚持奋战的平叛将士功勋卓著，同望显位。南北相怨，盖由此而生矣。后越州山阴人王叔文由太子陪侍用事，非者众而和者寡，焉由其不以亲之者为心腹欤？叔文持论，一曰削藩，二曰制内，天下知之，而不法者惧之。然削藩与制内乃天下之公论，顺天应人，于是不法者行围魏救赵之计，攻叔文以江南小吏暴起秉政，欲使江南仕人尽占庙堂。朝中官员籍北方者居多，闻之莫不惊恐，遂罗织罪状，聚而倾之，以致事败。其后南北相争之事时有闻之，朝野党争之外，更添纷乱。仕人之心离散，而天下不安。虽宪宗秉刚强之政而成中兴之势，终难相继。至今中人用事，藩镇为患，我等君子为人臣子，孰能自安乎？”语及此，禹锡痛心疾首，其言虽无厉色，却深撼人心。

“子曰，‘君子矜而不争，群而不党……’”牛僧孺进士出身，圣人教诲本烂熟于胸，然宦海浮沉，争权夺利、党同伐异，于家国天下往往无暇置目，今日闻禹锡议论，复思圣人言语，作为党争首领，牛僧孺尤觉愧深。而堂中客人未尝无有以籍地、朋党而论世是人非者，闻长者教训，焉能不自惭形秽、反躬自省？

牛僧孺虽有赧颜，然细思之，却不得不示意刘禹锡慎言。永贞一案至今尚未平反，虽然当年之人已凋零将尽，但其削藩、制内之主张，仍为当朝所忌讳。南衙耳目甚广，如若闻之，必以刑求。

禹锡往日无论应酬唱和还是与人议论，罕有如此直白恣意之态。牛僧孺、白居易深知永贞内情，后又经甘露之变，目睹株连之烈，急欲阻之，奈何禹锡兴起，视而不见，更因堂下后生晚辈多不闻当年旧事，听禹锡三言两语唯觉不足，纷纷探问根由。虽有牛僧孺喝止，但众人更加好奇，即缄于口，亦形于色。

见刘禹锡仍未有罢休之意，牛僧孺急急懊恼，白居易却心生感伤，谓牛僧孺道："牛相公勿扰，老朽与梦得常相佐伴，深知他有一腹苦怨，三十七年未得倾诉，方今已逾古稀，欲言之于后生，无为不可也！"

牛僧孺叹道："梦得今日一反常态，只怕将胸中块垒吐尽，人也已到油枯灯尽之时。"见刘禹锡与众人谈兴正浓，便不再阻拦，只命仆人关闭府门，不许外人进出，内又添上新酒，惟愿美酒醉人，不使片语外传。此时刘禹锡微醺，亦不入上座，却请人置一蒲团于堂中，令众人围拢过来，听他讲述那些永远不会被遗忘的历史……

当刘禹锡在邙山聚会上一吐块垒后，便决定自己应该留在洛阳家中好好休息，以待来日。然而，他的足疾一发不可收拾地日益恶化，使他感知来日不多。刘禹锡拒绝家人为他请医诊治的建议，他对自己生命的掌握甚至超过任何神明。他知道，自己的人生就要走到终点了。当世能给他的，只有文坛上的些许微名，真正能读懂他的人，也许在未来。他所要做的，就是用自己的笔墨，诚实地记录下自己的一生，好让后人能够从迷雾万重的史书中读到那个最真实的刘禹锡。

抱病之中，刘禹锡将生命最后的光辉，化入了这篇《子刘子自传》之中：

> 子刘子，名禹锡，字梦得。其先汉景帝贾夫人子胜，封中山王，谥曰靖，子孙因封为中山人也。七代祖亮，事北朝为冀州刺史、散骑常侍，遇迁都洛阳，为北部都昌里人。世为儒而

仕，坟墓在洛阳北山，其后地狭不可依，乃葬荥阳之檀山原。由大王父已还，一昭一穆如平生。曾祖凯，官至博州刺史。祖锽，由洛阳主簿察视行马外事，岁满，转殿中丞侍御史，赠尚书祠部郎中。父讳绪，亦以儒学，天宝末应进士，遂及大乱，举族东迁，以违患难，因为东诸侯所用。后为浙西从事，本府就加盐铁副使，遂转殿中，主务于埇桥。其后罢归浙右，至扬州，遇疾不讳。小子承夙训，禀遗教，眇然一身，奉尊夫人，不敢殒灭。后忝登朝，或领郡，蒙恩泽，先府君累赠至吏部尚书，先太君卢氏由彭城县太君赠至范阳郡太夫人。

初，禹锡既冠，举进士，一幸而中试。间岁，又以文登吏部取士科，授太子校书。官司闲旷，得以请告奉温凊。是时年少，名浮于实，士林荣之。及丁先尚书忧，迫礼不死，因成痼疾。既免丧，相国扬州节度使杜公领徐泗，素相知，遂请为掌书记。捧檄入告，太夫人曰:“吾不乐江淮间，汝宜谋之于始。因白丞相以请，曰:“诺。”居数月而罢徐泗，而河路犹艰难，遂改为扬州掌书记。涉二年而道无虞，前约乃行，调补京兆渭南主簿。明年冬，擢为监察御史。

贞元二十一年春，德宗新弃天下，东宫即位。时有寒隽王叔文，以善奕棋得通籍博望，因间隙得言及时事，上大奇之。如是者积久，众未知之。至是起苏州掾，超拜起居舍人，充翰林学士，遂阴荐丞相杜公为度支盐铁等使。翊日，叔文以本官及内职兼充副使。未几，特迁户部侍郎，赐紫，贵振一时。予前已为杜丞相奏署崇陵使判官，居月馀日，至是改屯田员外郎，判度支盐铁等案。初，叔文北海人，自言猛之后，有远祖风，唯东平吕温、陇西李景俭、河东柳宗元以为言然。三子者皆与予厚善，日夕过言其能。叔文实工言治道，能以口辩移人。既得用，自春至秋，其所施为，人不以为当非。时上素被疾，至是尤剧。诏下内禅，自为太上皇，后谥曰顺宗。东宫即皇帝位，是时太上久寝疾，宰臣及用事者都不得召对。宫掖事秘，而建桓立顺，功归贵臣。于是叔文首贬渝州，后命终死。宰相贬崖州。予出为连州，途至荆南，又贬朗州司马。居九年，诏征，复授连州。自连历夔、和二郡，又除主客郎中分司东都。明年追入，充集贤殿学士。转苏州刺史，赐金紫。移汝州，兼御史中丞。又迁同州，充本州防御长春宫使。后被足疾，改太子宾客，分司东都。又改秘书监分司。一年，加检校礼部尚书兼太子宾客。行年七十有一，身病之日，自为铭曰：

不夭不贱，天之祺兮。重屯累厄，数之奇兮。天与所长，不使施兮。人或加讪，心无疵兮。寝于北牖，尽所期兮。葬近大墓，如生时兮。魂无不之，庸讵知兮！

作完自传后不久，唐武宗会昌二年（842）秋，刘禹锡溘然长逝于洛阳宅中，官终检校礼部尚书，兼太子宾客，后追赠兵部尚书，葬于祖坟荥阳檀山原。

刘禹锡去世后，白居易再无诗力相抗之人可与他唱和，独自在世之悲苦漫溢而出，汇成两首哭刘禹锡之诗：

四海齐名白与刘，百年交分两绸缪。
同贫同病退闲日，一死一生临老头。
杯酒英雄君与操，文章微婉我知丘。
贤豪虽殁精灵在，应共微之地下游。

今日哭君吾道孤，寝门泪满白髭须。
不知箭折弓何用，兼恐唇亡齿亦枯。
窅窅穷泉埋宝玉，骎骎落景挂桑榆。
夜台暮齿期非远，但问前头相见无？

——《哭刘尚书梦得二首》

在名家辈出的中唐诗坛上，刘禹锡是卓然独树一帜的重要诗人。他的诗远绍《诗经》《楚辞》的创作精神，近取杜甫博大浑涵之风采和民影俗谣清新刚健之气，既不同于韩、孟诗派的尚险求奇，也有别于元、白诗派的重写实尚通俗。他的诗风亦如其人，豪迈刚劲，时见悲凉、沉重，但不衰颓，更不失坚韧的精神，读之常令人起肃然敬畏之感，所以白居易称他为“诗豪”（《刘白唱和集序》），历代论者也几乎一致公认。白居易在《刘白唱和集解》（《白居易集》卷六九）言：“彭城刘梦得，诗豪者也。其锋森然，少敢当者。”又言：“梦得‘雪里高山头白早，海中仙果子生迟’；‘沉舟侧畔千帆过，病树前头万木春’之句之类，真为神妙，在在处处，应当有灵物护之。”“诗豪”之说，得到历代论者几乎一致的公认。例如宋人宋祁《新唐书·刘禹锡传》、元人辛文房《唐才子传》都引用并赞同白居易称刘禹锡为“诗豪”。明人胡应麟《诗薮》称：“唐七言律……梦得骨力豪劲。”胡震亨《唐音癸签》也说“禹锡有诗豪之目”，是“才情之最豪者”。瞿佑《归田诗话》说禹锡“英迈之气，老而不衰”。清沈德潜则说“大历十才子后，刘梦得骨干气魄似又高于随州（刘长卿）”（《说诗晬语》）。

由于刘禹锡长期经受磨难，对政治、历史、天道、人生作了深刻的思考，使他的诗还有一种哲人的睿智，感慨深沉，思想深邃，力度雄浑，又不乏耐人涵咏的韵味。他兼擅五七言古体与近体律绝，写得最出色的是七绝和七律。他用古体形式写的比兴寄托的讽喻诗，如《昏镜词》《养鸷词》《聚蚊谣》《百舌吟》等，针砭时弊，爱憎鲜明，批判力强。咏史怀古之作数量不算多，基本上采用五七律绝的形式，在吟咏前朝史事及其有关的风景遗迹中，抒写出深沉的怀古幽思与深刻的现实忧患意识，并使二者融为一体。其中《金陵五题》《金陵怀古》《西塞山怀古》等篇，都是千古传诵的杰作。他在朗州、夔州等地任职时，还努力向民歌学习，直接运用竹枝词、杨柳枝词等民歌曲调创作，既有民歌的浓郁生活气息和生动活泼风格，又有文人诗的精炼、优美、含蓄，可谓雅俗共赏，深受人们的喜爱。这些带有民歌风的诗，讴歌荆楚、沅湘、巴蜀等地的风土人情、民众的生产劳动和生活，大大拓展了诗歌的题材内容。此外，刘禹锡还是最早尝试写词的文学家之一。刘禹锡的诗歌并不只在他生活的时代享有盛誉。他的诗歌风格对杜牧、李商隐等晚辈的影响十分明显。宋代欧阳修、苏轼、黄庭坚等大家也对刘禹锡的诗歌推崇有加。

同时，刘禹锡的文章虽说成就逊于其诗，也许不及唐宋八大古文家中的韩愈、柳宗元，但他在唐代古文运动中也发挥过重要作用。刘禹锡引用同时代的古文家李翱的一段话："翱昔与韩吏部退之为文章盟主，同时伦辈，惟柳仪曹宗元、刘宾客梦得耳。"（《唐故中书侍郎平章事韦公集序》）证明他自己也认可这个评价当之无愧。刘禹锡强调"文章之用"（《唐故相国赠司空令狐公》），主张"有为而为之"（《唐故衡州刺史吕君集纪》），他说："文之细大，视道之行业。故得其位者，文非空言。"（《唐故相国李公集纪》）这些见解，都是同韩、柳所倡导的古文运动的理论相一致。他一生创作了大量的散文，除了公文、应酬文一类的作品以外，大都言无虚发，具有积极、深刻的思想内容。宋人谢采伯的《密斋日记》说："唐之文风，大振于贞元、元和之时，韩、柳倡其端，刘、白继其轨。"这个看法是公允的。

刘禹锡的文兼备众体。其赋现存十篇，大部分作于被贬谪期间，有的抒发抑郁寡欢的意绪，如《问大钧赋》；有的用以砥砺意志，如《砥石赋》。作于晚年的《秋声赋》，在舒泄孤愤中仍发出乐观进取的呼声。

除赋外，刘的表状奏启、碑传铭诔、书信序记等均有不少作品。其中最有思想和文学价值的是他的论文和杂文。他的论说文一般具有论证充分、说理透辟、词锋犀利、善于设譬等特点，读来令人感到雄健晓畅，有气势有力度。文章深入浅出，令人信服。譬如，《天论》运用了设问、对答等形式，行文上注意排比句、对偶句的运用，乃至声音韵律都作了精心的安排。如上篇论天道人道之不同，从"天之道在生植，其用在强弱"到"人之能也"一段，一系列以四言为主的排比句宛如奔马，联翩而来，如激湍，滔滔流泻，其中摆出大量事实，极富气势。刘禹锡对自己的论说文也颇为自负。他在《祭韩吏部文》中道："子长在笔，予长在论。持矛举盾，卒不能困。"唐人有"杜诗韩笔"之称，所谓"笔"，就是指一般的散文。刘禹锡认为自己长于写论说文，而韩愈长于写一般的散文，各有所长。论说文的成就很大程度上取决于作者的思想水平。刘禹锡的政治思想和哲学思想都比韩愈进步、通达、深刻、辩证，加上运笔引文也同韩愈一样深得先秦诸子散文的神理技法，所以说他的论说文的成就比韩愈高些，不为无据无理，至少，也可与韩愈媲美。

刘禹锡的杂文，如《因论》七篇，《鉴药》《儆舟》都能通过日常生活中的事情来挖掘有关政治与人生的哲理，颇能启人灵智。其记叙性散文《机汲记》《救沉志》，题材新颖别致，叙事生动，富于文采。他的哀祭文，如祭韩、柳二文，感情真挚，深沉动人。

然而，刘禹锡的成就绝不仅限于文学领域。他精通医学、哲学，甚至对天文也有一定研究。同时，他更是一位古代杰出的思想家。他的哲学论著《天论》三篇提出"天与人交相胜"等学说，体现了朴素的唯物论和辩证法。刘禹锡用他的生命丰富了中华民族的精神内涵，是推动中华文明向前发展的卓越力量。虽然他挽救不了大唐的衰败，但后人可以从他的诗文中汲取必要的营养，将我们的时代推向辉煌！

回顾刘禹锡的一生，如果说他在诗歌文章中对群小诽议、败事有余进行猛烈讽刺，却因只能等待良机而略显气势稍颓、只能坐待奸邪失势自亡而略显匡正乏术，那么当他这种不屈不挠的精神和唯我独尊（取原意：释迦牟尼诞生时，一手指天，一手指地，说："天上地下，唯我独尊。""我"代表我"我识"，即是说：这个世界上没有什么比保持本我更重要，人什么都可以不在乎，唯独不能忘记自己的本心）的浪漫主义情怀在融入中华民族精神后，却恒久地激发着民族的正能量！

刘禹锡是宏大的唐文化中不可或缺的精彩篇章！阅读他的历史，可以帮助我们思考当下，引领我们憧憬未来。古圣今贤们一脉相传、世代丰富的精神力量，是我们这个古老的民族永葆活力的源泉。不畏浮议，不惧众毁，坚定自己的信念，坚持自己的道路，是中华文明每一个辉煌时代的共同特征。不论是个人还是社会，只要用心读一些刘禹锡的诗文，必定会得到信心与毅力的加持，这将是我们创造更多奇迹的开始！

（2015.1，三稿于檀香山）

附录一 刘禹锡年表

唐代宗大历七年（772）

刘禹锡生于苏州嘉兴县嘉禾驿。

唐德宗建中元年（780） 九岁

从诗僧皎然、灵澈学诗。

贞元六年（790） 十九岁

北游长安。

贞元九年（793） 二十二岁

登进士第。是年，顾少连知贡举。试题为:《平权衡赋》《风光草际浮诗》。放进士三十二人，其中柳宗元与刘禹锡相知。又登鸿词科，识李绛。

贞元十年（794） 二十三岁

向权德舆献文。

贞元十一年（795） 二十四岁

中吏部取士科。授太子校书。

贞元十三年（797） 二十六岁

父卒于扬州。葬父于荥阳。途中为撰《讯畋》采集素材。

贞元十六年（800） 二十九岁

入杜佑幕。夏，为徐泗濠节度使掌书记。经历戎马生活数月。秋，改为淮南节度使掌书记。

贞元十七年（801） 三十岁

仍为淮南节度使掌书记。代杜佑撰表、状多篇。与李益、张登、段平仲等交游。

贞元十八年（802） 三十一岁

调补京兆府渭南县主簿。代京兆尹韦夏卿撰表、状多篇。与柳宗元、韩泰听施士匄讲《毛诗》。

贞元十九年（803） 三十二岁

在渭南县主簿任。闰十月，入为监察御史。举崔群自代。卜居于长安光福坊。与韦执谊、王叔文、韩愈、牛僧孺等交游。与令狐楚通讯唱和。代宰相杜佑、京兆尹李实、东都留守韦夏卿、御史中丞李位撰表、状多篇。

贞元二十年（804） 三十三岁

在监察御史任。兼领监祭使，与李程等交游。作诗赠张荐、王涯。代御史中丞武元衡撰表、状多篇。

唐顺宗永贞元年（805） 三十四岁

正月，仍为监察御史。二月，兼署崇陵使判官。四月，转屯田员外郎，判度支盐铁案，仍兼崇陵使判官。举柳公绰自代。王伾、王叔文、刘禹锡、柳宗元等组成政治革新集团。遭窦群弹劾。八月，顺宗禅位，宪宗即位。九月，刘禹锡贬连州刺史。过江陵，遇韩愈。十月，再贬朗州司马。革新集团成员被贬者十人，史称“二王八司马”。是年，代杜佑撰表多篇，又作《救沉志》等。

唐宪宗元和元年（806） 三十五岁

在朗州司马任。居于招屈亭之旁。与顾象、董颋等交游。上书杜佑。八月，宪宗诏：刘禹锡等八人，“纵逢恩赦不在量移之限。”时王伾已病卒，王叔文赐死。

元和二年（807） 三十六岁

在朗州司马任。撰并书乘广禅师碑。

元和三年（808） 三十七岁

在朗州司马任。撰《复荆门县记》。得柳宗元寄文。与白居易通讯唱和，作《翰林白二十二学士见寄诗一百篇，因此答贶》。

元和四年（809） 三十八岁

在朗州司马任。托程异献诗于李吉甫。

元和六年（811） 四十岁

在朗州司马任。吕温卒，作诗哭之。撰《董颋集纪》《辩易九六论》。

元和七年（812） 四十一岁

在朗州司马任。又上书杜佑。撰董颋墓志铭、顾象墓表。

元和八年（813） 四十二岁

在朗州司马任。与窦常唱和。上书李绛、武元衡。窦群过朗州，刘禹锡代撰谢上表。

元和九年（814） 四十三岁

在朗州司马任。代窦常撰《武陵北亭记》。刘禹锡在朗州期间重要论文有《天论》等，赋有《谪九年赋》《望赋》《何卜赋》《砥石赋》《楚望赋》等，诗有《武陵书怀五十韵》《游桃源一百韵》《桃源行》《泰娘歌》《竞渡曲》《采菱行》《阳山庙观赛神》等。与柳宗元、元稹、杨归厚等通讯唱和，与僧交游。

元和十年（815） 四十四岁

二月，与柳宗元等奉诏回长安。作《伤独孤舍人》《酬杨侍郎凭见寄》《元和十年，自朗州承召至京，戏赠看花诸君子》等诗。三月，复出为播州刺史。因裴度请，改连州。殷尧藩有诗送别。途中与柳宗元唱和，至衡阳分路。五月，抵任。撰《谢上连州刺史表》，谢武元衡、张弘靖启。六月，武元衡被刺，作《代靖安佳人怨二首》。

元和十一年（816） 四十五岁

在连州刺史任。撰《连州刺史厅壁记》。与杨於陵、马总等通讯唱和。

元和十二年（817） 四十六岁

在连州刺史任。得柳宗元寄文及药方。与元稹、白居易通讯唱和，作《同乐天和微之深春二十首》。十一月，撰《贺收蔡州表》，作《城西行》《平蔡州三首》。

元和十三年（818） 四十七岁

在连州刺史任。正月，撰《连州贺赦表》《贺门下裴相公启》《与刑部韩侍郎书》。四月，撰《贺雪镇州表》，是年，得薛景晦寄《古今集验方》，刘禹锡编《传信方》报之，自撰前言。又作智俨律人师碑，袁滋、于頔挽歌。

元和十四年（819） 四十八岁

在连州刺史任。二月，作《贺平淄青表》《平齐行二首》、大鉴禅师碑。冬，母卒，送母柩葬荥阳。十一月，次衡阳，闻柳宗元卒，作诗哭之。过鄂州，与李程相会。刘禹锡在连州期间重要作品有《问大钧赋》《吏隐亭述》《海阳十咏》《莫傜歌》《插田歌》等。裴昌禹来访。与僧交游。

元和十五年（820） 四十九岁

撰文祭柳宗元。与白居易唱和。八月，令狐楚谪衡州，在洛阳与刘禹锡会面。

唐穆宗长庆元年（821） 五十岁

冬，除夔州刺史。由洛阳赴任，经鄂州，与李程唱和。是年，作《吕温集纪》《伤愚溪三首》。

长庆二年（822） 五十一岁

正月，抵任。撰《夔州谢上表》《夔州刺史厅壁记》，与温造、王涯唱和。是年，裴昌禹来访，韦绚来求学。

长庆三年（823） 五十二岁

在夔州刺史任。撰《贺册皇太子表》《夔州论利害表》《夔州始兴寺移铁象记》。

长庆四年（824） 五十三岁

正月，穆宗卒，敬宗即位。二月，撰《贺龙飞表》《慰国哀表》。三月，撰《贺赦表》。五月，撰《论利害表》。刘禹锡在夔州期间，重要作品有《奏记丞相府论学事》《竹枝词九首》等，将以前所撰《鉴药》等文，整理为《因论七篇》。为柳宗元编遗集，并撰前言。与元稹、白居易、杨巨源等唱和。夏，转和州刺史。离夔州时，游巫山神女庙，遍览古今题诗，选出沈佺期、王无竞、李端、皇甫冉四首。作《自江陵沿流道中》《西塞山怀古》《武昌老人说笛歌》等。应崔群之邀，游宣州，作《九华山歌》。八月，抵任。和州值旱灾之后，关心人民疾苦。撰《和州谢上表》《洗心亭记》。

唐敬宗宝历元年（825） 五十四岁

在和州刺史任。撰《贺改元赦表》《和州刺史厅壁记》《祭韩吏部（愈）文》。

宝历二年（826） 五十五岁

冬，罢和州刺史。在和州期间重要作品有《历阳书事七十韵》《金陵五题》等。与李德裕、元稹、白居易、崔玄亮、韩泰等唱和。离和州，游建康，作《经檀道济故垒》《金陵怀古》等诗。过扬州，与白居易相遇，作《酬乐天扬州初逢席上见赠》等诗。游楚州，与郭行余相会。过汴州，与令狐楚相会，皆有诗。

唐文宗大和元年（827） 五十六岁

春，返洛阳，作《罢郡归洛阳寄友人》等诗。秋，为主客郎中、分司东都，举姜伦自代。作《为郎分司寄上都同舍》《敬宗挽歌》《洛中送韩七中丞（泰）之吴兴口号五首》等。与白居易、令狐楚、姚合等唱和，为令狐楚撰《沛州刺史厅壁记》。

大和二年（828） 五十七岁

春，为主客郎中，至长安。作《再游玄都观》《听旧宫中乐人穆氏唱歌》《与歌者何勘》等诗。裴度欲荐刘禹锡和制诰，未成。充集贤殿学士。与裴度、李绛、崔群、白居易等联句。作《管城新驿记》《同乐天送河南尹冯学士》《送王司马之陕州》等。

大和三年（829） 五十八岁

除礼部郎中，仍兼集贤殿学士。举韩泰自代。撰王涯先庙碑、令狐楚家庙碑、法融大师新塔记。白居易编《刘白唱和集》卷上、中。

大和四年（830） 五十九岁

在礼部郎中、集贤殿学士任。求分司东都，未果。作《哭王仆射相公（播）》《祭兴元李司空文》《庙庭偃松诗》等。代裴度撰表、状数篇。

大和五年（831） 六十岁

在集贤殿期间供进新书二千余卷。与裴度、令狐楚、白居易、元稹、韩泰、杨归厚、李德裕、张籍等唱和。七月，元稹卒，作诗哭之。八月，作《哭庞京兆》等诗。又作刘仁师遗爱碑。十月，出为苏州刺史。过河中府，与李程相会。过洛阳，与白居易相会。

大和六年（832） 六十一岁

二月，抵任。苏州水灾，请得朝廷赈济。撰《澈上人文集纪》《祭虢州杨庶于（归厚）文》《送宗密上人归南山草堂寺因谒河南尹白侍郎》等诗文。编《吴蜀集》。白居易编《刘白唱和集》卷下（《刘白吴洛寄和卷》）。

大和七年（833） 六十二岁

在苏州刺史任。以政最，赐紫金鱼袋。自编诗文集，编《彭阳唱和集》，为李绛编遗集，皆撰前言。是年闰七月，李绅过苏州。

大和八年（834） 六十三岁

在苏州期间，作《魏生兵要述》等。七月，移汝州刺史。过扬州，与牛僧孺相会。过沛州，与李程相会。抵任后，举裴弘泰自代。十一月，李德裕过汝州。

大和九年（835） 六十四岁

在汝州期间，与裴度、白居易、令狐楚等唱和。九月，移同州刺史。过洛阳，与裴度、白居易相会。十二月抵任，举萧俶自代。

开成元年（836） 六十五岁

同州连遭旱灾，请得朝廷赈贷，放免旧欠。秋，迁太子宾客、分司东都。编《汝洛集》，并撰前言。

开成二年（837） 六十六岁

仍为太子宾客、分司东都。二月，应李珏之邀，与裴度、白居易等于洛水修禊。十一月，令狐楚卒，作诗哭之。将大和五年以后与令狐楚唱和诗续编入《彭阳唱和集》，撰后引。与白居易、牛僧孺、杨汝士、杨嗣复、李绅等唱和。

开成三年（838） 六十七岁

仍为太子宾客、分司东都。撰《韦处厚集纪》，薛春、王质神道碑。文宗欲置诗学士，杨嗣复首荐刘禹锡，李珏反对此事，遂作罢。

开成四年（839） 六十八岁

仍为太子宾客、分司东都。加尚书衔。撰史孝章神道碑。

开成五年（840） 六十九岁

改秘书监、分司东都。撰《令狐楚集纪》、崔倕神道碑、文宗挽歌等。

武宗会昌元年（841） 七十岁

春，加检校礼部尚书，兼太子宾客、分司东都。作《秋声赋》。与白居易、王起联句。荐王龟。与白居易劝南卓撰《羯鼓录》。

会昌二年（842） 七十一岁

病中撰自传。七月卒，赠兵部尚书。葬于荥阳县西檀山原。

附录二 参考文献

1.《旧唐书》后晋·刘昫等撰，中华书局，1975.5。

2.《新唐书》宋·欧阳修、宋祁撰，中华书局，1975.2。

3.《全唐文》清·董诰等编，清嘉庆十九年内府刊本。

4.《唐诗纪事》宋·计有功撰，中华书局，1965.11。

5.《唐才子传》元·辛文房著，上海古籍出版社，1957.4。

6.《刘禹锡丛考》卞孝萱著，巴蜀书社，1988.7。

7.《刘禹锡年谱》卞孝萱著，中华书局，1963.11。

8.《江苏历代名人传记丛书·刘禹锡》卞敏、卞宁著，江苏人民出版社，2013.6。

9.《刘禹锡评传》卞孝萱、卞敏著，南京大学出版社，2011.4。

10.《刘禹锡集笺证》（唐）刘禹锡，瞿蜕园笺证，上海古籍出版社，1989.12。

11.《白居易集》顾学颉校点，中华书局，1979.10。

12.《关于刘禹锡的籍贯问题》蔺茹萱，《郑州大学学报》哲学社会科学版，1975年第1期。

13.《论刘禹锡诗的历史地位》萧瑞峰，人民大学复印资料－中国古代、近代文学研究 1996 年第 1 期。

14.《中国历代著名文学家评传》吕慧娟主编，山东教育出版社，2009.3。

15.《刘禹锡年谱》张达人编订，台湾商务印书馆，1982 年第 1 版。

第一辑已出版书目	
	1 《逍遥游——庄子传》 王充闾 著
	2 《书圣之道——王羲之传》 王兆军 著
	3 《千秋词主——李煜传》 郭启宏 著
	4 《草泽英雄梦——施耐庵传》 浦玉生 著
	5 《戏看人间——李渔传》 杜书瀛 著
	6 《心同山河——顾炎武传》 陈 益 著
	7 《孤独的绝唱——八大山人传》 陈世旭 著
	8 《泣血红楼——曹雪芹传》 周汝昌 著
	9 《旷代大儒——纪晓岚传》 何香久 著
	10 《烂漫饮冰子——梁启超传》 徐 刚 著

第二辑已出版书目	
	11 《忠魂正气——颜真卿传》 权海帆 著
	12 《花红别样——杨万里传》 聂 冷 著
	13 《感天动地——关汉卿传》 乔忠延 著
	14 《西风瘦马——马致远传》 陈计中 著
	15 《此心光明——王阳明传》 杨东标 著
	16 《梦回汉唐——李梦阳传》 泥马度 著
	17 《天崩地解——黄宗羲传》 李洁非 著
	18 《幻由人生——蒲松龄传》 马瑞芳 著
	19 《儒林怪杰——吴敬梓传》 刘兆林 著
	20 《史志巨擘——章学诚传》 王作光 著

第三辑已出版书目

21 《千古一相——管仲传》 张国擎 著

22 《漠国明月——蔡文姬传》 郑彦英 著

23 《棠棣之殇——曹植传》 马泰泉 著

24 《梦摘彩云——刘勰传》 缪俊杰 著

25 《大医精诚——孙思邈传》 罗先明 著

26 《大唐鬼才——李贺传》 孟红梅 著

27 《政坛大风——王安石传》 毕宝魁 著

28 《长歌正气——文天祥传》 郭晓晔 著

29 《糊涂百年——郑板桥传》 忽培元 著

30 《潜龙在渊——章太炎传》 伍立杨 著

第四辑已出版书目

31 《兼爱者——墨子传》 陈为人 著

32 《天道——荀子传》刘志轩 著

33 《梦归田园——孟浩然传》曹远超 著

34 《碧霄一鹤——刘禹锡传》 程韬光 著

35 《诗剑风流——杜牧传》 张锐强 著

36 《锦瑟哀弦——李商隐传》 董乃斌 著

37 《忧乐天下——范仲淹传》 周宗奇 著

38 《通鉴载道——司马光传》 江永红 著

39 《琵琶情——高明传》 金三益 著

40 《世范人师——蔡元培传》 丁晓平 著

第五辑已出版书目

41 《真书风骨——柳公权传》 和 谷 著

42 《癫书狂画——米芾传》 王 川 著

43 《理学宗师——朱熹传》 卜 谷 著

44 《桃花庵主——唐寅传》 沙 爽 著

45 《大道正果——吴承恩传》 蔡铁鹰 著

46 《气节文章——蒋士铨传》 陶 江 著

47 《剑魂箫韵——龚自珍传》 陈歆耕 著

48 《译界奇人——林纾传》 顾 艳 著

49 《醒世先驱——严复传》 杨肇林 著

50 《搏击暗夜——鲁迅传》 陈漱渝 著

第六辑已出版书目

51 《边塞诗者——岑参传》 管士光 著

52 《戊戌悲歌——康有为传》 张 健 著

53 《天地行人——王船山传》 聂 茂 著

54 《爱是一切——冰心传》 王炳根 著

55 《花间词祖——温庭筠传》 李金山 著

56 《山之巍峨——林则徐传》 郭雪波 著

57 《问天者——张衡传》 王清淮 著

58 《一代文宗——韩愈传》 邢军纪 著

59 《梦溪妙笔——沈括传》 周山湖 著

60 《晓风残月——柳永传》 简雪庵 著

第七辑已出版书目

61 《竹林悲风——嵇康传》 陈书良 著

62 《唐之诗祖——陈子昂传》 吴因易 著

63 《婉约圣手——秦观传》 刘小川 著

64 《殉道勇士——李贽传》 高志忠 著

65 《蒙古背影——萨冈彻辰传》 特·官布扎布 著

66 《千秋一叹——金圣叹传》 陈　飞 著

67 《随园流韵——袁枚传》 袁杰伟 著

68 《女神之光——郭沫若传》 李　斌 著

69 《自清芙蓉——朱自清传》 叶　炜 著

70 《神韵秋柳——王士禛传》 李长征 著

第八辑已出版书目

71 《秋水长天——王勃传》 聂还贵 著

72 《凤凰琴歌——司马相如传》 洪　烛 著

73 《辋川烟云——王维传》 哲　夫 著

74 《天生我材——李白传》 韩作荣 著

75 《如戏人生——洪昇传》 陈启文 著

76 《北宋文儒——欧阳修传》 邵振国 著

77 《红尘四梦——汤显祖传》 谢柏梁 著

78 《梦西厢——王实甫传》 叶　梅 著

79 《阆风游云——张旭传》 李　彬 著

80 《人间要好诗——白居易传》 赵　瑜 著

81　《天地放翁——陆游传》 陆春祥 著

82　《二拍惊奇——凌濛初传》 刘标玖 著

图书在版编目（CIP）数据

碧霄一鹤：刘禹锡传 / 程韬光 著. -- 北京：作家出版社，2015. 8（2022.3重印）

（中国历史文化名人传丛书）

ISBN 978-7-5063-8034-8

Ⅰ.①碧… Ⅱ. ①程… Ⅲ. ①刘禹锡（772～843）- 传记 Ⅳ. ①K825.6

中国版本图书馆CIP数据核字（2015）第117867号

碧霄一鹤——刘禹锡传

作　　者：程韬光

责任编辑：田小爽

书籍设计：刘晓翔+韩湛宁

责任印制：李卫东　李大庆

整合执行：原文竹

出版发行：作家出版社有限公司

社　　址：北京农展馆南里10号　　**邮　　编：**100125

电话传真：86-10-65067186（发行中心及邮购部）

86-10-65004079（总编室）

E-mail:zuojia@zuojia.net.cn

http://www.zuojiachubanshe.com

印　　刷：三河市紫恒印装有限公司

成品尺寸：152×230

字　　数：350千

印　　张：26

版　　次：2015年8月第1版

印　　次：2022年3月第2次印刷

ISBN 978-7-5063-8034-8

定　　价：75.00元（精）